設計者

キム・オンス著

オ・スンヨン＝訳

もくじ

歓待について

老人が庭に出てきた。

レセンはもう一度スコープの焦点を合わせ、ボルトを引いた。実弾が装填される音が響き渡る。レセンはあたりを見まわした。高い樅《もみ》の木が空に向かって突っ立っているだけで、特に変わった様子はない。静かな森だ。鳥も飛んでいないし、虫の鳴き声すら聞こえない。こういう森ならば、銃声は遠くまで響くだろう。その音を聞いて誰かがやって来たら？レセンはすぐに余計な心配だと考える。銃声など珍しくない。誰がそれを確認しに、こんな森の奥深くまでわざわざ来たりするだろうか。密猟者がイノシシ狩りでもしていると考えるだろう。レセンは西側の山を眺めた。太陽が山頂から少し上のところに浮かんでいる。まだ時間はある。

老人が花に水をやっている。ある花には少し多めに、ある花には少なめに……。その様子はお茶を淹れているかのように丁寧だ。ときどき楽しそうに体を揺らしては、そっと花びらに触れたり、花に向かって手を振ったり、からから笑ったりしている。老人はまるで花と会話しているかのようだ。レセンはスコープの照準を、老人の手元の花に合わせた。どこかで見たような、よく見かける花だが、名前が思い出せない。レセンは十月に咲く花をいくつか思い浮かべてみる。コスモス、サルスベリ、甘菊……しかし、この花にしっくりくる名前は浮かんでこない。なぜ思い出せないのだろう。レセンは眉間に皺を寄せて考え込んだが、すぐに頭を振った。今、この花の名前に何の意味があるのだろう。

庭の片隅から、図体のでかい黒犬がのそのそ歩いてきて、老人の太股に頭をこすりつける。純血種のマスティフに違いない。シーザーがイングランド遠征に連れていったやつ。ローマ人が野生馬の捕獲やライオン狩りに使っていた犬。頭を撫でられると、犬は尻尾を振りながら老人の周りをくるくる回った。犬に水やりを邪魔されると、老人は空気の抜けたサッカーボールを庭の端にサッと投げた。犬はボールを取りに駆け走った。犬がいなくなると、老人はまた水やりを始めた。再び花に手を振ったり話しかけたりしている。まもなく犬がボールをくわえて戻ってきた。すると老人は先ほどとは反対側の、もっと遠くへボールを投げた。犬がすばやく追いかける。昔はライオン狩りをしていたはずなのに、すっかりバカになってしまったようだ。しかし、老人と犬はとても仲が良さそうに見えた。ずっと同じ動作を繰り返しているのに、飽きる様子がない。それに楽しそうだ。

水やりを終えると老人は腰を伸ばし、満足げに笑った。そしてレセンがいるのを知っているかのように、山腹を眺めた。照準鏡の十字線に老人の笑顔が入ってきた。あなたはもうすぐ日が暮れるのを知っているのか。あの太陽が山を越える前に、自分が死ぬことを知っているのか。分かっていて、今、笑っているのか。いや、もしかすると笑ってはいないかもしれない。老人の顔はハフェ[*1]の仮面みたいに、いつも笑っているように見えた。そういう顔の人がいる。何を考えているかまったく分からない人。悲しんでいるときも怒っているときも、常に顔が笑っている人……。

　もう引き金を引いてしまおうか。今引けば、日付が変わる前に街に戻れるだろう。そうすれば湯を溜めて風呂に入り、酔っぱらうまで缶ビールを飲み、ビートルズのＬＰ盤を聴きながら、もうすぐ振り込まれる金で何をしようか、楽しく想像してみることもできる。ひょっとしたらこの仕事を最後に、違う人生を生きることだってできるかもしれない。女子高の前にピザ屋をオープンしたり、公園で綿あめを売ったりするのもいいだろう。レセンは、子どもたちに風船や綿あめをいっぱい持たせ、日差しの中で、こくりこくりと居眠りをする自分を想像してみる。本当にそんな人生が可能かもしれない。ふとそれが、とても素敵な人生に思われた。しかしそんなことは引き金を引いてから考えるべきことだ。老人はまだ生きていて、金はまだ振り込まれていない。

　山の蔭が早く下りつつあった。引き金を引くなら今だ。水やりも終わったことだし、まもなく老人は家の中に入るだろう。そうすれば事態がややこしくなる。難しく考えることはない。今だ。さっさと引いて山から下りるのだ。

　老人は笑っていて、ボールをくわえた犬が走ってくる。照準鏡の十字線に老人の顔が鮮明に入っている。額に深い皺が三本、右眉の上にイボが一つ、左頬には黒いシミがある。レセンはまもなく銃弾が貫通するであろう老人の心臓を見つめた。老人が着ている白いセーターは、既製品ではなく手作りのようだった。あのセーターはまもなく血にまみれるだろう。引き金をそっと引きさえすれば、ただちに撃針が弾丸を打つだろうし、薬莢《やっきょう》の火薬が爆発するだろうし、弾丸は銃口へと腔線を伝って回転しながら、老人の心臓に向かって飛んでいくだろう。スピードも速く破壊力も申し分ない七・六二口径の銃ならば、老人の内臓は弾丸と一緒に入り乱れ、腹部の後ろにこぼれ落ちるだろう。そう考えると、レセンの産毛はピンと総毛立ちそうになった。一人の人間の生死が、自分のこの手の先にあるとき、レセンはいつも複雑な気持ちになる。今だ。今、引くべきなのだ。

だがしかし、レセンは銃を地面に下ろして呟いた。

「今はよくない」

どうしてよくないのかは分からない。すべての物事には適切なタイミングがあるはずだ。アイスクリームを食べるのに適切なタイミングがあり、キスをするのに適切なタイミングがあるように。おかしな話のようだが、引き金を引くのに適切なタイミングや心臓に弾丸が撃ち込まれるのに適切なタイミングもあるだろう。あるはずだ。運よくそういうタイミングで、レセンの放った弾丸が、老人の心臓に向かって一直線に飛んでいるならば、それが一番いいのだろう。もちろんレセンは一番いいタイミングを待っているのではない。そんなタイミングなど永遠に来ないかもしれない。もし来たとしても、レセンが気づかない可能性もあるだろう。レセンはただ、今は引き金を引きたくないと考える。理由は分からないが、なぜかそうなのだ。レセンは銃を下ろすとタバコを一本吸った。山の蔭が老人の家まで下りつつあった。

あたりが暗くなると老人は犬を連れて家の中に入った。電気が通ってないらしく、室内は暗かった。居間にロウソクが一本灯っているが、レセンのスコープでは部屋の内部まで見ることができない。ときおり、老人と犬の巨大な影が赤レンガの壁に現れては消えた。老人がロウソクを持って窓際に立たない限り、老人を殺すことはもう不可能に思えた。

太陽が山を越えていくと、一瞬にして暗闇が森を覆った。月明かりもないので、目の前のものすら見分けがつかない。老人の家から小さな光がこぼれているだけだ。森に下りた闇は非常に密度が高く、じっとりとして重かった。レセンは世界に下りた暗闇の中で、なぜずっと、ためらっているのか考えた。夜が明けるのを待とう。そして、いつものように、木製の的を撃つように、遠くから一発撃てばいい。レセンは吸い殻をポケットに入れるとテントに入った。時間を潰すことしかやることがないので、レセンはビスケットを一枚食べると寝袋をかぶったまま眠りについた。

レセンが目覚めたのは、それから二時間ぐらいあとのことだった。草を踏む音のためだ。それは何のためらいもなく、まっすぐテントに向かってきた。音は重かった。三、四の不規則な足音。胴体が草に擦れる音。何が近づいているのか、まったく予測できない。イノシシやヤマネコかもしれない。レセンはただちにボルトを引いて弾を装填し、音のする闇に向かって銃を構えた。まだ引き金を引いてはならない。埋伏している傭兵たちは、容赦なくやみくもに銃を撃ちまくる。恐怖のせいだ。そしてフィナーレで彼らが直面するのは、鹿や偵察犬、もしくは視察に出たまま道に迷った戦友だ。彼らは刺青の入ったでかい図体で、その死体の横で子どものように泣きじゃくる。そして「しょうがなかったんです」と、隊長に言い訳をしまくるのだ。本当に仕方がなかったのかもしれない。暗闇で動く恐怖の正体を確認してみたことなど一度もなく、筋肉だけ派手な彼らにできることといえば、ただ銃を撃ちまくることしかなかっただろう。レセンは暗闇の中から何かが姿を露わにするまで、静かに待った――それは老人と黒犬だった。

「ここで何をしている？」老人が訊ねた。

奇妙な状況だ。標的がのこのこ歩いてきて、撃たずに何をしているのかと訊く、めちゃくちゃな事態だ。

「そちらこそ、ここで何をしてらっしゃるんですか？　危うく撃つところでしたよ」少し動揺しながらもレセンは答えた。

「危うく撃つところ？　盗人猛々《ぬすっとたけだけ》しいにもほどがある。ここはわしの私有地なんだ。だからお前さんは他人の土地で勝手に寝ているのだ」

老人は笑いながら言った。その笑顔には余裕があった。普通の状況ではないのに老人は慌てた様子を見せない。むしろ驚いているのはレセンのほうだった。

「てっきり動物だと。だからびっくりしたんです」

「猟師なのか？」老人がレセンの銃を見ながら訊いた。

「はい」

「旧式ドラグノフだな。こんなのは戦争博物館にあるものとばかり思っていたんだが。最近の密猟者はベトナム戦争で使ってた銃で猟をするのか？」

「獲物がしとめられれば、なんだっていいんですよ。銃は関係ありません」レセンは仕方なしに答えた。

「そりゃ、そうだ。つまようじでしとめようが、箸でしとめようがな」

老人が笑って言った。犬は老人のそばにおとなしく立っていた。スコープで見た印象よりずっと大きい。昼間、ボールを追いかけていたときとは違って、堂々としていた。

「いい犬ですね」レセンは話題を変えた。老人が犬を見下ろしながら、頭を撫でる。

「ああ。ここにお前さんがいることも、こいつが嗅ぎつけたんだ。もうすっかり年だがな」

犬はずっとレセンを見上げていた。吠えて敵意を表すでもなく、かといって好意を示すわけでもなかった。老人が犬の頭をトントンと軽くこづいた。

「今晩ここで寝るつもりなら、寒いところで要らぬ苦労などしないで、うちに来て休みなさい」

「ありがたいお話ですが、ご迷惑になりますから」

「わしはかまわんよ」

そう言うと老人はすたすたと山を下りはじめた。犬がすぐに老人の後を追いかける。懐中電灯もないのに、老人は暗い道に慣れているようだった。レセンは戸惑った。弾丸は装填されていて、標的はほんの五メートル先にいる。レセンは暗闇の中に揺れる老人の後ろ姿を見つめていたが、やがて銃を背負って、老人の後について山を下りた。

老人の家は暖かかった。赤レンガの部屋の片隅には、火がくべられていた。家具や装飾品はほとんどなく、暖炉の前にある、ところどころ目の抜けた絨毯と小さなテーブルがすべてだった。暖炉の上には写真がいくつか飾ってあった。写真の中の老人はいつも真ん中にいて、周りの人々は老人と写真を撮るのが光栄なことでもあるかのように、硬直した笑みを浮かべていた。家族写真はないようだった。

「もう火をくべているんですね」レセンが言った。

「年をとれば寒がりになる。今年はよりいっそうな」

老人がよく乾いた薪を暖炉の中に入れた。そのせいで炎が少し小さくなる。レセンは肩にかけていた銃を、ぎこちなくドアの横に下ろした。老人が銃をちらりと見た。

「ところで、今は十月だろう。だったら捕獲禁止期間じゃないのか」

じゃないのか？　という声に、茶目っ気が混じっている。最初から老人は、昔からの知り合いのように、丁寧な言葉を使わなかった。しかし、レセンはそれが気にならなかった。

「そんなの、いちいち守っていたら食っていけません」レセンが答える。

「そりゃそうだな。それはバカのやることだ」

老人が独り言のように呟いた。老人が火掻き棒で薪を下からひっくり返すと、すぐに炎が上がった。新しく入れた薪が炎に包まれたが、火は簡単には燃え移らなかった。

「酒もあるし、お茶もあるが、何にするかね？」老人が訊ねる。

「お茶がいいですね」レセンが答えた。

「体もだいぶ冷えただろうから、酒のほうがよくないか？」

「猟に出るときは、あまり飲まないんです。それに森の中で酒を飲んで寝たら危険ですよ」

「じゃ、今日は飲んでもいいだろう。わしの家では凍死しないはずだ」

笑いながら老人が言った。老人はキッチンからブリキのコップ二つとウイスキーを一本持ってきた。そして暖炉の中のやかんをやっとこで慎重に取り出し、コップにゆっくり湯を注いだ。無駄のない優雅な動きだ。老人はレセンに紅茶を渡してから、自分の紅茶には一風変わってウイスキーを少し加えた。

「まだ体がほぐれてないなら、ウイスキーを少し入れるのも悪くない。どうせ猟は夜が明けないとだめだろう」

「紅茶にウイスキーを入れるんですか？」レセンが訊いた。

「入れてはいけない理由でもあるのか？」

老人はおどけるようにそっと目を細めた。整った顔だ。若い頃はかっこいいと言われたはずの顔。彫りが深くて逞しく、温厚な印象もある。強いものが歳月に少しずつ削られて柔らかくなった印象といったらよいだろうか。レセンはコップを差し出した。老人がそこにウイスキーを少し加える。温かい紅茶からウイスキーの香りが舞い上がった。いい香りだ。それまで居間の片隅にいた老犬がのそりのそりと歩いてきて、レセンの太股のそばに横たわった。

「君はいい人なんだな」

「はい？」

「サンタがなついてるからさ。老犬はいい人間をすぐに見分けるものだよ」

老人がレセンの横でおとなしく寝ている犬を目で指しながら言った。近くで見ると、でかい図体には似合わない、従順すぎる目をしていた。

「この犬、どんくさいんじゃありませんか？」

「まさか」

老人は軽くレセンを睨みつけ、ウイスキー入りの紅茶を飲んだ。続いてレセンも一口飲んだ。

「美味しいですね」

「意外だろう？　コーヒーに入れても悪くないが、紅茶のほうがいい。体を温めて、心を和ませてくれる。まるでいい女を抱いているようにな」

そう言うと、老人は子どものように笑った。

「いや、それほどではないでしょう。ウイスキー入りの紅茶よりは、いい女のほうがずっといいですよ」レセンが言った。

「それもそうだな。紅茶ごときがいい女と並ぶはずがない」

納得したというように、老人が頷く。

「しかし、ずっと記憶に残りそうな特別な味ですね」

「紅茶には帝国主義の息づかいが染みついている。だからこれほど甘美な味がするのさ。何かが甘美であるためには、凄まじい殺戮《さつりく》がその中に隠されていないとだめなんだ」

「面白い論理ですね」

「ジャガイモと豚肉もあるが、それも少し食べてみるか？」

「いいですね」

老人は屋外から、黒く焼けた肉の塊とジャガイモをいくつか持ってきた。肉は毛もろくに抜かれていない状態で、埃まみれでかなり汚いうえに、腐ったような匂いまでした。老人は灰の中に肉を入れ、灰をたっぷりまぶしてから、金串に挟んで火にかけた。そして、火掻き棒で薪を下からひっくり返し、灰の中にジャガイモを入れた。

「美味しそうな調理法ではないですね」レセンが言った。

「ペルーにしばらくいたことがあるんだが、そこのインディアンに習ったんだ。見かけは悪いが、そこそこうまいよ」

「一見お粗末でも、インディアンの秘法だと何かあるんでしょう?」

すると老人がレセンを見て笑った。

「数日前にやっとペルーのインディアンとわしの共通点を見つけてな」

「何か特別なことでもありましたか?」

「両方とも冷蔵庫がないということだ」

老人はときおり肉をひっくり返した。炎に照らされた老人の顔は真剣そのものだった。長い金串でジャガイモがよく焼けているか、取り出して確認しては「珍客が来たからうまく焼けてくれ」と話しかけた。肉を焼いている間に、老人はウイスキー入りの紅茶を飲み終え、今度はウイスキーだけ注ぎ、もう一杯どうかと勧めた。レセンはコップを差し出した。ウイスキーは喉を伝って荒々しく下り、空っぽの腹から芳しい香りが柔らかく舞い上がる。酒がまわり、心地よく体内に広がった。不意に、かなり現実離れしているような感覚に襲われた。狙撃手が標的と暖炉の前で仲のいいふりをして、しゃあしゃあとしらばっくれているなんて。老人が金串で肉をひっくり返すたびに、美味しそうな匂いが漂った。犬は暖炉に近づいて匂いを嗅ごうとしたが、火が怖いからか近づけずに唸っていた。

「サンタ、おとなしくしてろ。君の分もちゃんとあるから心配するな」老人が犬の首を撫でながら言った。

「名前はサンタですか？」

「こいつに会った日、クリスマスだったんだ。あの日こいつは主《あるじ》を失い、わしは片足を失ったのさ」

老人はズボンの裾を少し上げ、左足を見せてくれた。義足だった。

「この犬がわしを救ってくれた。雪道を五キロ近くも引っ張ってくれたんだ」

「不思議な縁ですね」

「わしの人生で一番すばらしいクリスマスプレゼントだった」

老人が犬の頭を撫でた。

「見た目よりおとなしいですね」

「そうでもないさ。前は人さえ見れば飛びかかって、縛っておかないとだめだったが、年を取るとむしろおとなしくなりすぎてな。わしはそれにどうも慣れない。人間と親しくなったすべての動物に慣れない」

暖炉から肉の焼ける匂いがした。老人は金串であちらこちら刺してみてから、肉の塊を取り出すと、ノコギリ状の刃のナイフで分厚く切り分けた。レセンに一切れ、自分に一切れ、そしてサンタに一切れ、それぞれに取り分ける。レセンは灰を払い落として肉を切り、一口食べた。

「独特な味ですね。豚肉のようでもないし」

「うまいだろ?」

「ええ、ところで塩はありませんか」

「ない」

「冷蔵庫も塩も持たずに暮らすなんて、すごいですね。ペルーのインディアンも塩なしで暮らしてるんですか?」

「いや、この前まであったが、なくなっただけだ」老人が少しきまり悪そうに答えた。

「猟はされるんですか?」

「以前はしてたがな。だが、もうしない。一ヶ月ぐらい前かな、密猟者の罠にかかっているイノシシを見つけたのさ。そのときはまだ生きていたがな。息も絶え絶えのイノシシを見て少し考えたのさ。息の根を止めようか、死ぬのを待とうか。死ぬまで待てばイノシシを殺したのは罠を仕掛けた密猟者になるが、直接手を下せば、わしが肉を得るためにイノシシを殺したも同然じゃないか。お前さんならどうする?」

老人が中身の読めない笑みを作る。レセンはブリキのコップをぐるりと回してから中の酒を飲んだ。

「そうですね。誰が殺そうが、それはあまり大事な問題ではなさそうですが」

それを聞いて老人は考えに耽り、しばらくして口を開いた。

「そうだな。確かにそうだ。何より我々は今、インディアンのように、うまい猪肉《ししにく》を食べているじゃないか」

そう言うと老人は大きな声で笑った。レセンも笑った。別に面白くもなんともない冗談だったが、老人もレセンもずっと笑いつづけた。

老人は愉快になったのか、ウイスキーをレセンのコップに溢れるほど注ぎ、自分のコップにもなみなみと注いで乾杯した。二人はウイスキーを一気に飲み干した。老人が金串を手に取って灰からジャガイモを取り出し、一口食べて「うまく焼けてる」と呟いた。老人はレセンにもジャガイモを一つ渡した。レセンは灰を払い、一口齧《かじ》ると「ええ、本当にうまく焼けてますね」と言った。

「冬はいつもジャガイモを食べるんだ。冬のジャガイモほどいいものはない」

「ジャガイモを見ると、いつも思い出してしまう人がいます」

炎と酒の勢いで顔が赤くほてったレセンが、突然ジャガイモの話を切り出した。

「聞かなくても分かるさ、かわいそうな人の話なんだろう」老人が言った。

「そうです」

「まだ生きている人の話か、それとも死んでしまった人の話か？」

「もう死んでしまった人のことです。アフリカにいたときの話ですが、真夜中に突然非常命令が下ったんです。トラックに乗って目的地に到着したら、収容所から脱走した反軍兵士が老婆を人質にしていました。まだ子どものような顔の少年兵でした。十五それとも十四歳ぐらい？　少年はかなり興奮していたし、恐怖で震えてもいたけれど、それほど危険な状況には見えませんでした。老婆は少年にずっと何かしゃべりかけていたし、少年はAK系の銃を老婆の頭に向けていたものの、もう一方の手ではせかせかとジャガイモを食べていたんです。でも絶対に危ない瞬間などではありませんでした。俺らにはみんなそれが分かっていました。そのとき無線機で射殺しろという指示が下り、ほどなくして誰かが引き金を引きました。俺らは死んだ少年のもとに駆け寄りました。そこで俺らは、頭は半分ぐらい飛び散っていて、口の中に噛み砕かれたジャガイモが呑み込みきれないまま残されている光景を見たんです」

「まあ、相当腹を空かしていたんだな」

「その少年の口元を見つめながら、すごく妙な気分になりました。あと十秒だけ待っていたらどうなっただろう。だったらジャガイモを食べきってから死ねたのに、まあ、そんなふうに思ったんです」

「食べきったところで、それで何が変わるんだい？」

「まあ、何も変わりはしないでしょうね。ただ、口の中に残された食べかけのジャガイモが、妙な気持ちを引き起こしたということです」レセンが少し感傷的になって言った。

老人は余っていたウイスキーを飲み干すと、金串で灰の中をあちらこちら刺しだした。片隅にジャガイモが一つ残っていた。老人はレセンにそれを渡した。レセンはジャガイモをぼんやり見つめたあと、手を振って丁重に断った。老人はジャガイモを見て少し困った顔をして、再び暖炉の中に投げ入れた。

「もう一本ウイスキーがあるが、飲むか？」老人が訊いた。

レセンは少し考えて「そうしましょうか」と答えた。

老人は再びキッチンからウイスキーを持ってきて、レセンに注いでくれた。老人とレセンはしばらくウイスキーを飲みながら、黙って暖炉の薪が燃えるのを眺めた。酒の勢いとともに、次第にこれが現実のこととは思えなくなってきた。老人はただ、暖炉の炎ばかり眺めている。

「炎が美しいですね」レセンが言った。

「本当は灰のほうがずっと美しいんだよ」

ブリキのコップをぐるりと回しながら、炎を眺めていた老人が言った。そして不意に面白い話を思い出したのか、老人の表情が微妙に動いた。

「わしの祖父さんは鯨とりだった。捕鯨が禁止になるずっと前の話だ。祖父さんは海などまったくない内陸の咸鏡道《ハムギョンド》の出身だが、長生浦《チャンセンポ》に来て、腕のいい最高の鯨とりになった。ところで、その祖父さんなんだが、鯨に海の深くまで引きずり込まれたことがある。マッコウクジラの背中に思いきり銛《もり》を刺し込んだんだが、その紐が足に絡んで、ちょっとした瞬間に海に落ちたのさ。実のところ、マッコウクジラは植民地時代のちっぽけな捕鯨船や、手で投げ込む粗末な銛なんかで捕まえられる大きさじゃない。雄ともなれば全長十八メートルにまで育つし、体重は六十トンもあるんだ。考えてもみなさい。六十トンといえば、大人のアフリカ象十五頭分と同じくらいの重さだ。そんな大きさなら、たとえそれがゴム風船だとしても、わしは刺激したくないと思うがな。ああ、絶対にそうだ。ところが、祖父さんはその凄まじいマッコウクジラの背中に銛を突き刺したんだ」

「どうなったんですか」レセンが訊いた。

「当然大騒ぎになったさ。舳先《へさき》から落ちた衝撃で、祖父さんは強烈なパンチを喰らったみたいな状態に陥ったんだ。祖父さんは夢と仮死状態の間を行き来しながら、怒り狂ったマッコウクジラに、暗い海の中へと限りなく引っ張られていった。猛スピードで下降していた祖父さんがやっと意識を取り戻したときに見たものは、ひれから放たれる青い光だったというんだ。祖父さんは海の中にいることも忘れて、そいつをぽかんと眺めた。十八メートルもする巨大なマッコウクジラが、青い光のひれを揺らしながら夜の海を泳ぐ光景は、神秘的で物静かで美しいと、祖父さんはのちに語った。わしは、その瞬間を回想しながら目頭を濡らす祖父さんに、鯨は発光生物じゃないから青い光は出さないよ、と親切に教えてやったんだ。すると祖父さんはわしの頭に小便壺を投げつけたんだよ。気性の激しい人だったからな。祖父さんは人に会うたびに鯨の話をしたが、わしは、あの青ひれのせいで話が嘘くさくなると祖父さんに助言してやった。すると祖父さんはこう言ったんだ。人々が鯨について騒ぎたてる内容は全部嘘だ。彼らの知識はすべて本から拾い読みしたものだろう。しかし鯨は本の中ではなく、海の中に生きている……とにかく祖父さんはそんなふうにしてマッコウクジラに導かれ、海の奥底へ限りなく近づいていく途中で、再び気を失ったんだ」

老人はウイスキーをコップに半分注ぐと、一口飲んだ。

「次に祖父さんが意識をとり戻したとき、夜空には満月が、耳元では波打つ音が聞こえていた。祖父さんは運よく波に流されて、小さな暗礁にひっかかったと考えた。しかしそこは暗礁などではなく、マッコウクジラの頭の上だったのさ。信じられないことだがな。祖父さんは水面に浮かぶ浮標を、海をじっとり濡らす赤い血を、そして銛が刺されたまま頭で祖父さんを支えているマッコウクジラを、寝たままの状態で呆然と見つめた。考えてもみなさい。あまりに奇妙で、すぐに呑み込めない光景じゃないか。怪我を負った仲間の鯨や生まれたばかりの鯨を、水面の上に持ちあげて息ができるようにしてやる鯨がいると、どこかで聞いたことがあるような気もする。しかし仲間の鯨でもなく赤ちゃん鯨でもなく、オットセイやペンギンならまだしも、人間を、それも自分の背中に銛まで刺した人間をなぜ支えていたのかは、正直理解できない」

「そうですね。お祖父さんを歯で食いちぎっても足りないはずなのに」レセンがウイスキーを飲みながら言った。

「意識が戻ったあとも祖父さんは、そのまましばらく横たわっていた。本当に後ろめたい状況だったが、鯨の頭の上でいったい何ができる。夜の海には、満月から降り注ぐ淡い月影と黒い波、銛を刺されたままバケツ十杯分の血を流したマッコウクジラと、困りきった一人の人間がいただけさ。月明かりに照らされた赤い血を見て、祖父さんは申し訳ないと思ったそうだ。いや、申し訳ないではすまないだろう。祖父さんは銛を抜いてやりたかったが、簡単なことではなかった。人生の過ちのように、銛というものは刺すのは簡単だが、抜くのは簡単ではない。その代わり祖父さんは、腰につけていたナイフで銛の紐だけ切ってやった。そうしたら、マッコウクジラはいったん海に潜ってまたすぐ上がってきたかと思うと、浮標に掴まってバタバタしている祖父さんに近づいてきた。そして、あの大きな黒い瞳で、きまり悪そうにバタついている情けない人間を眺めたというんだ。祖父さんによると、やつはすごく近いところまで来て、きょとんとした目で祖父さんを見つめたそうだ。無邪気で好奇心旺盛な瞳で『こんなに小さくて臆病なやつが、どうやって俺の背中に銛を刺し込んだんだろう。勇気だけはたいしたものだな』という表情でな。それから鼻っつらでいたずらっぽく、祖父さんを軽くつついたんだ。まるで『やい、チビ、いたずらが過ぎるんじゃないか？　そんな危ない真似をしちゃダメだよ』と、祖父さんを諭すように。海は血で彩られているのに、祖父さんが自分の背中に銛を刺したことなど、すでに忘れているようだったらしい。話がこの場面に差しかかるたびに、祖父さんは膝をポンと叩いて『あいつは図体がでかいぶん、肝も据わっていたんだ。我々のようなちっぽけな人間とはさすがに次元が違う！』と、人々に向かって叫んだ。祖父さんとマッコウクジラは一晩じゅう、そうやって海に浮かんでいた。祖父さんを捜すために、浮標を追跡していた捕鯨船の姿がかすかに見えるまで、マッコウクジラは祖父さんのそばにいてくれた。船が近づくと、マッコウクジラはあいさつでもするかのように祖父さんの周りを一周してから、ようやく海の深くに悠々と消えていった。背中に祖父さんの名前が刻まれた銛を刺したままでな。奇妙な話だろう？」

「ええ、本当ですね」レセンが言った。

「海で生死の境から戻ってきた祖父さんは、鯨とりとしての人生に疑念を抱いたのか、もう鯨とりはやめようかな、と祖母さんに言ったらしい。そしたら優しくて忍耐強い祖母さんは祖父さんを抱きしめて、嫌だったらもうやめてもいいと言ったんだ。祖父さんは『怖いんだ、本当に怖いんだよ』と子どもみたいに泣きじゃくったそうだ。それから当分の間、仕事はしなかった。でもそんな甘ったれた時間は長く続かなかった。暮らしは厳しかったし、家族も多かったし、できることといえば鯨とりしかなかった祖父さんに、雀の子みたいに鳴きつづける子どもたちを食わせる方法など、他になかったからだ。祖父さんは再び海へ出て、七十歳で引退するまで、東海をうろつくありとあらゆる鯨に銛を投げつけた。ところでひとつ面白い話がある。一九五九年、祖父さんがあのマッコウクジラに再会したんだ。海から奇跡的に生還してから、ちょうど三十年後のことだ。マッコウクジラの背中には、やはり錆びた銛が刺さっていたが、あいつはそれを身体の一部みたいにして、自由に堂々と泳いでいたという。実を言えば、銛に刺された鯨が長く生存しつづけることは、捕鯨史上では珍しくはない。十八世紀の銛が刺されたまま、十九世紀に捕まった鯨もいたそうだからな。とにかくあのマッコウクジラは捕鯨船を見ても逃げず、むしろ背中の銛を潜望鏡のように掲げて、船の近くまでゆるゆると泳いできたんだ。それから船の周りをゆっくり一周したという。まるで祖父さんに向かって『やあ、久しぶりだな。再会できてうれしいね。しかし、なんだ？　君はいまだに鯨とりをしているのか？　そいつはひどすぎるぞ』という表情でな」

「お祖父さんはかなりきまり悪かったでしょうね」レセンが言った。

「言うまでもないだろう。船乗りたちによれば、祖父さんは突然膝から崩れ落ちたそうだ。そして甲板の上にへたり込んで泣きじゃくったという。しばらく泣いたあと、祖父さんはマッコウクジラに向かってこう叫んだ。鯨よ、申し訳ない。本当に申し訳ない。背中に銛を刺されて本当に大変だったろ？　君と別れてからこんな鯨とりなんか、俺だってとうの昔にやめたかったんだ。君は海で暮らしているからよく分からないだろうけど、最近陸の暮らしは手強いんだよ。俺にはまだ持ち家もないし、子どもたちのむさぼり食うことといったら。金も半端なくかかる。とにかく暮らしが厳しいからなんだ。許してくれ。今度会ったら酒でも一杯やろう。酒は俺が用意するよ。君はダイオウイカでも捕ってきておくれ。ダイオウイカが一匹しかなくても、十箱分の焼酎を飲むつもりだからな。すまない、鯨よ。君の背中に銛を刺してすまない。俺が愚か者で本当にすまない」

「本当に鯨にそう叫んだそうですか？」レセンが訊いた。

「ああ」

「とてもユニークな方ですね」

「ああ。それ以来祖父さんは鯨とりをやめて、長生浦を離れた。それからはソウルに上がって、酒ばかり飲んで暮らした。さぞかし窮屈だったろう。海にも出られないし、三十八度線[*2]に鉄柵が巡らされて故郷にも帰れないし。だから酔っぱらうと、あのうんざりする鯨の話をまた始めるのさ。みんなあの話を数百回も聞かされて、聞きたがる人など誰もいないのに無理矢理にな。しかし、ただ単に武勇談をひけらかしていたわけではない。祖父さんは、人間は鯨のように生きるべきだと信じていた。この頃はみんなネズミみたいにずるがしこくなって、ゆったりした、巨大で美しい足跡はすっかり消えてしまったというのさ。巨人が消え去った世の中になったんだな」

老人はまた酒を飲んだ。レセンも空のコップに酒を注ぎ、少し飲んだ。

「晩年、祖父さんは末期の肝臓ガンの宣告を受けた。十六から八十二歳まで船乗りで、一日も欠かさず酒を飲みつづけたから不思議なことではない。でも病院から戻った祖父さんは、何ごともなかったかのように、大酒を飲みつづけた。そして子どもたちを全員集めて言ったんだ。『病院には行かない。鯨も時期がくれば死ぬ』。そして本当に病院には行かなかった。一ヶ月ぐらいしてから、祖父さんはきちんとした格好で長生浦の海に帰った。船乗りたちによると、小さな船を借り、本当に焼酎を十箱積んで、水平線越しへと見えなくなるまでずっと櫓《ろ》を漕いでいったそうだ。それ以来、海からは戻ってこなかった。祖父さんの遺体は永遠に見つからなかった。たぶんマッコウクジラの匂いのする場所まで行ったんだろう。鯨に会えたら、積もり積もった話をするために一晩で十箱分の焼酎を空けただろうし、会えなかったら、死ぬまで海を漂いながら一人で酒を飲んだだろう。うん、祖父さんなら充分できる」

「すごいエンディングですね」

「気高い最期さ。男なら人生を誇り高く終わらせる、そういう死に方を自分で決めるべきだと思うんだ。自分の運命を全うした人だけに、それはできる。しかし、わしは違う。わしは一生ナメクジみたいに生きてきたし、そんな気高い最期を迎える資格はない」

老人は苦々しげに笑った。レセンは口をつぐんでいた。老人がとても悲しそうな顔をしていたので、慰めの言葉でも一言かけたかったが、本当に何も言うべきことが見つからなかった。老人は自分のコップに酒をたっぷり注ぎ、それから一気に飲み干した。老人とレセンはしばらく黙ったまま、それぞれの杯を空けた。炎が小さくなるたびに、レセンは暖炉に薪を一つずつ放り込んだ。やがて新しい薪に火が移り、音をたてて猛烈に燃え上がり、炎となって燃え盛り、再び白い灰になるまで、レセンと老人は黙って酒を飲んだ。

「今日は余計な話をしすぎたな。年をとるほどに口は閉じて、財布は開けろというのに」

「とんでもない。楽しかったです」

老人がウイスキーの瓶を振った。瓶の底に一杯分ぐらい酒が残っている。老人がそれを目で量った。

「わしが飲んでもいいか?」

「もちろんです」レセンが言った。

老人がコップに最後の酒を注いだ。そして残りの酒を飲んだ。

「今日はこれぐらいにして寝ようか。疲れている人を捕まえてしゃべりすぎたな」

「いえ、おかげさまで楽しい夕食になりました」

老人がまず暖炉の右側で横になった。サンタがのそのそと歩いてきて、老人のそばに横たわった。レセンは暖炉の左側で横になった。正面の赤レンガの壁に、二人の男と老犬の影が繋がって一緒くたになっていた。レセンはドアの脇にある銃を眺めた。

「明日、朝飯を食べて行きなさい。空腹で猟に行くと大変だろう」

横向きに寝たまま老人が言った。レセンは少しためらってから口を開いた。

「はい、そうします」

薪の燃える音や犬の寝息が特に大きく感じられた。それから老人は何も言わなかった。長い間、レセンは老人と犬の寝息を聞いていた。そしていつのまにか眠りについた。穏やかな眠りだった。

朝起きると、老人は食事の支度をしていた。ジャガイモの味噌汁と大根のキムチ、ご飯。これで全部だった。老人はあまりしゃべらなかった。老人とレセンは黙って朝食をとった。食事が終わると、レセンは慌ただしく立ち上がった。家を出るとき、老人は茹でたジャガイモを六つ、風呂敷に包んで持たせてくれた。レセンは丁重にお礼を言って、ジャガイモを受け取った。ジャガイモは温かかった。

レセンが再び山のテントに戻ったとき、老人は花壇に水をやっていた。その様子はやはりお茶を淹れているかのように丁寧だった。いつものように花や木に話しかけたり、あいさつしたりしている。レセンは照準鏡を調節した。どこかで見た花がスコープの中で鮮やかになり、すぐにぼやけた。いまだに花の名前は分からない。昨夜、老人に訊いてみればよかった。

いい庭だ。柿の木が二本、庭にとぼけたように立っている。花壇には自分の季節の到来を静かに待っている花がある。老犬サンタが老人のそばに来て頭をこすりつけると、老人がサンタの頭を撫でた。老人と犬はとても仲が良さそうに見える。老人が空気の抜けたサッカーボールを庭の端に投げた。サンタがボールめがけて駆け走った。その隙に老人は水をやっている。花に何と言っているのだろうか。よく見ると、本当に老人は左足を引きずっていた。昨夜、左足について聞いておけばよかった。しかし、そんなことはどうでもいいとレセンは思った。サンタがボールをくわえて戻ってきた。老人は今度はもう少し遠くへとボールを投げた。サンタはご機嫌らしく、その場で大きくジャンプしてから、ボールを取りに駆けていった。水やりが終わったのか、老人はジョウロを下ろして楽しそうに笑っている。いや、笑っているのだろうか。ハフェの仮面のようなあの顔は今、笑っているのだろうか。

レセンはスコープの十字線を老人の胸に合わせ、引き金を引いた。

ダン！

＊1【ハフェ】ハフェ村に昔から伝わる、韓国で最も古い木造の仮面。満面の笑みを浮かべている。

＊2　一九五〇年から三年間続いた朝鮮戦争は休戦協定を機に、朝鮮半島は北緯三十八度線を境に南北に分断された。咸鏡道は北朝鮮に位置しているため、長生浦（韓国）で暮らしていた老人の祖父は故郷に帰ることができない。

アキレウスのかかと

レセンはゴミ箱から発見された。それとも、ゴミ箱から生まれたというべきか。今まで二十七年間、レセンの父親代わりを務めていた狸おやじは、酒を飲んではレセンに、彼の出生についてちくりと嫌みを言うのが好きだった。「お前は女子修道院前のゴミ箱で見つかったんだ。いや、女子修道院前のゴミ箱がお前の母親というべきか？ま、情けないのは両方同じだがな。せめてもの救いは、シスターんとこのゴミ箱は、他のところよりまだマシだったということだな」。レセンは狸おやじの嫌みをあまり気にしなかった。子どもをゴミ箱に捨てる親から生まれるよりは、むしろきれいなゴミ箱から生まれたほうがいいとさえ思っていた。

レセンは女子修道院の付属孤児院で四歳まで育てられ、その後狸おやじの養子になった。神の恩寵が春の日差しのように降り注ぎ、優しいシスターが心を込めて子どもを世話する孤児院でずっと育っていたならば、レセンの人生もまた違うものになっていただろう。しかし実際にレセンが育ったのは、暗殺者や殺し屋、ハンターしかいない、しかもそういう輩《やから》がうじゃうじゃいる狸おやじの図書館だった。植物の根のように、世の中のすべての悲劇は自分が踏み出している、まさにその足元から始まる。そしてレセンは自分が根を下ろした場所を離れるには幼すぎた。
九歳の誕生日、レセンは狸おやじの藤製のロッキングチェアに深く埋もれて、『ホメロス物語』を読んでいた。本の中では、トロイのぼんくら王子パリスがアキレウス――本を読んでいる間、レセンは彼を敬愛した――のかかとに、矢を飛ばそうと弓を引いているところだった。とても緊迫した場面にさしかかっていたために、狸おやじが背後に立ってずっと自分を見つめていたことに、レセンはまったく気づかなかった。狸おやじの表情は険しかった。

「誰がお前に文字を教えたんだ?」

狸おやじはレセンを学校に行かせなかった。レセンが「どうして僕は学校に行かなくていいんですか? 他の子たちみたいに」と訊いたときも、狸おやじは冷ややかに「生きていくのに、学校などまったく必要ないからだよ」と答えた。狸おやじは正しかった。結局レセンは一度も学校に通うことがなかったが、三十二年間生きていて、不便なことなどまったくなかった。不便だなんて、いったい何のせいで不便になれるというんだろう？　とにかく、レセンが本を読んでいるという事実に、狸おやじは少し驚いたようだった。もっと正確に言えば、レセンが本を読めるという事実を、一種の裏切りだと感じたようだった。レセンが質問に答えないまま、ただ狸おやじをじっと見つめていると、狸おやじはあの独特の、相手をさりげなく威嚇する重低音の声で、もう一度はっきりと訊いた。

「だれが、お前に、文字を、教えたか、訊いたんだ」

それが明らかになれば捕まえて仕返しでもしそうなくらいに、狸おやじの口調は毅然としていて怖かった。レセンは震えながら、か細い声で、誰も文字を教えてくれなかったと答えた。それでも狸おやじがずっと険しい顔のままだったので、レセンは続けて、本当に絵本を見ながらひとりで文字を学んだのだと言った。すると狸おやじは強く、レセンに平手打ちを喰らわせた。

レセンは破裂しそうな涙をやっとの思いでこらえ、もう一度言った。本当に絵本を見ながらひとりで文字を学んだのだと。それは事実だった。レセンは二十万冊の蔵書が所狭しと並んでいる、暗くて迷路のようにくねくねした狸おやじの図書館で、やっと自分が読めそうな本を探し出しては（それは黒人奴隷が登場する、アメリカンコミックの焼き直しの漫画や安っぽい成人雑誌、キリンやサイなどの動物が出てくるお粗末な絵本なんかだった）、文字と絵を照らし合わせながら、独学で文字の原理を悟った。レセンは書斎の片隅に集めておいた絵本を指さした。足の不自由な狸おやじは、足を引きずりながらそちらに歩いていって、絵本を一つひとつ調べた。そして、わしの図書館にどうしてこんな粗悪な本があったんだろう、呆れたな、という顔をした。狸おやじは足を引きずりながら戻ってきて、あいかわらず疑わしい目つきでレセンの顔を窺った。そして、レセンが手にしていた『ホメロス物語』を奪い取った。それから長い間、本とレセンの顔をかわるがわる見つめていたが、やがて口を開いた。

「本を読めば、恥と恐怖まみれの人生を生きることになる。それでも本を読むつもりなのか？」

　その意味がまったく分からず、レセンはただ、狸おやじの顔を呆然と眺めた。当然のことだ。恥と恐怖まみれの人生なんて、九歳の少年にどうして理解できただろう。その年頃の少年の考えうる人生とは、誰かがお膳立てしたテーブルの前で駄々をこねたり、サンドイッチからはみだしたタマネギみたいに、突飛なことが起きつづける人生でしかない。だから狸おやじの言葉は、レセンには選択ではなくある種の脅迫みたいに、あるいは呪詛《じゅそ》や呪文のように聞こえた。まるで神がアダムとイブに、この禁断の果実を食べれば天国から追放されるがそれでも食べるつもりか？　と訊くみたいに。レセンは怖かった。この選択が何を意味するのか、まるで分からなかった。しかし狸おやじは答えを待っているというふうに、レセンの顔をじっと見つめていた。林檎を食べるのか、食べないのか。

　やがてレセンは頭をまっすぐもたげて、両手のこぶしをぐっと握り、決意に満ちた表情で、落ち着いて狸おやじに言った。「本を読みます。その本を返してください」。狸おやじは、歯を食いしばってどうにか涙をこらえている、九歳の少年を長い間じっと見つめてから、『ホメロス物語』を返した。

あのときレセンがあれほど堂々と本を返してほしいと言えたのは、本を読みたい欲望がとびきり強かったとか、意固地になったからというわけではない。恥と恐怖まみれの人生について、レセンはまだ何も知らなかっただけだ。

狸おやじが帰ってから、ようやくこぼれだした涙を手の甲で拭いながら、レセンはロッキングチェアの中に体を丸めた。レセンは、北西側に窓があるせいですぐ暗くなってしまう乾燥した書斎と、よくわからない分類法で天井まで並べられた本、そして埃が静かに潜伏している迷路のような書架を眺めた。そして、自分が本を読むことがどうしてあれほどまでに狸おやじを怒らせたのか、考えた。図書館の片隅に座って、本ばかり読んで人生の大半を過ごしてきた狸おやじのことを思うと、三十二歳になった今でも、本当のことをいえば理解できない。九歳の少年にとってあの事件は、ポケットにキャンディをいっぱい持っている人が、他人の口の中にあるキャンディを奪い取るのと同じくらいに、がめついことに思えた。

「よくばりクソじじい、腹でもくだしちまえ！」

レセンは狸おやじに呪詛を浴びせ、手の甲で涙を拭った。それからまた本を開いた。どうして開かずにいられるだろう。本を読むということは、もう単なる趣味と呼べるものではなくなっていた。それは平手打ちを喰らわされながらも、恥と恐怖まみれの人生が待っているという呪詛や脅迫を受けながらも、とてつもなく大変な思いで獲得した、九歳の少年の偉大で、独自の権利だった。レセンはトロイの王子パリスが弓を引く場面を、矢が弓を離れて自分の英雄アキレウスに飛んでいく場面を、その矢がついにアキレウスのかかとに突き刺さる場面を読んだ。

かかとに刺さった矢などやすやすと抜き、ただちに駆け走って、ぼんくらパリスの心臓に槍を打ち込むとばかり思っていたアキレウスが、ヒサルルクの丘で血を流しながら死んでいくとき、レセンは全身をがたがたと震わせた。けっして起きてはならないことが起きたのだ。いったいどういうことなのか。どうして神の息子が死ぬということがありうるのか。どんな槍でもっても突き破ることができず、どんな矢でも殺せない不死の体をもった英雄が、パリスみたいなぼんくらに、それも自分の手のひらより小さな唯一な弱点を隠しきれず、バカみたいに死ぬというのか。レセンはアキレウスが死ぬ場面を何回も繰り返し読んだ。しかし、どこにもアキレウスが再び息を吹き返したということは書かれていなかった。

「あぁ……！　本当にアキレウスは死んでしまったんだ。パリスの矢ごときに」

レセンは狸おやじの書斎に深い闇が下りるまで、そのまま呆然と座っていた。叫ぶことも、身じろぎすらもできなかった。ときどきロッキングチェアの軋む音がした。本が闇に濡れ、本棚が乾いた葉っぱのようにぱさついた。手を伸ばせば届くところにスイッチがあったが、レセンは灯りをつける気もしなかった。レセンは虫がうじゃうじゃいる洞窟に閉じ込められた子どものように、闇の中でずっと震えていた。とんでもない人生だ。アキレウスは不要なところに頑丈な鎧《よろい》をまとったりせず、致命的な弱点のある左かかとを、鎧でしっかり覆うべきだったのだ。バカ。アホ。九歳の少年でも分かることが分からないなんて。レセンはアキレウスがそんな小さな弱点を隠せなかったことが悔しすぎて、それがためにアキレウスが死んだということが許せなかった。

闇の中でレセンはずっと泣いていた。自分が読むべき、あるいは読むかもしれない図書館の、この広大な本のページすべてに人々が住んでいて、そのページの中で、英雄たちが、愛しく美しい少女たちが、困難と挫折の壁を突き破って人生の目標を達成した無数の人々が、自分の唯一の小さな弱点を隠しきれず、ぼんくらの矢に刺されて死につつある。レセンはこの信頼できない人生に驚いた。どんな地位に昇りつめようとも、不死の体を持っていても、偉大な何かを握りしめていても、そんなものは一瞬の小さな失敗で消えてしまうのだ。

その瞬間、人生に対する凄まじい不信が、レセンの体を突き破って入ってきた。いつか僕は、あちこち無数にしかけられた不幸の罠に、引っかかってしまうことだろう。人生を根こそぎ揺さぶる不幸が、いくらもがいても振り払えない粘っこくしつこい恐怖が、いつか僕の脆い人生を襲うだろう。レセンは、苦労して手にしたすべてが、ある一瞬でいとも簡単に崩れ落ちてしまうだろうという、不可解で奇妙な感覚に陥った。それはとても空虚で悲しく、非常に寂しい感覚だった。あの日の夕方、いつまでもレセンは狸おやじの図書館でうずくまっていた。レセンはずっと泣きつづけ、やがて、ロッキングチェアにうずくまったまま眠りについた。

ひげ面のペット火葬場

「こんなんじゃ食っていけねえよ。最近ちっとも仕事にありつけねえ。来る日も来る日も犬ばかり燃やしてさ」

ひげ面《づら》が吸いかけのタバコを地面に投げつけた。百キロを超す巨体のせいで、しゃがみこんだ彼のズボンは今にも破れそうだった。レセンは何も言わず、ポケットから軍手を取り出してはめた。ひげ面が尻を叩きながら重い体を起こして立ち上がった。

「まあ、いまどき死体を山に埋めるなんて、常識のないやつらがいたもんだよ。まったく、ひどすぎやしねえか？　殺《や》るときは殺ったとしても、後始末ぐらいはきちんとしなくちゃな。今の時代に山に埋めるなんてさ。最近じゃ、犬の死体だって埋めやしねえよ。そんなこったから、フォークレーンさえ使えば山から死体が続々と出てくることになるのさ。まったく、この世にゃ道理ってもんがねえんだ、道理が。ナイフでぐさっと刺してそのまま逃げるなんて、そりゃチンピラのやることだ、暗殺者じゃねえ。それに最近は山に死体を埋めるのも簡単じゃねえ。この前、仁川《インチョン》のやつらが一斉に捕まったんだ。スーツケースを持って、移民のふりして山に登ってたときにさ」

「捕まったんですか？」レセンが訊いた。

「図体のでかい男が三人、真夜中にシャベルを持って、それも、あんなでっかいスーツケースを引いて山に登ってたらさ、決まってるよ。近所の人がそれを見て、あぁ、あの人たちはこんな時間に山を越えて移住するんだな、そんなふうにとると思うか？　ほんとバカなやつらだよ。だから山に埋めるくらいなら、この俺の焼却場を使ってくれればいいのに。安全だし、きれいだし、それに環境にだっていいし。それでなくったって商売が大変なのによ」

ひげ面が軍手をはめながらぶつぶつ言った。彼はいつもぶつぶつ言っている。しかし、オランウータンみたいにでかいこの男がぶつぶつ言う姿は、くまのプーさんのようにかわいい。プーさんみたいな顔をしているからだろうか。それともプーさんがひげ面のような顔をしているのか。ひげ面は違法で死体を火葬する死体処理業者だ。もちろん表向きの顔は、ペットの火葬業者だ。この火葬場で、ひげ面は合法的に犬や猫を燃やし、違法に人間を燃やす。しかし、死体を燃やす人間の顔がどうしてあんなにかわいいんだろう。

「まあ、この前のことだけどよ、俺の火葬場にイグアナを持ってきた野郎と女がいたんだよ。名前はアンドリューと言ったっけ、アンドレーだったっけ。イグアナの名前がアンドリューとは何事だよ、アンドリューって。ヤルマンイとかポピーとか、呼びやすくていい名前がいっぱいあるってのにさ。このザマときたら。イグアナが死んだと、若い夫婦が抱き合って、アンドリュー、ごめんね、きちんと時間通りに餌をやるべきだった、アンドリュー、私たちが悪かった、とか言って、どんなに泣きじゃくっていたことか。そばで見てて気持ち悪くてさ」

ひげ面はずっとしゃべり続けている。レセンは適当に聞き流し、倉庫のドアを開けた。

「どれを使いましょうか？　カートは」レセンが訊いた。

ひげ面はあちこち見まわして、倉庫の中のカートを指さした。

「これですか？」レセンが訊いた。

ざっと目で見積もって、ひげ面が頷いた。

「ま、それぐらいでいいだろ。子牛を運ぶわけじゃあるまいし。車はどこに停めた？」

「火葬場の裏です」

「なんでそんな遠くへ停めたんだ？　死体を運ぶのが大変じゃねえか」

ひげ面はカートを引きつつ、えっちらおっちらと歩いた。ゆっくりで能天気な足取り。

欲も焦りも見えないひげ面の足取りが、レセンはいつも羨ましかった。ひげ面は欲をかかない。大きな仕事がきても軽々しくは引き受けなかった。この小さな火葬場を動かして、堅実に小金を稼ぐ。この仕事で、ひげ面は二人の娘を育てた。長女は今年大学にも入った。

「腹いっぱい食ってしまうと、長くは続かねえ。娘たちの面倒もみなきゃならねえし、あと何年かはふんばらないとな」

ひげ面は小心者だ。たとえ金に困っても、ひっかかることがあれば、その依頼は引き受けない。だから寿命がひどく短いこの業界で、ひげ面は長くふんばっていられるのだ。

レセンは車のトランクを開けた。中に入っている二つの黒い防水布を見て、ひげ面が首をひねった。

「どうして二つあるんだ？　狸おやじからは一つと聞いているが」

「一つは人間で、一つは犬です」レセンが答えた。

「これは犬か？」

ひげ面が小さいほうの防水布を指しながら訊いた。

「そっちは人で、大きいほうが犬です」

「いったいどんな犬だ？　人間より大きいなんてさ」

ひげ面は信じられないらしく、防水布を開けた。中には老犬サンタが横たわっていた。開いたファスナーの間に、サンタの長い舌がだらりと垂れた。

「チクショウ、こんな変わったものを持ってきやがって。だいたいなんで犬なんか殺したんだ。この犬がお前のキンタマでも噛んだってのか？」

「新しい主を持つには、年をとりすぎていたようでしたから」レセンが淡々と答えた。

「なんておせっかいな。犬の心配より俺ら自身の将来をまず心配しましょうよ。俺らは今、犬の心配までしてやる境遇にいませんよ」ひげ面が皮肉った。

ファスナーを閉めながら、レセンは一瞬たじろいだ。どうして犬を殺したんだろう。倒れた老人の横で、犬はぼうっと突っ立っていた。太陽を背にして、レセンは犬を見つめた。犬もレセンを見つめていた。老犬の濁った褐色の瞳孔に、日差しが降り注いだ。犬はレセンに向かって唸ったりはしなかった。主がどうして動かないのか腑に落ちないだけ、といった様子だった。レセンはこれから新しい生き方を習得するには年をとりすぎてしまった老犬を眺めた。晩秋の太陽が、脳天の上で細かな日差しを撒いていた。この静かで美しい森に、お前に餌をやる人はもういないよ。餌を探しに山をうろつくには年をとりすぎてしまったし。どんな意味か分かるだろ？　老犬は悲しそうな目で、ただぼんやりとレセンを見つめていた。レセンは犬の首筋を撫でた。そして銃で犬の頭を撃った。

「老人なのに、かなり重いな」

ひげ面が防水布を持ち上げながら言った。

「だからこれは犬だって。老人はあっち」レセンはイライラしながら吐き捨てた。

ひげ面はいまだに混乱しているようで、首を傾げている。

「あぁ。この犬畜生、重いな」

二つの死体をカートに載せると、ひげ面は習慣的にあたりを見まわした。深夜二時のペット火葬場はひっそりとしていた。考えてみれば当然のことだ。誰もこんな時間にペットを火葬したりしない。

ひげ面がガス栓を開いて、焼却炉に火をつけた。炎が焼却炉内に広がると、蛇の皮が剝けるようにビニールの黒い防水布はすぐ燃えた。防水布が消え失せ、老人と犬の姿が露わになった。老人は仰向けに横たわり、犬は老人のお腹に頭を載せて横たわっていた。焼却炉が熱気でいっぱいになると、血管がひっぱられて、一瞬、老人の死体が動いた。その様子は、まだこの世にすがりたいものがあるみたいに、往生際悪く見えた。何にすがりつきたいのだろう。しかし、もう終わりだ。二時間後には、塵《ちり》しか残らないだろう。そして、塵ではなんにもできない。

レセンは捻じ曲がった老人の死体をぼんやりと眺めた。軍事政権の時代、老人は将軍だった。彼は権力をバックに暗殺リストを作成する担当者で、税金でもって狸おやじの図書館に暗殺の依頼をしていた人物だ。そして今、当の本人がリストに上がってしまったというわけだ。そういうものだ。良い時代はいつか終わり、かつての権力者は生き残るために事業を整理し、残務処理をしなければならない。いつの時代も時間は巡り巡って、人生に不意打ちを喰らわせるのだ。

レセンが十二歳のとき、軍服に身を包んだ老人が図書館に来たことがある。かっこいい軍服だった。老人はレセンの方にやって来て、話しかけた。

「何を読んでいるんだい？」

「ソフォクレスです」

「面白いかい?」

「僕には父親がいないので、あまりよく分かりません」

「お父さんは今、どこにいるんだい?」

「女子修道院前のゴミ箱に」

帽子にピカピカした星を二つも付けていた将軍は、にっこりと笑いかけながら、レセンの頭を撫でてくれた。二十年も前のことだ。少年はあのときのことを覚えていたが、老人のほうは覚えてはいなかっただろう。

レセンはタバコを取り出した。ひげ面がレセンのタバコに火をつけてやると、自分も一本くわえた。タバコの煙を吐きながら、ひげ面は口笛で鳥のさえずりを真似た。そして火葬場の外に出て、もう一度誰もいないか確認した。レセンは焼却炉の炎の中で、絡んで一つになっている老人と犬の死体を見つめつづけた。

多くの馬鹿どもは死体を燃やせば完全犯罪が成り立つと錯覚する。彼らは誰もいない野原にガソリンを持っていって、直接死体を燃やそうとする。しかし死体は思ったほど簡単には燃えない。だから、面白半分に死体に火をつけた場合、野原に残されるのは、悪臭を放ちながら醜く変形してしまった大きな塊だ。科学捜査官はこの塊だけで、死体の年齢や性別、身長、顔立ち、歯型をもとに、それが誰なのかを割り出せる。死体を完全に燃やそうとすれば、密封した窯で、千三百度以上の高温で、二時間以上燃やしつづけなければならない。火葬場、陶窯《とうよう》や炭窯《すみがま》、製錬所の溶鉱炉でなければ、こんな条件が満たせる場所は見つけにくい。だからひげ面の火葬場は切り盛りできるのだ。骨を細かく砕くことも重要だ。科学捜査官の手にかかれば、骨盤のかけらだけで、年齢や性別、身長はもちろん、殺人の方法まで突きとめられてしまう。砕いた骨から歯に至るまで、すべて確保すべきだ。いくら細かく砕いたところで、骨にはやはりたくさんの手がかりが残っていて、歯は火事のような極端な状況にあっても、主の情報をそのままに維持するからだ。歯をハンマーで砕き、砕いた骨は安全な場所に撒いておかねばならない。そうしないと、彼の死は世の中に知られることになる。

レセンはもう一本タバコをくわえて、時計を見た。深夜二時十分。朝方にならないと家には戻れないだろう。突然疲労が首や肩にのしかかる。野外で一晩、老人の家で一晩、そしてひげ面の火葬場で一晩。計三日間の外泊だ。猫の餌がなくなったかもしれない……レセンは暗い部屋でお腹を空かしているであろう二匹のシャムネコのことを思い浮かべた。書見台とスタンド。これは猫の名前だ。おかしなことに、二匹のシャムネコはそれぞれの名前に似ていく。書見台は食パンのようにうずくまって、床に落ちた紙くずを見つめることを好み、スタンドは首を伸ばして窓の外を眺めることを好む。

ひげ面が茹でたジャガイモを籠に入れて持ってきて、レセンに一つ差し出した。残念なことにまたジャガイモだ。老人がくれたジャガイモが六つ、車に残されたままになっている。レセンは空腹を感じたが首を振った。「どうして食わないんだ？ 江原道《カンウォンド》のジャガイモだからうまいのによ」ひげ面は理解できないというふうに首を傾げて、ジャガイモをまるごと口に放り込んだ。そして瓶のまま焼酎をがぶ飲みした。

「このあいださ、キム社長をここで燃やしたよ」ひげ面が口元についた焼酎を手の甲で拭いながら言った。

「プジュ[*1]のキム社長？」レセンが訊いた。

「ああ」

「誰がやったんですか？」

「ドゥホがベトナムマフィアを使ってやったみたいだ。最近、ベトナムマフィアは勢いがある。かなりリーズナブルだからな。ベトナムだけじゃねえ。中国マフィアもいるし、特殊部隊出身の脱北者もいる。それにフィリピンマフィアまで。ああ、一人殺すのに五十万ウォンというやつもいたな。最近は殺し屋のギャラがどこも捨て値だよ。だからみんなああムキになって食いつくんだ。キム社長もあんなふうにのさばってさ、長くないと思ってたよ」

レセンは煙を深く吐き出した。暗殺者に支払われる金が捨て値になったところで、ひげ面が嘆く必要はない。誰が殺ろうが、死体が多いほどひげ面は儲かる。レセンの機嫌を取るために、ああ言っているだけだ。ひげ面はジャガイモを一口齧り、焼酎を一口飲んだ。そして思い出したように口を開いた。

「そういえば不思議なことがあってよ。キム社長の死体を燃やしたら、そこにピカピカの玉みたいなものがあってさ、よく見たら仏舎利だったんだ。それも豆粒みたいなのが十三個も出てきてよ」

「まさか。キム社長から仏舎利が出るなんて」呆気にとられてレセンが言った。

「ほんとなんだよ。見せてやろうか？」ひげ面は悔しそうに言い返す。

「いいです」面倒だというふうにレセンは手を振った。

「ほんとだって。俺も信じられなかったよ。キム社長のあだ名はなんだ？　分別なくあれもこれも全部食ってしまうから『オッケーキム社長』じゃねえか。あれも食ってこれも食って、あれも殺してこれも殺しちまうから、あんな死に方をするんだよ。ところで、あのクソみたいな体から仏舎利が出るとはな。それも十三個も……まぁ、仏舎利は修業、禁欲、節制、そんなものとは所詮なんの関係もないんだ。あれはただ、宝くじみたいなもんだな」

「本当に仏舎利だったんですか？」まだ信じられないという顔でレセンが訊いた。

「ほんとだって」ひげ面が大げさに肩をすくめながら声を荒げた。「この近くの坊さんに見せたら、後ろ手を組んで長い間こうやって見てたんだよ。それから舌舐めずりしながら自分に売りなさいってよ」

「どうしてですか？」

「女遊びはする、ギャンブル好き、毎日酒びたり。しかしそのクソ坊主が、これまた欲深くてさ。茶毘《だび》に付されるときに仏舎利が出なかったら、何か言われるんじゃないかと気にしてんだよ。ところが、手元に仏舎利があったらどうなる？　呑み込んで死ねば、まず仏舎利十三個は保証されるだろ？」

　レセンはふんと笑った。ひげ面はジャガイモをもう一つ口に放り込み、焼酎を一口含んだ。一人で食べるのが申し訳ないのか、ひげ面がレセンにジャガイモを差し出した。分厚い手のひらに載せられたジャガイモを見ていると、次の瞬間、薪の上の豚肉にも灰の中のジャガイモにも、いちいち話しかけていた老人のことを思い出した。珍客が来たからうまく焼けてくれ。老人の、あの単調で低い声。寂しかったのだと、レセンは思った。すべての葉が落ち、血管みたいな枝だけが残った冬の木のように、人生に寂しさを覚え、老人はあんなふうに振るまったのだろうと、レセンは思おうとした。ひげ面はまだジャガイモを差し出している。突然、空腹を感じた。レセンはひげ面の手からジャガイモを受け取って、一口齧った。ジャガイモを咀嚼しながら、無言のまま焼却炉の炎を眺めた。炎と煙に包まれて、もうどちらが老人でどちらが犬なのか見分けがつかなかった。

「うまいだろ？」

「はい」ジャガイモを食べながらレセンが答えた。

「ところでよ、学費ってのはなんであんなに高いんだ？　長女が今年大学に入ったろ。死体を最低でも五体は焼かないと、学費と一人暮らしの娘の家賃はまかなえねえ。でも最近じゃ、そんな割のいい仕事は簡単には入ってこねえ。景気が悪いのか、世の中が健全になっちまったのか。ほんと、昔とは違うんだ。こんなザマが続けば、俺みたいな人間はどうやって食っていけばいいんだ？」

この健全な世の中に耐えられないというふうに、ひげ面は顔をしかめた。

「かわいい娘さん方のために、今からでも真面目に生きたらどうですか。健全にペットだけをひたすら燃やしながら」

「ペットだけじゃ儲からねえよ。この仕事はさ、重さを測ってキロ当たりいくらで金をもらうんだが、最近のペットときたら、みーんなネズミみたいに小さくてさ。それに加えて、ガス代、税金、電気代、あれもこれも払ったら何が残る？　キリンやら象やらをペットで飼う時代が来ればいいのによ。だったらこの俺様も金持ちになるってのに」

ひげ面が瓶を振って底にわずかに残っていた焼酎を飲み干した。そして人生にはこりごりだというふうに伸びをした。

「売っちまおうか?」唐突にひげ面が訊いてきた。

「何をですか?」

「キム社長の仏舎利」

「売ってもいいでしょう。持っていたって使い道もないし」レセンは面倒そうに答えた。

「あのクソ坊主が三十万ウォンくれるって言うんだが、なんか損する気がしてよ。いくらキム社長の体から出たものだといっても、腐っても仏舎利なんだぜ」

「ばかばかしい」レセンが皮肉った。

「二十万ウォンプラスして、五十万ウォンだとふっかけてやろうかな」

レセンはそれ以上何も言わなかった。疲れていたし、ひげ面とくだらない冗談を言い合う気分でもなかった。レセンが黙って炎を眺めていると、ひげ面は気まずいのか、空き瓶を振ってみせて、もう一本取りに行った。

煙突から白い煙がひっきりなしに噴き上がる。ここで死体を燃やすたびにレセンは、行き詰まって息切れしていた彼らの魂が、あの煙突を通って解放されるという途方もない考えに耽った。多くの暗殺者がこの焼却炉で燃やされた。ここは用済みの暗殺者の墓場だ。

ミスを犯した暗殺者、警察に追われている暗殺者、誰にも分からない理由で死のリストに上がった暗殺者、そして年老いた暗殺者が燃やされる。

設計者にとって、傭兵と暗殺者は使い捨ての電池のようなものだ。実際、年老いた暗殺者など何の意味があるだろう。設計者にとって年老いた暗殺者とは、要らない情報や証拠をたくさん持っている迷惑な水ぶくれみたいなものだ。考えてみれば当然のことだ。この世の誰も、放電した使い捨て電池を大切に保管したりはしない。

レセンはこの焼却場で、旧友のチュを燃やした。チュのほうが八歳年上だったが、二人は仲が良かった。ここでチュを燃やしたときから、レセンは自分の人生のどこかが変わりはじめたと感じていた。ある日、ふと、慣れ親しんだすべてを不自然に感じるようになったのだ。テーブルに、花瓶に、自動車に、自分の偽物の運転免許証に、どことなく違和感を感じてしまうのだ。その違和感は、レセンに意外な行動を引き起こさせた。運転免許証の本来の持ち主の男を捜し出したこともあった。三人の子どもの優しい父親で、真面目で有能な溶接工だったというこの男は、八年前に失踪していた。たぶん何らかの理由で、設計者のリストに上がってしまったのだろう。この優しい溶接工の死体は山に埋められたか、ドラム缶に入れられて深い海に水葬されたかだろう。もしかしたらここで、このひげ面の焼却場で燃やされたのかもしれない。八年も前のことだが、家族は優しかった父親の帰りをいまだに待っていた。その帰り道、レセンは車を運転しながら「つまり、今まで俺の車は死体が運転していたんだな」と、自分自身を皮肉った。死んでいるのに生きているという感覚、化け物になってしまった人生。事実、それは違和感を覚えてもおかしくないことだ。

チュが死んだのは二年前のことだ。チュも暗殺者だった。しかしレセンと違ってチュはどこにも所属せず、あちらこちら漂いながら仕事をしていた。マフィアには「一番やっかいな敵はイカれたやつ」という格言がある。もう失うものは何もないと思っている者、人に何も期待せず、また自分自身にも何も望まない者、常識では理解できない行動パターンの者、自分が作った、理解しがたく信じがたい信念やおかしな原則のなかで、ひたすら黙々と生きていく者は、巨大な力もあまり恐れない。チュはそんな人間だった。

マフィアの格言にあるように、そもそもイカれたやつとは喧嘩をしてはならない。失うものがないと思っている相手と戦うのは苦痛だ。反対に何かを失いたくなくて、窮地に立たされている人間は扱いやすい。彼らは設計者が一番好む餌食《えじき》だ。彼らの行きつく先は目に見えている。最後まで失いたくないものを手放そうとはせず、それがために結局は命を失う。しかしチュは違っていた。チュは自分が何も欲さなければ、狂暴で巨大な力を持っているこの世界でさえも、自分を操ることができないのだと証明しようとした。

チュは気難しかったが、仕事のやり方に無駄がなかったので、しばしば狸おやじはチュに難しい仕事を任せた。狸おやじはチュを図書館の傘下に置きたがった。「群れから外れると、ライオンだって野良犬の標的になる」と、狸おやじはさりげなく忠告した。すると、チュは嘲笑うかのような顔で「俺はあなたのように、卑屈に長生きしたくはない」と答えた。そういう種類の人間だった。

チュはどこにも属さないで、この世界で二十年間、暗殺者として生きた。二十年間、チュは国家機関からの依頼だろうが、企業からの依頼だろうが、プジュの三流クライアントからの依頼だろうがかまわず、この世のありとあらゆる汚い仕事をこなした。二十年……暗殺者としては、けっこう長く持ちこたえたことになる。

しかし、四年前のある日、チュのねじまきが突然止まってしまったのだ。どうしてあんなことが起きたのかは誰にも分からない。チュでさえも、自分にどうしてそんなことが起きたのか、どうして二十年間休むことなく自動的に動きつづけたねじまきが不意に止まってしまったのか、そう簡単には理解できないとレセンに言った。ある日、チュは標的の女を殺さずに帰ってきた。女は二十一歳のただの高級コールガールだった。ほどなくして、様々な請託や賄賂の収受、女子中学生とのセックススキャンダルなどで窮地に立たされていたK議員が、飛び降り自殺を図ったという新聞記事が出た。女子中学生とセックスを楽しんでいたあのクズが、もともと汚れきっていた自分の名誉を守るために飛び降り自殺など図るはずがない。おそらく、あの記事を読んだ瞬間、すべての設計者はチュを思い浮かべただろう。チュはそれだけではなく、コールガール暗殺の設計者を捜し出して殺そうとした。でも結局は失敗に終わった。いくらチュでもそれは容易ではなかっただろう。その頃、チュはすでに追われる立場にあった。それに設計者は暗殺を設計するよりも、自分の身を秘密の安全な場所に隠すことに、逃げるための非常口を準備することに、さらなるエネルギーを使うものだ。

設計の世界は巨大なカルテルだ。設計者たちがチュの息の根を止めなければならなかったのは、必ずしもプライドのためだけではない。この業界にプライドなど、そもそもありはしないのだ。他の業種と同じように、設計の世界にもそれなりの厳しい秩序と規律がある。その秩序と規律を土台にマーケットが作られ、顧客が訪れる。秩序が崩れるとマーケットが崩れ、マーケットが崩れれば顧客も来ない。チュも知っていたはずだ。女を殺さないと心を決めた瞬間、チュはすでに自殺したも同然だった。しかしチュは運のない娼婦を一人救おうと、命を賭けた。

二ヶ月も経たないうちに、プジュの追っ手はチュが逃がしてやった女を捜し出した。女は小さな港町に身を隠していた。最上級のホテルでＶＩＰの相手だけをしていたこの高級コールガールは、駅前のすえた匂いのする安宿を転々としながら船乗りに体を売っていた。私娼屈《ししょうくつ》などに行かないで、工場街のようなところで静かに隠れていたら、もう少し長く逃げられたかもしれない。しかし女は結局、悪臭の漂う薄汚い場所に戻ってきた。おそらく金が底をついたのだろう。身ひとつでソウルから逃げてきたために、洋服や宿の確保などにも難しかったのだろう。しかも冬だった。人は寒さと空腹に苛《さいな》まれると、抽象的な恐怖に鈍感になる。だからどんな死に方をしたところで同じだと考えたのかもしれない。それを愚かだと言うべきかは分からない。女にしてみても、地方の港町で安っぽい娼婦をしながら、酔っぱらった船乗りのアレをしゃぶることなど好きではなかっただろう。しかし女には他に選択の余地がなかった。女の手を見ればどういう意味か分かる。細すぎる、きれいな手だった。その手はくるくる回るベルトコンベヤーの前で十時間もネジを回したり、冬の海でワカメやカキを採る人生など、一度たりとも想像したことがなかったように見えた。良家に生まれていたらピアニストにもなりえた手だった。しかし女は良家に生まれなかったし、十五歳から娼婦をして金を稼いでいた。

私娼屈に戻れば長くないということを、女も知っていたはずだ。しかし女はそれを分かっていながらも戻った。我々はどんなに不快で胸クソ悪くとも、自分が足を踏み入れている土地から結局は離れられない。金もなく、食べていく道が他にないからでもあるが、それだけが理由ではない。我々がこの胸クソ悪い場所に戻ってくるのは、その不快さに慣れているからだ。あの荒涼とした世界に一人で投げだされる恐怖より、恐怖の大きさほどに深く広がる孤独より、不快さに耐えるほうが簡単だからだ。

設計者から書類が届くと、狸おやじはレセンを呼びつけた。レセンが図書館内の書斎に入ると、狸おやじは机に座って書類を読んでいた。書類には女の写真、住所、行動パターン、趣味、体重、関係者など、女を殺すのに必要なすべての情報が載っているだろう。さらには殺人方法と死体の処理方法まで書かれているはずだ。

「三十八キロしかないんだとさ。首をへし折るんだ。カエルを踏みつけるぐらいに簡単なことさ。こんな設計に金をかけなきゃならないとはな」

狸おやじはレセンの目を見ずにそう吐き捨て、封筒を投げつけるように差し出した。カエルを踏みつけるぐらいに簡単だと？　レセンは首をひねった。冷笑を浮かべて軽口をたたくのは、狸おやじが羞恥心を隠したいときだ。二十一歳の女を、それも三十八キロしかない女を殺さねばならないことが体裁が悪いのか、それとも、いくら図書館が衰退したとはいえ、金にもならないこんなチンケな依頼まで引き受けるしかない状況がプライドに障るのか、知る術はない。

レセンは適当に書類に目を通した。写真の女は日本のアイドルみたいだった。年齢は二十一とあったが、十五歳にしか見えない。レセンはそれまで一度も、女性を殺したことがなかった。もちろん女性と子どもは殺さないというルールがあったわけではない。ただ順番が回ってこなかっただけだ。レセンにはルールなどなかった。何のルールも持たないこと、それがレセンの唯一のルールだった。

「死体はどうしますか？」レセンが訊いた。

「当然、ひげ面の焼却場で燃やす。*2光化門《クヮンファムン》にでもぶら下げるつもりか？」狸おやじは苛ついていた。

「M市から焼却場まではかなり距離がありますが、トランクに入れて運ぶ途中で、検問にでも引っかかったら……」レセンが煮え切らない調子で言った。

「酒も飲まず猫みたいにおとなしく運転するというのに、どうして警察が検問なんかするんだ？　やつらだって暇じゃないんだ」

せせら笑うような声だった。狸おやじが怒りを隠したいときに、代わりに表に出す感情だ。レセンが突っ立ったままでいると、狸おやじは失せろというふうに手を払った。そしてブロックハウス百科事典の初版本のなかから一冊を取り出して、書見台の上に置いた。前に立っているレセンはもう眼中にないというふうに、狸おやじはぶつぶつ言いながら百科事典を読みはじめた。独学でマスターした下手なドイツ語が書斎を彷徨《さまよ》った。部屋を出るとき、レセンは「ドイツ人だって、一言も聞き取れないだろう」と、ぽそりと呟いた。
もう狸おやじは自分の書架に、事典以外の本は一冊も置かなかった。レセンの記憶では、ここ十年間、狸おやじは事典以外の本を読んでいない。「事典は実に良いものだ。お涙ちょうだいでもなく、泣き言もいわず、教訓も垂れず、何よりあのムカムカする著者のひけらかしを目にしなくて済む」。これが、狸おやじが百科事典以外の本を読まない理由だった。

*

女が身を隠していた港町は、病気の鶏みたいにみすぼらしかった。植民地時代、軍需品の調達ルートとして一時期に繁栄したこの港町は、今は衰退の一途を辿っているようだった。そしてもはや、衰退を食いとめる力は何もなさそうだった。レセンは高速バスから降りてまっすぐターミナルの駐車場に入った。そしてナンバープレート「２８４７」の車を捜した。駐車場の端に古いジープが停まっている。レセンはポケットからキーを出してドアを開け、車に乗った。エンジンをかけると、ガソリンメーターの警告灯が点灯している。

「この野郎、ガソリンも入れてやしない」

レセンは苦笑いし、どんな人物か、どこにいるかも知らない、間抜けな設計者に向かって腹を立てた。

レセンはモーテルの地下駐車場に車を停めた。設計者が指示した駐車場所は、非常階段前から三台目のスペースだったが、そこにはすでに三〇〇〇ｃｃ級の高級セダンが停まっていた。レセンは時計を見た。午後一時二十分。セダンの主が昨夜入ったまま、まだ出てこないのか、それとも豪華な昼食をとって直ちに不倫に突入したのかは分からない。レセンは仕方なく、奥の壁側に車を停めた。そして車から降りて、天井やら壁やらを見まわした。この古臭いモーテルの駐車場には監視カメラはなかった。レセンはトランクを開けて、スーツケースと防水布を取り出した。

書類に書かれていた通り、モーテルのフロントには誰もいなかった。時計は午後一時二十八分を指している。レセンはキーボックスから三〇三号室の鍵を取り出して、部屋に向かった。そして革製の手袋をはめて、ドアを開けた。

古いモーテルだった。ベッドの上には一目見ただけで、ずいぶん洗濯していないと分かる汚れた蒲団が、棚には使いかけのトイレットペーパーが、それに金属製の灰皿と八角形のマッチ箱があった。壁紙はもともとどんな色だったのか分からないほど色褪せていて、窓に取りつけられたドイツ式真空管ラジオの形をしたエアコンは、三十年以上も前の年代物で、電源を入れたら何かおぞましいものでも飛び出してきそうだった。マットレスとベッドの間には、誰が捨てたか分からないコンドームが挟まっていて、男のものか女のものか分からない陰毛が一本、乾いた精液にくっついていた。電灯には死んでからずいぶん経った虫の死骸や真っ黒な埃がいっぱい溜まっていて、その薄暗い蛍光灯の光のために、部屋の光景は三十年代のモノクロ映画のワンシーンを連想させた。

「実に惨めな部屋だな」

レセンはスーツケースとソウルから持ってきたサムソナイトのアタッシュケースを隅に置き、ベッドの端に座った。一億万ものバイキンが、パラダイスにやって来たと歓声を上げんばかりの汚いベッドだった。レセンはタバコをくわえ、マッチ箱からマッチを一本取り出して火をつけた。「こんなものがまだあるとは」。レセンは八角形のマッチ箱を見て、不思議に思った。

時計がちょうど二時を指したとき、レセンは書類の番号に電話をかけた。

「部屋に入りました。三〇三号室」

電話の向こう側の男は何も言わず、三秒ほど黙ったままだった。不快な息づかいが受話器越しに聞こえ、ほどなくして電話は切れた。レセンは呆然と電話を見つめた。「この野郎、偉そうにしやがって」。レセンは窓を開け、駅舎裏の入り組んだ狭い路地を眺めながら、もう一本タバコを吸った。小さな店がひしめきあっている、午後二時の私娼窟は物静かだった。

それから二時間後、女が部屋に入ってきた。不躾な表情でレセンを一瞥すると、「こんにちは」と言った。自分がかわいいと自覚している女にありがちな、傲慢で気のないあいさつだった。十五歳にも見えない幼い顔、一六〇センチほどの小柄な身体、男なら一度は振り返りそうな美貌、顔じゅうを覆い尽くす繊細で憂いのある影。カレンダーにある、イチョウの葉が散った絵を彷彿とさせる、複雑な印象を与える顔だった。

「服を脱いでください」女が言った。

女はすぐ服を脱いだ。そもそも身につけていたのはワンピースにブラジャー、ショーツだけで、女が裸で棒立ちになるまで五秒もかからなかった。レセンはベッドの端に座ったまま、ただぼんやりと女を眺めた。痩せているのにとびきり大きな胸が、日本のポルノ漫画に出てくる美少女みたいに奇妙な印象を与えた。かなり長くコールガールをしているのに、女は子どものような肌をしていた。

K議員の部屋で何があったのかは詳しく知らない。しかし何が起きたところで、それが女と何の関係があるだろう。女にはただ、美少女に幻想を抱いていた有力者のじじいの、あまり勃たない見苦しいアレを吸った罪しかない。それに女が大金を手にしたわけでもない。じじいどもはかなりの大金を払って女を抱いたのだろうが、そのほとんどはブローカーが持っていったはずだ。女はただ運がなかっただけだ。しかし悪運も結局は人生の一部だ。

「服、脱がないんですか?」女が訊ねた。

レセンは黙って女を眺めた。レセンが何もせず裸を見続けていると、女はイライラしながら、嘲笑うかのような表情を浮かべた。

「早くしません?　忙しいんです」

女はレセンをなだめすかすように言った。でもその顔はあいかわらず相手を見下していた。レセンは視線を女に固定したまま、革のコートの中にゆっくり手を入れた。拳銃かナイフか。何を出せば、女が悲鳴を上げたり騒ぎたてたりしないだろうか。統計によれば、人間は拳銃よりもナイフに対してより恐怖を感じるという。おかしな話だ。恐怖はいつも非理性的だ。レセンはナイフではなく銃を出すことにした。しかしその前に女がこわばった表情でレセンを見た。

「服を着てもいいですか？」女の声は震えていた。

「どういう意味だ？」レセンが冷たい声で訊いた。

「裸のまま死にたくはないです」

女がレセンの顔をまっすぐ見た。怒りでも憎悪でもなかった。それは一瞬のうちに、この世界の多くを悟ってしまった疲れた瞳、恐怖に駆られてもう何も見まいとする、がらんとした瞳孔のようだった。

「裸のまま殺したりはしない」レセンが言った。

しかし女はあいかわらず、裸のままでレセンの前に突っ立っていた。

「服を着てください」

レセンが丁寧に言い直した。

ようやく女は、床に散らばっていた服を一枚一枚着始めた。ミッキーマウスの描かれたかわいらしいショーツを拾う女の手がびくびく震えた。女が服を着終えると、レセンは立ち上がって女の肩を掴み、ベッドに座らせた。そしてドアに鍵をかけた。女はハンドバッグからバージニアスリムを一本取り出して、ライターで火をつけようとした。でも手が震えて何度やってもうまくいかなかった。レセンはポケットからジッポを取り出し、火をつけてやった。女は軽く頭を下げると、タバコを深く吸い込んで、嘆くように長く煙を吐いた。女はこういう状況について練習を重ねてきたみたいに落ち着こうとしたが、痩せこけた肩はすでにぶるぶる震えていた。

「体に傷がつくのはいやです。そうしてもらえますか?」女が低い声で言った。

女は命乞いをしなかった。ただ、体を傷つけることなく死なせてくれと頼んでいた。ふと、チュのことが頭をよぎった。この女の何が、チュのねじまきを止めたのだろうか。女の痩せこけた体に同情して？　日本の美少女ポルノ映画を彷彿とさせるこの美貌のために？

女の顔を覆う何とも言えない憂いが罪悪感を引き起こしたとか？　違う。ありえない話だ。チュはそういう安っぽいロマンティシズムのために、しくじる人間ではない。

「体が傷つけられるのはいや……か」

レセンは女の言葉をゆっくり繰り返した。瞬間、女の瞳が不安そうに揺れた。死ぬことよりも体を傷つけられるほうがいやだ、という女の言葉が信じられなかった。下を向いていたレセンがゆっくり頭を上げた。

「体は傷つけないつもりです」レセンはなるべく安心させるような口調で話した。

瞬間、女の表情は驚きに変わった。片隅に置いてある大きなスーツケースの意味に、ようやく気づいたようだった。スーツケースが喚起するイメージのせいか、女の全身はひどく震えていた。

「あの中にあたしの死体を入れるんですか？」

どもることはなかったものの、女の声は不安定だった。レセンは頷いた。

「どこに持っていくんですか。ゴミ捨て場や山に捨てられるんですか？」

答えてもいいんだろうか。レセンはしばらく考えた。でも女にそこまでしてやる義理などないし、言っても言わなくても変わることなど何もない。

「山に埋めたり、ゴミ捨て場に捨てたりはしません。ちゃんと火葬されます。もちろん合法的な方法ではありませんが」

「そしたら、誰もあたしが死んだ事実に気づかないでしょうね。葬式のようなものもないでしょうし」

レセンは頷いた。それまで我慢していた女が泣き出した。もうすぐ死ぬというのに、死体がどうなろうが、そんなことがそんなに大事だろうか。しかし女は今、死ぬことよりも死後の自分の姿を心配している。二十一歳の女がなぜそんなことを考えているのだろうか。

女は歯を食いしばり、手で涙を拭った。そして、お前なんかにこれ以上涙を見せたりも、命乞いもしたりしないという、断固たる表情でレセンを見据えた。

「それであたしをどうやって殺すつもりですか」

十五年間、暗殺者として生きてきたが、そんな質問を受けたのは初めてのことで、レセンは少し戸惑った。

「今、俺に質問したのですか」レセンが訊いた。

「ええ」女があっさり答えた。

設計者は首を折るよう指示していた。三十八キロしかない女の、そのか細い首をひねることなどわけもない。女が派手に抵抗しなければ、静かに事が終わるだろうし、苦痛もそれほど大きくないだろう。しかし激しく抵抗すれば、折れた頸骨《けいこつ》が皮膚を突き破る可能性もある。首が折れてもなお意識があり、気道が塞がれて窒息するまでの間、苦しみの中で何分ももがかなければならない場合もある。

「どんな方法で死にたいですか」レセンが乾いた声で訊いた。

レセンはどこか違和感を覚えた。どんな方法で死にたいかなんて、レストランでステーキの注文でも受けているのか。これは会話としてありうるのか。女は俯いたまま、しばらく考えていた。しかし何かを熱心に考えている様子ではなかった。ただ、ずっと前に自分が下した決定をもう一度噛みしめているようだった。

「あたしに薬があります」女が言った。

あたしに、薬が、あります……レセンは頭の中で反芻した。女はすでに自殺を考えていた。そしてその方法として薬を選んだ。それほど驚くことでもない。自殺に関する統計を見れば、男性が拳銃自殺や飛び降りを好むのに対して、女性は服毒や首つりを好む。たいていの女性は体に傷がつく死に方を嫌う。しかし想像と違って、一般人でも簡単に手に入れられる農薬や塩酸みたいな薬物は、大きな苦しみを伴い、時間もかかるうえに失敗する確率も高い。

「それぐらいの望みはきいてもらえますよね」女が切なる眼差しで訊ねた。

レセンはその視線からそっと外れた。女の首をひねって、カバンに入れて、ひげ面の焼却場に行かなければ。設計者は、自分の設計が暗殺者ごときに勝手に変えられるのをとことん嫌う。それは設計者としてのプライドのせいではない。設計が変更されれば、様々な地点で待機している人々のタイミングが変わり、そうなればすべての動線が絡んでしまう。絡んでしまった動線のために致命的な痕跡が残ってしまうこともあれば、ミスが起こればその痕跡を消すために、また別の人間を殺さなければならないこともある。その人間が自分になる可能性だってある。だから設計者から下された指示を変更するのは、ややこしいのではなく危険なのだ。

レセンは顔を上げて女を見た。女はいまだに切実な眼差しでレセンを見つめている。逃してくれというのではなく、それぐらいはしてもいいじゃないですか、と女の眼差しは訴えていた。まったく。それぐらいしてやってもいいじゃないか、それぐらいはしてやるべきじゃないか、レセンは眉をひそめた。

薬を飲めば火葬しても骨粉から有毒物質が検出される。車両や洋服からDNAが発見され、骨粉から有毒物質が出れば、たとえ死体はなくとも有力な殺人の証拠となりうる。しかし、映画にでも出てきそうなそういった状況は、現実ではめったに起こらない。設計者が必要以上に細かいのは、完璧さゆえではなくその美意識のためだ。首をひねろうが薬を飲もうが同じことだ。どうせ女は燃やされるだろうし、骨粉は川の底に静かに沈むだろう。

「どんな薬ですか」レセンは訊ねた。

女がハンドバッグから薬を出した。レセンが手を差し伸べた。女は躊躇しながらレセンに薬を渡した。レセンはビニールの小袋を少し振ってから、窓にかざしてみた。ビニールに入っている白い粉はシアン化カリウムのようだった。

「青酸カリですか」レセンは再び訊ねた。

女がレセンの目を見て頷いた。

「これについて何か知っていますか」

女は質問の意味が分からないというふうに、首を傾げた。

「飲めば必ず死ねることは知ってます。それぐらい知ってれば充分じゃないですか」

半ば挑発的で、半ば苛立った声だった。

「どこで買ったんですか」

「知り合いが自殺しようと持っていたのをくすねました」

レセンは女に向かってにっこり笑いかけた。女からしてみれば、嘲笑われているかのように見えただろうが、実は同情に近いものだった。何を言えばいいのか分からないとき、レセンは習慣的に唇を動かすのだ。

「知り合いの方がネットや麻薬の売人から買ったのなら、この薬は偽物である可能性が高いです。だとしたら、とても厄介な問題が発生しますよ。たとえ本物だとしても、青酸カリはあなたが思うほどロマンティックな薬ではありません。数秒で即死する薬でもないし。あなたが想像している薬は、スパイが使う即死タイプの自殺用カプセルのようですが、それはシアン化水素が溶けている液体状のものであって、こんな固形の錠剤ではないです」

レセンがタバコの吸い殻を捨てるように、ビニールの小袋を床に落とした。女は大切な物でも拾うように、急いで小袋を手に取った。そしてどうしても信じられないというふうに、レセンをまじまじと見つめた。

「じゃあ、これでは死ねないんですか？」

「一般的には二五〇グラムぐらい飲めば死ねます。でもかなり苦しいですよ。筋肉が麻痺し、内臓が溶け、喉と舌が焼けるように熱くなって窒息によって死に至るまで、数十分から数時間かかります。人によってはもっとかかるし、それに生き残る人もいます。死んでからの姿もそんなにきれいではないですしね」

女は気が抜けたように肩を落とした。女の顔に絶望の色がありありと浮かんだ。窓の方に視線を移した女はもう泣かなかったし、震えてもいなかった。ただ焦点の定まらない瞳で、空をぼんやり眺めていた。レセンは時計を見た。四時三十分だった。暗くなる前にここを出なければならない。日が暮れたら、この私娼屈は化粧を終えた娼婦と欲情や酒に酔った男たちで、どっと賑わうだろう。

「ちょうどいい薬があのカバンの中にあります」

レセンがサムソナイトのアタッシュケースを目で指し示しながら言った。女がカバンをちらりと見た。

「楽に死ねる薬です。青酸カリや殺鼠剤のように苦しくもなく、体が醜く変形することもありません。眠るのと同じです。バルビツール酸塩というもので、十九世紀半ば、アドルフ・フォン・バイヤーが鎮静剤と睡眠薬を開発しているときにできた薬です。バーバラという友人の名前を取って、この薬の名前をつけたんです。実際に今も鎮静剤として使われています。催眠効果、鎮静効果もあって、幻覚症状も少しあります。バルビタールやルミナールのような睡眠薬の母体とも言えるかな。安楽死させるとき、世界的に使われている薬でもあります」

レセンの長い説明に、女が微妙な表情で頷いた。

「ひとつだけ教えてくれたら、薬をあげます。そうすれば、あなたの望み通りに楽に死ねますよ」

女が顔を上げてレセンを見た。訊きたいことがあればなんでも訊けという顔だった。

「あなたを殺しにきた背の高い男を覚えているでしょう？」

女が頷いた。

「その男はどうしてあなたを殺さなかったんですか？」

女はベッドの上で体を左右に少し揺らした。そしてチュを思い出そうとするかのように、額に手を当てた。あの日のことを思い浮かべたのか、ときに女は訝しげな顔に、ときにはぞっとするという顔になった。

「よく分かりません。あの男はあたしを三十分ぐらいぼんやり眺めて、そのまま去りました」

「何もしないで、ですね？」

「はい。じっと座って、あたしをただ眺めていたんです」

「何か言わなかったですか？」

「知っている場所にはどこにも行くな。本当に運が良ければ生き残れるだろう、と言いました」

レセンが頷いた。

「彼は死んだんですか？」女が訊いた。

「まだ生きています。でもじきに死ぬでしょう。リストに上がってしまえば、生き残るのは難しいです」

「あたしのせいなんですか？」

「たぶん。でも、あなたのせいとも言いきれない」

レセンは時計を見た。そして女にもう時間だと合図を送った。女はどんな反応も見せなかった。レセンは片隅にあったアタッシュケースを開けて、瓶をひとつ取り出した。そしてジャックダニエルも一本出した。黙ってレセンの動きを見ていた女が口を開いた。

「あたしの死体をこっそり持ちだして燃やしてしまえば、あたしが死んだという事実を誰も知ることはないでしょう？　ママはずっとあたしを待つよね」

瓶から薬を出していたレセンはたじろいだ。女が泣きだしたのだ。静かな泣き声だった。うるさく泣きわめかれないでよかったと、レセンは思った。レセンはぼんやり突っ立ったまま、女が泣きやむのを待った。チュのねじまきが止まったのは、この静かな泣き声のためだったのだろうか？　いまだに何がチュを止まらせたのか理解できなかった。五分ぐらい経ったとき、もうこれ以上時間はないと知らせるために、レセンは女の肩にそっと触れた。女は言わなくても分かっているというふうに苛立った素振りで、レセンの手を払った。

「ママに手紙を書いてもいいですか?」

レセンの顔が戸惑っている。

「渡してくれなくてもいいんです」

女の目には涙がいっぱい溜まっていた。レセンは時計を見て、女に頷いてみせた。女はハンドバッグからペンと手帳を出して、何か書きはじめた。


ママ、ごめんね。

天国にいるパパにもごめんなさい。

お金を貯めて勉強もしてお嫁にもいこうとしたけれど、うまくいかなかった。

先立つことになってごめんね。

私の心配はしないでね。私、こんなふうに逝くの、そんなに悪くないよ。

本当にうんざりする世の中だったわ。

女の涙が「天国」の文字にぽたっと落ちて、インクが滲んだ。女がページを破ってレセンに渡した。

「きれいな字ですね」レセンがそれを見て言った。

なぜこんなことを言っているのか、レセン自身にも分からなかった。女が手帳をハンドバッグに戻した。涙を拭うのにハンカチでも出すのかと思ったが、女が取り出したのは意外にも化粧品だった。女はもう少し時間がほしいという顔でレセンを見た。レセンは好きにすればいいと、そっと手をあげた。女が十分以上かけて丁寧に化粧をしている間、レセンはぼんやり立ったまま女を眺めた。あれはどんな種類の見栄だろう。レセンは首をひねった。女が化粧を終えて、化粧品をハンドバッグにしまった。ぱちん、とバッグの閉まる音がとびきり大きく聞こえた。

「あたしが息を引き取るまでそばにいてくれますか？　少し怖いんです」女が微笑んだ。

レセンは頷くと瓶から薬を出した。女はレセンの手のひらにある錠剤を三秒ぐらい見つめてから、指でつまんで口に入れた。そしてレセンが注いでくれたコップ半分のジャックダニエルを一気に飲み干した。

レセンは女を寝かせようとしたが、女はその手を払って、ひとりでベッドにまっすぐ横たわった。そして両手を胸の上に置いて、ぼんやりした目つきで天井を眺めた。二分ほど経つと、女は幻覚状態に陥ったようだった。

「赤い風が見えます。青いライオンもいるし。そのそばに虹色のかわいいホッキョクグマもいるんです。あそこは天国でしょうか」

「ええ、そうですよ。あなたは今、天国に向かってるんです」

「そう言ってくれてありがとう。あなたは地獄に行くでしょうね」

「だとしたら、俺たちはもう二度と会えませんね。あなたは間違いなく天国にいるだろうし、俺は間違いなく地獄にいるだろうから」

女がレセンに向かってふっと笑った。笑っている女の目から涙がこぼれ落ちた。

＊

女が死んだあと、チュは二年間生き残った。

有能なジャッカルらしく、設計者があれほどまでに手こずっていた「イカれ野郎」らしく、チュはこの世界の狂暴で執拗な追跡に耐えた。懸賞金に目がくらんだ追跡者《トラッカー》や暗殺者が、チュを追う途中で殺られたという噂が膨らみ、歪曲して、長い間プジュを漂った。当然だとレセンは思った。そもそもチュは、三流の暗殺者や逃げた娼婦なんかを追っかける老いぼれのトラッカーが、相手にできるような男ではなかった。しかし、プジュに漂う泡《あぶく》みたいな噂が、事実かどうかを知る術はなかった。トラッカーが死のうが、暗殺者が死のうが、この業界の死はほとんど水面上にはあがってこない。それらの泡のような噂が事実だろうがデマだろうが、いずれにせよチュは捕まらなかった。

追われて一年ほどが過ぎたとき、チュは戦略を変えたようだった。防御ではなく攻撃を選んだのだ。チュは設計者を何人か殺害し、殺し屋とブローカーも何人か殺した。プジュのど真ん中に悠々と入って、殺し屋事務所を一ヶ所、めちゃくちゃにしたことも一度あった。しかしチュが殺した設計者は、コールガール事件とは何の関係もなかった。それに彼らはプロの設計者というより、殺し屋に臨時で雇われたアマチュアにすぎなかった。チュが何のためにそんなことをするのか、誰にも分からなかった。しかし、チュの標的が設計の世界を動かしている人々だとすれば、チュはそこにはまったく接近できずにいた。

チュがプジュの事務所を一つめちゃくちゃにして、彼には何の価値もない一冊の帳簿を盗み出したとき、狸おやじの図書館に人々が集まった。そのなかにハンザも入っていた。表向きは保安会社の社長だが、実は殺し屋ビジネスを運営して、機関や企業の金はもちろん、ブラックマーケットの金まで手当たり次第にかき集めている男だ。プジュの殺し屋事務所など、村のチンピラ程度にしか思っていないハンザがこの会議に出席したことは、チュがどんなに設計者たちの機嫌を損ねているかを端的に示す例だろう。口の中にクソでも入れているかのような顔つきで、ハンザはソファーに座っていた。


狸おやじが席に座ると、プジュの業者たちは口々に騒ぎたてた。

「ああ、もう気が狂っちまいそうだ。いったい、あいつの要求は何だ？　それが分からないと、なだめようにも罠を仕掛けようにも、手も足も出ねえ」

「そうだな。あいつはなんで何も言わねえんだよ。口がきけないのか？　金が要るなら金がほしい、いやなことがあるならこれこれでいやだ、腹立つことがあるならしかじかで腹を立てている、何とか言ってくれなきゃよ。いきなり入ってきて、ぐさっと刺して黙って去っちまうんだからな」

「俺はあの野郎のせいで、莫大な損を抱えちまった。うちの事務所の子が、もう三人も殺されちまったのさ。それだけじゃねえ。その死体処理にまた金がかかる。クソッ、ひげ面ばかり儲かるんだよな。でもよ、あの野郎はなんで俺んとこばかりで暴れるんだ？　ここに俺よりひどい奴らがたくさんいるじゃねえかよ」

「お前の家には鏡もねえのか？　ここにお前よりひどい奴はいねえぜ」

「もしかしてお前、チュに手形を切ったんじゃねえのか？　キャッシュをやらなきゃ、キャッシュをよ。チュがどんなに手形を嫌うことか」

狸おやじは中央に座って、この状況が非常に面白いという顔をしていた。いったい何が面白くて、ああいう表情をしているのだろう。チュが図書館に来て、狸おやじの腹にナイフを突き立てるかもしれないというのに。

「朝鮮時代の人士の間では、こんな言葉が流行ったらしい。『興宣《フンソン》[*3]とカエルが跳ぶ方向は誰も知らない』。このザマと同じだな」狸おやじが笑いながら言った。

「ところで、あいつはいったい何を考えていると思いますか?」

朝鮮族の不法滞在者を雇って、低価格帯の殺し屋稼業をやっている肉屋のチェが狸おやじに訊いた。

「わしもあのイカれ野郎の思惑は分からん。わしの首を狙ってるか、ひょっとしてお前さんの首を狙ってるか」

「懸賞金を一本に上げましょう。決定的な情報提供者にも懸賞金をあげて。そうすればかなり動くと思いますよ。刑事も動くだろうし。だったら捕まるでしょう」

片隅で静かに座っていたハンザが初めて口を開いた。

「その金はどうする? 割り勘か?」肉屋のチェが訊いた。

「事務所の規模が違うでしょうが。割り勘だなんて。今回俺は事務所もめちゃくちゃにされて、莫大な損をしてるってのにさ」

チュに事務所を襲われたミナリ・パクが、ハンザをちらりと見ながら文句を言った。

「金は私が出します」

驕《おご》りでも見栄でもなさそうだった。ハンザはただ、このうんざりするくだらない会議が早く終わってほしいと願っているようだった。ハンザの傲慢な態度に、みんな冴えない顔をしたが、内心安心しているようでもあった。

「蔵から人情は生まれるというが、さすがハンザだな」狸おやじが皮肉を言いながら、ハンザを見た。

「我々はあなたみたいに、人も仕事も選びませんからね。ただ、指示されればされた通り、真面目に黙々と一生懸命に働くだけです」ハンザは狸おやじに向かって、にっこり微笑みかけながら答えた。

皮肉にも、独裁と軍事政権の時代が終わって、暗殺業は爆発的に成長した。軍事政権の時代、暗殺業は少数精鋭の設計者、機関や軍隊で専門の訓練を受けた暗殺者、そして経験豊富で信頼できる殺し屋がひそやかに動く秘密工作みたいなものだった。事実、それは事業と呼べるほど大きなものではなかった。設計の世界について知る人も、関係者も少数だったし、仕事も多くはなかった。軍人のほとんどは、設計者に関心がなかった。彼らの目の上のこぶみたいな人々は、家族の目の前でジープで連れ去られ、南山《ナムサン》の地下室に閉じ込められて、半身不随になるまでぶん殴られて帰されても何の抵抗もできない、そんな無知な時代だった。彼らに高級設計者は要らなかったのだ。

暗殺業の膨張が加速したのは、政府を道徳的に飾りたてたいという、新しい権力の登場だった。おそらく彼らは「みなさん、ご安心ください。我々は軍人ではありません」というフレーズを額につければ、国民を騙せると考えたようだった。しかし、どんなに取り繕ったところで、権力の属性は本質的には同じだ。鄧小平風に言えば、黒猫だろうが白猫だろうが、結局しでかすことは同じなのだ。この新たな権力が直面した問題は、昔のように、歯に衣着せぬ憎らしいやつらをぶん殴るのに、南山の地下室を利用できないことだった。そこで彼らは国民と世論の視線から、機関の複雑な命令システムや執行の痕跡から、そして将来自分に襲いかかる責任から逃れるために、殺し屋事務所と取引を始めた。いわば、暗殺のアウトソーシング時代が到来したのだ。それは機関が直接行うよりもリーズナブルで簡単だったし、何より後腐れがなかった。殺し屋が捕まったときには、カメラの前でうろたえたり、驚いたりして見せて「なんて惨いことが……まことに残念ですし、ゾッとします」と、厚かましくとぼければよかったのだ。

国家が設計者をアウトソーシングする手法を企業が真似しはじめ、暗殺事業は爆発的に成長した。企業は国家よりも依頼の量が多かった。殺し屋事務所の主な顧客は機関から企業に変わっていった。仕事が増えると群小業者が乱立しはじめ、三流の殺し屋、ヤクザ、退役軍人、安月給に悩まされていた強力系刑事たち[*4]がプジュに集まった。ハンザはワニのように静かに潜伏し、こうした変化をつぶさに観察しながらチャンスを待った。この十五年間、狸おやじが時代の流れを看破できずに緩やかに衰退していく間、スタンフォード大学のMBAを持っているこのダンディな紳士は、合法的な保安会社のもとで密かに傭兵と設計者を育てた。

市場《しじょう》の原理は昔も今も変わらない。より良いサービスをより安く供給する者が勝つ。ハンザはそれを知っていた。狸おやじが図書館に埋もれて百科事典を読みながら、独裁の庇護のもとで受け取っていた甘いキャンディを回想している間、プジュの三流業者が小銭に目がくらみ、後始末をおろそかにして監獄に連れ去られる間、ハンザは政財界の名士と交流を深め、各分野の専門家をスカウトし、高級設計者を雇った。汚くてごちゃごちゃした屋台みたいな設計の世界を、ハンザはこぎれいで便利な大型スーパーマーケットに変えた。

まるで、かわいい案内嬢が手を振りながら「いらっしゃいませ、お客様。どうやって殺してさしあげましょうか?」と、親切に相談に乗ってくれる世界といったところだろうか。とにかく、プジュの業者がどう騒ぎたてようが、今はもうハンザの時代だった。

懸賞金を上げるほかはこれといった対策も出ない、退屈な会議が続いていた。それは会議というよりも、チュに関する雑談や非難のぶつけ合いに近かった。レセンは書斎の外に出た。タバコに火をつけ一服深く吸い込むと、ハンザがドアを開けて出てきた。

レセンはハンザにタバコを勧めた。

「やめたよ。私はもう匂うのはいやなんだ」

ハンザの言葉が面白いというふうに、レセンは小首を傾げた。ハンザはスーツのポケットから金箔貼りのケースを取り出して、レセンに名刺を渡した。

「連絡をくれ。近いうちに食事でもしよう。私たちは兄弟同然だろう」

レセンは白く細いハンザの手をしばし見つめ、名刺を受け取った。それからハンザは会議の場には戻らずに、図書館の外に向かってまっすぐ歩きだした。一滴の血の繋がりもない自分をなぜ兄弟というのか、レセンはすぐに理解できなかった。ハンザとレセンの繋がりといえば、二人とも狸おやじの図書館で育ったことだけだ。でも二人が一緒に過ごした時代はなかった。レセンが初めて図書館に来たとき、ハンザはすでにアメリカの大学に通っていた。

懸賞金は上がったが、チュはやはり捕まらなかった。ときおり根拠のないデマが虚空に浮かんでは、ひらひらと消えていった。狸おやじは追跡には一切関与しなかった。ひたすら書斎に埋もれて、一日じゅう百科事典を読んでいた。そのおかげでレセンもじっとしていられた。助かったと、レセンは思った。チュと対決するなんて、考えただけでもゾッとする。その頃レセンはよく、路地でチュと向かい合っている夢を見た。夢の中でレセンは震えていた。狭い路地の突き当たりは到底抜け出せそうになく、その前にチュというおぞましい暗殺者が立っていた。夢でも現実でもチュには勝てないと、レセンははっきり知っていた。チュを殺すには、ぼんくらのパリス王子みたいに後ろでこっそり槍を投げるしかなかった。

あの年の夏はずっと雨が降っていた。梅雨前線が朝鮮半島の腰あたりに陣取って酒盛りでもしているようだと、人々は騒ぎたてた。仕事がないとき、レセンはいつも朝っぱらから缶ビールを飲み、音楽を聴き、外をぼんやり眺め、シャム猫の書見台やスタンドと戯れた。猫が互いの体を枕にして眠ると、レセンはベッドの上で本を読んだ。ローマ帝国の栄枯盛衰、その他にコーヒー、梅毒、タイプライターの歴史に関する本などだった。じっとり重い空気のせいで、湿っぽくなったページをめくり、飽きるとベッドの片隅に本を投げ、缶ビールを飲んで眠った。そういう夏だった。

九月の最後の日、チュがレセンの家のドアを叩いた。この日も雨が降っていた。レセンがドアを開けると、チュはずぶ濡れで突っ立っていた。一九〇もある長身のせいか、帽子のつばからしたたり落ちる滴《しずく》が、いつまでも空気中に浮遊しているように見えた。チュは寝袋がぶら下がっている八十リットルのリュックサックを背負い、片手には酒瓶がいっぱい入ったビニール袋を提げていた。

「死ぬ前にお前と一杯やりたくてさ」

「入れよ」

水滴をぽたぽた落としながらチュが部屋に入ると、書見台とスタンドは驚いてキャットタワーの最上部に駆け上がり体を丸めた。チュは痩せていた。もともと肉付きがいいほうではない。もとからチュは、骨太ではあったが細くてすらっとしていた。

レセンは乾いたタオルを二枚渡した。チュが帽子を取って、リュックサックを床に下ろした。そしてタオルで顔や頭を拭いて、埃を払うように革ジャンの水気を取った。

「傘を買う金もないのか？」レセンが訊いた。

「地下鉄に置き忘れたんだ。また買うのはもったいないし」チュが答えた。

「まもなく死ぬかもしれないってのに、それぐらいの金が惜しいか？」

「そうだな。まもなく死ぬはずなのに、傘を買う金は惜しいんだよ」

チュが軽く笑いながら答えた。

「着替え用の服、やろうか？」

「大丈夫。すぐ乾くさ。それに合う洋服もないだろう？　お前は足も腕も短いからな」

「俺はいたって平均的だ。君がでかすぎるんだよ」

レセンはチュの前に電気ストーブを置いてやって、コーヒーを淹れた。チュがスイッチをつけて、ストーブの灯りの前で手をこすった。好奇心旺盛な猫たちがキャットタワーの外に出て、ちらちらチュを窺った。チュが猫に向かって指を動かす。猫たちはチュの手の動きには関心を見せたものの、近づきはしなかった。

「俺の方には来ないな」チュががっかりした顔で言った。

「悪いやつには近づかないように教えたんだ」

そう言ってレセンはコーヒーを渡した。チュはコーヒーを受け取ると一気に飲んだ。そして濡れたタオルを床に置き、かすかに身震いした。レセンはチュのコップにもう一杯コーヒーを注いでやった。

「俺の懸賞金はいくらだ？」

「一本」

「ベンツ一台は買えるな。お前にベンツをプレゼントするよ」

レセンがふんと鼻で笑った。

「光栄だな。君を殺せばキャッシュに加えて名誉まで手に入る。最高の暗殺者を殺したんだからな」

「名誉なんて要るか？　キャッシュが大事さ」

「一人で静かに死ぬのも悪くなさそうだけどな」

ビニール袋から酒瓶を取り出していたチュの動きが、ほんの少し止まった。

「どうせみんな、金に目がくらんでる。お前が持ってけよ。何もしてやれなかったし」

「それもそうだな」レセンが笑いながら言った。

「メシは俺のほうが奢《おご》ってやったと思うがな」チュが少し残念そうな顔で言った。

「そうか？　奢られた記憶はあんまりないけど？」

「残念だ」

レセンがキッチンから氷やオンザロックグラス、ビーフジャーキーを持ってくると、チュが酒をテーブルの上に出した。六本入りのハイネケンが二セット、ジャックダニエルが二本、七五〇㎖のジョニーウォーカーブルーが一本、焼酎が五本だった。

「かなり不思議な組み合わせだな。これを全部飲むつもりか？」レセンが訊いた。

「追われてる間、一滴も飲めなかったんだ」

チュはテーブルの上の缶と酒瓶をきちんと並べながら答えた。

「俺が君だったら、毎日酒ばかり飲んだと思うよ。隠れていたらやることもないだろう？」

チュは何も言わず、ただ微笑んだ。酒をごくごく飲むたびに、とびきり突き出している彼の喉仏が大きく蠢《うごめ》いた。

「いいな。ほんといい」

チュが唇を舐めた。かつて別れた人に再会できて嬉しいというふうに、感激した様子だった。今度はグラスに氷を入れると、ジャックダニエルを半分ほど注いだ。そしてグラスを持ち上げて中の氷をしばらく眺めては、わけもなくにっこりと笑った。

「怖くて飲めなかった」

瞬間、チュの濃い眉毛が少し震えた。

「君のような人間に怖いものがあるなんて、知らなかったな」レセンがハイネケンを開けながら言った。

「守ってくれる友達もいないところで、酔うのは危険だ」チュが呟くように答えた。

チュはジャックダニエルのオンザロックを一気に飲み干すと、氷まで食べた。口の中でぼりぼり音をたてながら砕ける氷が、チュに妙な感覚を呼び起こした。いきなり、チュが自分のグラスをレセンに差し出した。レセンは思わずハイネケンを置き、グラスを受け取った。チュがジャックダニエルを三分の二ほど注いで、氷を二つ摘まんでグラスに入れた。無造作に入れられた氷のせいで、グラスの中の酒がかなり揺れた。

「飲め。ジャックダニエルこそ、本物の男の酒だ」

チュがレセンをじっと見た。レセンはなぜかその命令調が癪《しゃく》に障った。そしてなぜか同意したくなかった。

「それは君のような偽物の男たちに酒を売ろうと、酒造家が作りだしたフレーズさ」

レセンの冗談にチュは笑わなかった。チュはずっと、そのグラスを一気に空けてほしいという顔でレセンを見つめていた。かなり深刻で重苦しそうな表情だった。レセンはオンザロックに目を向けた。一気に飲み干すには多い量だ。レセンはグラスの中の氷を指で取り出して捨てた。それから一気に杯を空けた。

するとチュは満足げな表情で席から立ち上がった。それから部屋を見まわして、キャットタワーの方に行くと猫を眺めた。怖がりのスタンドは隅に隠れてじっとしていたが、好奇心旺盛な書見台は恐る恐るチュに近づいた。チュが手を差し伸べると、書見台は鼻を近づけてくんくん匂いを嗅いだ。チュが書見台の頭を撫でた。気持ちいいのか、書見台は頭をぐっと下げながらゴロゴロという声を出した。

長いこと猫と遊んでいたチュは、テーブルに戻ってグラスを取ってから、ベッドの端に座った。そして無造作に置いてあった本をあれこれめくった。

「知ってるか？　俺は最初、お前が気に食わなかった。狸おやじの図書館に行けば、お前はいつも本を読んでたけど、なぜかそれが憎らしかったんだ。実は羨ましかったんだよ。俺みたいなやつらとは、どこか違って見えたから」

「普段は本なんか読まないくせに、君が来ると読んでるふりをしてたのさ。君みたいなやつらとは違うというところを見せたくて」

「お前は間違いなく俺らとは違っていた。なんというか、ちょっと間抜けに見えたというか」

「あんなにしょっちゅう図書館に来てたのに、本でも読めばよかったじゃないか」

「本とは相性が合わなくてさ。でもこんなのなら、俺にも読めそうだな」

チュが取り上げたのは、『梅毒の歴史』だった。

「それは君が考えてるような本ではないよ」

チュが何ページかめくって、笑いながら頷いた。「ほんとだな。絵が一枚もないじゃないか」。チュが本を投げて、その横にある本を手に取った。『青いオオカミ』だった。

「どうしてオオカミなんか？　もうこんな仕事はやめて、オオカミ農場でもやるつもりか？」

レセンは失笑した。

「ジンギス・カンのもとにいた八人の戦士の話だ。その本には君みたいな野獣がごろごろ出てくる。その青いオオカミたちが、十年かけて世界で一番広い土地を征服するんだ」

「青いオオカミたちはどうなる？」

「城に入って犬になる」

チュは興味を持ったらしく、ページをめくった。チュは自分の読んでいる文章を理解しようと努めているようだった。しかしすぐに興味をなくし、本を投げた。『梅毒の歴史』の上に『青いオオカミ』が無造作に落ちた。

「ところで、あの女を殺したんだって？」チュが何気ない様子で訊いてきた。

瞬間、レセンの耳たぶがカッと赤くなった。レセンは何も言わなかった。代わりに、ジヤックダニエルを三分の一ほどグラスに注いだ。チュはベッドの端に座ったまま、レセンの動きや表情を注意深く窺っていた。レセンはしばらくグラスをじっと見つめてから酒を呷《あお》った。最初と違って酒が甘く感じられた。

「どこから聞いた?」レセンが訊ねた。落ち着いた声だった。

「あちらこちらで」チュが生返事をした。

「追われる君が知っているということは、この業界のやつらはみんな知っているということだな」

「この業界はもともとデマだらけじゃないか」

情報の出所がどこであろうと、それがどうかしたか?　というふうにチュは首を傾けた。

「ひげ面か?」レセンはチュを見つめたまま訊いた。

「ひげ面は見た目と違って、かなり口の固いやつだよ」

チュがひげ面をかばおうとした。それを見て、ひげ面だろうとレセンは思った。ひげ面以外に漏れそうなところはない。ひげ面がレセンのために危険を冒す必要など、どこにもなかった。この業界の誰も、チュを前にして虚勢を張ったり、下手なかけひきなどしたりはしない。それにひげ面には母親のいない二人の娘がいる。理解できる。相手がチュでなく刑事だったなら、最後まで黙っていただろう。しかし頭では理解していても、心ではどこか物寂しかった。話が漏れ、それが誰か一人にでも広がれば、設計者の標的になりうるのだ。

「まさかあの女を救えるとでも思ったのか」レセンが挑発的に訊いた。

「いや、全然……俺ごときが誰かを救うなんて。自分の命を守るだけで精一杯だ」チュが自嘲的に言った。

「では俺がおかしいのではなく、君がおかしいんだな」

「ああ、お前はあたりまえのことをしただけだ」

お前はあたりまえのことをしただけだ……この言葉はレセンに、安堵と侮辱とを同時にもたらした。チュは再びテーブルに戻って席につくと、酒を注いだ。ジャックダニエルはすぐに底をついた。チュは酒を飲み干すと、新しい瓶を開けて再びたっぷり注いだ。それからまた杯を空けた。

「聞きたいことがあったんだ。もう一度あの女に会ったことは?」

「ない」

「ではなぜ女を殺さなかった？　手ぶらで戻ってきても『生きていたら、そんな日もあるだろう』と、設計者が肩を叩いてくれるとでも思ったのか？」

「正直に言うと、俺にも分からない」

チュがグラスに酒をなみなみと注いで、一気に飲み干した。二年間一滴も飲まなかったというチュは、二十分も経たないうちに一人でジャックダニエルを一本空けていた。チュはずいぶん酔いがまわっているように見えた。ここは安全だと信じているのだろうか。

「設計者に会ったことがあるか？」チュが訊いた。

「十五年間、一度もないな」

「知りたいと思ったことはないか？　誰がお前に実行を指示するのか。誰が信号をつけて、ブレーキやアクセルを踏むときを、左折や右折を、黙るときやしゃべるときを決めるのかを」

「いきなりなぜ、そんなことが知りたくなった？」

「骨しかないあの痩せこけた女を見ていたら、ふと、設計者というやつらを知りたくなったんだ。ほんと、人差し指一本で殺せる女だった。恐怖のあまり凍りついたまま、身じろぎもできずにいたんだ。ぶるぶる震えているあの女を見たとき、どんなやつらが机の上でペンを動かしながらこんな設計をするのか、確かめたくなった」

「君にそんなロマンティックな好奇心があるとは知らなかったな」レセンが皮肉った。

「ロマンや好奇心なんかとは関係ない。俺がこれまでどんなにバカで、間抜けだったか、やっと分かったという意味なんだよ」チュはイライラしながら吐き捨てた。

「設計者も俺らみたいな犯罪者にすぎない。依頼が入ると設計をする。その上には設計者を設計するやつもいるだろう。その上にはそいつを設計するまた違う設計者もいるだろうし。そうやって最後まで上がっていけば、結局何が残ると思う？　何もないよ。一番上にあるのは、ただの空席の椅子だけさ」レセンが言った。

「その椅子にも誰かは座ってるだろう？」

「誰もいないよ。言いかえれば、それはただの椅子だ。誰でも座れる椅子。そして誰でも座れるその椅子がすべてを決定するんだ」

「何を言ってるのか、よく分からない」

「一種のシステムみたいなものだよ。君はナイフで一番てっぺんにいるやつを刺せば、すべて解決すると思ってるだろう？　でもそこには何もないんだよ。そこにあるのは空席の椅子だけさ」

「この世界で二十年間生きてきたんだ。数えきれないぐらい先輩を殺した。友達を殺したこともあるし、後輩を殺したこともある。娘さんの最初の誕生日パーティーに洋服を買ってやった後輩だ。ところでお前の説によると、俺は椅子ごときに指示されて今まで生きてきたんだな。お前は椅子が指示する通りに、骨だけの女の首をひねったわけだし」

チュは満杯のグラスを持ち上げると、荒々しく飲み干した。レセンは息を整え、自分のグラスにもジャックダニエルを注いだ。でもレセンはそれには手をつけず、ハイネケンを一口飲んだ。首はひねってないというお粗末な言い訳が、喉元までせり上がってきては、ビールとともに滑るように喉の下にくだっていった。

「便器が汚れてるからといって、ズボンにクソを垂らすわけにはいかない」レセンが落ち着いた声で言った。

チュが嘲笑うかのようにレセンを見つめた。

「お前の口調はだんだん狸おやじに似てくるな。でもそれはよくないよ。口だけ達者なやつは、いつか誰かを裏切る」

「君のやってることは、子どもの甘えみたいなものだ。それがかっこいいとでも思ってるのか？　君が何をしたところで、この世界は何も変わらないさ。あの女のために君が結局、何もできなかったように」レセンが当てこするように言い放った。

チュはレセンを見て笑った。それははっきりと、レセンを嘲笑うように見えた。チュが革ジャンのファスナーを少し下げると、脇の間から拳銃ケースをナイフケースに改造した、革のホルスターが見えた。チュはそこからナイフを取り出すと、おもむろにテーブルの上に置いた。荒々しくもなく脅威的でもない、静かな動きだった。

「このナイフひとつでお前など情け容赦なく残酷に殺せる。血が噴き出して、カチカチと刃が骨にぶつかる音がして、体からはみだした内臓が床に垂れ下がるまで、お前をずっといたぶり続けることだってできる。その状況下でも空席の椅子とかシステムとか吹聴しながら、どうせ何も変わらないと言えるかい？　違う。そんなのは全部、戯言《たわごと》だ。自分は安全だと信じてるやつが吹聴する戯言にすぎない」

レセンはテーブルの上のナイフを見た。それは、一般の家庭で使われるドイツ製のヘンケルスのキッチンナイフだった。たった今、研いだばかりのように刃が鋭かった。いつものように柄の先にハンカチがしっかり結んであった。手に入りやすくて錆びにくいという理由で、チュはヘンケルスを愛用していた。暗殺者がこのナイフを使わないのは、女が料理をするときに使うものという偏見のためだった。しかし実はいいナイフだ。刺身包丁のように刃がこぼれたり、折れたりすることもない。

レセンはナイフから視線を外し、チュを見た。チュは怒っている。でもその瞳に、チュの専売特許のような毒蛇ばりの恐ろしさはなかった。ハイペースで飲んだウイスキーのせいで、チュは少し酔っているように見えた。レセンは引き出しの中にある自分のナイフについて想像を巡らせた。あれで人を刺したのはいつだったか、レセンは記憶を辿ってみる。六年前か、それとも七年前？　はっきり思い出せない。引き出しからナイフを取り出せるだろうか？　今動けば、チュがあのナイフを手にするかもしれない。うまく自分のナイフを取り出せたとしても、チュの相手になれるだろうか？　勝ち目などあるのだろうか？　ないだろう。レセンはタバコを取り出して火をつけた。チュが一本くれというように手を差し伸べた。レセンはもう一本タバコを出し、火をつけてチュに渡した。チュは煙を深く吸い込んで、顎《あご》を上げて天井を眺めた。そして、殺るならいま殺れというふうに、長い間、同じ姿勢のまま動かなかった。

レセンがタバコを半分ほど吸ったころ、チュは天井に向けていた顔を戻して、レセンを見た。

「本当にバカバカしいと思わないか？　懸賞金欲しさにありとあらゆるチンピラが俺を殺そうとしてるのに、実際の俺ときたら、誰を殺すべきか、何をすべきか何も分からないんだ。実のところ、俺はお前の言うあのてっぺんに何があるか、何の興味もないよ。お前の言う通りに空席の椅子だろうが、それともその椅子にどんな間抜けが座っていようが、俺みたいな空っぽ頭には何の関係もない。俺みたいなやつはたとえ生まれ変わったとしても、そんな複雑な世界は理解できないんだよ」

「外国に行けよ。メキシコ、アメリカ、フランス、アフリカ……行ける場所はたくさんある。その国の傭兵会社に仕事があるだろうし、その仕事が君を守ってくれるだろう」

レセンの言葉にチュは少し笑った。

「俺があの痩せこけた女に言ったのと同じことを言うんだな。お前に礼を言うべきかな?」チュが杯を空けた。そしてグラスに酒をたっぷり注ぐと、再び一気に飲み干した。チュがグラスの三分の二ぐらいまで酒を注いだところで、二本目のジャックダニエルが空になった。

「一緒に飲まないか? 一人で飲むのは寂しくてな」チュが言った。

冗談ではなかった。テーブルの前にぽつんと座っているチュは、本当に寂しそうに見えた。レセンはグラスに残っていたジャックダニエルを空けた。チュがジョニーウォーカーブルーを開けて、レセンのグラスにたっぷり注いだ。チュが乾杯を求めた。レセンは杯を持ち上げて、チュのグラスにぶつけた。

「俺はジョニーウォーカーブルーのほうがずっといいな。本物の男だとか何とか、嘘ばかりつくジャックダニエルよりはね」レセンが杯を空けて言った。

レセンの言葉にチュが笑った。その言葉そのものが面白いというふうに。チュはジョニーウォーカーブルーを全部飲み干すまで、一言も口をきかなかった。レセンも特に言いたいことなどなかったので、二人は黙って杯を空けた。杯が空になるペースは、レセンよりチュのほうが早かった。ジョニーウォーカーを全部飲んでしまうと、チュはふらつきながらトイレに行った。小便をする音が聞こえ、嘔吐する音が聞こえ、便器の水を何回も流す音が聞こえた。二十分ほど過ぎても、チュはトイレから出てこなかった。蛇口から水が流れる音だけが聞こえてきた。その間レセンは、テーブルの上にぽつんと置かれたナイフを眺めつづけた。

三十分が過ぎてもチュが出てこないので、レセンはトイレのドアを叩いた。ドアは閉まっていて、中からは反応がなかった。レセンはマイナスドライバーを使ってドアを開けた。浴槽は水で満ちていて、そのうえにずっと水が流れ込んでいた。チュは便器に腰かけたまま、年老いた熊みたいにうずくまって眠っていた。レセンは蛇口を閉めると、チュを抱きかかえてベッドに寝かせた。

チュはベッドに横たわると、生まれて初めて安眠するみたいに、大の字になっていびきをかき始めた。図体と同じぐらい、いびきもでかかった。チュが激しくいびきをかくと、書見台がキャットタワーからちょこっと頭を出しては、やがてベッドの方に下りてきて、くんくんと鼻を鳴らしながら、チュの顔や髪の毛の匂いを嗅いだ。レセンはソファーに座って、さらにハイネケンを何本か空けた。そして、書見台とスタンドがチュを面白いおもちゃのようにして、髪の毛にいたずらをしたり、胸やお腹の上を行き来しながら遊んでいるのを見ながら眠りについた。

朝、目覚めたとき、チュの姿はなかった。大きなリュックサックもなかった。柄の先をハンカチでしっかり結んだヘンケルスだけが、テーブルの上にぽつんと残されていた。

ひげ面の焼却場にチュの死体が運ばれたのは、それから一週間後のことだった。狸おやじとレセンが焼却場に着いたときには、チュがレセンの家にやって来た日のように、雨が降っていた。ひげ面が車から降りる狸おやじに傘をかざした。

「燃やしたのか?」狸おやじが訊いた。

「まだです」ひげ面がまさかという表情で答えた。

チュの死体は資材倉庫にあった。ひげ面の焼却場にも冷蔵室はあったが、それは犬や猫のための小さなものだった。一九〇センチもの長身のチュが入れそうな大きな冷蔵室はなかった。狸おやじが防水布のファスナーを開けた。目を閉じたチュが中に入っていた。

「切り傷が二十七ヶ所もあったんですよ」ひげ面が身震いしながら言った。

狸おやじがぼろぼろになったチュのシャツのボタンを外し、その体に残された切り傷のいくつかに触れ、確認した。みぞおちから入って肺を狙った切り傷を除けば、ほとんどが意味のないものだった。いとも簡単に殺せたのに暗殺者は急所を狙わず、ライオンの赤ちゃんがリスを弄《もてあそ》ぶように、じわじわとチュを殺した。チュの右ひじは折れ、その骨が皮膚を突き破っていて、左手にはヘンケルスがしっかり握られていた。レセンの家に残されたものと同じナイフだった。レセンはチュの手からナイフを取ろうとした。

「俺もやってみたけどよ、だめだった」ひげ面が言った。

狸おやじは黙ってチュの死体を見つめていたが、もういいというふうに手を振った。虚空に浮かぶ狸おやじの手が少し震えていた。ひげ面がすばやく防水布のファスナーを閉めた。

「ハンザがすごいやつを雇ったそうですよ。床屋とかいうやつらしいですが、ご存知ですか？」ひげ面が訊ねた。

「噂で聞いた」狸おやじが沈痛な声で答えた。

「そいつは清掃員とも呼ばれているらしくて、情け容赦ないそうです。俺らみたいなもんだけ専門的に殺す清掃員だと。ほんと、恐ろしいやつですよ。なんで二十七ヶ所も刺すんですかね。あのチュがこんなにやられたとなると、俺らなんかは……」ひげ面がかなり興奮気味に話した。

「ありがたいお人だ。わしらみたいなゴミを片付けてくれるんだからな」例の独特の冷ややかな声で、狸おやじが言った。

ひげ面がチュの死体をカートに載せて、焼却場の前まで引っ張っていった。レセンとひげ面とで死体を持ち上げ、焼却炉のステンレス台の上に置いた。チュの長い足が台からはみだした。ひげ面は何度も台の内側に足を押し込もうと頑張ったが、死体が強直していて簡単ではなかった。

「チクショウ、この野郎、なんでこんなにも長い足で俺を困らせるんだ？」

突然ひげ面が泣きだした。レセンは床にへたり込んで泣いているひげ面の肩を抱えて、焼却炉の外に出た。狸おやじは無表情のまま何も言わず、焼却炉内に横たわるチュの死体を眺めていた。ひげ面は焼却炉の扉を閉めると、真っ赤な目で電源を入れた。

チュの死体が灰に変わる頃になって、ハンザがやって来た。黒いセダンには、ハンザの他に運転手と細身の男が乗っていた。レセンはその痩せた男をじっと見た。しかし、彼は床屋と呼ばれる男ではなさそうだった。身の毛がよだつという噂の主人公にしては若すぎたし、そもそも床屋がこの火葬場まで足を運ぶ理由などなかった。

車から降りたハンザは、狸おやじに近づいて恭《うやうや》しく頭を下げた。狸おやじはごく軽く頷き返した。深夜の二時にこんな辺鄙《へんぴ》なところに足を運ぶのにも、ハンザはきちんとスーツを着て、きれいに髭まで剃っていた。

ハンザは何気なくあたりを見まわしてから、焼却炉の前にしゃがんでタバコを吸っているレセンに近づいた。風を伝って、ぷうんとローションの匂いがした。

「遅れてしまったな。偉大なる戦士が旅立つというのに、来ないわけにはいかなくてね」

ハンザが言った。

レセンは顔を上げてハンザを見た。ハンザが冗談だよというふうにウインクをした。

「チュが私のところに来る前に、君の部屋に寄ったようだけど」ハンザが言った。

「それで?」レセンが低い声で答えた。

「私に電話をくれると思ったんだけどな」

レセンはそれには答えず、タバコを深く吸い込んだ。ハンザがポケットから仁丹ケースを取り出して、口の中に何粒か放り込んだ。

「電話してたら懸賞金がもらえたはずなのに。決定的な情報の提供者にも懸賞金の半分をやるっていう話、君にしなかったっけ？」ハンザが皮肉たっぷりの顔で訊いた。

「電話番号をど忘れしてさ」レセンが床にタバコをこすりつけながら答えた。

ハンザが金箔貼りのケースから名刺を出し、体を屈めてレセンの前ポケットに差し込んだ。

「今度からは前もって電話しろよ。共存しなくちゃな」

そう言うとハンザはひげ面のもとに行き、ポケットから分厚い封筒を取り出して渡した。ひげ面は腰を九十度に曲げて、封筒を受け取った。ハンザが何か言うたびに、ひげ面は繰り返し腰を曲げながら、もちろんです、当然です、と答えた。ひげ面への用が済むと、ハンザは腰を屈めて、焼却炉の中を三秒ほど眺めた。そしてもう一度、狸おやじに恭しくあいさつをしてから帰った。

レセンはもう一度タバコに火をつけた。共存しなくちゃな……ハンザの言葉が頭の中を駆け巡った。たぶんハンザが正しいのだろう。俺たちのような人間は、共存していく方法を学ばなければならない。本物の男は、空きっ腹でジャックダニエルを飲み、便器の上で猫のように泣いて、ナイフを握ったまま死ぬのだ。

*

焼却炉の火が消えた。

ひげ面は扉を開けて、熱気が冷めるのを待った。焼却炉を満たしていた煙が抜け出ると、老人とサンタの白い骨が現れた。砂漠に倒れたまま、長い時間をかけて風化していったラクダの死体みたいに、寂しく見えた。

さあ、仕事を始めるかというふうに、ひげ面が吸い殻を投げ捨てた。ひげ面は床にござを敷き、その上に小さなちゃぶ台を置いて、燭台や香炉、酒一本とおちょこを持ってきた。ひげ面は忘れ物がないか確認すると、レセンの方を振り向いた。一緒にやらないか、という眼差しだった。レセンは手を振った。

「おじさんは許しを乞って極楽に行ってくださいよ。俺はこのまま地獄に行きますから」

ひげ面が一人で香を焚《た》き、酒をおちょこに注いで、ちゃぶ台の上に置いた。それから焼却炉にある熱々の白骨に向かって、二回お辞儀をした。ひげ面は五分ほど、黙祷《もくとう》でもするように目を閉じて、呪文かお祈りか分からない言葉をぶつぶつ呟いた。次はおちょこに指を入れて、焼却炉の前とちゃぶ台の周り、そして空中に隈なく酒を撒いた。いったいこういう祭事はどこから始まったものなのか、レセンには見当もつかなかった。ひげ面が儀式を終えて、ござを片付けるまで、レセンは片隅に座ってタバコを吸っていた。空きっ腹に深く吸い込んだ煙のせいで、胃がきりきり痛んだ。

ひげ面が長い手鉤《てかぎ》でレールの上のプレートを引っ張った。熱くなった骨から、まだ煙が立ちのぼっている。わずか数時間前まで笑い、しゃべり、庭を走り回っていた老人と犬の肉体を思えば、残された骨のかけらは、あまりにもぶざまでみすぼらしかった。ひげ面が新品の手袋をはめて、やっとこで慎重に老人の骨を拾いはじめた。

「犬の骨はどうする?」老人の骨を拾いながら、ひげ面が訊いてきた。

「一緒に混ぜてください」

「いやぁ、でもよ。人間と犬の骨なのに……」

「老人にとっては人生の贈り物みたいな犬だったから、一緒に混ぜれば喜ばれるでしょう」

ひげ面はちょっと考えてから、老犬サンタの骨を老人用の箱に入れた。

「この人が将軍だった頃にさ、たまにここに来てたんだよ。ここに来るときは軍服を着ていなかったな。とてもおしゃれな人だったけどさ……」ひげ面が独り言のように言った。

ひげ面はプレートの上に骨が残っていないかよく調べてから、ほうきで灰をかき集めた。

「俺が死んだら死体はこの焼却場で燃やすつもりさ。俺らはさ、ふつうの人みたいには逝けないだろうね」ひげ面が少し感傷的に言った。

「ここに来れたら、まだマシなほうでしょう」レセンが答えた。

「そうだな」

「でも、おじさんが死んだら、誰が火葬してくれるんですかね」

ひげ面が困ったという顔をした。

「そうだな。それはまだ考えてなかったな」

ひげ面が、金属製の臼に骨のかけらを入れて砕きはじめた。骨粉が臼の外に飛び散らないように慎重に、細かく骨を砕く。ひげ面の額に、汗が玉になって噴き出した。一見細かくなったようでも、手で触ってみて、ちょっとでも骨のかけらが出れば再び砕いた。

二十分ほどして、ようやくひげ面は作業を止めた。そして楓材の箱に骨粉を慎重に入れ、風呂敷に包んでレセンに渡した。老犬と老人の骨粉が放つ熱気が箱越しに伝わってきた。レセンは遺骨の箱を車の助手席に置くと、ポケットから封筒を出してひげ面に渡した。ひげ面は紙幣を引っ張りだして、きっちりと二回数えた。

「領収証や税金計算書は要らないね?」ひげ面が笑いながら言った。

「それ、冗談で言ってるんですか」レセンが言った。

「また来てよ。俺も食っていかなきゃならねえ。最近、死にそうだしな」

ひげ面が大げさに弱音を吐いた。レセンは力なく笑った。

レセンは車に乗り込むと、エンジンをかけた。山の上に日が昇っていた。顔に日差しが当たると、どっと緊張から解放されて目まいを覚えた。レセンは額に手を当てたまま車窓に頭をもたせかけた。車がいつまでも出発しないため、ひげ面が来て窓を叩いた。

「大丈夫か？」

窓を叩く音に驚いたレセンが、元気のないくぼんだ目で、ひげ面を見つめた。

「疲れてるなら、ここでひと眠りしていきな」

ひげ面が心配そうな顔でレセンを見た。レセンは頭を振った。

「行かないと」

大丈夫ですと、もう一度頷いてみせ、レセンはサイドブレーキを外してギアを入れた。

そしてソウルに向かう国道に入るため、山の斜面を下りはじめた。ルームミラーを通して、手を振っているひげ面の姿が見えた。

＊1【プジュ】本来は豚や牛などを屠殺する場所のこと。ここでは、裏社会のことを指す。
＊2【光化門】朝鮮時代の宮殿、景福宮（キョンボックン）の正門。
＊3【興宣とカエルが跳ぶ方向は誰も知らない】興宣は朝鮮時代の王族であり政治家。興宣の考えやカエルの飛ぶ方向は誰もが予測できないように、考えがまったく読めないということ。
＊4【強力系刑事】殺人、強盗、レイプ、拉致、放火、麻薬など、凶悪犯罪を扱う刑事。

犬の図書館

もちろん、そこに犬など一匹もいなかった。

狸おやじはけっして、本を置く場所で犬を飼う人ではなかった。「犬の図書館」は、本など見向きもしないくせに、足繁く図書館に出入りする人々を嘲笑うために、常にがらんとしている図書館を六十年間も守っている自分自身を嘲笑うために、狸おやじがつけた名前だった。実際、狸おやじは「犬の図書館」と刻まれた大きな看板を、入口に堂々と掲げていた。初めて図書館に来る人々はたいてい、看板の前で呆れたように首をひねったり、鼻で笑ったり、不愉快そうな顔をした。

「おい、これ見てみろよ。本当に犬って書いてあるぜ。いったい何だ？　これは」

自分の図書館の入口にわざわざこんな看板をつけたがる心理とは、いったいどういうものだろう。それはたぶん、本に囲まれた部屋に自らを一生監禁するという、自意識の強い典型的なインテリにありがちな、自虐の一種だろうとレセンは考えた。足に先天的な障害があったとはいえ、本とともに幸せに暮らしていた若くて善良な司書を、数十年にわたって設計者のブローカーとして働かせたこの業界に浴びせる、一種の皮肉かもしれない。いずれにしても、入口に「犬の図書館」という看板を掲げるなんて、かなりの酔狂だ。

「こんなの稚拙すぎる。俺が館長だったら、こんな看板は絶対につけない」レセンはいつもそう考えてきた。しかし、思い通りにならないのが世の常だ。この世の薄汚い複雑な状況やら思いもよらぬ脅迫のせいで、仕方なく「犬の図書館」という看板をつけざるをえないとしたら（まあ、誰がそんな脅迫なんかするんだろう）、レセンは実際に、図書館で犬を何匹か飼うだろう。世界じゅうの犬に関する書籍を揃えるのは言うまでもない。

ある若い学者が不思議そうに訊ねる。

「ねえ、レセンさん。この図書館の名前、ひどくありませんか？　犬の図書館だなんて。あなたは人類の高貴な精神世界に、泥を塗りたいのですか？」

レセンは礼儀正しく、気品のある笑みを浮かべて答える。

「とんでもございません。けっして、そんなことはありませんよ。いったい何のために？　あなたはまず、犬と本が不釣り合いだという偏見を捨てなければならないでしょうね」

レセンは図書館内をゆっくり徘徊している犬たちを指さす。

「びっしりと並ぶ書架の間を、ゆったり歩きまわっているあの犬たちを見てください。美しくありませんか。それからこちらに来て、書架のD11からD43まで、ぎっしり並んでいる犬に関する様々な書籍をご覧になってください。この図書館は全世界で最も多くの、犬に関する本を所蔵しております。チワワ、コリー、シェパード、グレーハウンド、セントバーナード、レトリバーなどなど。世界じゅうのあらゆる犬種に関する書籍が、ここにすべて集まっております。またこの図書館には、犬の食文化史、犬の繁殖史、犬の系統史、犬の種族闘争史、その他にもありとあらゆる犬の歴史に関する本が揃っているんです。だからここは世界じゅうの犬の精神的中枢、あるいは犬のバチカンとも言えるでしょうね」

これに若い学者はようやく頷く。

「うわぁ、本当ですね。納得しました。犬の精神的中枢、犬のバチカン……本当にすごいですね」

「実に尊いことですよ」

犬のバチカン……素晴らしいじゃないか。犬にとっても、本にとっても、楽しくて優雅な気分になること間違いなしだ。でも狸おやじはこんな優雅な隠喩は使わなかった。狸おやじは、日本の植民地時代、警察による統治が終わり、文化による統治が始まったばかりの一九二〇年にオープンしたこの図書館が、数十年もの間、権力に寄生しながらその陰でどう存立してきたか、この図書館が韓国現代史上の主要な暗殺の本拠地として、事実上どんなに猥雑で屈辱的な歴史を持っているか、そしてその屈辱的な歴史の中で生きている自分自身を、自らがどれほど不快に思っているかを表すために、犬の隠喩を使った。しかし、そんな生き方を選んだのは、間違いなく狸おやじ自身だった。哀れな犬をいじめてはいけない。正直言って、犬に何の罪があるというのか。

＊

午前十時、レセンは図書館のドアを開けた。

図書館はいつものようにがらんとしていた。たった一人の職員、斜視の女性司書だけが、どこを見ているか見当もつかない瞳で、レセンにあいさつした。

「いらっしゃいませ！」

司書のはつらつとした声が天井のドームに共鳴して、ヒバリの泣き声みたいに清らかに響きわたった。図書館に足を踏み入れるたびに、正確に聞こえてくるあの甲高い声のトーンに、レセンはいつも戸惑った。司書のうららかな声は、植民地時代に日本の著名な建築家が建てて以来、一世紀もの時間をかけてゆっくりと錆びつき廃れてきたこの図書館には、まったくそぐわなかった。レセンは司書に軽く会釈した。それからまっすぐ、狸おやじの書斎に向かって歩きだした。

「ただいまお客様がお見えです」司書が席から立ち上がりながら言った。

レセンはぴたりと歩を止めた。いったい誰が午前十時に仕事を依頼しに来るのだろう。

「お客様？　誰ですか？」

「あの上品で、背が高くて、知的な感じの方です」

上品で、背が高くて、知的？　そんな組み合わせの人間がこの図書館に出入りするはずがない。まったく見当がつかないというふうに、レセンは首をひねった。司書の顔にはもどかしそうな表情が浮かんでいた。

「いつも素敵なスーツを着こなして、上品な話し方の、あのかっこいい方ですよ」

レセンは鼻を鳴らして笑った。ハンザが来ているのだ。司書はハンザのことを落ち着いていて、知的で、かっこよくて、上品だと捉えている。それも、ものすごく！　いったいどうしたら、そんな突拍子もない発想が生まれてくるのだろう。しかし、そう思うレセンのほうが間違っているのかもしれない。ハンザはスタンフォード大学での留学経験があって、金持ちで、立派な保安会社の経営者でもあり、それにどこに行っても上品な素振りをしているから。ハンサムだという点についてはまったく納得がいかないが、とにかく身長だけは抜群に高いから。レセンがふうんと頷いて狸おやじの書斎に入ろうとすると、司書は急いでレセンの片腕を掴んだ。

「誰も入れないようにと、おっしゃいました、今日は」

人生で一度きりの特別な日でもあるかのように、司書は力強く「今日は」というフレーズを強調した。レセンの腕を掴んだ司書の手は、強く迫るという域を超えて、切実ですらあった。レセンは司書の手を見やり、続けて彼女の顔を見た。司書がそっと手を離した。

「誰がそう言ったんですか？　おやじ？　それともハンザ？」

司書はためらった。

「おっしゃったのはあの方……ハンザさんですが、館長もそのとなりにいらしたんです」

レセンは書斎に目を向けた。書斎のドアは固く閉ざされていた。朝っぱらから訪ねてきたのをみると、ハンザは今回の設計が捩じ曲げられたことにかなり怒っているらしかった。レセンは司書席の前にある丸テーブルに老人と老犬の遺骨箱を置くと、椅子に腰かけた。そしてポケットからタバコを取り出して火をつけた。すると司書が露骨に不快そうな顔をした。

司書はもう自分の仕事は済んだと言わんばかりに、席に座って編み物を始めた。赤い毛糸だった。冬に備えてのマフラーなのか、それともセーターなのかは、編まれた分量が少なくて判断できない。レセンは司書が本を読む姿を一度も見たことがなかった。少なくともレセンが憶えている限りでは、彼女はまったく本を読まなかった。新聞や雑誌ですらもだ。ただ彼女は、誰も本など読まず、借りもせず、当然返却もしない、このがらんとした図書館の司書席に座って、シーズンごとに編み物をしたり、ネイルにどっぷりはまって爪にありとあらゆる色を塗ったり、クロスステッチで様々な模様を刺したりした。

「あれは何ですか？　日本の和菓子ですか？」司書がいきなり訊ねた。

レセンはテーブルの上の遺骨箱を見つめた。楓でできた遺骨箱は白い風呂敷に包まれていて、誰が見ても遺骨箱でしかなかった。この箱がどうして日本の和菓子に見えるのか、レセンにはさっぱり分からなかった。

「ええ、その通りです。でも、あなたに差しあげるつもりはありませんので、かまわないでください」

司書が口を尖らせた。赤いルージュをつけたぽってりした唇、マリリン・モンローの顔に生まれるべきだったのにと、ずっと愚痴をこぼしているような唇の上の小さなホクロ、目の周りを彩る赤いアイシャドー、眉毛を剃って入れた刺青。それらのせいで、司書の顔は全体的に奇妙で、白痴のような印象を与えた。しかし斜視であることを除けば、けっこうきれいな顔立ちをしていた。

司書は、もうレセンの存在など忘れてしまったかのように編み物に集中しはじめた。編むスピードは次第に早くなっているように見えた。しかし彼女の編み物は、どこか不器用で不安定に感じられた。それは編み目を見る彼女の視線が不安定なせいだろう。

「手術を受けたら?」

司書がどういう意味かと、顔を上げてレセンを見た。

「手術を受けたらいいのにと言ったんですよ」

「何の手術ですか？」

「目のですよ。斜視の矯正手術。最近は簡単で、しかも安いそうですし」

司書は呆れたというようにレセンを見た。その表情は、自分のこともろくにできない能無しがバカなことを言ってるわとか、私の目がお前と何の関係があるのかとでも言いたげだった。

「他人に私がどこを見ているか、気づかれるのがいやなんです」

司書が無愛想に答えた。

彼女はレセンに対して、憮然とした表情をずっと崩さなかった。その顔は「警告します。あなたの失礼な態度が私をとても不快にさせました。私はかなり怒っています。気をつけてください」と、厳しく告げているようだった。しかしその険しい表情とは裏腹に、彼女の片方の目は天井に、もう片方の目は左側の書架を向いていて、その警告は喜劇のように感じられた。それはレセンが彼女を馬鹿にしているからではない。相手の目をまっすぐ見ないで警告すること、言いかえれば、床や天井を適当に見やりながら「気をつけろ。これからは身の安全を図ったほうがいい」と深刻に脅すのは実に難しい。

「すみません。そんな意味で言ったんじゃありません」レセンが謝った。

司書は応じなかった。その代わり、聞き取れないほど小さな声で何か呟いてから、やはりイライラした顔で編み物の方に視線を落とした。きっと俺の悪口をぶつぶつ言っていたのだろうなと、レセンは思った。

狸おやじは司書をよく変えた。そのほとんどが、とんでもない理由によるものだった。狸おやじが分類した書架に別の本が並んでいるという理由で、二十年以上前の古い本の表紙が少し破れてしまったのに、一ヶ月以上放置したという理由で、九百以上ある書架の一つに埃が溜まりすぎているという理由で、司書を解雇した。さらには、本の上にコーヒーカップを置いたという理由で解雇された司書もいた。もちろん自ら辞めた司書も多かった。ある司書は仕事がなさすぎるという理由で、ある司書は図書館の雰囲気が重すぎて窒息しそうだという理由で、ある司書はこのがらんとした図書館にいると、ホラー映画の主人公になったような気持ちになると言って辞めた。また、ここに来てから本を一行も読めなくなったという不思議な理由で辞めた司書もいた。

期間が短かろうが、長かろうが、レセンは図書館にいたほとんどの司書が好きだった。

彼らは本について話し合える、世界で唯一の友達だった。レセンは彼らを通して、本から得た考えや感じたことを分かち合うことができた。彼らと本について語り合うとき、レセンはある種の同質感や安堵感みたいなものを感じることができた。

ある程度時間が経てば、たいていの司書はこの奇妙な図書館の正体について知りたがる。彼らは狸おやじがいないときを見計らって、この図書館がどこの管轄で、どんな目的で運営されているのかと、遠回しにレセンに訊ねてきた。こんな奇妙な図書館で、狸おやじみたいな気難しい図書館長と一ヶ月も一緒に働けば、誰でも気になることだろう。質問されるたびにレセンは、政府の高位官僚だけが利用する、一種の会員制の図書館だと説明した。

「でもここで本を読んだり借りたりする官僚は、一人もいなかったんですよ」

司書たちは首をひねった。するとレセンは「だから我が国はこのザマなんですよ」と、笑いながら答えたものだった。

しかしこの司書は、図書館に来た初日から今まで、何も知りたがることはなかった。彼女はこの図書館について何も訊いてこなかった。自分の席や自分のするべき仕事についても。さらに、いや、当然のことだが、トイレやほうきの置いてある場所についても訊いてこなかった。彼女はクロステッチや爪の手入れ、編み物以外には、この世についていかなる好奇心も不便も感じていないようだった。狸おやじが指示を出すと、どこを見ているか分からない奇妙な視線で聞き入り、一人で黙々と仕事をした。

何も訊かないこの司書は、この犬の図書館で、なんと五年も持ちこたえていた。たぶん彼女は気難しく気まぐれな狸おやじのもとで、最も長く続いた司書になるだろう。彼女は一年中がらんとしているこの図書館が何をする場所なのか、たまに出入りする荒っぽくて不可解な人たちの正体が何なのか、まったく気にしなかった。彼女はただ、朝出勤すると図書館のあちらこちらをきれいに掃除し、金曜日には九百以上の書架をまわって、一日中その一つひとつに雑巾をかけ、本に溜まっている埃を払った。そして残った時間で編み物をしたり、クロステッチにのめりこんだりした。何より驚異的なのは、本に関しては誰よりも神経質な狸おやじがケチをつけられないほどに、本を正確に分類し、完璧に管理していることだった。レセンは、本をまったく読まないこの司書が、あんなに完璧に本を管理できる事実にいつも驚き、不思議に思った。

確かに彼女は、レセンが今まで会った誰よりも奇妙な人だった。たまにレセンが読みかけの本について話を振ると、頬杖をついたままレセンの話を聞き「そのたぐいの本はC54の書架にいっぱいありますよ。そちらに行ってみてください」と、淡々と言ったりした。そんなふうに言われたら、しょうがない。C54の書架に向かって、ぎこちなく歩きだすしか。

図書館に所蔵する本はいつも二十万冊程度と決まっていた。狸おやじは定期的にたくさんの本を仕入れたが、やはり定期的に同じ量の本を捨てた。本を捨てる理由は、図書館にこれ以上スペースがないからだ。しかし、さらに何万冊か収蔵できるスペースはまだまだ充分にあった。本当の理由は、本が増えれば書架も増やさなければならないので、時間をかけ熟考を重ねて決めた図書館内の配置が変わるのを、狸おやじが何よりも嫌ったからだ。レセンの記憶では、ここ二十年間、書架の配置は一度も変わらなかった。狸おやじは自分の決めた本の分類方式を変えなかったし、時代の移り変わりとともに登場した新ジャンルの本のために、新たな項目を作ったりもしなかった。だから狸おやじの分類項目に入れない本は、新しいものでもすぐ廃棄リストに上がった。

しかるべき時期になると、狸おやじは捨てる本の背表紙に黒い紙片をつけた。それは寿命を迎える本に対する狸おやじなりの裁判行為であり、また葬送の儀式でもあった。しかるべき時期になったら、老いぼれた暗殺者をリストアップしては、清掃員を使って消してきたように。もちろん本の寿命は完全に狸おやじの主観によって決められ、その基準は司書にもレセンにも分からなかった。

背表紙に黒い紙片をつけられた本は、司書に回収されて図書館の庭に積んで置かれた。司書の出勤しない日曜日の午後、狸おやじは本を燃やした。古本屋に売るか、せめて廃品回収の業者に売ればいいものを、狸おやじはあえて本を燃やした。

レセンは狸おやじに捨てられた本が好きだった。これといった理由はうまく説明できないが、狸おやじに捨てられた本はレセンに愛される資格があった。図書館の蔵書は無理だが、捨てられた本なら家に持ち帰ることができるのも、その理由のひとつだった。本が燃やされる日曜日の午前、レセンは灯油の横に積んである本の山から、気に入った本を何冊か選びだした。そしてそれらの本を持って帰るレセンの目には、狸おやじにも自分にも選ばれなかった本が、まるで処刑場の前で死を待つ捕虜みたいにいたましく絶望的に見えた。

「わざわざ燃やさなくてもいいじゃないですか。古本屋に売ってもいいですし」

いつだったかレセンが訊いたとき、狸おやじはこう答えた。

「本というのは、いつも自分に備わった運命に従うものだ」

だから、本を読む人がほとんどいないこのおかしな図書館に（前述のように、この図書館では司書すら本を読まない）存在する本に備わった運命というものは、王に一度も愛されることなく寂しくひたすら待ったあげく、年をとれば宮殿の外に追い出される女官の人生のように、退屈で惨憺たるものだった。

だから、「人類が存在する限り、図書館も永遠に存在する」という信仰の根幹をなすのは、本ではなく書架や図書館それ自体だと、レセンは考えるようになった。犬の図書館を支えているのは、朝鮮時代の宮殿建築にも使われた高級素材、春陽木でできた書架であって、本ではない。植民地時代の高名な指物師による入魂の書架は、九十年経った今も歪みひとつなく、まったく変わることがなかったが、本は捨てられては入荷され続けた。

斜視の司書は三十分もの間、ずっと編み物をしていた。レセンがタバコに火をつけるたびに彼女は顔を上げ、独特の不快そうな顔でレセンを見据えた。レセンはそれにはかまわずタバコを吸った。どだいこの司書に気に入ってもらうのは無理な話だ。彼女は、ハンザは素敵で上品だが、レセンのことはバカだと思っていた。

「ハンザは何時頃に来たんですか？」

「九時半」

司書は顔も上げず、短く答えた。

「あなたは何時に来たんですか？」

「八時」

ご苦労様なこった。九時にしか開かない図書館に、なんで一時間も早く来る？　しかも仕事といっても掃除しかないこの図書館に。まったくもって理解できない女だ。レセンはもう一度、狸おやじの書斎に視線を向けた。書斎のドアはあいかわらず閉まったままだった。九時半にハンザが来たとすれば、二人は一時間も話し合っていることになる。あの二人に一時間も要する話題などあったのだろうか。

ハンザは黒幕のボスや機関の高級官僚に会うたびに、狸おやじは自分にとって父親みたいな存在だと触れまわった。ときには「みたいな存在」を取って、父親だと言うこともあった。ハンザがそんなふうに言うのは、犬の図書館が九十年かけて構築した惨憺たる歴史が、暗殺業で成功したばかりのハンザに一種の伝統と権威を与えるからだ。疑い深く小心者の黒幕の年寄りたちは、狸おやじのきれいな後始末にいまだに信頼を寄せていた。ハンザが狸おやじの名前を売っているという噂を耳にするたびに、案外ほんとうに実の息子かもしれないと、レセンはしばしば思った。ハンザのような怪物が生まれるためには、狸おやじみたいな怪物が必要だから。

レセンが再びタバコに火をつけたとき、書斎から怒鳴り声が聞こえた。司書とレセンは同時に書斎の方に目を向けた。二人して書斎のドアをじっと見つめている間にも、さらに激しい怒鳴り声が何度も漏れ聞こえてきた。狸おやじの声だった。司書がいったいどういうことかという眼差しでレセンを見た。そのときハンザが荒々しくドアを開け、書斎から出てきた。ハンザの顔は赤く上気していた。髭も剃らず、髪に櫛も入れていなかった。設計が歪められたのに気づき、慌てて図書館まで飛んできたに違いない。平常心をなくしたハンザの顔を見たのは初めてだと、レセンは思った。酔っぱらった船乗りみたいに、狸おやじが怒鳴るのも初めてだった。狸おやじお得意の技と言えば、冷笑や皮肉であって、怒鳴ることではない。

ハンザはレセンに気づいて、足を止めた。そしてレセンの顔と白い風呂敷にくるまれた遺骨箱とを、呆然としながらかわるがわる見た。

「これは何だ?」ハンザが訊いた。その声には怒りが混じっていた。

「日本の和菓子」

ハンザはレセンをぎろりと睨みつけながら、下唇をぎゅっと噛みしめた。そのこぶしでレセンをぶん殴りそうな勢いだった。しかしすぐに、あの独特の余裕をたたえた表情に差しかえて、ふっと笑った。

ハンザはレセンに何か言おうとして、視線を司書に向けた。

「あの、すみません。この方と真剣な話があるのですが、しばらく席をはずしていただけませんか?」丁寧な口調だった。

司書はハンザの顔をぼうっと見つめていた。ハンザが小さく首を傾げて促すと、彼女はようやく我に返ったらしく、例のウグイスみたいな高いトーンで「あ！　はい、もちろんです。どうぞ」と、席から飛び上がった。司書は持っていた編み針を机の片端に適当に押しやって、席から離れた。しかしどこに行けばいいか分からずウロウロし、もう一度ハンザに向かって安っぽい笑みを浮かべた。そして慌てて外に向かった。ドアの閉まる音を聞き届けてから、ハンザは椅子を引き寄せてレセンの前に座った。

「私にも一本くれないか」

ハンザがテーブルの上のタバコとライターを目配せで示した。

「匂うのはもうこりごりだと言ってなかったっけ？」

ハンザの眉間に皺が寄った。今日は言葉遊びをする気分ではないと言いたげな表情だった。あまり眠れなかったのか、ハンザはやつれて見えた。レセンは自分の前にあるタバコの箱とライターをハンザの方に押しやった。ハンザがタバコをくわえて火をつけた。そして深く吸い込んで、宙に煙を長く吐き出した。

「久しぶりだから、目まいがするな」

目まいのせいなのか、それとも煙が目に入ったせいか、ハンザは目をごしごしこすった。その目は赤く充血していた。ハンザはもう一度吸おうとしたが思いとどまり、タバコを灰皿にこすりつけた。それからテーブルの上の遺骨箱をしばらく眺めた。

「クォン将軍の死体が必要だと言ったのに、粉にしてしまったんだな。粉では仕事にならない」ハンザが独り言のように呟いた。

レセンは答えなかった。

「いったいどうして、こんな簡単な仕事をめちゃくちゃにするんだ?」

レセンをたぶらかそうとするかのように、ハンザの声は穏やかだった。レセンに探りを入れて、狸おやじがなぜ設計者の指示に従わなかったのか探りたいという魂胆なのだろう。

「俺は日雇いのしがない暗殺者さ。俺らのような下っ端《ぱ》は、上の指示に従うだけで何も知らない」

詮索しても無駄だと、レセンはハンザの思惑を一蹴した。

「何も知らないだと……」

ハンザが指で軽くテーブルをトントン叩いた。レセンは手を伸ばし、ハンザの前にあるタバコとライターを取り戻した。そしてタバコを出して火をつけた。

「一日にどれぐらい吸うんだ?」ハンザが訊ねた。

「二箱」

「こんなニュース、聞いたことないか。ガンの死亡率のトップが肺ガンで、喫煙者は肺ガンになる確率が十五倍も高くなると。君みたいな吸い方をしてれば、無条件に肺ガンになるな」

「肺ガンになるまで、この業界で生き残れるとは思わないさ」

ハンザがふんと笑った。

「いつも思うけど、君はとても面白いやつだよ。見当のつかないキャラクターというか、何となく少しかわいげもあるしな。だから私は君が好きなんだよ」

レセンはまだ半分残っているタバコを灰皿にこすりつけ、新たなタバコに火をつけた。

「かわいげもあるしな。だから私は君が好きなんだよ」。ずっとしゃべり続けるハンザの口元にこぶしをぶつけてやりたい気分だった。

「数十億の仕事だった。君のような日雇いのチンピラには想像もつかない大きな設計だったんだ。始まる前に狸おやじが潰してしまったけど」

「残念だな。数十億をフイにするなんて。わけもなく申し訳ない気になるね」

「仕事はうまく取りなせばなんとかなる。それが私の専門分野でもあるしね。しかし、このことで潰された私の名誉と信用は誰から補償されるんだ？　あの底意地の悪い狸おやじに？　それとも君みたいなチンピラに？」

レセンは、ハンザの口から飛びだした名誉と信用という言葉にムッとした。

「どうして、あんたごときの名誉が、将軍の名誉より尊重されると思うんだ？」

「死体に名誉なんかあるか？　放っておけば土の下で腐るだけだ」

「あんたをひげ面のところで燃やすことになれば、あんたの死体に必ず訊いてやるよ。焼却炉に入る直前に」

「必ずそうしてくれ。断言できるが、私の死体も今の私と同じことを言うはずだ。我々は殺し屋だ。数十億という金が行ったり来たりするというのに、こんなバカな真似をする必要があるか。君が気を利かせて死体を渡してくれたら、私はきれいに包装して、売れそうな品物にしただろうよ。それを政治家や世論がどんなふうにおもちゃにしようが、それは我々の知ったことではない」

「将軍は狸おやじの唯一の友達だったんだ。いじめられっ子だったうえに、クソみたいなプライドを持ったあんたには絶対に分からないだろうけど」レセンは叫んだ。

ハンザは余裕たっぷりに微笑んでいた。彼は、興奮したレセンが最終的に本音を露わにしたことに、同時に自分が欲していたものをレセンから引き出せたことに、満足しているようだった。

「だから私は君が好きなんだよ」ハンザが言った。

ハンザはこの事件を九時のニュースで流そうとしていた。彼が望んでいたものは、すべての新聞の一面を飾る暗殺事件だった。北朝鮮出身の退役将軍であり、中央情報部時代の主要幹部だった老人の死。そして老人の死体からは弾丸が検出される。ロシア製のAK系銃に使われ、国内ではほとんど使われない七・六二口径仕様の弾丸が。どことなくキナ臭い、疑惑に満ちた射殺事件だ。

死体が発見された次の日から、老人の家の周りには黄色いテープが張り巡らされ、大げさに吹聴するテレビ記者や新聞記者やら、実は何をしたらいいかよく分からない警察やらで、静かな森はにわかに忙しくなるだろう。メディアでは、横一列にずらりと並んだ証拠収集班が、着弾点から一センチ間隔で森を捜索する派手なショーを繰り広げ、科学的な捜査でもって手がかりを探るさまを映しだす。ほどなくして頭の禿げた、テレビ画面を埋め尽くしそうなほどでかい顔の専門家が、深刻な面持ちでインタビューを始めるだろう。でかい顔の専門家は証拠収集班が発見した薬莢、ガムの包み紙、乾パン袋、大便などの証拠物1、2、3、4号を例に挙げながら、国際情勢の変化や北朝鮮の軍部の動きに関する、トンデモ話を吹聴する。次の日も、その次の日も、ガムの包み紙、乾パン袋、大便などの話でニュースは埋め尽くされる。

いったい何がしたかったのだろう。小型宇宙船で大気圏の外を飛び出し、五分ほど地球をぼうっと眺めることだってできる宇宙ツアーが販売されているこの二十一世紀に、ありがちなスパイ暗殺事件のひとつでもこしらえるつもりだったのだろうか。しかしこの設計の出発点がどこにあるのか、この設計の究極的な目的が何なのかは、誰も知らない。ハンザもこの設計の実態を正確には知らないだろう。設計の世界では、誰も必要以上の情報を知ろうとしない。情報を持てば持つほど、標的になりやすいのだ。この業界で長生きするには、無知でなければならない。知らないふりではなく、本当に知っていてはいけないのだ。ただ殺してしまえば済む話なのに、いったい誰が、情報を持っているかどうかなどと悩むだろうか。だからみんな、自分に与えられた小さな縄張りの中で、這いずりまわって仕事をするだけだ。その小さな縄張りが集まった、とてつもなく大きく複雑なコネクションと数多《あまた》の利害関係とが絡み合って、ひとつの設計が誕生する。もしかしたらダムのひとつでも壊すつもりだったのに、予算のせいでピークの過ぎた退役将軍の暗殺事件へと、急に方向転換したのかもしれない。

とにかく事件は捩じ曲げられ、老人の死体は粉になってしまった。ハンザの言う通り、粉では何のショーも繰り広げられない。

ハンザが時計を見た。そして話はだいたい終わったというふうに、席から立ち上がった。

「もう帰らないと。君のせいで仕事が捩じ曲げられてしまったし。これからそれを収拾しなくてはね」

「俺のせいで?」

レセンが鋭い眼光でハンザを見据えた。

「設計が変更されたのを知っていたら、私に耳打ちしてくれないと。どうして、自分の縄張りでもないところにわざわざ首をつっこんで、泥水をひっかぶるんだ?」嘆かわしいし、君が不憫だという口調でハンザが言った。

ハンザはだいぶん余裕を取り戻しているようだった。現実主義者らしく、ハンザは終わったことは仕方ないと、さっさと頭の切り替えができる人間だった。すでにハンザの頭には、次のショーにふさわしい人物が浮かんでいるのかもしれない。

「誤解しているかもしれないから言っといてやるよ。自分を過大評価するな。君などたいしたことはない。人間というのはな、自分の立っている場所がすべてさ。だからこの図書館を離れたとたん、君はただのプジュの暗殺者崩れや使い捨てのチンピラと同じになる。気をつけろ。タバコも吸いすぎるな。一日に二箱も吸っているようなレベルの低い肺で、あとになってまともな逃亡ができるとでも?」

ハンザはあの独特の、傲慢で忌々しい微笑みを浮かべた。そして外に出るために身なりを整えた。

「そういえば、名刺は渡したっけ?」

ハンザは大事なことを忘れていたかのように、大げさな身ぶりで言った。レセンは何も言わず、ただハンザの顔を眺めていた。ハンザは金箔貼りのケースから名刺を取り出して、レセンの前に置いた。

「いずれ必要になるだろう。この図書館はまもなく閉館しそうだし。それから、将来に備えて目上の者への言葉づかいも学んでおくんだな。兄貴にタメ口をたたくのは、他人の目によくは映らないからね。全部君のために言ってるんだよ」

ハンザがウインクをした。

「俺は誰に対してもタメ口だ。そして、あんたは俺にとってそのなかの一人にすぎない」

レセンは名刺を灰皿に入れて、その上からタバコをこすりつけた。ハンザはそれを見て呆れたように軽く頭を振り、名刺をもう一枚取り出して、今度はレセンのポケットに入れた。それから手のひらでレセンの頬をパチパチと叩いた。

「しっかりしろよ。いつまでそんなふうに、おこちゃまみたいに生きていくつもりだ?」

ハンザは口笛を吹きながら、図書館の庭に向かって歩きだした。図書館のドアが閉まる前、ハンザが司書に「外は寒かったでしょう? どうもすみません。たいした話でもないのに長くなってしまって」と、ご機嫌な様子で話しかけるのが聞こえた。司書の「いいえ、別に寒くなかったですよ」と、軽妙に返す声も聞こえてきた。

レセンはタバコをもう一本取り出したが、火をつけずにただ眺めていた。ハンザの言うことは正しい。この件はもともと、レセンの仕事ではなかった。設計者は新聞を大げさに騒がせる事件に、高級暗殺者は使わない。こういうたぐいの仕事は、もう誰からも声のかからない暗殺者崩れや、軍隊を除隊してこの業界に入ってきたばかりの新米チンピラの取り分だ。

暗殺事件が世に知られると、まっさきに警察が捜し出すのは狙撃手だ。彼らが知りたがるのは、結局のところ「誰が銃を撃ったのか」ということだ。警察は狙撃手さえ見つければ万事解決するという、とんでもない幻想に陥っている。冷静に考えてみれば、誰が撃ったのかなんて、まったく重要な問題ではない。ひょっとしたら、それはこの暗殺事件で一番つまらない問題かもしれない。事件の核心は銃を撃った者ではなく、銃を撃った者の背後に誰がいるかだ。しかし、長い暗殺の歴史のなかで、狙撃手の背後に誰がいたのか明らかになったことは一度たりともない。

誰もがオズワルドがケネディを殺したと信じている。しかし、能無しのオズワルドごときに、どうやってケネディが殺せただろうか。メディアや警察がオズワルドの周辺を必死に調べている間、ケネディを暗殺した巨大な黒幕組織と設計者たちは、ゆっくりと、そして静かに、それぞれの安全な場所に戻る。彼らはロッキングチェアにもたれてシャンパンを飲みながら、ニュースを見る。そして数日後、ピエロであるオズワルドが別の三流暗殺者に消されると、警察は、事件の中心人物が死んでしまったからもうお手上げだ！とばかりに事件を緩やかに収束させるのだ。世の中は大がかりなひとつの喜劇だ。だから警察は銃を撃った者さえ捜せばよいし、設計者は銃を撃った者さえ消せばいいのだ。

警察は銃を撃った者を捜し出し、取り調べ、拷問する。まんまと引き金を引いたこのバカは、自分が放った弾丸と同じぐらいのスピードでメディアを賑わす標的となる。周りの人は、彼がこんな凄まじい犯行を犯したことに驚愕する。メディアはこのバカの周辺で、事件とは何の関係もないパーツを見つけてきて、それらを組み合わせたあと、このバカをひとつの伝説として祭りあげる。ところで面白いのは、実際に銃を撃ったこのバカは、事件についてほとんど何も知らないという事実だ。さらに彼は自分が何をしでかしたのかも知らないだろう。設計者がなぜ、暗殺者崩れやチンピラなんかに、そんな大事な情報を与えるだろうか。設計者が暗殺者に注文することは、どの時代でもどの国でも同じだ。「君は考えなくてもいい。黙って引き金さえ引けばいいんだ」。

レセンは再びタバコに火をつけた。ふと、老人の死体を燃やさなかったら、今頃自分は死体になっていたかもしれないという考えがよぎった。自分の死体を焼却炉に入れるとき、ひげ面はどんな顔をするのだろう。突然そんなことが気になった。またあのでかい図体で、大げさにわんわん泣くのだろう。しかしハンザから金を渡されたとたん、何事もなかったかのようにへへと笑って、ぺこぺこ頭を下げながら、二度紙幣を数えるだろう。レセンが二本目のタバコを吸っているとき、司書が体をがたがた震わせながら戻ってきた。椅子にかけておいたカーディガンをはおってもなお寒気がするのか、机の下にある電気ストーブをつけて、熱心に両手をこすっていた。司書は机の下にうずくまって長らく火に当たってから、ようやく体を起こして席に座った。

「そろそろ禁煙したらどうですか?」司書が情けないというふうにレセンを見ながら言った。

レセンはタバコを消した。そして狸おやじの書斎の方に目を向けた。書斎のドアは固く閉ざされていた。いま入ってもいいだろうか、それとも狸おやじが落ち着くのを待ってからにしたほうがいいだろうか。どちらにしてもすぐ決めかねた。

「この図書館がなくなれば、どうするつもりですか？」

「図書館がなくなるんですか？」

司書が驚いた。

「いいえ、もしもの話です」

司書はすぐに答えられず、何か考えているようだった。

「いい男性と出会って、結婚したいですね」

「いい男性……」レセンが司書の言葉を反芻した。

「では、俺はどうですか？」

司書は狂人を目の当たりにしたかのような顔で、レセンを見つめた。

「とうとう狂ってしまったんですか？」

司書の金切り声が、天井のドームにりんりんと響いた。レセンはそんな彼女を見て笑いながら、遺骨箱を持って立ち上がった。そして書斎へと歩きだした。

ドアを開けると、狸おやじはいつものように百科事典を朗読していた。レセンの予想は外れ、狸おやじの表情に特に変わった様子はなかった。狸おやじはいつもの席で、いつもの事典を、いつもの方法で読んでいた。何年か前から狸おやじはブリタニカ百科事典の英語版を再読していた。ブリタニカ百科事典を読み終えたなら、再びブロックハウス百科事典を再読するのだろう。同じものを数えきれないぐらい繰り返し読みつづける、この読書の目的はいったい何だろう？　レセンには理解できなかった。レセンがドアを閉めるまで、狸おやじは事典から顔を上げなかった。レセンは応接間のテーブルの上に遺骨箱を置いた。テーブルにガラス板が敷かれているせいで、レセンの意図に反して大きな音が響いた。ようやく狸おやじが事典から視線を離し、遺骨箱を目にした。

「なぜ一日余計にかかったんだ？」

怒っているふうでも責めるふうでもなかった。ただ経緯を知りたがっている口調だった。

「将軍に夕食でも食べて行けと誘われたからです」レセンは淡々と答えた。

もっと質問がくるかと思ったが、狸おやじはただ頷いた。狸おやじは老眼鏡を外し、机の上に置くとテーブルの方にやって来た。そして遺骨箱の白い風呂敷を広げ、楓の木箱を眺めた。狸おやじは手のひらでそっと箱を撫でてから、蓋《ふた》を開けた。老人とサンタの骨が大きな紙にきちんと包まれていた。狸おやじは紙を広げて骨粉に触れた。

「ひげ面が丁寧に挽いてくれたんだな」狸おやじは満足げに言った。

狸おやじは紙を畳んで蓋を閉めると、白い風呂敷で箱をしっかり包んだ。そして遺骨箱を自分の机に置いた。

「おとなしくしてろ。しばらく仕事はするな」狸おやじが言った。もう行ってよいという意味だった。

「ハンザがとても怒ってました」

レセンの言葉を、狸おやじは鼻で笑った。

「ハンザがなんで怒る。すべて自分の意のままになったのに」

レセンは首をひねった。

「数十億の設計がパーになったと、ものすごく興奮してたんです」

「これでだめになる仕事なら、そもそも我々に依頼してこないはずだ。図書館が設計を捻じ曲げて仕事がだめになったと騒げる口実もできたし、むしろハンザは助かってるだろう。あいつめ、利口すぎて敵わないな」

狸おやじはこの状況がとても面白いという顔で言った。まったく。この状況が面白いか？

「図書館を閉めるんですか？」

狸おやじはどういう意味か分からないらしく、頭を上げてレセンを見据えた。

「ハンザが脅してきたんです」

狸おやじはしばらく考えてから、意味深な笑みを浮かべた。

「閉めるのならそれでもいいさ。たいした図書館でもないのに、怯えることなどない」狸おやじは感情の込もっていない平淡な口調で言った。

どうしたら、あんなふうに振るまえるのだろうか。六十年間、自分が管理してきた図書館が閉まるかもしれないというのに。なんでもないように言う狸おやじの声は、長い間この瞬間を準備してきたかのように落ち着いていた。だからこそかえって、どことなく悲愴な空気が流れているように思えた。

狸おやじは図書館で生まれ、その生涯を図書館で送ってきたと言われている。これは比喩などではない。実際に狸おやじは図書館で生まれた。狸おやじは図書館の屋根や電気設備、配管などを管理する小間使いの息子で、図書館に隣接する小さな社宅に住んでいた。先天性小児麻痺だった狸おやじは、わずか六歳から掃除を始めた。十五歳で司書になり、たった二十七歳でこの図書館の主任となった。[*1]京城帝国大学出身の人材や日本からの留学帰りの帝国主義官僚のなかで、足に障害があって小学校もろくに出ていない狸おやじが、どうやって主任になり、図書館長になったのかは分からない。頭のいい人々が生涯をかけて守るには、この図書館は退屈で静かすぎたのかもしれない。それとも頭のいい人々が勤めるには、危険すぎる場所だったのか。

　狸おやじは遺骨箱をしげしげ見つめていた。しかしレセンを意識して、そっと百科事典に視線を戻した。再び事典を読むつもりでないのは明らかだった。それならば、老眼鏡をかけたはずだ。ぼんやりした目で事典を見る狸おやじの姿が、ふと老いて見えた。

「帰ります」

　狸おやじはしばらくレセンをじっと見てから頷いた。

　書斎のドアを開けると、司書は昼食をとりに行ったのか、席にいなかった。レセンは司書の席に座った。机の片隅に赤い毛糸と編み針が置いてあった。外からの視線を遮るために立てられたパーティションの前には、色別に十個も入っているマニキュアセット、かわらしいミニ鏡台、プロが映画の撮影現場で使っていそうなメイクバッグが置いてあった。その横にオフィス用品をしまっているプラスチックの引き出しがあったが、それぞれの段に、「クリップ」「ホッチキス」「カッター」「ハサミ」「メジャー」といったネームプレートがついていた。レセンが「クリップ」の引き出しを開けると、嘘みたいにそこにクリップがあった。司書の机のあちこちに、ミッキーマウスにくまのプーさん、パンダや招き猫といったキャラクターがぶら下がっていたり、おとなしく座っていたりした。それらは、最初から完璧にそこに存在しているように見えた。レセンは、下着をつけずに、赤いTシャツひとつでお腹をぺろんと出しているくまのプーさんを、指先でトントンとこづいた。それから一人、馬鹿みたいに笑った。

今や犬の図書館に本が入荷されることはない。二年前から狸おやじは本を購入しなかったし、定期刊行物さえも受け取らなかった。だから厳密に言えば、もうこの図書館に司書は要らなかった。ここに必要なのは秘書や清掃員だ。電話に出て、ゴミを分別して出し、書架に静かに積もる埃をたまに拭きさえすれば、それで事足りる。

レセンは司書の席から立ち上がると、古い書架の間をゆっくり歩いた。数十年間一回もめくられることがなかったために、マッチ一本擦るだけで火薬のように燃え上がりそうな、よく乾いた本が一列にずらっと並んで、レセンを見つめていた。レセンは本に手を伸ばした。指先が本の背表紙に触れるたびに、幼少時代に駆けまわった路地に戻ってきたような気がした。

レセンは立ち止まると、一冊の本を手に取った。『万物の由来史』。レセンは本の表紙を見つめ、ひっくり返して裏を見つめ、そしてページをめくった。その本に関心があるわけでも、その本に何かを求めているわけでもなかった。それはただの習慣だった。その本は「人類が食べた最初の野菜はタマネギだった」という一文で始まっていた。自省的でも、教訓的でも、哲学的でもなかった。ただ「人類が最初に食べた野菜はほうれん草やニンジンではなく、タマネギだった」という意味でしかなかった。安楽な読書のために安楽椅子《ロッキングチェアー》を発明したのは政治家のベンジャミン・フランクリンだとか、人類が最初に使った道具はハンマーだった、というような話を際限なく繰り返す本。「だからどうした?」と訊かれたら「いや、ただそうだってことさ」としか答えようのない本。レセンはふっと笑って「いかにも狸おやじが好きそうな本だな」と、呟いた。

本を書架に戻し、レセンは図書館を見まわした。二階の換気口から入ってくる日差しが古い書架を照らしていた。もはや衰退してしまった図書館。良い時代はすべて過ぎ去ってしまった。ハンザの言う通り、図書館は閉館するかもしれない。暗殺市場に訪れた変化に耐えるには、この図書館のすべては古すぎる。若くて無謀だった時代。危険で難しい仕事も、文句なしにきれいに処理できた時代。あちこちの殺し屋が狸おやじのもとを訪れ、高額の仕事が立て続けに入り、ポケットが紙幣で溢れていた時代。機関の人間すら狸おやじの顔色を窺い、狸おやじの一言でプジュ全体が一糸乱れることなく動いていた時代は、もう過去のものだ。新刊が入ってこないように、そんな大きな仕事は、もうこの図書館には入ってこない。

狸おやじはもっと早くに、この錆びついた衰退の時代に備えるべきだった。力のある会社と手を組んだり、古い顧客リストを餌にハンザと取引をするべきだったのだ。足を引きずりながら暗い路地を歩いているときに、チンピラのナイフに襲われ、どぶの中から死体で見つかるような悲惨な最期を迎えないためにも、せめて金だけは貯めておくべきだった。誰かさんのように、スイスやアラスカに安全な別宅を備えるのは無理だとしても。しかし狸おやじは崩れてゆく図書館の中で百科事典を読み耽るばかりで、何もしなかった。狸おやじに残されたものといえば、古本屋の卸売商すら見向きもしない古びた本ばかりだった。すでに狸おやじの命は、ハンザの見積もりにかかっていた。狸おやじがいまだに生きているのは、ハンザにとってまだ利用価値があるからだ。ハンザの頭で「無用」と見積もられたとたん、狸おやじはすぐさま殺されるだろう。書架から大胆にはみだした本を押し入れながら、レセンはふと、自分はハンザにどう見積もられているか知りたくなった。

「図書館が閉館したら、俺の人生も閉館するのだろうか?」レセンはふっと自嘲気味に笑って、自問した。

レセンは二階の換気口のあるところに上がって、西側の壁の一角を眺めた。そこにはまだ、幼い頃のレセンが本を読むために使っていた小さな机と椅子があった。学校に行かなかったレセンにとって、犬の図書館は唯一の学校だった。同年代の友達がいなかったレセンにとって、図書館は唯一の遊び場でもあった。レセンはいつも書架と書架の間を駆けまわって遊び、この小さな机で本を読みながら幼少期のほとんどを過ごした。

振り返ってみると、レセンの幼少期は無関心と退屈さで満ちていた。たいていの子どもに贈り物のように注がれる大人の優しさは、レセンには米一粒ほども与えられなかった。レセンの幼少期を埋める記憶の大部分は、古い書架が作りだす迷路、本や埃、そして一日じゅう無表情で本ばかり読んでいた狸おやじだ。司書たちは、ようやく親しくなったと思ったらすぐに去っていったし、ときどき出入りしていた暗殺者や標的を追いかけるトラッカー、そしてあこぎなスパイたちは、無愛想で無口だった。そのうちの誰かはまだ生きていて、誰かは死に、誰かは生きているか死んでいるかすら分からない。

九歳の誕生日、レセンにびんたを喰らわせて以来、狸おやじは本を読むことについて何も言わなかった。何かを読めとも、何かを読むなとも言わなかった。狸おやじは自分に無関心だったように、レセンにも無関心だった。図書館はいつもがらんとしていた。棚の上のサボテンや天然石のオブジェとあまり変わらない本とともに、誰にも関心を持たれなかった幼い頃のレセンも、このがらんとした図書館のどこかに、ぽつんと置き去りにされていた。

レセンは純粋に、退屈なあまりに本を読んだ。読書が好きで本を読んだのではない。あまりに退屈であまりに寂しかったので、仕方なく本を読んだのだ。九歳のとき、独学で文字の原理を悟ってから十七歳になるまで、レセンはこの図書館で暮らした。十七歳のとき、初めて人を殺して稼いだお金で小さな部屋を借りた。人を殺して稼いだお金で炊飯器や食器を買い、人を殺して稼いだお金でテーブルやスプーンを買った。そしてその炊飯器で、初めてひとりでご飯を炊いた。

正午の日差しが降り注ぐ二階の換気口の下で、レセンは図書館の内部を見まわした。昼食に出た司書はまだ戻らない。狸おやじの書斎のドアもあいかわらず閉まったままだ。レセンは東側にある書架と北側にある書架、そして南側にある書架と西側にある書架をかわるがわる眺めた。書架は霧の立ちこめた夜の海みたいに物寂しく、しんと静まりかえっていた。ふと、この図書館が、九十年もの間、暗殺集団の本拠地だったという事実が信じがたく思えた。あの数えきれない死が、暗殺が、疑惑の失踪が、偽装された事故死が、監禁が、拉致が、この図書館で計画され決定されたという事実が、疑わしく思えた。いったい誰がこんな図書館を作り、こんな悲惨な生きざまを図書館で始動させようとしたのだろう。クリーニング屋全国連合事務所や、養鶏場活性化組織委員会事務所みたいな場所に作ったほうが、よっぽどふさわしいかもしれないのに。なぜ、図書館だったのだろうか。図書館はこんなにも静かで、たくさん積まれている本は、あんなにも無責任なのに。

＊1【京城帝国大学】一九二四年、日本政府によって設立された官立大学。一九四六年に設立された国立ソウル大学に統合された。

缶ビールを飲む

レセンは缶ビールを開けた。

午前七時半。赤レンガでできた四階建てのアパートが並ぶ路地は、会社に出かける人々で賑わっている。レセンは窓を少し開け、タバコに火をつけた。変な天気だ。一方では細かく日差しが降り注ぎ、一方では細かな雨が降っている。降っているというよりも舞い散っているような感じ、と言ったほうが正しいような雨だ。通勤中の人はみな、空を見上げて、傘をさそうかどうしようか迷っているような顔をしている。レセンはこんなおかしな日にもスーツを着て出勤しなければならない人々に同情しながら、缶ビールを一口飲んだ。

朝と缶ビールは不釣り合いのように思えるが、実は意外としっくりくる。仕事のあとに飲む缶ビールが爽快、代償、休息というイメージならば、朝の缶ビールは寂しさ、混濁、不適切、深い夜を終わらせたくない無責任への欲望といったところだろうか。レセンは朝に缶ビールを飲むときの、そういう無責任さが好きだった。あたふたと出勤する人々を窓越しに眺めながら「みんな一生懸命に生きてるんだな。俺の人生なんてなるようになれば、それでいいさ」と、自らを嘲笑う、そういうたぐいの無責任さが……。

レセンはもう一口、缶ビールを飲んだ。こうやってちびちびビールを飲んでいると、ときおり現実離れした妄想が頭をよぎる。たとえば、死んだレセンが棺の中で、夕食に何を食べようか考えあぐねているといったような、そんな妄想だ。死んで棺に納められているというのに、レセンは空腹を感じている。「こんなことってありえるか？　死んでるのに腹が減ったら、いったいどうすりゃいいんだ」。レセンはイライラしている。しかし誰もレセンのためにご飯を運んでくれたりはしない。屏風の前では、葬式に来た人々がレセンについてあれこれしゃべっている。「本当にいやなやつだったな」「ああ、たまらなく悪質なやつだったよ」。人々はしゃべり続ける。「死んだ人間の前でこんなことを言うのもあれだけどよ､実に腹立たしいやつだった。若造のくせに､年上の俺にタメ口をきき続けたしな｡働きづめの俺に､お疲れさまの一言も言ったためしがないんだぜ」。この声の主はひげ面だ。レセンは逆上して、しゃべりまくっているひげ面の後頭部でもぶん殴ってやりたいところだが、そうはいかない。レセンは死んでいるのだ。

レセンは吸っていたタバコを消し、新しいタバコに火をつけ、頭痛薬を飲んだ。それからまた缶ビールを飲んだ。頭痛薬、タバコ、缶ビール。巨大な霧がかかっているみたいに、頭の中はいつも重く曇っている。突然、何の理由もなく不安に襲われ、気分が落ち込むこともある。そういうとき、レセンは朝から缶ビールを飲んだ。家に引きこもって音楽を聴きながら、窓枠に腰かける。そしてカタツムリのように膝を抱えてうずくまり、ひたすら缶ビールを飲むのだ。

レセンは残りのビールを飲み干して、缶を押し潰した。そして机に缶を置いた。机の上にはすでに、潰れた缶が二つ転がっていた。その横には、先日便器から見つかった爆弾もあった。レセンは爆弾を手にとった。マッチ箱よりも小さな爆弾。小さくてあまりにかわいらしくて、こんなのが爆発してもたいしたことは起こりっこない、と安心できる爆弾と言ったらよいだろうか。しかし、この爆弾を調べたプジュの雑貨屋の意見は違っていた。

「この爆弾はどこにあった?」

「便器の中に」

「ケツぐらい簡単に吹き飛ばせるだろう」

「これごときで?」

「便器の中だと圧力が高まるのさ。爆竹を手で握りしめて爆発させるのと同じ状態になる。しかも君がクソでも垂らして便器を塞げば、爆発するのにパーフェクトな条件が整うってわけさ」

「殺すこともできるんですか？」

「ケツなしで生きてるやつ、見たことあるか？」

「警告や脅しではないんですね」

「爆発すればな。でも本当に爆発するかどうかは分からない。こんなの今まで見たことがない。防水処理もちゃんとできてるし、君がクソしたタイミングで反応するように、特殊な信管を使ってる。爆弾の量もちょうどケツを飛ばすぐらいに計算されてるしな。でも本当に爆発するとは限らない。アマチュアが作ったものだからな。プロはこんな凝ったものは作らないさ。そうする理由がないからな」

雑貨屋は爆弾を手にとって照明であちこち照らしながら、感嘆詞を連発した。

「確かに斬新だよ。誰がこんなかわいい爆弾を作ったんだろうな？　少なくとも俺の知り合いにはこんなクリエイティブなやつはいない。一回会ってみたいな」

レセンはムッとして雑貨屋を見据えた。レセンは十二歳の頃からこの雑貨店におつかいに来ていた。だから雑貨屋とは二十年の付き合いになる。ところが雑貨屋は、ケツを吹き飛ばされて殺されたかもしれないレセンのことも、レセンが設計者のリストに上がったかもしれないという残酷な事実についても、まったく関心がなかった。この男にとってレセンは、自分の店に出入りしていたものの死んでしまった、無数の暗殺者と同じなのだ。

「とにかく機関のしわざではないんですね？」

「どうかな。最近は傭兵も会社も設計者も多すぎて、誰がどこで何をしてるか、まったく分からないからな。ところで、何をやらかしたんだ？」

「俺が死ぬべき理由はありすぎるでしょう。この業界に十五年もいましたし」

もう感嘆するのはやめて爆弾を返してほしいと言わんばかりに、レセンは手を差し出した。

「とにかく今回は運よく生き残ったな」

信管を分離した爆弾をレセンに渡しながら雑貨屋が言った。

「便秘だったんですよ」

便器の中から爆弾が見つかったのは、一週間前のことだった。家に入った瞬間、いつもと違う匂いがした。ドアを開けるとすぐにレセンのもとに駆けつける猫たちも、この日はためらっていた。誰かが来たのは間違いない。レセンは空気中に漂っている不慣れな匂いを記憶するために、しばらくじっとしていた。香水か？ 化粧品の匂いか？ それとも体臭？ しかし匂いはごく微細なもので、その正体は分からなかった。とにかく、これはアマチュアのしわざだろう。プロは匂いを残さない。

レセンは慎重にシューズボックスを開けてパウダースプレーを取り出すと、玄関の床に吹きかけた。見慣れない靴の跡が浮かび上がった。二十五センチほどのスニーカーの跡だった。小柄な男性か女性のものだろう。リビングには足跡がなかった。侵入者は礼儀正しく玄関で靴を脱ぎ、中に入ったのだ。

「ずいぶんマナーのできたやつだな」レセンは呟いた。

レセンはリビングに入ると、ゆっくりと家の中を見まわした。誰かが侵入したのであれば、そこにあるはずのものがなかったり、そこにないはずのものがあるはずだ。一見変わったことはなさそうだった。しかしじっくり調べると、いくつかの物の位置が変わっていた。机の上に積んであった本は、順番が逆になっていた。いつも本棚の三段目に置いてあるチュのヘンケルスが二段目に移っていて、カンガルーの形をしたウォールポケットに入れていた猫用の釣り竿がテーブルの上にあった。キッチンにはまだ水気の残っているコーヒーカップがあり、布巾は少し湿っていた。レセンはコーヒーカップを持ち上げて匂いを嗅いでから、照明に照らしてみた。そして、呆れたというふうに笑った。いったいどんなやつなのだろう。

侵入者は、レセンが読んでいた本を上から一冊ずつ調べたようだ。人生はそんなにヒマなものか？　こっそり侵入したあげく、レセンの読んでいる本のことなど、なぜ知りたかったのだろう。理解できなかった。それだけではない。かなり多くのものに、意味もなく触れてあった。おもちゃの釣り竿にまで手をつけたのを見ると、猫にいたずらでもしようと思ったのだろう。そしてキッチンに行って、コーヒーを淹れて飲んで、そのコーヒーカップまで洗っておいた。狂ってないか？

レセンが家を空けていたのは、せいぜい二時間だ。月曜、水曜、そして金曜日の午後二時、レセンはいつもプールに通っていた。行かないときも何度かあったが、ほぼそういう習慣だった。侵入者はおそらく、レセンがプールに行ったのを確認してから、家に足を踏み入れたのだろう。侵入者はレセンの動線を正確に把握していた。設計者がいるのだ。彼らが最初にする仕事は、標的の動線を把握することだから。レセンのいない二時間の間、侵入者は家じゅうをゆっくり歩きまわった。痕跡を残さないよう気を遣う、といったことはまったくなかったようだ。アマチュアだからというわけではない。むしろ「私がなぜここに来たのか、ゆっくり考えてみろ」と、問題提起をしているかのように見えた。

レセンはリビングの中央で、しばらく突っ立っていた。ほどなくして、大決断でもしたかのように、レセンはすべての照明をつけて家じゅうを漁りはじめた。壁にナイフの跡や破れた箇所がないか注意深く調べ、同じく天井と床も調べた。ガスコンロの内部やガス栓を調べ、シンクの下を調べ、冷蔵庫を開けて冷蔵室や冷凍室の中まで調べた。家じゅうの引き出しを漁り、家じゅうのすべての箱を開け、洋服ダンスの中や本棚の隙間、シューズボックス、照明器具の内部、壁時計の後ろ側、飾り棚に至るまで調べ尽くした。しかし、何も出てこなかった。

レセンは窓の外に目をやった。すっかり日が暮れていた。設計者のリストに上がったかもしれないというのに、何も考えられなかった。何か……何か考えなければ……しかし頭の中は巨大なスモッグがかかったみたいにぼんやりしていた。今まで考えることをしてこなかったかのように、何から考えればいいのかすら分からなかった。誰かがこの家に入ってきた。それも一般人の家にではなく、暗殺者の家に。面白半分に入ったわけではないだろう。爆弾を仕掛けるか、あるいは盗聴器でも設置したに違いない。

レセンは捜し物が何であるかも分からないまま、再び家じゅうを漁りはじめた。今度は精密検査だった。コーヒーを捨て、その空き瓶の底を確認し、中身を捨ててから空の調味料入れを確認した。ゴミ箱もひっくり返し、中のゴミもシラミ潰しに確認した。パソコンの本体を分解して部品をすべて取り出し、それらを一つひとつ確認し、テレビやラジオも解体して内部まで調べた。冷凍室から冷凍食品を全部出してパッケージを開封し、魚の中まで調べ、ギョーザも一つひとつ切って調べた。シューズボックスから靴を全部出して調べ、洋服ダンスの中にある服のポケットに至るまですべて調べた。それからリビングの本棚から本を全部出して、一冊一冊調べた。さらには請求書や手紙までも気になって、開封したりもした。

夜が通り過ぎ、日が昇る頃になっても、レセンはずっと何かを分解していた。きっかり二十一時間、レセンは飲まず食わず不眠不休の状態で、何かを開けて、その内部を調べていた。家じゅうのありとあらゆる物が分解され引き裂かれ、まるで爆撃を受けた都市みたいにめちゃくちゃになってもなお、レセンは止めなかった。侵入者が何も残さなかったかもしれない可能性について、考えないわけでもなかった。にもかかわらず、レセンは物を分解しつづけた。怒りに満ちた顔で破って、捻じ曲げ、開けて、ぼんやり眺め、そして投げ捨てた。

レセンはこれ以上分解できないぐらい、完璧に壊れた壁時計を投げ捨てて、今度はベッドのマットレスを切りはじめた。ナイフがスプリングに当たって滑る音が癇に障った。レセンはマットレスの中からスポンジを引っ張りだした。スポンジとスポンジの間を覗き込み、何も見えないとなると、マットレスの横を切りつけて、またスポンジを引っ張りだした。馬鹿なことをしているのは百も承知だった。しかしレセンは、虚しくずっとマットレスを切りつけていた。マットレスにナイフを突き立て、切りつけて、狂ったようにスポンジを引っ張りだしてはまた、マットレスの中を確認して……

日差しがベランダを通り過ぎ、レセンの顔に降り注いだ。レセンは泣いていた。涙に濡れた顔で、レセンは窓越しに太陽を見た。その顔には若干のきまり悪さのようなものと、とても温かく、とても穏やかな気配とが、降り注がれた日差しとともに混在していた。レセンは自分の手をじっと見つめた。爪が割れ、指にはナイフで切った痕があり、そこから血が流れていた。突然、空腹を感じた。二十一時間、この家のすべてを分解したのだ。しかし食事を用意する力は、もはやレセンには残されていなかった。レセンはナイフとドライバーを部屋の片隅に投げつけ、切りつけられてめちゃくちゃになったソファーにもたれて眠った。

午後になってレセンは目を覚ました。あいかわらず太陽が出ていた。家じゅうが、こじ開けられ、分解され、破られたものだらけで、足の踏み場もなかった。レセンは虚ろな目でそれらの残骸を眺めた。「いったい、どうしたんだ?」レセンは自分自身に問いかけた。でも、レセンの内なる数多の声は、何も答えてはくれなかった。

レセンはゴミ袋を持ってきて、自ら切りつけ分解したものを片付けはじめた。古くからあるものもあれば、新しく購入したばかりのものもあった。思い出深いものもあれば、なぜこの家にあるのか分からないものもあった。レセンはかまわずゴミ袋に物を突っ込んだ。

二十リットルのゴミ袋が二十個いっぱいになったとき、家はようやく片付いた。レセンは、それらをアパート前のゴミ捨て場に運んだ。ことごとく引き裂かれ、スプリングがはみだしたマットレスやソファーも捨てた。標的にされたとしたら、設計者が雇った人間がレセンを監視しているだろう。そいつがゴミ袋を持ち去るかもしれない。しかしレセンはそれでもかまわないと思った。

「俺にはもう必要ないから。このゴミがほしけりゃ、好きにしやがれ」

設計者は無駄な動きはしない。標的にされたのは確実だ。生き残れるだろうか？　いや、たぶん無理だろう。設計者から逃れて生き残った者は、この十五年間、一人もいなかった。すぐに死ぬやつと、ほんの少し持ちこたえてから死ぬやつがいるだけだ。「しかし、どうして、俺が、標的に、されたのだろうか？」。そう問いかけて、レセンは笑った。考えてみれば、かなりおかしな問いだ。レセンが問うべきは「なぜ俺が死ななくてはならないのか」ではなく、「どうして今まで生き残れたのか」だ。設計者が仕掛けてはその後始末をするこの業界で、十五年も暗殺者として生きてきたのだ。レセンが標的にされるべき理由など数えきれないほどあるだろう。犬の図書館がなかったら、狸おやじがいなかったら、レセンはとうの昔に殺されていたはずだ。三十二歳。平均寿命からすれば死ぬには若い年齢だが、暗殺者としてはかなり持ちこたえたほうだ。十五年だ。死ぬべき時期は過ぎている。『楢山節考《ならやまぶしこう》』のおりん婆さんのように、歯を臼でへし折って山に入るべきときなのだ。

部屋に戻ったレセンが最初にしたことは、缶ビールを十箱注文することだった。不安が神経の俎上に跳ねあがるとき、川底みたいに静かな恐怖が押し寄せるとき、先の見えない憂鬱の沼に果てしなく引きずり込まれていくとき、誰かを殺して帰宅したとき、そして耐えがたい何かが目の前に迫ってきたとき、レセンは無責任に引きこもって、缶ビールを飲んだ。

缶ビール週間《ウィーク》。続けて冷たい缶ビールにありつきたければ、準備が必要だ。まず、最大限にビールが入れられるよう、冷蔵庫内の食品を全部捨てる。スーパーに適切な量のビールを注文する。そして、冷蔵庫をビールでいっぱいに満たす。腹が膨れず、かといって腹が空かないように、冷凍室からナッツと煮干しを出しておく。これで準備完了だ。これからは冷蔵庫を開けて、缶ビールを出して、開けて、飲んで、空き缶を押し潰すだけでいい。

標的にされた。何か手を打つべきだ。缶ビールをちびちび飲みながら、レセンはときおりそう考えた。しかし実際には何もしないで、ビールを飲んでばかりいた。冷蔵庫を開けて、缶ビールを出して、開けて、飲んで、缶を押し潰してばかりいた。たまにナッツを数粒噛み砕き、便器に小便をしながら鏡に映った自分の顔を眺めた。それから水洗レバーを下ろし、また冷蔵庫を開けて缶ビールを取り出した。冷蔵庫を開けながら「冷蔵庫を分解しなくてよかった」と、自分のセンスに感心したりもした。

レセンが爆弾を発見したのは、それから二日後のことだった。そのときレセンは便器に顔を突っ込んで、三度目の嘔吐の真っ最中だった。三、四回の嘔吐は、缶ビール週間をうまく過ごすための通過儀礼みたいなものだ。吐いてはまた飲んで、飲んではまた吐く。そうしているうちに、いつのまにか吐き気が収まり、ずっとビールを飲みつづけられる体に変わるのだ。何も食べていないため、吐瀉物《としゃ》は、胃液と一緒に出てきたビールと煮干しの残骸だけだった。そのとき、便器の奥に何かが付いているのが目に入った。レセンはしばらく便器の中を見つめ、手でそれを取り外した。

それは小さなセラミックのケースだった。便器と同じく白色で同じ材質なので、じっと目を凝らさなければ見分けがつかなさそうだった。レセンは使い捨ての石鹸みたいなセラミックケースをじっくり調べた。それは爆弾だった。なぜかは分からないが、レセンの心に宿った感情は驚きや恐怖ではなく、安堵感だった。物事の良し悪しに関係なく、当然その場にあるべきものがあったことによって生じる安堵感。

電話が鳴った。電話を取ると、トラッカーのジョンアンだった。

「いろいろ調べてみたけどさ、七、八年前にベルギーでこんなのが流行ったらしいぜ」

「便器爆弾が？」

「バカ言え。そんなものがなぜ流行る」

「じゃあ、何だ？」

「便器を飛ばすような代物じゃなくて、カプセル爆弾を作ったんだ。そいつを使って体内で小さな爆発を起こして、医療事故程度に偽装するのさ。ＫＧＢ要員が、ペースメーカーやインスリンポンプを付けている、ロシアのデブ政治家を消すときに使ってたんだって」

「それと、この爆弾のどこが似てる？」

「爆弾の基本構造さ。部品もベルギー製だし。信管もセンサーも全部ベルギー製だった。爆薬だけアメリカ製だが、こんなのどこにでもあって、ガキでも市場で買える代物だしな。とにかく既製品じゃなくて、自分で組み立てたことは確かなようだ。ケースはこれまた中国製なんだ。とにかく散漫な爆弾だね。あちこちから材料を取り寄せて作ったみたいだ。ブラックマーケットではこんなもの扱わないっていうから、ネットで注文したんだろうな。もしくはわざわざベルギーに行って買いつけてきたか」

「だから？」レセンがイライラしながら訊いた。

「だから、これだけじゃ特定できないってことさ」

「部品に製品番号があるじゃないか」

「お前はバカか。ホッチキスの針に製品番号がついていたら、作った場所が分かるか？しかも部品は医療用品ときたもんだ」

「だったら、組み立てたやつを捜せよ」

「爆弾が作れるやつなどごまんといるよ。それにみんな警察に見つからないよう、身を潜めてる。やつらに会いたいと申し出れば、素直にのこのこ出てくるとでも？　ところで、この爆弾になんでそんなに執着するんだ？　お前の家の便器に突っ込まれてたわけでもないだろ？」

「俺の家の便器に突っ込まれていたんだ。だから捜しつづけろよ」

レセンは電話を切って、またビールを飲んだ。ジョンアンはこれからひと眠りするのだろう。彼は夜動いて朝眠る。夜動くのが性《しょう》に合っているからではない。彼を取り巻く人々のほとんどが夜動くからだ。この街の人々の出勤時間が、ジョンアンの退勤時間だ。なぜか？　はっきりした理由があるわけでもないのに、この業界の人間は示し合わせたかのように誰もが夜動く。たいていの場合、夜動く人生は疲れるものだ。やがて疲れはだんだん大きくなり、どんどん溜まっていく。

レセンはジョンアンに部品を持っていかれて、ケースしか残っていない爆弾をいじった。爆弾をじっと見ながら、レセンは訝った。誰がこんなちゃんちゃらおかしい複雑な爆弾を使うのだろう。そもそも本当に爆発させたかったのだろうか？　本当に、ズボンと下着を下ろしたまま、便器の前でケツをもろ出しにした男の死体が見たかったのだろうか？　白いセラミックの、ちんまりとした爆弾。それはハンザのポケットに入っている仁丹ケースのように見えた。

しかしハンザではないだろう。ハンザなら床屋を雇ったはずだ。ハンザが暗殺者を消すときは、ここ何年かは決まって床屋を使っていた。床屋が暗殺者を消し、ひげ面が死体を燃やす。それが一番きれいなやり方だ。長い時間が流れたあとに、その暗殺者は死んだのかもしれないと、人々は漠然と思うようになる。

「カエル、この頃どうしてる？　あいつの仕事ぶり、実に見事だったよな。そういや最近、働いてないんじゃないか？」

「そうだな。ここ何年かまったく見ないな。死んだんじゃねえか？」

暗殺者が身を隠すために、長らく姿を消すのはよくある話だ。ときには死んだと思われていた人が何気ない顔で現れたり、生きていると信じていた人が永遠に戻ってこないこともある。しかし、そいつが死のうが生きていようが、誰もそのことについて深く考えたりはしない。もちろん悔やむことも、悲しむことも、関心を持つこともない。

何よりハンザはこんないたずらを楽しむには忙しすぎる。こんなちんまりした爆弾を使うほど、センスがあるわけでもなく、ロマンチストでもない。それにユーモアの感覚もゼロだ。当然、機関の人間でもないだろう。彼らはけっしてこんなシャレたことをしたりはしない。まったく融通の効かない、機械的でクソ真面目な人々なのだ。ではいったい誰なんだろう。どんなやつが便器の穴にこんな爆弾を仕掛けたのだろう。何もかもが理解できない。

レセンは再び缶ビールに口をつけた。打つ手を考えなければならないのに、頭が混乱している。爆弾が見つかったというのに、いまだ缶ビール週間のままだ。依然として缶ビールを手放せずにいる。「どうしちまったんだ？　今、君の人生が崖っぷちにまで追いつめられていることを自覚しているのか？」

危険な瞬間はこれまでにもあった。ミスをしたこともあったし、現場に痕跡を残してしまったこともあった。尾行者がついて、しばらく監視下に置かれたこともあった。指示を破って、設計者から警告状が飛んできたこともあった。しかし、標的にされたことはなかった。自宅に侵入されたことも。狸おやじはこの事実を知っているのだろうか。何年か前までは、設計者がレセンを殺すのには狸おやじの同意が必要だっただろう。この業界でもう力のなくなった、狸おやじの同意など必要ないということか？　それとも、狸おやじとレセンを同時に狙っているのだろうか？　しかし、こんなとんでもない爆弾を使うとは。どこの設計者がこんな派手なやり方で、標的を消すというのだろう。

設計の世界では、殺人は静かで単調なものだ。映画のように大きな爆発も起きず、交通事故のようにうるさくもなく、銃が乱射されることもない。設計の世界では、殺人は夜の雪のように静かに、猫の足あとみたいにこっそりと行われる。殺人事件自体がないので、犯罪も、疑惑も、捜査もない。当然、うるさい報道陣も、記者も、警察も、検察もいない。ただ、何も知らない家族が、息を殺して静かに泣く沈鬱な葬式があるか、葬式すらない、誰の記憶にも留まらない死があるだけだ。

いきなり雨粒が大きくなって、窓に向かって落ちてきた。レセンは椅子から立ち上がると窓を閉めた。雨粒は大きくなったのに、一方の空には、やはり日差しが降り注いでいた。おかしな天気だ。レセンは残りのビールを飲み干すと、缶を押し潰して机の上に置いた。そして引き出しから、むかし訓練官からもらったインド産の大麻を取り出して、じっと見つめた。「そんなにいいものじゃない。インドのシェルパ族が、体の疲れを忘れるためにたまに吸う、安ものだよ」。レセンに箱を渡しながら、訓練官が言った。レセンは大麻を紙で巻いて火をつけた。大麻を吸うのは久しぶりだ。大麻を吸うと、思い出が溢れ出す。あるときは忌々しい思い出が、あるときは悲しい思い出が。しっかりと蓋をしていた記憶が悪臭のように滲み出て、体内に染み込んでくる。そして当時後悔しなかったことを、今頃になって後悔するのだ。

レセンが工場で働こうと決めた日も、今日みたいに変な天気だった。一方では日差しが降り注ぎ、一方ではどこからやって来たのか、雨もちらちら舞っていた。レセンは日差しと、舞い散る雨を同時に眺めていた。日差しと雨に晒され、風に揺れている洗濯物は、ピエロのように滑稽で悲しく見えた。どうして工場で働きたいと思ったのかは、レセンにも分からない。ある天気雨の日のことだった。昼食をとりに路地に出てきた女工たちがアイスクリームを食べながら、狂ったような天気ねと、からから笑って話していた。当時、レセンは狸おやじの指示を受け、小さな地方都市に身を隠していた。そこは零細工場が並んで煙を吐き出す、小さな工業都市だった。レセンはその薄暗い工業都市で二階の部屋を借りた。

すべての住民が工場で働いているのか、午後は路地を歩いても誰ともすれ違わない、静かな町だった。しかし朝になると、まるで中国のどこかの町のように、自転車やスクーターに乗った人が大勢なだれ込んできて、昼は食事に出てきたたくさんの労働者でどっと賑わった。でもそれは一日のうち一、二時間だけの光景だった。町はたいてい、突然、住民ごと火星に移住でもしたみたいに物寂しかった。

レセンは窓枠に腰かけて、偽造のプロの文さんが作ってくれた身分証を見ながら、必要な情報を暗記している最中だった。「チャン・イムン」という名の二十四歳の男だった。覚えるべき内容はそれほど多くはなかった。実際、見知らぬ町で、偽名を使ってしばらく暮らすのに必要な情報は、いくつかに限られる。

レセンが住民登録番号を呟いているとき、女工たちがからから笑いながら窓の下を通り過ぎた。彼女たちの顔は明るく幸せそうだった。真ん中にいた小柄な女性がレセンの目にとまった。ふっくらとしたかわいらしい顔立ちで、四人のなかで一番身ぶりが大きかった。彼女は体をよじらせ、涙まで流して「面白い、面白すぎるよ」と言っては、となりにいる女工の肩を叩きながら笑っていた。彼女の笑い声が大きく響いた。レセンは窓から顔を出して、笑いつづけながら路地の先にある工場に入っていく女工たちの姿を見送った。彼女たちが明るい笑顔のままに戻っていく工場は、まるでチャーリーのチョコレート工場みたいに素敵に見えた。

翌日、レセンはその工場を訪ねた。管理係長と呼ばれるその人は、工場で管理業務をするために生まれてきたみたいな、緻密な貸借対照表のような印象の人だった。管理係長はレセンの提出した履歴書を念入りに読んで「金星《クムソン》高校といえば、人文系の高校だったっけ？」と訊ねた。レセンは頷いた。

「それならどうして大学に行かなかったんだ？　過激派の学生とか、そんなんじゃないよな？」

過激派の学生という言葉に、レセンはくすっと笑った。大学どころか、小学校にも行けなかったと言いたいところだが、頭を掻きながら初々しそうに、ただ勉強ができなくて行けなかったと答えた。

「どれぐらいできなかったんだい？」管理係長が訊いてきた。

「ほとんどビリでした。完全にビリではありませんでしたが」

「どっちにしたって同じだろ。工場で働くにも知識は必要だよ。最近は頭が悪けりゃ、何もできないよ。うん……二十四歳で……軍隊は?」

「免除です」

「頭も悪くて体も役立たずときたもんだ。じゃあ、今までどこで何をしてたんだ?」

レセンは管理係長の質問に少しうろたえ、まごつきながらも高校を卒業してからあちこちの工事現場で働いたと答えた。管理係長が怪訝な目つきでレセンを見据えた。レセンは続けて、当時は工場がいやだったので現場に行ったが、思ったよりお金も貯まらず、あちこち漂うことに疲れてしまった、今は技術でも習得して真面目に生きたいと考えている、などとしどろもどろに付け加えた。すうっと冷や汗が流れた。何かボロを出してしまったような気がする。しかし管理係長は笑顔で頷いた。

「ま、現場の人間は日当がいいとそそのかして若者を集めるけど、そんなの全部、戯言さ。すぐにまとまった貯金ができそうに聞こえるが、そもそも仕事が不安定だから無理な話さ。ここは現場より給料は少ないが、給料を踏み倒されることもないし、退職金も出るし、残業手当もきっちりつくから、真面目に働けば金は貯まるさ。しかも日曜日は休めるし。いいこと尽くめじゃないか」

しごくあたりまえのことを、管理係長は威張りながら得意げに言った。

「頑張ってみようよ」

管理係長は七十年代の大韓《テハン》*1ニュースに出てきそうな、産業労働者のような表情でレセンの肩を叩いた。

「はい、頑張ります」産業労働者になったかのように、レセンは力強く答えた。

レセンはただちに作業三班という部署に配属され、クロムメッキを施す作業を担当した。特別な技術を要する作業ではない。つまりは、鋳物製品のフレームをクロム溶液に十秒ぐらい浸けてから引き上げ、溶液を振り落として乾せばよいという、とても簡単な作業だった。管理係長の言っていたこととは違い、頭を使うことはまったくない、猿でも十分ぐらい説明を受ければできそうな仕事だった。とはいえ、クロム溶液の匂いは非常にきつかったし、次第に肌が傷んでいって一生苦労するだとか、徐々に精子の数が減り、最終的には不妊になるという噂もあって、みんなが避けたがる作業だった。

レセンは新人が入ってくるまでのちょうど二ヶ月間、クロムメッキの作業を担当した。

ゴム手袋をした両手でフレームの端を持ち、洗濯物を絞るような間抜けな体勢で慎重にクロム溶液に浸けてから、ジャスト十秒後に引き上げるというものだった。レセンがこの作業をいやがっていたのは、何よりも間抜けにしか見えない体勢のせいだった。足を広げたまま尻を後ろに突き出すこの体勢は、たとえクロムメッキの神様が降臨したとしても、どこか中途半端で間抜けに見えるポーズであることに変わりはない。

クロム溶液が跳ねないように注意を払いながら、溶液の中から引き上げたフレームを振っているとき、レセンをここに来させたかわいい丸顔の女工が近づいてきた。彼女は手を後ろに組んで、レセンの動きを面白そうに眺めながら「なんでそんなに一生懸命にやってるんですか。お昼なのに、食事は?」と訊ねた。

レセンはきょとんとした顔で、女性を見つめた。女性が壁の時計を指さした。十二時二十分だった。

「お昼休みに働いても、残業手当はつかないですよ」

路地が賑わうぐらい、からから笑いながら窓の下を通り過ぎたあのときのように、女性の声は明るかった。レセンはゴム手袋を外した。

「もう食事は済ませましたか？」レセンが訊いた。

「いいえ、課長のおつかいから帰ってきたばかりですから」

「失礼でなければ、お食事をご一緒しませんか？」レセンが恭しく訊いた。

今度は女性がきょとんとした顔でレセンを見つめた。

「何なんですか。その牧師さんみたいに厳かなしゃべり方は」

小さな工場だったので、社内食堂などなかった。工場の人たちは零細工場とアパートが密集している路地から、三百メートル離れた食堂で昼食をとっていた。女性がレセンに向かって手のひらを広げ、一緒に出ましょうと合図した。レセンは女性に頷いてみせ、ゴム手袋を洗濯バサミに挟んで電線にかけ、ビニールエプロンを外してハンガーにかけた。それから石鹸をたっぷり泡立てて、念入りに手を洗った。レセンの動きを見ていた女性はじれったそうに、ため息をついた。

「ここに来てから、まだ一ヶ月も経ってないですよね？」工場の正門を出たとき、女性が訊いてきた。

「三週間ぐらいです」

「じゃ、まだクロムメッキ？」

レセンが頷いた。

「その作業を長く続ければ、精子の数が減るそうですよ。一回作業するたびに数百もの精子が死ぬんですって。一日じゅう作業をすれば、いったいどれぐらいの精子が死ぬのかしら。計算できないわ。これって、もうほとんど虐殺じゃありません？　どうしてあんなことを人にさせられるんだろう」

女性は実際にどこかで凄まじい虐殺でも起きたかのような面持ちで話した。しかし、レセンの睾丸の精子を真面目に心配して言っているようではなかった。

「大丈夫です。精子はとてもたくさんありますから。一生で四千億も作られますしね。一回の射精で、一億五千万もの精子が放出されるぐらいですし。だから充分足りるんです。どんなに頑張ってセックスしたところで、三千回もできないでしょう？　でも女性だったら大変でしょうね。卵子は一生で、平均四百ほどしか作られませんから」

女性はピタリと足を止め、呆れたという顔でレセンを見た。

「何なんですか。女性の前でセックスとか射精とか、そんなこと言うなんて」

女性はレセンを睨みつけた。きまり悪くなったレセンはぎこちなく手を上げた。

「まことに……そんな意味ではありません」

「まことに？」

女性はぷっと吹き出した。

「若いのに、どうしてそんな言葉を使うんですか？」

女性が再び歩きだしたので、レセンも続いて歩きだした。

「ところで卵子が平均四百しか作られないって、本当ですか？」

「本で読みました」

「本も読むんですか？」女性が信じられないというふうに訊いた。

レセンは不思議に思った。本も読むのかという意味がすぐに呑み込めなかった。

「どこかのターミナルで売ってた、エッチな雑誌かなんかで読んだんでしょう？」女性が笑いながら訊いた。

「リチャード・カディソンという産婦人科医が書いた『不妊の征服』という本に詳しく出ています。その本によると、生まれたときから、生涯の卵子の数は遺伝子によって決まっているそうです。ある女性は四二三個、ある女性は五〇〇個、ある女性は三五〇個、というふうに」

女性は再び足を止めて、今度は少し呆然とした様子でレセンを見た。

「じゃ、私はすでにどれぐらい無駄遣いしてしまったのかしら」女性は独り言のように呟いた。

女性はしばらく黙っていた。二人は黙ったまま路地を歩いた。気まずい気もしたが、それは女性とて同じだっただろう。女性はレセンが何か言いだすのを待っているようだったが、レセンには特に話すべきことがなかった。初めて女性を見かけた場所を通り過ぎるとき、レセンは部屋の窓を指さした。

「俺の家はあそこです」

女性が顔を上げてレセンの部屋に視線を向けた。

「家賃、高くないですか?」

「そうでもないですよ。敷金なしで三十五万ウォンですから」

女性は呆れたというふうにレセンを見つめた。

「あれこれ引かれて、手取りでせいぜい百万ウォンの給料の人が、三十五万ウォンの家賃が高くないですって？　電気代、水道代、ガス代、こんなの全部、家賃とは別料金でしょう？　自炊はしてるんですか？」

「まだ引っ越してきたばかりで……」

「外食ですか？」

レセンが頷いた。

「朝、昼、全部？」

「カップラーメンで済ませるときもあります」

「じゃあ、貯金は一銭もないんですね？　男ってどうしてみんなそんなに浅はかなの？　苦労して稼いだお金なのに、つつましく貯金しなきゃ。タバコを吸っては煙で消えて、お酒を飲んでは下痢でくだして。どうして自分の人生なのに他人事みたいなんですか？　このままだったら、一生家賃を払いつづける人生しか送れませんよ」

女性はカッと怒鳴った。レセンは叱られている子どものような気持ちになった。自分が何を間違ったのか、なぜこんな状況になったのかは分からないが、とにかく女性の言うことはもっともな気がした。

「入ってもいいですか？」女性がレセンの部屋を顎で指した。

「どこに？　俺の部屋にですか？」レセンはびっくりして訊き返した。

「ええ」女性はなんでもなさそうに答えた。

「いったいどうして？」

「どういうふうに生活してるか知りたくて」

レセンがあれこれ事情を説明する前に、女性は二階に通じる階段をすたすたと上りはじめた。レセンもその後に、もたもた続いた。女性がドアの前に立つと、振り返ってレセンを見た。レセンはドアを塞ぐように立ちはだかった。

「今日じゃなくて、日をあらためて正式に招待するというのではいけませんか？」レセンがもじつきながら言った。

「あのですね、あなた何か誤解してるようだけど、私たちは自宅に呼び合うような仲ではないですからね。私は先輩として、あなたが工場でうまくやっていけるかどうか、そのために部屋をちょっと見ておきたいだけです。工場の仕事は簡単そうに見えるけど、日常生活がしっかりしていなければ、けっしてうまくやりこなせないんですよ」

女性の顔には、工場の先輩としての断固たる決意が見てとれた。戦闘態勢を検閲する下士官や部屋の状態を点検する気難しい寮長みたいに。レセンは、でも本当にこれは困ります、という表情で女性を見た。しかし女性は話が分かったなら、ただちにドアを開けろという顔でレセンを見据えていた。仕方なく、レセンはドアを開けた。

部屋には家財道具がなかったので、そもそも散らかるものもなかった。市場で買った布団と枕、もともと部屋にあった文机、ラーメンやインスタントコーヒーのための電気ポット、レセンがこの町に来るときに持ってきたカバンがひとつ。これで全部だった。シンクの下には、カップラーメンが整然と積んであって、枕の横や机の上には、レセンが持ってきたか、この町の本屋で買ったかした本が積んであった。アルベール・カミュの『結婚／夏』や『ペスト』、イタロ・カルヴィーノの『木のぼり男爵』、マルタン・モネスティエの『自殺全書』、アンドリュー・ソロモンの『真昼の悪魔　うつの解剖学』といったような本だ。

「何なの？　本当に何もないじゃないですか」女性が部屋をくるっと見まわして言った。

「まだ引っ越してきたばかりですから」レセンは床に落ちていたタオルを拾い、壁にかけながら答えた。

「でも一人暮らしに最低限必要なものがあるでしょう。そうじゃないと、ちょっとしたことでも全部外で、お金で解決しなければならなくなるんです。違いますか?」女性は教え諭すように言った。

レセンはごもっともというふうに頷いた。

「テレビは見ないんですか?」女性が文机にある本を見ながら訊いた。

「はい」レセンが短く答えた。

女性は自分が引っ越す予定の家を内見するかのように、部屋やバスルームやキッチンをすばやく見てまわった。風呂場の水がちゃんと出るのか蛇口をひねって確認したり、シンク下の引き出しを一つひとつ開けたりした。女性はあちこちチェックしながら「ほんと、どうしてお皿が一枚もないの」「ここは家賃の高いエリアだから都市ガスが入ってるのね」などと、独り言を呟いたりした。女性が部屋のあちこちを見てまわる間、突然の訪問にもかかわらず部屋がそれほど汚くないことに、レセンは内心ホッとしていた。そのとき、納戸からほとんど悲鳴に近い女性の声が聞こえてきた。

「これ……何ですか?」

女性は下着、靴下、シャツといった洗濯物がどっさり入ったランドリーボックスを開けたまま、レセンのパンツを一枚手に持っていた。レセンは慌てて女性の手からパンツをひったくってランドリーボックスに戻した。レセンがあたふたとボックスを閉めている間、女性は棚の上にあるパッケージに入ったままの下着や靴下をじっと見ていた。

「下着の商売でもしてて潰れたんですか? なんでこんなにたくさんあるんですか?」

「洗濯機がないからです」

「だったら、手で洗えばいいでしょ? じゃ、これ全部、一回使ったら捨てるということですか? ちゃんと考えて生きてるんですか?」

女性の声は怒りに満ちていた。もちろん捨てるつもりではなかった。だからといって浴室にうずくまって、手洗いをするつもりでもなかった。体も疲れていたし、頭もこんがらがっていたしで、この下着をどうすべきかなんて一度も考えたことがないというのが、正直なところだろう。

女性は呆れ返りつつも、レセンを鋭く見据えていた。レセンは真っ赤な顔で天井ばかり見つめていた。

「下着を洗ってくれる彼女、いますか？」

妙な発言だ。レセンは怪訝に思った。

「あなたに気があるわけではありません。こんなバカバカしい無駄遣いを目の当たりにして、腹が立ってしょうがないからです。でもあなたの彼女に誤解されるようなことはしたくないんです」

「彼女はいないけど……」レセンは、やはりどういう意味か図りかねるという表情だった。

だったらよかったというふうに、女性はランドリーボックスを開けた。そして棚の下にあった黒いビニール袋に、下着を詰め込みはじめた。レセンはびっくりして、女性の手を掴んだ。女性がレセンの手の甲を強く叩いた。かなり痛かった。レセンは女性の手を放した。女性はついにすべての洗濯物をビニール袋に詰め終えると、立ち上がってレセンの顔を人差し指でぴしりと指さした。

「あそこにある下着と靴下、二つずつ残して、全部返品しなさい。分かりましたね？」

「いずれにせよ下着は必要でしょう？」レセンが往生際悪く言った。

女性は洗濯物の詰まったビニール袋で、レセンの顔をぽんと叩いた。

「ここに、こまめに洗えば、一年は充分にもつ量の下着があるでしょう?」

二人が部屋を出て路地に戻ったとき、昼休みはもう十五分しか残っていなかった。女性は会社のおつかい帰りなので食事をして戻ることもできたが、レセンはもう工場に戻らねばならない時間だった。女性は時計を見て困ったように訊ねた。

「お腹空いてるでしょう?」

「平気です。一食ぐらい抜いても」レセンが答えた。

女性は路地にある店に入ると、バナナ牛乳二つとカステラを買ってきた。女性はレセンに牛乳とカステラを差し出した。それらをじっと見ていると、別にたいしたものでもないのに、いきなり凄まじい借金をしたような気持ちになった。レセンはお礼を言って受け取った。二人は店の前にある縁台に座って、牛乳とカステラを食べた。

「いい天気ですね」女性が空を仰ぎながら言った。

「ええ、本当に」レセンもつられて空を仰いで言った。

「こんな日は洗濯物がよく乾く」女性が下着のいっぱい詰まったビニール袋を握りながら

言った。

翌日、女性はレセンを無視した。レセンはそっと手を上げてあいさつしたが、女性は顔を少し赤らめただけで、同僚たちと自分の席に戻った。同僚が一緒だからだろうと、レセンは思った。しかし誰もいない廊下で出くわしたときも、女性は頭を少し下げるだけで、何も言わなかった。女性は組立ラインで働いていて、レセンは工場の庭に作られたメッキと塗装専用のプレハブの中で働いていた。しかし小さな工場だったので、女性とレセンが鉢合わせする機会はいくらでもあった。そのたびに、女性は慌てた様子でレセンを避けたり、身をすくめるようにして通り過ぎるだけだった。

次の日も、その次の日も、女性の反応は同じだった。レセンは退社時間に合わせて正門で女性を待ってみたりもしたが、いつも同僚たちと一緒で話しかけることができなかった。とはいえ、たとえ女性が一人だったとしても、話しかけられそうな話題は特になかった。いったい何と声をかければいいのだろう。「ぜひ、そろそろ下着を返してください」とでも？

金曜日の夜、レセンが部屋で寝転がっていると、女性がドアをノックした。レセンはドアを開けた。女性は俯いたまま紙袋を両手でしっかり掴み、ドアの前に立っていた。レセンがあいさつすると、女性はレセンの顔も見ないで紙袋を差し出した。レセンはボーッとしたまま受け取った。

「よく考えてみたら、私、ちょっとやりすぎたようです。気を悪くしたならごめんなさい」

女性はやはり俯いたまま、小さな声で言った。その声は少し震えていた。

「中に入ってお茶でもいかがですか。せっかくここまで来てくれたんだし」

レセンはさらにドアを開けた。女性は首を振った。レセンが外に出ようとすると、女性は慌てて手を振りながらレセンを制した。

「出てこなくて結構です。一人で大丈夫ですから」

そう言うと、女性は急ぎ足で廊下に向かった。レセンは、なで肩を丸めながら足早に歩く、小柄な女性の後ろ姿をぼんやり眺めた。男性の下着を手当り次第にビニール袋に詰め込んでいた、あの元気いっぱいの果敢な女性はどこに消えたのだろう。女性の足音が慌ただしく階段を降りきったのを聞き届けると、レセンはドアを閉めて部屋に戻った。そして紙袋を開けた。中にはきちんと畳まれた下着が整然と入っていた。レセンは下着を一枚取り出して鼻を近づけた。午後の太陽をたっぷり浴びた、赤ん坊のおむつの匂いがした。そのとき不意に、女性が自分に見せてくれた好意は、ただの同情だったことに気づいた。給料の半分を家賃やら様々な請求書やらで失い、残りの半分をタバコや酒やカップラーメンや下着代で失う、情けない青年に対する同情。「俺に気があったわけじゃないんだな」。レセンは声に出して笑った。しかし、レセンにはその同情がありがたかった。情けないと思われようが、かわいそうなやつだと思われようが、他人から受けた初めての同情だった。

レセンは外に飛び出した。そして女性が歩いていった方に向かってダッシュした。五百メートルぐらい走ったところで、女性の姿が見えた。レセンは女性の肩を掴んだ。

「週末に映画を見に行きませんか？」息を切らしながらレセンが言った。

一ヶ月後、二人は同棲を始めた。カバンしか持たない暮らしだったので、引っ越しというほどのことでもなかった。カバンひとつで、レセンが彼女の家に来たのだ。工場には二十四歳だと嘘をついていたが、実際にはレセンは二十二歳で、女性は二十一歳だった。二十二歳の男と二十一歳の女が同棲する理由など、ぱっと思いつくだけで三百万個はあるだろう。バンソウコウを貼ってあげているときに恋に落ちたり、一つの鯛焼きを二人で分けて食べているときに恋に落ちたり、ホッピングに乗っているときに恋に落ちたり。きっと調べれば、この地球という美しい星のところどころには、下着を洗濯してあげているうちに恋に落ちて、同棲することになったカップルもたくさんいるだろうとレセンは思った。

女性は二十一歳とは思えないぐらい家事に長《た》けていた。料理、掃除、洗濯、アイロンがけ、裁縫、何でもすばやくこなし、適当にやっているように見えても、終わってみれば、素敵なものになっているのだ。レセンがぐずぐず一時間かけて畳んでおいた洋服を不満そうに見つめていたかと思えば、レセンがいなくなった隙にすばやく畳みなおしてタンスにしまったり、寝坊をしたときにも、ただでさえ時間が足りないはずなのに、髪の毛を洗って出勤の準備を整えるだけでなく、味噌汁や和《あ》えたてのナムル、それに焼き魚まで揃った朝食を出すのだ。

「ここで少しずつお金を貯めて、まずはアパートに引っ越しましょう。それから結婚するの。最初はアパートだけど、あんたも稼いで私も稼ぐから、二十年きちんと貯金すれば、三十坪ぐらいの素敵なマンションが買えると思うわ」

「二十年?」レセンがびっくりして叫んだ。

二十年という言葉に、不意に気が遠くなった。つまりは、家賃払いの生活から脱出して自分名義のちっぽけなマンションを買うためには、二十年間あのクロムメッキをしながら生きていかねばならないのだ。そのときには、レセンの睾丸には精子がひとつも残っていないだろう。

「おいおい、俺らはまだ二十一と二十二なんだよ。そんな堅苦しくて無味乾燥な人生を考えるには、少し早すぎると思わない?」

「私はね、工場にいるときはいつも結婚のことを考えているの。結婚したあとの生活を想像しながらネジを回すのよ。かわいい赤ちゃんを産んで、その子がすくすく育つ想像をね。考えるだけで胸がいっぱいになるの。そうじゃなかったら、今の苦労に何の意味がある?何の意味もないわ」

実際、女性はよく結婚について話した。子どもについて、住む家について、庭について、キッチングッズについて、彼女は暇さえあればしゃべり続けた。レセンにとって結婚は、アニメーションに出てくる近未来のように遠いものに感じられたが、女性があまりにも真剣な顔で幸せそうに話すので、そうしよう、とそのたび答えた。

朝食を終えると、二人はそれぞれの自転車に乗って出勤した。女性がレセンにも自転車を買ってくれたのだ。「自転車はとても役に立つわよ。運動にもなるし、交通費も節約できるし。浮いた交通費は、おこづかいにしてもいいわよ」。女性は気前のよさをアピールするかのように言った。ギアもなく、子猫を十二匹ほど入れられそうな大きなカゴのついた自転車だった。しかもカゴの色はピンクだった。

「男は誰もこんなのに乗らないよ。こんなの、おばさん用だよ。工場でからかわれるに決まってる」レセンが前方の車輪を足で蹴りながら文句を言った。

実際にいい運動にはなった。女性の部屋は、山腹の狭い坂道を上がって、そこからさらに百メートルほど上がらなければならない傾斜面にあった。買い物に出かける日には、女性はレセンの自転車のカゴに、豆腐、ネギ、大根、タマネギ、ニンジン、米、脂肪のたっぷりついたチゲ用の豚肉と内臓を取り除いたぶつ切りの魚を入れた。女性は驚くほど見事に、カゴに物を入れた。彼女ならすべてをカゴに入れたあとでも、その隙間に小熊をもう一頭入れることだってできそうだった。レセンが汗をだらだら流しながら自転車を押して坂を上っていると、女性はアイスクリームを食べながら終始楽しそうにしていた。

「むしろリヤカーを買ってくれたらよかったのに」

「こんなことをしてみたかったの」女性は大きな笑顔で答えた。


ピンクのカゴをつけた自転車への周りの反応は、予想以上に熱かった。工場の庭に停めておいた自転車の周りにみんなが集まって、一言ずつレセンをからかった。

「君にこんな卓越したセンスがあったなんて知らなかったよ」管理係長が笑いながら言った。

「こいつは困ったな。君がこれで出勤したら、お母様は何に乗ってスーパーに行ったらいいんだい？」三班の作業班長がピンクのカゴを指でツンツンつつきながら、それに続いた。

一度など、二ヶ月以上一緒に働きながらも話しかけてきたことのない職員が、レセンに近づいてきた。彼はちょっとためらってから、どうしても我慢できないというふうにレセンに話しかけた。

「誤解しないでください。ただ知りたいだけですから」男はかなり真剣だった。

「何ですか？」

「性転換手術のためにお金を貯めているという噂、本当ですか？」

根拠のない変なデマが広がって、人々は陰でこそこそ噂し合った。噂が収拾できないぐらい大きくなって、近隣の別の工場にまで広がると、管理係長は「何かはっきりと手を打つべきではないかね？」と、冗談半分にレセンに言った。仕方なくレセンは、ピンクのカゴに「噂は事実無根。手術の計画、一切なし。包茎手術済み」と書いた紙を三日間つけておいた。

しかしこの自転車事件をきっかけに、同僚たちと一気に親しくなったような気がした。より仕事がしやすくなり、面白くもなってきた。作業班長はクロムメッキの代わりに、原価で二十万ウォンもする銅板にドリリングマシンで穴をあける、精巧な作業をレセンに任せ、手が空いたときには、鉄を削る作業も教えてくれた。仕事が終わって、手についた油垢を爪でこそげ落とすとき、エプロンについた鉄粉をはたいて物干しロープにかけるとき、休憩時間にサッカーをしている同僚たちを眺めているとき、レセンはやっと工場という世界の一員になった気がした。一気にたくさんの家族ができた気分だった。

工場内で出会うと、レセンと女性ははにかんだ笑顔を静かに交換した。仕事が終わると同僚たちに気づかれないように、それぞれの自転車に乗って違う道で帰った。女性は近道で、レセンは遠回りのコースだったが、いつもレセンが先に着いた。レセンはドアを開けて、女性の帰りを待った。汗をかきながら坂道を上がってくる女性の姿が見えると、レセンは彼女の自転車を庭に停めて、鍵を閉めた。それから、ただちにセックスした。

セックスが終わると、夕食を食べながらテレビを見た。女性はお笑い番組がとても好きだった。芸人が何か一言いうたびに、彼女は腹を抱えて床を転げまわって笑った。「ああ、あの男、面白すぎる。ほんと面白いよ」。女性が涙まで流して笑い転げている間、レセンは真剣な顔で、あのセリフのどこがそれほどまでに面白いのか、じっくり考えていた。

「俺にはどうして面白くないんだろう？　バカだから？」

女性はやはり笑いつづけながら「そう、バカだからよ」と言った。その通りかもしれないとレセンは思った。

九時になると、女性は文机を引っ張ってきて、検定試験のための勉強を始めた。

「中学校検定試験は去年合格したの。これからは高校検定試験の準備をしなくちゃね。あんたはどこまで学校に行ったの？　私はね、中学一年で辞めたわ。父さんが学校に行かせてくれなかったから」

「履歴書には高卒と書いたけど、実は小学校も出ていないんだ」

「うそつき」女性はレセンを睨みつけた。

女性が勉強している間、レセンは寝転がってドストエフスキーの『悪霊』を読んだ。限りなく分厚く、限りなくつまらない小説だった。

「面白い？」女性が訊ねてきた。

「すごい名前の人たちが出てくる本なんだ。ワルワーラ・ペトローヴナ・スタヴローギナは主人公の母親で、ステパン・トロフィーモヴィチ・ヴェルホーヴェンスキーは主人公の家庭教師、こんなふうに。とにかくこんな人物同士が会えば、名前だけで一行は簡単に超えちゃうんだよ。だから基本的には、こんな長い名前の人だらけの本が面白いはずがない」

「じゃあ、面白くもない本をどうして読むの？　周りにそんな分厚い本を読む人は誰もいないわよ」

レセンは首をひねって、しばらく考えに耽った。

「何の意味もないよ。君がお笑い番組を見るのと同じさ。暇な時間に何をすればいいのか分からないから読むだけさ」

　十一時になると、女性は机の前で居眠りを始めた。こっくりこっくり揺れる頭が机を突く様子が、とてもかわいらしかった。レセンは女性の肩を叩き、もう横になったほうがいいよ、と声をかけた。女性はぼんやりした顔のまま、絶対に寝ていない、ちょっと前に目を通した箇所を暗記していたのだと言い訳をした。まもなく試験があるからと、頭を激しく振って目を大きく見開くと、女性は再び教科書を読みはじめた。そして三秒後には、またこっくりこっくりと居眠りを始めるのだ。女性の顔が完全に教科書に埋もれると、レセンは読んでいた本を閉じて、女性を布団で寝かせた。そして文机を隅に押しやって、電気を消して布団の中に入り、横向きに寝ている女性の小さな背中を後ろから抱きしめた。すると女性はレセンの下腹部に向けてお尻を突き出して、レセンの手を両手で包んでから自分の頬に当て、満足そうに頷いた。女性はこの体勢が好きだった。愛する人が後ろから自分を守ってくれて、その手が自分の頬にあるとき、何よりも幸せだと話した。

「私に会う前は、何をしてたの？」

「何年間もあちこちの工事現場をふらついていたよ」

「もう、うそつき。あんたの手は工事現場の流れ者とは違うもん。あんたはとても怪しい人ね。とっても怪しい人……」女性が寝言のように言った。

ときおりレセンの手の甲に、女性の頬を伝ってこぼれた涙が落ちてくることもあった。ある夜、その涙はいつまでもずっと続いた。レセンは寝息のように大きく呼吸をしながら、部屋に下りた闇に、窓から降り注ぐ月明かりがゆっくり場所を変えていくのを眺めていた。そして女性の涙が止まるのを待って、レセンも眠りについた。

しかし翌朝になると、女性はいつものように明るく元気だった。カチカチと派手な音をさせながら歯を磨き、髪の毛を洗い、歌を口ずさみながら朝食の準備をした。そしてレセンに「今日はAコースで行くわよ。この前みたいに同じコースで来たらダメよ」と声をかけてから、自転車で工場に向かった。

いい日が続いていた。レセンも工場の仕事に次第に慣れていき、三班の作業班長からは旋盤技能士の資格を取ったらどうかと勧められるまでになった。「男は技術を持ってなきゃ。技術さえあれば、どこに行っても食べていけるからな。筆記試験に受かったら、実技は俺が教えてやるよ」。金曜日の夕方になると、チームを組んでビリヤードで賭けをした。負けたチームがゲーム代も酒代も払うルールで、このルールは厳しく守られたため、勝負はいつも真剣で面白かった。ビリヤードが終わると、練炭で焼いた豚の皮をつまみに焼酎を飲んだ。管理係長がいるときは、社長の悪口を言いながら酒を飲み、管理係長がいないときは、彼の悪口を言いながら酒を飲んだ。それを知っているのか、管理係長は金曜日の賭けごとにも飲み会にも、できるだけ出席しようと努めていた。

レセンが犯したミスについて、新聞には何の記事も出なかった。物事をややこしくしたくない呑気な公務員のおかげで、事件は目立つことなく処理されたようだった。事件が外部に漏れることなく、すべてが静かに水面下に埋もれてしまえば、設計者からも依頼人からもたいした不満は出ないだろうと、レセンは考えた。しかし、それはレセンの独りよがりの発想かもしれない。今回のミスで自分の経歴に傷をつけられ、「ああいう働き方をするやつは生かせておけない」と設計者が考えたならば、レセンは今頃殺されているはずだった。しかし半年が過ぎても、狸おやじからは何の連絡も来なかった。

工場で働いて八ヶ月ほど経ったとき、狸おやじから連絡が届いた。この日、レセンが自転車で帰宅すると、ドアの隙間に手紙が挟まれているのが目に入った。郵便局から配達されたものではない。誰かが直接挟んでおいたのだ。レセンは震える手で、封筒を開けた。

終結、帰宅。

狸おやじの筆跡だった。「終結」と「帰宅」、たったの四文字だった。何が終結したのか、どこに帰宅しろというのか、一瞬、うまく理解できなかった。ここ以外のどこかに家があったという事実が、遥か遠くに感じられた。

翌日の午後、レセンは狸おやじに電話をかけた。

「ここで、もう少しゆっくりしたいです」

電話の向こう側で、狸おやじはしばらく何も言わなかった。

「その女工、いい女か?」

「はい」かなり長くためらってからレセンは答えた。

「だったらいいだろう。この世界に二度と戻ってこない自信があれば、そこで暮らしたっていい」

鼻で笑うふうでも、怒るふうでも、咎めるふうでもなかった。それはレセンが初めて聞いた狸おやじの温かな声だった。「そこで暮らしたっていい」。それがどういう意味なのか、すぐには呑み込めなかった。昼食をとるために、工場から路地へと人々がどっと溢れ出てきた。その中には女性の姿も混じっていた。女性がレセンに目で合図を送った。通りかかった社員の男が、ここで何をしているのかというふうにレセンの肩をそっと叩いた。レセンは受話器を手で塞いで「すぐ行きます」と答えた。人々の集団についていっていた女性が振り返り、レセンを見た。レセンは、先に行って食べて、と手を振って合図を送り、彼女に笑いかけた。女性も笑顔のままで元の方向に向き直った。レセンは再び受話器を耳に当てた。

「本当にここで暮らしてもいいんですか?」レセンが確認するように訊ねた。

「そこでのお前の名はチャン・イムンだったっけ」

「はい」

「その名で生きろ。ここにあるお前の名は、わしが消しといてやるから。それで何の問題もないだろう」

そう言うと、狸おやじは電話を切った。

電話ボックスから出ると、レセンは工場の人たちが歩いていった路地をぼんやり眺めた。「ここにあるお前の名は、わしが消しといてやるから。それで何の問題もないだろう」。何が何の問題もないというのだろうか。四月だった。路地づたいに桜が咲いていた。桜がまばゆいばかりに咲くまでは、レセンはこの街路樹が桜の木であることを知らなかった。しかし、たとえ知らないままでいたとしても、実際、何の問題もなかっただろう。さくら。パッと咲いて、パッと散る花。どこかで目にしたことのある一節が、頭の中を低空飛行している。さくら。パッと咲いて、パッと散る花。レセンは、八ヶ月間工場で働いて、タコができた自分の手をじっと見つめた。「俺の名はチャン・イムンだったな」。もう片方の手でタコを触りながら、何かすごい発見でもしたかのようにレセンは呟いた。桜が咲いている路地を眺めながら、長い間、自分の名前であり、もうすぐ誰かによって消されるはずの「レセン」という名について思いを馳せた。そして名前が消えるということが何を意味するのかについても考えた。さくら。パッと咲いて、パッと散る花、さくら。

レセンは再び工場に戻った。昼食はとらなかった。作業台の上には、午前中の作業がやりかけのまま残されていた。レセンはフライス盤にスイッチを入れ、銅板に四つの穴をあける作業を続けた。二十分ほどで、作業台に積んでいたすべての銅板の作業を終えた。レセンはあけたばかりの穴に息を吹きかけて粉を飛ばし、銅板を蛍光灯に照らしてみた。そして満足そうに頷いた。レセンは作業台の片隅に銅板を積み直し、台の上に散らばっている銅のカスを掃き集め、リサイクルボックスに入れた。

レセンは手を洗って、カバンにすべての私物を詰め込んだ。忘れ物はないか、工場内を見まわしてから事務室に入り、管理係長のキャビネットから自分の履歴書を取り出した。履歴書なんかどうでもよかった。どうせ給料支払帳や勤務記録表にも、名前と住民登録番号が書かれているのだ。しかしレセンは、あえて自分が提出した履歴書を抜き取った。そして履歴書をポケットに入れて工場をあとにした。門を出るとき、レセンは自分が消えた工場を想像してみた。自分がいなくなった世界では、何が起きるだろうか？　何も起きないだろう。レセンがいてもいなくても、工場の機械は今日みたいに、明日もくるくるうまく回るだろう。

レセンは自転車に乗って家に戻った。そしてドアを開けたまま、自分が半年も留まっていた部屋をしばらくしげしげと眺めた。この狭い部屋の中で起こった無数の動作が、ずいぶん昔のことのように遠く感じられた。レセンはソウルから持ってきたキャリーバッグを取り出して、自分の物を詰め込みはじめた。レセンの物は最初にこの部屋に来たときよりも増えていて、キャリーバッグひとつに収めるにはとんでもなく量が多かった。レセンは女性の部屋に来てから増えた物を全部ゴミ袋に入れて、一ブロック離れた路地に捨てた。そして女性が洗っておいてくれたシャツや予備の作業服、下着などを黒いビニール袋に突っ込んで、路地にある古着の回収ボックスに捨てた。家に戻ったレセンは部屋の隅々まで確認したが、なんとなく、捨てなければいけない物がまだまだありそうな気がした。レセンは部屋じゅうに視線を不安定に彷徨わせてから、ハンカチで自分が触った物を拭きはじめた。拭きながら何のために指紋を消しているのか、自身に問いかけた。しかし、レセンの中にいる誰も、それには答えてくれなかった。

レセンは女性に何も告げずに部屋を出た。手紙も残さなかった。ただ荷作りだけして、女性の小さな部屋を出た。レセンは家とは反対側の高台に上って身を隠し、自分が六ヶ月間留まっていた小さな家をずっと見つめていた。夕焼けのなか、もやしと豆腐、ネギを自転車のカゴに入れて、苦しそうに坂道を上る女性の姿が見えた。家に到着すると、女性はいつものようにレセンの自転車の横に自分のを停めて、部屋に入った。五分ほど経って、慌てふためいた女性が家から飛び出てきた。わけの分からない、呆然とした表情だった。日が暮れて路地に街灯が灯るまで、女性は突っ立ったまま微動だにしなかった。レセンは闇の中でネズミのように身を潜め、凍ってしまったかのように固まって動かない女性を、ずっと見つめていた。力尽きた女性が家の中に戻っていくと、レセンはキャリーバッグを引いて、坂道を下りた。そしてソウルに戻り、チャン・イムンという名の男の身分証を燃やした。

＊

雨粒が大きくなった。雲の間から細く降り注いでいた日差しは、いつのまにか消えていた。レセンは残りのビールを飲み干すと、缶を押し潰して床に投げた。床はすでに百個以上の缶で溢れていた。レセンは様々な形に押し潰された空き缶をぼんやりと眺めつつ、冷蔵庫からさらにもう一本、缶ビールを取り出した。「何をしているんだ？　死がお前のケツのすぐそばまで近づいているというのに、ビールなんか飲んで酔っぱらっている場合か？」。レセンの脳内に蠢く様々な顔のなかで、そこそこしっかりしているやつがたしなめた。しかし、レセンは再び缶ビールを開けた。プルトップから漏れる破裂音が、ふと、ため息のように聞こえた。レセンは笑った。プルトップごときに後悔の念を後押しされるなんて。プルトップごときに。レセンはビールを一口飲んで、そう呟いた。どうして帰ってきたんだろう。帰ってこなかったら、こんな爆弾なんかに怯える人生を送らなくてもよかっただろうに。誰かを殺しつづける人生を送らなくてもよかっただろうに。

再び人殺しをして図書館に戻ってきた夜、レセンは狸おやじに訊ねた。

「これからどんどん人を殺すことが増えていくのでしょうか？」

「いや、むしろどんどん減っていくだろう。でももっと稼げるようになる」

「そんなことが可能なんですか？」

「実力がつけば、もっと価値のある人間を殺すことになるからさ」

しかし狸おやじの予言は外れた。暗殺の値段は下落を続ける一方だ。暗殺者のギャラが落ちれば、価値のある高貴な人間の値段も落ちる。つまりそれは、昔に比べて、より素晴らしい人が、より多く、より簡単に死んでいくことを意味する。英雄アキレウスを誕生させるためには無数の神話が必要だが、彼を殺すにはパリス王子一人で充分だ。だとしたら、パリス王子を殺すのに必要な労力は？

レセンは机の上の爆弾を眺めた。「機関の人間のしわざだったら、爆弾を便器に戻して死んだほうがいいよ。彼らは非常にクソ真面目だからな」。プジュの雑貨屋はレセンにそう忠告した。冗談みたいな話しぶりだったが、冗談などではなかっただろう。誰かがリストに上がれば、誰もが標的が静かに死んでくれることを願う。そいつが生きようとジタバタすれば、みんなが困るのだ。キナ臭い匂いを嗅ぎつけた刑事があちこち突っついて、設計者たちは過敏になる。もしもレセンが機関のリストに上がったとすれば、誰も助けてはくれないだろう。「どうやって死ねばいいのだろう？」自問自答してみる。「やっぱりひげ面のところが一番だな」先ほどとは異なる、レセンの脳内の顔が自嘲的に呟いた。レセンは残りのビールを呷り、悶々としながら缶を押し潰すと床に投げ捨てた。

心配するな。人はそう簡単には死なない。銃で頭を撃たれ、その弾丸が脳内に残ったままの状態で三十年生きつづけた人もいる。銛で刺された人が一週間以上も無人島で持ちこたえ、助かった例もある。朽ちた木の根元に溜まった水を飲んで、サボテンの果肉をほじくり出して食べて、自分の小便を飲んで、死んだ動物の胃をがつがつ食べて、砂漠を渡った人もいる。難破したボートで一ヶ月間漂流しながら、恋人の腎臓や心臓や肝臓や大腸を食糧にして助かった女もいる。さらには医者が死亡診断書を発行し、葬儀屋が湯灌《ゆかん》を終え、棺に釘を打っているときに意識を取り戻して、棺の蓋を狂ったように叩く人だっているのだ。生きるとは、これほどまでに驚異的で、残酷で、おぞましいものだ。

「そう、それほど胸クソ悪いものだ」レセンが呟いた。レセンは冷蔵庫を開けて最後のビールを取り出した。そしてプルトップを開け一気に飲み干すと、缶を潰して床に捨てた。もう外に出なくては。缶ビール週間が終わった。

翌朝、レセンが犬の図書館に行くと、司書の姿は見えなかった。机の上には休暇中というプレートが置いてあった。マスコットキャラクターや事務用品がそのままあるところを見れば、本当に休暇中のようだった。犬の図書館は、そもそも司書に休暇など与えていたっけ。レセンは訝った。もしかしたら休暇の制度はあったものの、誰もがあまりにもすぐに解雇されたので、もらえなかっただけかもしれない。レセンは図書室を横切って、まっすぐ狸おやじの書斎に向かった。

狸おやじは机に向かっていた。いつものように、そこに座って事典を読んでいた。レセンは爆弾のケースを狸おやじの机の上に置いた。

「自宅の便器の中にありました。ハンドメイドで、部品はベルギー製だそうです」

狸おやじは老眼鏡をかけたまま、それを慎重に観察した。

「誰のしわざだと思っている?」

「まったく見当もつきません。思い当たるフシはありますか?」

「ありすぎるさ。こんなに生きてきて、死ぬべき理由がないとしたら、そっちのほうがむしろ変だろ」

狸おやじはまるで他人事のようだった。その、落ち着いているかのような声が憎かった。

レセンは死ぬべき理由がまったくないと言い張るわけでも、死ぬのが惜しくてたまらないから助けてくれと哀願しているわけでもなかった。ただ、誰のしわざかと訊いているだけだった。

「こんな爆弾を使う設計者を知ってますか？」レセンは少々激昂して言った。

一瞬、狸おやじの表情が微妙に変わった。それは確かに何かを知っている顔つきで、また、この状況を面白がっている顔つきでもあった。

「便器に爆弾を仕掛ける設計者などいない。設計者は誰もこんないたずらはしないさ」

「では、ただの警告ですか？」

「お前ごときにいったい誰が、しかもどんな警告をするというんだい」狸おやじがレセンをじろりと睨みながら訊いた。

レセンは何も答えなかった。本当のことを言えば、答えられなかったのだ。狸おやじはタバコを取り出して火をつけ、宙に向かって長く煙を吐き出した。そして呆れたことに、百科事典に向かってぶつぶつ音読を始めた。レセンはその様子をただぼんやりと眺めた。

この無責任な読書の正体は、何なのだろうか？　これまでの二十七年間、レセンはずっとそれが知りたかった。狸おやじは世間のすべてに関心がなかった。政治にも、権力にも、金にも、女や結婚や子どもにも関心がなかった。そんなものは本棚に生える小さなカビよりも、狸おやじの気を引かなかった。狸おやじにとって、世の中は虚構みたいなものだ。狸おやじは本の作り出す問題、つまり本の外縁と内側で発生する問題にだけ、ひたすら集中した。本の内側では、主人公が過酷なシベリアの野原を歩いていて、本の外縁は梅雨の湿った風のせいで、洋装本の接着剤が緩んでいた。狸おやじはそれらのことにずっとやきもきしていた。なぜ彼は、四十年もの間、暗殺集団の頭として生きてきたのだろうか。狸おやじがこの暗殺集団の頭として生きる理由など、まったく見当たらなかった。古本屋の主として生きてもよかったはずだ。

レセンは机の上に手を伸ばして爆弾のケースを回収した。そして、書斎を出ようと歩きだした。

「ハンザのところに行け。そうすれば生き残れる」レセンの後頭部に向けて、狸おやじが言い放った。

「ハンザのしわざじゃなかったら?」レセンが振り返った。

「誰の指示だろうが、ハンザのところに行けば生き残れる」

「そんなに簡単な方法があったんですね」

「ああ」

狸おやじは再び百科事典を読みはじめた。レセンは以前よりずいぶん小さくなってしまったように見える狸おやじをしばらく見つめ、書斎から出た。

＊1【大韓ニュース】一九九四年まで、政治目的のため映画館で流されていた、国家製作の三分間のニュース。

プジュ

汚くて、臭くて、惨めったらしくて、忌々しい場所。プジュとはそういうところだ。必要のない憐憫や悲しみ、際限なく繁殖する無気力や、やり場のない鬱憤。そういったものが晩秋の落ち葉みたいにあちこちに転がりまわったあげく、自滅する場所。どん底に落ちた人生の終点。偽造のプロ、マネーローンダラー、殺し屋、無免許医師、私債業者、密輸業者、清掃員、抱え主、保険詐欺師、麻薬の売人、臓器売買業者、武器業者、死体処理業者、暗殺者、猟師、傭兵、トラッカー、トラブルシューター、泥棒、窩主買《けいず》い、賭博詐欺師、犯罪者と結託した刑事、密告者、裏切り者。そういう輩がありとあらゆる種類のブローカーと絡み合い、夏の雄犬みたいに喘ぎながら、金になりそうなものの匂いを嗅ぎまわる場所。「あんたみたいな人生なら、自殺したほうがよさそうだけど」と、さりげなくアドバイスしてやりたくなる、とことん転落した三流人生。そんなやつらが、それでも人生を続けたいと最後の賭けをする場所、そこがプジュだ。

プジュは徹底した資本主義市場なので、金さえあれば何でも手に入る。法律によって、正義によって、倫理によって、制約されるものはプジュにはない。ちゃんとした商品に行き場がないというのは、まったく資本主義的ではない。だからプジュは、法律や正義や道徳や倫理によって行き場を失った物が、穴を探し求めて流れ込む場所なのだ。

　プジュでは眼球、腎臓、肺、肝臓のような臓器から、私製爆弾、毒薬、東南アジアや北欧の女たち、ミャンマーやアフガニスタンから輸入した安ものの麻薬、米軍基地から横流しした銃器に至るまで、何でも買うことができる。運がよければ、元ＫＧＢ要員がロシアのマフィアに捨て値で売り払った、高価な装備や武器を買うこともできる。プジュでは、復讐も買えるし、歓喜も買えるし、破滅も買えるし、更生や復活を遂げた新たな人生だって買える。五百ドルで殺人を請け負ってくれるベトナム人の不法滞在者も買収できるし、自分の代わりに死んでくれる人間や死体も買える。マネーローンダラーを買収して、隠しておいた財産をローンダリングしたり、自分の汚い過去をローンダリングすることだってできる。捕まれば十五年の刑は下らない凶悪犯罪者が、無免許医師に顔を整形してもらい、偽造業者から嘘の名前と過去を買って、ソウル市内を自由に歩きまわる新しい人生を始めることも可能だ。だから、夫を事故死させて保険金をもらって、残りの人生を贅沢に過ごしたい妻、というレベルの話題など話の種にもならない。臓器を売り尽くし、それすらも博打で全部スッてしまった男が、十一歳の娘を連れてきて、この子の臓器も売れないかと訊いてくる場所、それがプジュだ。

　プジュで取引されないのは憐憫、同情、鬱憤といった誰も関心を寄せない安っぽい感情と、信念、愛、信頼、友情、真実といった憂鬱で非力な言葉だ。プジュでは、義理や信頼などは担保にはならない。それどころか、人間の心の奥底に、そんな美しい感情があるということを誰も信じない。

　最悪な人生があちこちから流れ込んでくるおかげで、プジュではいとも簡単に、人生の崩れる音を聞くことができる。考えてみれば、プジュほど涙の多い場所もない。しかしプジュでは、誰も涙などに目もくれないし、誰もつまらない同情などで体力を浪費したりはしない。

　何も知らない人は、なぜ彼らを全員監獄に入れないのかと声高に叫ぶ。しかし、それはとんでもない話だ。プジュではけっして監獄にぶちこまれない。プジュは監獄よりでかい監獄であり、事実、監獄もやはりもうひとつのプジュだからだ。プジュは、砂漠に雨が降ると突然できて消える涸れ川《ワジ》のように膨らみ流れ回る世界で、消滅するよりも早く生成されるガンの塊みたいな世界だ。だから頭の回る検事や刑事はプジュを利用する。彼らは自分がほしいものは金の卵であって、金の卵を産むガチョウではないことを正確に自覚している。ガチョウを食ってしまえば卵を得られないように、プジュを食ってしまえば彼らの生活も成り立たない。実際、プジュは巨大すぎて、捉えることすらできない。

＊

「あの男は死んで当然ですよね？」

五十代のパーマ頭の女が切実に同意を求めながら、ミナリ・パクを見つめた。女の目の周りや頬骨に、まだあざが残っている。ミナリ・パクはじれったそうにパーマ頭の女の顔を見た。

「ええ、死んで当然ですよ。一千万回死んだっていいぐらいです。だから今回きれいさっぱり殺してしまって、将来を変えればいいんですよ」ミナリ・パクが力を込めて答えた。

「この方の言う通りにして。一瞬、鬼になればそれでおしまいよ」となりに座っていたサクラの女が言った。

「あの男はあたしの人生を根こそぎ奪ってしまいました」

パーマ頭の女がだしぬけにドラマに出てきそうなセリフを放った。そして涙を流しはじめた。ハンカチをぐるぐるに巻いて握りしめた手の上に、涙がぽとぽと落ちた。どことなく悔しがっているように見える。仕事のせいで太くなった腕や、日焼けしたガサガサの肌。三十年前に流行ったような水玉模様のツーピースは、夫を殺そうと殺し屋事務所を訪ねる人には、不釣り合いすぎた。パーマ頭の女がずっと啜《すす》り泣いていると、ミナリ・パクはイライラして狂いそうだという顔でサクラの女を見た。サクラの女はせっかくの仕事を台無しにするなと目で制し、女の背中をぽんぽんと叩いた。

「いいの、いいの。思う存分泣いて。この方のことを信じて、泣けばいいのよ」サクラの女が辻褄の合わないことをしゃべり続けた。

ミナリ・パクの席で新聞を読んでいたレセンは思わず苦笑いした。いったい誰を信じろというのか。しかしパーマ頭の女は本当にこの方を信じているのか、さらに大きな声で呻くように泣きはじめた。女の泣き声が大きくなると、ミナリ・パクはうんざりした表情でタバコをくわえた。

レセンは新聞を下げて、応接間のテーブルを囲んでいる三人を眺めた。泣いているパーマ頭の女の前で、途方に暮れているミナリ・パクとサクラの女の姿は、かなり滑稽だった。ミナリ・パクはタバコの煙をゆっくり吐き出しながら、女の膝元にある紙袋をまじまじと見ていた。紙袋には、手付金として持ってきた札束が入っているのだろう。ミナリ・パクの事務所にとっては、かなりおいしい仕事だ。それにさほど難しい仕事でもない。サクラの女はパーマ頭の女をここに連れてくるまでに、数ヶ月もの時間と手間をかけたことだろう。目標を決め、情報を探り、慎重に接近し、自然に親しくなる。そしてタイミングを見計らって「どうしてそんな悔しい生き方をするの？　道なんて他にいくらでもあるのに」と、さりげなく風を送り込むのだ。「誰の人生にも、ここ一発ってのがあるんだって」という、サクラの女の決まり文句も言ったはずだ。しかし、とんでもない戯言だ。人生は遠くから複雑に絡んできて、とても一発では解決できない。

早く切り上げたくて焦っているミナリ・パクを無視して、パーマ頭の女はずっと泣いていた。なぜ泣くのだろう。いざ殺そうとしたら、夫がかわいそうになって？　それとも、一生死ぬほど働いて稼いだお金を夫に全部与えてもなお、殴られつづけた自分の人生が情けなく哀れで？　最後の瞬間に罪悪感に襲われて？　しかし女は今、金を詰め込んだ紙袋を持って、殺人を依頼している真っ最中だ。女は、白い花房のように、揺れているコスモスのように涙をこぼして、自分の怒りは正当で、自分は限りなく潔白でかよわいと、ミナリ・パクに証明しようとしている。そして、わざわざ経緯を話す。でもミナリ・パクにそんなことを証明する必要などない。経緯ももちろん必要ない。ミナリ・パクはハイエナのような殺し屋で、金さえもらえれば何でもする。女の境遇がどんなに哀れだろうが、女の夫がどんなに悪いやつだろうが、それとミナリ・パクとは関係ない。当然、女の涙も関係ない。明日、女の夫が紙袋にもっと多額の金を入れてきたら、ミナリ・パクは喜んでパーマ頭の女を殺すだろう。

女がハンカチで涙を拭い、顔を上げた。

「話をして説得するというのはだめですか？　殺してしまうのはちょっと……」

ミナリ・パクは、ハンマーで頭でも打たれたような顔で女を見た。今すぐにでもテーブルをひっくり返しそうな勢いだった。でも、あともうちょっとで成立しそうな取引を目の前に、フイにするわけにはいかない。ミナリ・パクは深呼吸をしながら、苛立ちを鎮めた。

「話して説得する？　ああ？　あんた、とんでもないことを言うなぁ。あとどれぐらい殴られたら目が覚めるんですかね。女を殴る男、それ、治らねえよ。ああ、本当だとも。あんたのダンナを調べさせてもらったが、生まれ変わっても人間にはなれない畜生だったぜ。今まではあんたも若かったから骨も丈夫だったし、殴られてもどうにか耐えられたけど、これから年をくって、何だったっけ、ああ、そうだ、骨粗鬆症《こつそしょうしょう》、骨粗鬆症になってから殴られたらどうすんの？　骨にあちこち穴があいてからぶん殴られたら、湿布ではどうしようもねえんだよ。ああ、本当だとも」

サクラの女がミナリ・パクを睨みつけた。脈絡なくしゃべり続けていたミナリ・パクはたじろいだ。サクラの女がパーマ頭の女の手を握りしめた。

「問題はそこじゃないでしょ？　今は説得するとかしないとかの問題じゃないの。あの男に貯金がある？　退職金がある？　説得してお金が出てくるわけでもなし、生活が変わるわけでもないでしょ？　あんたの人生のことを考えなきゃ。今まで苦労ばかりしてきたじゃないの。体も心も壊れて、あんたもつらいはずよ。このままじゃ、死ぬまで苦労しつづけるわよ。ここはひとつ、鬼になろうよ。保険にも二つ入ったし、残りの人生、堂々と生きようよ。あんたは何もしなくていいの。この方が全部処理してくださるんだから」

「この人の言う通りになさいな。苦労とはおさらばして、これからは気楽に生きなきゃ。今回できれいさっぱり片付けて、新しい人生を始めましょう」ミナリ・パクがつけ加えた。

パーマ頭の女は俯きながら、再び泣きだした。サクラの女がパーマ頭の女の背中をさすった。息を殺して泣いていた女の泣き声がだんだん大きくなって、嗚咽に変わった。女はこぶしを胸に叩きつけ、とうとう洋服を掻きむしった。ミナリ・パクは長いあくびをしてから、女の前に座っているのがつらくて、見るのも哀れだというふうに、手のひらで顔を覆った。サクラの女がミナリ・パクに目配せした。ミナリ・パクはソファーから立ち上がると、レセンの方に近づいてきた。「食ってくの、大変だな」ミナリ・パクが唇だけ動かして、レセンに話しかけた。

そのとき、パーマ頭の女が席からぱっと立ち上がった。

「あたし、どうしても無理よ。いくらなんでも人間が……」

パーマ頭の女は泣き声混じりの鼻声で言った。女は紙袋を手にすると、ミナリ・パクに頭を下げつづけた。「すいません。すいません。ほんとすいません」。それからあたふたと事務所を出ていった。サクラの女が慌てて立ち上がり、女を追いかけた。

ミナリ・パクは呆れた顔で、二人が出ていったドアをぼんやり眺めた。

「あの鈍くさい女。ほんとに行っちまうか？」

ミナリ・パクはもうウンザリだというように、レセンに向かって目を剥いてみせた。レセンは苦笑いしながら、再び新聞に目を落とした。

「あんなふうに行っちまうぐらいなら、ダンナの話をなんでこの俺に二時間もしゃべり続けてたんだ？　ここはどこだ？　ＤＶ相談所だとでも思ってるのか？　は！　呆れちまうよ。人間？　どこに向かって人間の話をしてるんだ？　この事務所にはな、お前ほど大変じゃねえ人生のやつなど、誰もいねえんだよ。クソッ！　つくづく人生の虚しさについて考えさせられるよ」

ミナリ・パクは怒りに耐えられないらしく、ゴミ箱を蹴りつけた。それからソファーに座って、タバコに火をつけた。ミナリ・パクがタバコを吸い終える頃、サクラの女から電話がかかってきた。

「このアマめ、ハンコだけ押せばいいだと？　このザマはいったい何だよ。もっとちゃんとやれないのか？　……何をまた考える？　だから何だって？　時間がもっとほしい？……なに？　値段が高くて迷ってるだと？　あのイカれ女め、さっきはよくも、人間がどうのこうのと言いやがって……それで安くすればやるって？……なに？　いくらだって？　クソッ！　これが豆を炒めることと同じだとでも思ってんのか？　人殺しがお遊びだとでも？……とにかくしっかり口を塞いでおけ。漏れれば全滅だと、しっかり脅しておくんだ」

ミナリ・パクは電話を切った。事務所は静まり返った。ミナリ・パクはタバコをもう一本吸いながら、レセンの様子を窺った。レセンは読んでいた新聞を畳むと、ミナリ・パクを見据えた。ミナリ・パクはタバコを灰皿にこすりつけると、ソファーから立ち上がった。

「ちっ、仕事ひとつ取るのも楽じゃねえ。ところで、貴族のレセン様がこのみすぼらしいミナリ・パクの事務所まで足を運ばれた理由は何ですかな？」ミナリ・パクが仰々しく訊ねてきた。

「図書館に引きこもっていたら、現場感覚が鈍ってしまって。それで世の中の動きをリサーチしつつ、これからどう生きていくべきかをアドバイスしてほしくて」

レセンは微笑みながら答えた。ミナリ・パクの表情が少し曇った。

「俺みたいなやつに、天下無敵のレセンにしてやるアドバイスなんてないよ。毎日食ってくだけで精一杯さ。ところで、今日はちょっと忙しいんだが。急ぎの用もあるしな」

ミナリ・パクは、時計を見ながら急いでいる素振りを見せた。

「お忙しいんですね。では簡単にいくつか質問します」

「ああ、俺で分かることならな」ミナリ・パクは煮え切らない様子だった。

「会議がありましたか？」

「何の会議だ？　町内会みたいなやつか？」

ミナリ・パクは茶化しつつも、シラを切った。しかし慌てている様子がありありと見てとれた。レセンは冷酷な目つきでミナリ・パクをじっと見据えた。

「最近、業者同士の会議がよくあると小耳に挟んだのですが。たとえば……狸おやじ不在の、ハンザを中心とした会議とか。そこで何か大事な話でもあったのか、訊いているんです」

「会議なんてなかったよ。会議なら当然、図書館でやるじゃないか」

「本当になかったんですか？」レセンがミナリ・パクをぎろりと見た。

「あったとしても俺みたいなやつは知らねえよ。しがないおばさんを騙して食いつないでいる俺を、なんでハンザが呼ぶ？　ハンザは俺みたいなやつなんてさ、人間扱いもしないんだぜ。俺らはただ……」

レセンはナイフを出して机の上に置いた。ミナリ・パクは口をつぐんだ。

「チュが使っていたナイフですが、以前はどうしてこんなものを使うのかよく分かりませんでした。ところが実際に使ってみたら、確かによかったんですよ」

ミナリ・パクは机の上のヘンケルスを見てたじろいだ。ナイフの柄には、チュが結んだハンカチがそのまま残されていた。ミナリ・パクの目がせわしなく動いた。これは脅しなのか、それとも本当に刺すつもりか。頭の中から計算機の回る音が聞こえてくるようだった。

「いや、君はこんなキャラじゃないだろ」ミナリ・パクが無理やり笑顔を作って言った。

「俺はどんなキャラなんですか？」

レセンはミナリ・パクの目をまっすぐ見据えた。ミナリ・パクはレセンの視線から目を逸らした。

「ハンザが狸おやじを狙ってるのは、昨日や今日のことじゃないだろ？」

「そうじゃなくて、もう少し正確な情報がほしい」

「さっきも言ったけどさ、ハンザがなんで俺みたいなやつに、そんな大事なことを話す？ありえないよ」

「ハンザはパクおじさんのことが好きなんですよ。おじさんはたとえ腐った肉でも、うまそうに食うから」

ミナリ・パクがぎりぎりと歯を食いしばった。かなりプライドを傷つけられたような顔をしていた。ミナリ・パクは再びタバコを取り出してくわえた。指先が少し震えている。

「狸おやじが仕向けたのかい？ ミナリ・パクはハンザの犬だから、あいつのところに行って突っついてこいと？」

ミナリ・パクは火をつけるのをやめて、悔しそうにレセンを見た。レセンは黙ったまま、無表情にミナリ・パクをじっと見つめた。

「残念だよ。本当に残念だ。おやじに伝えてくれよ。このミナリ・パクがとても残念がっていたと。ほんと、ひどすぎるよ。人を見誤ったな。この俺、このミナリ・パクはそんなやつじゃねえよ。俺はそんなずるい真似はしねえよ」

ミナリ・パクはレセンの様子をちらりと窺った。レセンの表情に何の変化も見られないとみると、再びしゃべりだした。

「正直に言うと、あちこちから不満の声は多いよ。図書館から仕事が途絶えて、もう何年になる？　狸おやじは仙人の真似事がうまいから、霞《かすみ》を食って暮らしてるかもしれないけどよ、俺らには無理だよ。仕事がなくたって、毎月子どものポケットにいくらか突っ込んでやらなきゃならねえし、警察に賄賂も納めなきゃならねえし、コミッションに上納金、仲介料……そいつを払ってしまえば、ラーメン代すら残らねえんだよ。腐った肉どころか、クソでも食わなきゃやっていけねえ状況なんだよ。それでも狸おやじは、帳簿を握りしめたまま何もしてくれないじゃないか。なあ、そうじゃねえか？」

ミナリ・パクが同意を求めるようにレセンを見た。レセンは無表情のままミナリ・パクをただ見つめていた。

「こんなとき、狸おやじが帳簿から、大物の仕事を数人分だけでも流してくれたら、空気はガラッと変わるよ。でも頑固おやじは口をつぐんでおられるじゃないか。最近みたいになかなか食っていけない状況じゃ、業界から不満の声が出ないはずがねえよ。当然さ。集まればみんな狸おやじの悪口に夢中だよ。でもよ、そんなときも、このミナリ・パクだけはおやじの肩を持ったわけよ。お前ら、今がちょっと大変だからといって、おやじにそういう態度をしちゃいけない。おやじのおかげで、かつてはいい時代もあったじゃねえか。生きてれば下り坂もあって、下り坂があれば、また上り坂もあるもんだ、だからもう少し待ってみよう、ってな。ほんとさ。訊けば分かるよ。業界で狸おやじの味方は、このミナリ・パクしかいねえよ。正直、業界の連中でこの前の[*1]名節《ミョンジョル》に、手土産を持っておやじを訪ねたやつがいるか？　いねえよな？　このミナリ・パクだけだ。それも貴重な[*2]チュッパンイワシを買ってさ。デパートで買った南海《ナメ》一番の名産、チュッパンイワシ」

話し終えるとミナリ・パクは少し安心したのか、持ったままのタバコに火をつけた。そしてゆっくり煙を吐き出した。

「もう一度訊きます。ハンザは日程を決めましたか」レセンは淡々と質問した。

ミナリ・パクは煙を喉に残したまま、実に呆れたという顔でレセンをまじまじ見た。

「ああ……気が狂いそうだよ。あれほど言ったのに信じてくれないとはな。たとえおばさんを騙したとしても……まあ、俺はそれで食ってるけどよ、おやじを裏切ったりはしねえよ」

ミナリ・パクは、信じてもらえなくて頭が変になりそうだと言わんばかりに、頭を激しく振った。レセンはうっすら笑って、指先でヘンケルスをトントンと叩いた。ミナリ・パクはそのレセンの指先を凝視した。

「今日、ひげ面のところに行きたいですか?」

「このミナリ・パクは、プジュで三十年も持ちこたえてきたんだぜ。海千山千のしたたか者ってわけだ。その俺にナイフなんか持ってきて脅したところで、笑っちまうよ。俺はミナリ・パクなんだぜ?」ミナリ・パクは突然、声を張って言った。

ミナリ・パクは震える手でタバコを口元に近づけた。その瞬間、レセンがテーブルの上のナイフを掴んだ。そしてすばやく冷静に、ミナリ・パクの指を切り落とした。タバコを挟んでいた人差し指と中指が宙に舞って、机の上にぽたっと落ちた。ミナリ・パクはぼんやりと二本の指が消えた自分の右手を眺め、そして机の上を眺めた。血を流している二本の指と、煙を吐き出しているタバコが、奇妙な印象を与えた。レセンが首をひねると、ミナリ・パクはびくりとして後ずさった。レセンは、机の上にそっとナイフを下ろした。

「最後にもう一度訊きます。ハンザは日程を決めましたか」

指から流れる血が、ミナリ・パクのワイシャツを赤く濡らした。ミナリ・パクは半分イカれてしまったような面持ちで、血が溢れ出ている自分の手を見つめ、それからレセンの方に顔を向けた。レセンは、ミナリ・パクの指の横で、煙を吐き出しているタバコを手に取ると、灰皿にこすりつけた。そして返事を待っているんだが……と言わんばかりに、頭を十五度ぐらい左に傾けてミナリ・パクを促した。

「こんな、チキショウ、だからといってふつう指を切るか？　チキショウ、言葉で訊けばいいものを、なんで指を切る？」ミナリ・パクは今にも泣きそうだった。

レセンは表情のない顔で、再びナイフを掴んだ。

「ハンザが何かでかいことを企んでる。それしか知らねえ。ほんとだよ」ミナリ・パクが慌てて言葉を接《つ》いだ。

レセンは机の上にナイフを戻すと、その柄を指先で二、三回トントンと叩いた。

「どんなことを？」レセンが鋭い眼光で威圧した。

「詳しくは知らねえ。機関の仕事みたいだ。大統領選挙が近づいてるから」

レセンはそれだけでは不充分だというふうに、顔を少ししかめてみせた。

「俺はただ、ハンザがくれた雑役を少しやっただけだよ。俺だけじゃねえ。他のやつらもみんなさ。それが図書館と何か関係があるのか、狸おやじに不意打ちを喰らわせるものなのか、俺らは知らねえ。ほんとだよ。俺らはほっといても死ぬはずの老人を何人か処理しただけだよ」

ミナリ・パクは早口で言葉を吐き出してから、左手で右手を包み込み、苦痛に顔を歪めた。

「俺もリストに上がりましたか」

「だから俺みたいなやつに、どうしてそんなことが分かる！」ミナリ・パクは心底もどかしそうに、絶叫するように言った。「考えてもみろよ。ハンザが俺みたいなバカに、なんでそんなことを言う。なあ、そうじゃねえか？」ミナリ・パクは、もう本当にやめようというふうに、泣きそうな顔をした。

レセンは少し考えてから、ナイフを手に取った。びっくりしたミナリ・パクは壁の方に後ずさった。レセンは机に置いてあったティッシュペーパーを何枚か取って、ナイフについた血を拭いた。そして、ナイフをホルスターに納めてから、革ジャケットの内ポケットに納めた。ミナリ・パクはレセンの動きを目で追いつつ、壁にかかっていたタオルで手を覆った。それから机に落ちている指に手を伸ばそうとしたが、レセンと目が合ってたじろいだ。レセンはミナリ・パクに何か言おうとしたが、すぐに背を向け、ドアに向かって歩きだした。事務所のドアの前に立ったとき、後方から、せかせか動きながら大騒ぎするミナリ・パクの声が聞こえてきた。

「なんてこった。チキショウ、なんで俺がこんな目に」

レセンが二階から木造階段を半分ほど下りたとき、パーマ頭の女とサクラの女は、一階から階段を上がっている最中だった。パーマ頭の女はレセンを見るなり、サッと顔を覆って階段を下りて身を隠した。サクラの女が階段を下りていく女を苛立った表情で見送った。

「なんの真似なの？　あの女はやりたい放題のくせに、カマトトぶってさ」女はレセンの方に視線を向けた。「もう帰るの？　もっと遊んで行けばいいのに」。

「充分に遊べました」レセンは笑顔で答えた。

「いつかレセンさんとも、いい仕事をしなくちゃね」サクラの女も笑顔で言った。

レセンはただ頷いた。

「ところで、あの女、なんで上がってこないのよ」階段の下の方を見ながら、サクラの女が言った。

レセンが外に出たとき、パーマ頭の女は顔を壁に向けて立っていた。頬骨の青あざや、胸ぐらを掴んで投げられたときにできた、首まわりの傷痕が鮮やかに残っていた。レセンはタバコを一本取り出して火をつけた。ライターの音に反応し、女がレセンをちらっと見た。レセンは女を見て、ふんと笑った。それから宙に向かって、ゆっくり煙を吐き出しながら言った。

「おばさん、その男は更生できませんよ。人生、よく考えたほうがいいですよ」

*

レセンが図書館に戻ると、司書の席は空っぽだった。休暇中と書かれたプレートもなくなっていた。いつも机の左側に置いてあった編み物用のバスケットも、パーティションの前にあったマニキュアセットやミニ鏡台もなかった。彼女の机のあちこちにぶらさがっていたミッキーマウスやくまのプーさん、パンダ、招き猫もひとつ残らずきれいに片付いていた。ただ引き出しだけが、机の上にぽつんと残されていた。彼女が事務用品を整理するために、ホッチキス、ナイフ、ハサミ、メジャーといったプレートをつけていたやつだ。レセンはただなんとなく、司書の机を手のひらでさっと撫でた。

二階から、本が床に落ちる音が聞こえてきた。レセンは二階に上がった。書架に溜まった埃を拭きつつ、狸おやじがはしごの上から捨てるべき本を落としていた。狸おやじはよく書館を掃除する姿を見るのは久しぶりだった。レセンが子どもの頃は、狸おやじが図書架の整理をしていた。バケツと雑巾を持って、足を引きずりながら、図書館をあちらこちら歩きまわっていた。はしごを使って高いところまで上がっては、書架を隅々まで拭いたり、埃を払ったり、本を分類し直したりした。掃除の間だけは、表情のないその顔に、わずかながらも楽しそうな様子が見てとれた。司書になったばかりの、六十年前の少年時代に戻ったように。

レセンは床に落ちていた本を拾って、カートに入れた。狸おやじがはしごの上からレセンをちらっと見た。

「全部捨てる本ですか？」

「時間に耐えられない本だ」狸おやじが答えた。

レセンは書架と書架の間の通路を眺めた。落とされた本がところどころで山積みになっていた。捨てる本の量が尋常ではなかった。そのせいか、書架に残る本はまばらで、歯が抜けてしまったみたいだった。

レセンが本をカートに入れ終えると、狸おやじははしごから降りてきた。バケツと雑巾を持ち、袖をまくっている狸おやじの姿は、いつもより明るく元気そうに見えた。しかし、ただでさえ傾いているその体は、左手に汚水の入ったバケツを持っているがために、さらに危なっかしく傾いていた。レセンが手を差し出すと、狸おやじはおとなしくバケツを渡した。

「ハンザが日程を決めたようです」

「何の日程だ？　ハンザが結婚でもするのかい？」狸おやじはとぼけながら、面白くもない冗談を言った。

「我々が先回りして手を打ちましょう」

レセンが毅然とした表情で切り出した。狸おやじは無言のまま、レセンの顔をしばらく見つめていた。「我々？」突然、狸おやじが嘲るように笑った。それは一見、レセンに対して情けないと言っているようにも見えたが、本当のところはやるせなく寂しい、といった表情に近かった。

「ハンザを殺したら、悪役の椅子には誰が座る？　お前が座るつもりか？」狸おやじがうっすら微笑みながら言った。

狸おやじは書架と書架の間にある丸いテーブルに向かうと、テーブルと椅子二つを拭いた。そしてレセンを手招きした。レセンもテーブルに向かい、バケツを下ろして椅子に腰かけた。狸おやじはポケットからタバコを出してレセンに勧めた。レセンは手を振って丁重に断った。狸おやじがもう一度勧めた。レセンはためらいながら、タバコを受け取った。狸おやじはレセンのタバコに火をつけてから、自分のタバコにも火をつけた。そして、ゆっくり煙をくゆらせながら、何も言わず、しばらく西側の窓を眺めていた。

二階の換気口から降り注ぐ日差しの中で、埃が悠々と飛びまわっていた。幼い頃、レセンは図書館の西側の一角に座りこんで、換気口を貫通した鋭利な光芒《こうぼう》の間を飛びまわる埃を、ぼんやり眺めたものだった。ほんのわずかな音にも反応して舞い上がる埃。狸おやじがつけた「絶対禁煙」と書かれたプレートの下で、狸おやじ自らが吐き出すタバコの煙が羊雲のように天井を浮遊し、埃と戯れるのを見たこともあった。読みかけの本を閉じて、何時間もずっと、埃や煙や光の粒子がぶつかり合いながら醸し出す、様々な形状を見て、不意に「埃こそ、この図書館の本当の主だな」と呟いたこともあった。

狸おやじは視線を換気口に置いたまま、口を開いた。「世界最古の人類の頭蓋骨には、槍で刺された痕がある。娼婦や抱え主は農夫よりずっと古い職業だし、聖書に出てくる最初の子どもがしたことも殺人だ。その後数千年の間、人類はひたすら戦争を通して何かを成し遂げてきたのさ。文明も芸術も宗教も、そして平和もだ。どういう意味か分かるかい？これが人間という種《しゅ》なんだ。人間という種は、最初から絶えず殺し合いながら生きるように設計されているのさ。殺人者側に寄生するか、それとも相手を殺すか。それが人間の生きてゆくメカニズムだ。人類はそんなアポトーシスのなかで、今まで持ちこたえてきたんだ。それがこの世界の素顔だ。人間は最初からそんなふうに始まったし、今までそうやって生きてきた。たぶん、これからもそうやって生きていくだろう。それをやめる方法がいまだに見つかってないからな。だから結局は、いつの時代も誰かが、抱え主や娼婦や殺し屋として生きていくことになる。滑稽にも、だからこそ世の中の車輪が回るしな」

狸おやじはそう言うと、タバコをバケツの汚水に投げ入れた。

「それとハンザを殺すことと何の関係があるんですか？　席が空いたところで、どうせ誰かがそこに座るだけでしょう？」

「悪役の席にも、ふさわしい人間が座ったほうがいい。確かにハンザはわしより賢い悪人だしな」

「このままやられるおつもりですか？」レセンが目を見開いた。

「運の尽きた足の悪い男が一人死ぬだけだ。ハンザを殺したところで何も変わらない」

話し終わると、狸おやじはテーブルの上の雑巾を手に取った。そしてレセンの足元にあるバケツを持ち上げようと、腰を曲げた。レセンはすばやくバケツの取っ手を掴んだ。狸おやじはレセンの手の甲を軽く叩いた。レセンは手を放した。狸おやじはバケツを持ち上げて、足を引きずりながら、トイレに向かってゆっくり歩きだした。狸おやじの後ろ姿は、綱渡りをする人みたいに危なっかしく見えた。

＊1【名節】季節的・民俗的要素が含まれる伝統的な祝日。秋夕（チュソク）と元旦が代表的。

＊2【チュッパンイワシ】朝鮮半島の南の海で、「チュッパン」という竹製の道具で捕られるイワシ。南海の特産品で、イワシとしては高級品。

ミト

女はコンビニで働いていた。「いらっしゃいませ」客に大きすぎる声であいさつし、「お探しの物は何ですか」明るく話しかけ、「あら、マットンサン[*1]買われたんですね？　私も大好きですよ」おせっかいを焼いたりした。ほとんどの客は、女の言葉に、たいした反応を見せなかった。しかし女はかまわず、にこにこしながら冗談を飛ばしては、大げさな動きで商品を手に取り、レジを打った。客のいないときには、店の電話で誰かとしゃべり続け、きれいに並んでいる商品を改めてきれいに並べ直し、掃除した。おしゃべりをするか、掃除をするか、ずっとその繰り返しだった。女はまるでＡＤＨＤの子どものようだった。

「あの女が爆弾を作ったのは確かか？」レセンは、どうしても信じられない、というふうに訊ねた。

「部品が三つ、あの女に渡ったのは確かだよ。だとしたら、ほぼ確実じゃないか？　まさか花火をやろうと、爆薬を買ったわけじゃないだろ。それもブラックマーケットで」ジョンアンが答えた。

「あの女なら、充分花火で遊びそうだがな」

「まあね、あの女ならばね」ジョンアンも同意した。

レセンはポケットから頭痛薬を取り出して飲んだ。街にいると、いつも頭痛に襲われる。信号が変わり、ピザの配達員が転回禁止のところでUターンしている。横断歩道の前で信号を待ちながら、新聞を読んでいるスーツ姿の男。彼の左側の靴紐がほどけている。その靴紐に胸騒ぎを覚える。再び信号が変わり、車は法に則り左折する。ピザ配達員は人混みの激しい歩道の真ん中を、曲芸師みたいに危なっかしそうに走り、オートバイを停める。再び信号が変わり、スーツの男は靴紐がほどけたことに気づかないまま横断歩道を渡る。こんなことが、無性にレセンの神経に障った。街で頭痛が起きるのは必要のない情報のせいだと、レセンは思った。間違いない。この世界で生き残るためには、鋭敏な触手が必要だし、鋭敏な触手は必要な情報と不要な情報とを、まったく区別できない。いつか、限りなく長くなった触手が、その触手の先で光る不安が、我々を食いつくすだろう。

「あの女の本業は何だ？　装置を作ること？」レセンが訊いた。

「それがちょっと曖昧なんだよ。装置の専門家でもなさそうだし、体つきからしても行動からしても、暗殺者ではなさそうだし、だからといって、あんな女が設計者であるはずもないし、とにかくコンセプトが曖昧なんだよな」

「いったい何を突きとめたんだ？」レセンはイライラしながら言った。

「寝る時間を削ってシラミ潰しに調べて、やっと捜し出したってのに、そりゃないぜ……正直、俺だから見つけられたんだぜ。他のやつなら、こうはいかないよ」

ジョンアンは愚痴をこぼしながら、分厚い封筒を差し出した。

「非常に複雑な女だ。俺にはまったく尻尾が掴めないから、ここからはお前がやってみろよ」

レセンは渡された封筒を開けた。中には数百枚もの写真と、女のプロフィールが記された書類が入っていた。レセンはジョンアンが隠し撮りした、女の写真を取り出した。家の前、路地、バスの中、図書館、ナイトクラブ、プール、パン屋、デパート、カフェ、魚屋……写真の中に、女が歩きまわった一週間の動線が、そのまま収められていた。レセンはそのなかの一枚を取り出して、ジョンアンに見せた。

「これは何だ？」

女が広場でピケットを持って叫んでいる写真だった。ジョンアンは写真をちらっと見て、苦笑いを浮かべた。

「ああそれ。コアラを救いましょう！」

「なに？」

「そのピケットに書かれている文字がさ、『コアラを救いましょう！』なんだ。このまえ汝矣《ヨイド》島広場で、コアラを救う世界大会があってさ」

「それで？」

「そこで女がデモをやってる写真だよ。大気中の二酸化炭素の量が増えると、主食のユーカリの葉の栄養成分が破壊されて、コアラの生存が脅かされるとかなんとか。『滅びる人間たちよ、二酸化炭素の排出をやめよう』とかいうデモンストレーションだな。真っ赤な顔して、どれだけでかい声で叫ぶことか。コアラよりもあの女が先に倒れるんじゃないかと、心配になったぐらいだよ」

「クソッ、他人のケツに爆弾を突っ込む女がコアラを救うだと？　俺はコアラにも劣るのか？」

レセンはうんざりした顔でジョンアンを見た。

「お前がコアラよりえらいとでも思ってるのか？」ジョンアンは、あたりまえじゃないか、というふうに言った。

「これからどうする？　あの女を拉致してこようか？」ジョンアンが訊いた。

レセンは内ポケットから革ホルスターを出した。そこからヘンケルスを取り出し、一通りチェックしてから再び納めた。見ていたジョンアンはびっくりして騒ぎたてた。

「それで刺すの？　この真っ昼間に？　いくら焦ってるからって、それは違うよ」

「俺がチンピラだとでも？」

「じゃ、どうしてナイフなんか？」

「こんな言葉がある。優しい言葉に銃を添えれば、優しい言葉だけよりも多くのものが手に入る」

「誰の言葉だ？」

「アル・カポネ」

「ナイフ片手に、多くのものを？」ジョンアンが皮肉っぽく言った。

「あちらさんが便器に爆弾を突っ込んで話しかけてきたから、それにふさわしい会話をしてやらなくちゃ」

レセンはタバコを出して火をつけた。女はあいかわらず受話器を持ったまま、休むことなく誰かと話しつづけていた。客が来れば慌てて電話を切り、客が出ていくとすぐさま電話をかけ直す。いったい誰と、あんなにしゃべっているのだろうか。ふと、レセンは女を羨ましく思った。女には、あの凄まじいおしゃべりを我慢して聴いてくれる人がいる。

「あの女、何時上がりだ?」レセンが訊ねた。

「三時。あと一時間だね」ジョンアンが答えた。

レセンは時計を見た。そしてポケットから赤のボールペンを出して、女のプロフィールを確認しはじめた。ジョンアンは手持ち無沙汰なのか、コーヒーカップの受け皿をスプーンでカチカチ叩きはじめた。レセンは眉をしかめて、音を出しているスプーンを見つめた。

「ちょっと、やめてくれないか」

レセンは苛立っていた。

「神経質なふりなど……これがうるさけりゃ、この厳しい世の中、どうやって生きていく?人生は騒音とともにあるんだぜ」

ジョンアンはぶつぶつ言いながら、スプーンをテーブルの上に放り投げた。スプーンが皿にぶつかって、うるさく音をたてた。レセンはジョンアンを睨みつけた。そのとき、カフェの店内にいた店員が、レセンとジョンアンのいるテラスにやって来た。

「お客様、お呼びでしょうか」

「一切、呼んでいませんが」ジョンアンがとても愉快そうに応じた。

店員がそっと顔を赤らめた。黒いバーテンダー用ベストの下の白いブラウスと、ウエストのくびれた黒いスカートがよく似合う女性だった。

「コーヒーのおかわりはいかがですか」店員が気まずさを押し隠して訊いてきた。

「ありがたいですね」ジョンアンはにやにやしている。

店員がコーヒーカップを下げると、その後ろ姿を穴があくぐらい、じっと見ていたジョンアンが、レセンの方に向き直った。

「あの女、よくない？」

「また病気が始まったな。この前の女はどうするんだ？」

「誰？」

「あの鼻声の女」

ジョンアンは上の方を見やって、誰のことなのかしばらく考えてから、思い出したというふうに、短く嘆声を上げた。

「ああ！　誰のことかと思ったら。大昔の話だよ。旧石器時代の話を何をいまさら」

「三ヶ月前が旧石器時代なら、今は新石器時代か？　お前はどうしていつも一ヶ月も持たないんだ？」

「俺のせいじゃないんだよ。あの女はキスすると、鼻水が出るんだぜ」

ジョンアンは本当にやりきれないという顔をしていた。レセンは情けないというふうにジョンアンを見やって、再び女のプロフィールに視線を落とした。

「ウブな女相手にそんなことしてたら、いつかこっぴどくやられるよ。そろそろいい年なんだから、これからはあちこちふらふらしてないで、一人に絞ったらどうだ？」書類に視線を固定したまま、レセンが言った。

「一人に絞る理由がどこにある」ジョンアンは文句を言った。

レセンは赤ボールペンで、いくつかの特異事項に傍線を引いた。書類をめくりつつも理解に苦しむことが多々あり、レセンはそのたびに首を傾げて、コンビニの中の女を見た。

レセンが書類をチェックしている間も、ジョンアンは納得いかないのか、相手が聞こうが聞くまいが、一人でしゃべり続けていた。

「付き合う期間が短ければ遊びだと決めつけるのって、そんなの全部偏見さ。俺は、今まで出会ったすべての女性を本当に愛してた。ほんとだって。でも運命とは、また恋のロードとは、こんなにも過酷なものだったのさ。考えてみれば、俺の恋のロードも険しく大変なものだった。恋の深い泥沼に溺れたことのないお前に、どうやってこの気持ちが分かる？恋の傷を癒そうと、また別の恋を探して旅に出る男の虚しい心。酒を飲んでも、胸を掻きむしっても消えない、恋のつらい記憶と……」

「あの女、医者なのか？」レセンがジョンアンの言葉を遮った。

「は？　何度言わせる。今の彼女は看護師だって」

レセンはジョンアンをぎろりと目で制すると、顎でコンビニを指した。ようやくジョンアンは顔を横に向けてコンビニの女を見た。

「うん、医者だよ」

「見かけからは想像もつかないな。ところで、医者が病院ではなくコンビニで、いったい何をしてるんだろう」

「もともと病院じゃなくて、何とかっていう研究所にいたんだけど、それもこの前やめたそうだ」

「どうして？」

「知らねえよ。あの複雑な女の心がなんで俺に分かる？」

「設計者のなかには医者が多いというが、あの女、設計者じゃないかな」

「俺の知る限り、あんなに若い設計者はいない。設計者はだいたい年寄りなんだよ。若くて四十代後半かな。それに女性の設計者がいるなんて話は聞いたこともない」

「俺の知る限り？　お前ごときがどうして知ってる？」

「俺はお前とは違うよ。はっきりと職業のレベルが違うし。俺は情報を扱うホワイトカラー、お前は刺身包丁で人を刺すブルーカラー。朝鮮時代なら、お前みたいな賎民《せんみん》は、顔を上げて俺の顔を正視することすらできなかったんだぜ。そんなことをしようもんなら、ただちにむしろで巻かれて棒で叩かれたはずさ。俺がお前みたいなやつを友達にしてやっていることを光栄だと思って、常に感謝しながら生きるんだな。なのにいつも文句ばかり言いやがって」ジョンアンが偉そうに言った。

「友達になってくれて光栄だね」レセンは苦笑いしながら応じた。

ジョンアンは天狗になったまま、タバコを取り出してくわえ、火をつけた。

ジョンアンの父親はトラッカーだった。トラッカーをやる前は職業軍人だった。ベトナム戦で勲章をいくつももらった下士官だったが、トラッカーとしては腕のいいほうではなかった。おかしな話だが、彼は逃げだした妻を捜そうと、世界じゅうを追いかけているうちにトラッカーになった。ジョンアンの母親はベトナム戦争から帰ってきた夫に、睡眠薬入りのビールを飲ませ、彼が命を担保にして稼いだお金を全部持って逃げた。

「俺の母ちゃん、かっこよくないか？　恋のために夫も捨てて、息子も捨ててさ。恋をするなら、あれぐらいじゃなきゃな。『恋しか知りません』という歌の、あの熱い血を俺は受け継いでるんだぜ」

二人を八つ裂きにしてから自殺しようと、ジョンアンの父親は青酸カリとナイフを懐にしのばせ、噂を辿って国内外を彷徨った。そして五年ぶりに妻を見つけ出した。ジョンアンの母親は、一緒に逃げた男とフィリピンで、けっこう大きなクリーニング屋を経営していた。しかし、ジョンアンの父親は遠くから妻を眺めて、そのまま帰ってきたという。妻もその情夫も刺し殺すことなく。五年間、懐にしのばせていたナイフを取り出すことすらせず。青酸カリで自殺もせず。さらには、あれほど捜しまわっていた妻に「どうしてあんなことができたんだ」と、一言も問いただすこともなく。ジョンアンの父親は、ただ遠くから、妻と男がシーツを干している様子を、半日間ぼんやり眺めて帰ってきた。

「ある日、父さんが酔っぱらって、こんなことを言ったんだ。お前の母さんがあんなに幸せそうな顔をしたのを、初めて見たとかなんとか」

もしかしたら理由は他にあったのかもしれない。憎悪も、復讐したい気持ちも、憤怒も、この宇宙のあらゆるもののように、時間の経過とともに少しずつ崩壊し、徐々に虚しさが募っていったのかもしれない。ジョンアンが仕事でフィリピンに行ったとき、レセンは、母親に会ったのかと訊いたことがある。そのとき、ジョンアンは寂しげな顔で、こう答えた。

「なんで？　幸せになりたいと、あれほど大騒ぎして逃げたのに、俺が割って入って、めちゃくちゃにする必要はないだろう。どこにいたって、それぞれの戦場で各自幸せになりゃいいんだよ」

ジョンアンの父親はトラッカーとして三流だったが、ジョンアンは一流だった。どんな相手であろうが、火星ではなく地球にいたら、そしてまだ生きていたら、ジョンアンはだいたい二週間で標的を捜し出した。しかしジョンアンは人を捜し出すことよりも、尾行することにさらなる才能を発揮した。設計の世界では、そういう仕事をする人々を「影」と呼ぶ。気づかれないように標的を尾行しながら写真を撮り、標的の行動や動線を逐一把握し、その資料を設計者に渡す仕事だ。ジョンアンは文字通り、影のように標的をずっと追いながらも、バレることはほとんどなかった。レセンは、その秘策について訊いたことがある。すると、ジョンアンは「平凡であることだよ。人々は平凡なことは記憶に留めないんだ」と、事もなげに答えた。

ジョンアンによると、素晴らしい影になるために必要なのは、敏捷性でも、偽装能力でも、潜伏能力でも、華麗な変装技術でもない。大事なのは目立たないことではない。ハナから記憶される必要のない存在になるか、思い出そうとしても、そのとっかかりすらない存在になるか、大事なのはそちらのほうだ。

「そのためにはまず、平凡というものについて理解しなきゃならない。平凡そのものになるんだ。みんな平凡なことには注目しないし、注目したとしてもすぐ忘れてしまうんだ。でも平凡であることを理解するのは、とても難しいことさ。記憶に残らない存在になること。存在をぼかし、気体みたいに軽く曖昧にふわふわ浮かんで、そのまま次第に消えていくこと。空気と同じように、人々が俺の体を通り抜けるようにまでなること。そんな体になるのは、非常に難しいことなんだ」

「それは確かに簡単じゃなさそうだね」レセンは頷いた。

「考えてみれば、平凡になるのは、特別になることと同じぐらい難しいんだよ。俺はいつも考える。平凡って何だろうか。平均的な身長であること？　平均的な顔であること？　平均的な行動をすること？　平均的な性格や職業のこと？　平凡とは、そんなに簡単なものじゃない。なぜなら、そもそも平均的な人生というものが存在しないからだよ。どんな人の人生にも、みんな自分だけの模様があるはずさ。だから平凡に恋をして、平凡に優しく接して、平凡に出会って別れるのは、とても難解なことなんだ。そして、そんな平凡な生き方には、愛も、憎悪も、裏切りも、傷も、そして思い出も存在しない。無味乾燥で無色無臭だ。けれども、俺はそういう人生に惹かれる。重すぎるのは耐えられない。だから俺は、人が俺のことを記憶できないようにする方法を学んでるところさ。でもやっぱり、やっかいな職業だな。本にも載ってないし、誰かが教えてくれるわけでもないしね。誰もがみな、自分が特別な存在になることを、そして自分を記憶してくれることを望んで生きているから。俺は誰の記憶にも残らない人生に惹かれる。そしてそんなふうに生きるために努力してるのさ」

レセンはその言葉に好感をもった。平凡というものをマスターし、誰の記憶にも残らない人生を送りたいという、ジョンアンの毅然とした姿勢が好きだった。そうしてレセンはジョンアンと友達になった。ジョンアンは父親と一緒にあちこち漂いながらも、合間合間に勉強して検定試験をパスし、大学に入った。ジョンアンは地質学を専攻した。経営学科や法学部志望だったのに成績が足りなかったのではなく、ひょんなきっかけで地質学科に入ったのでもなく、地質学科を第一志望に選んだのだ。ジョンアンは退屈すると、石を飴のように舐め、それぞれの味の違いを楽しむことで暇を潰す。それが、志望動機のすべてだった。

「石の味？　石にも味があるのか？」

「石だからといって、みんながみんな同じ味だと思うか？　スモモやレモンみたいに、花崗岩《こうがん》と片麻岩《へんまがん》は味が違うんだよ」

「それで、石の味について勉強するために、地質学科に入ったわけ？」

「まあね。でも実際は、地質学科は石の味とは関係ないところだったよ。むしろ家政学科に入るべきだったかな？」

なぜ自分の人生をそんなふうに決めるのか、レセンには理解できない。でも生まれつき楽天的なジョンアンは、そんなことはあまり気にしていないようだった。ジョンアンはできる限り大学に通っていたし、きちんと出席して卒業証書をもらった。もちろん彼の特技通り、同級生は誰も、彼のことを憶えていない。

ジョンアンには常に恋人がいたものの、相手はしょっちゅう変わった。あれほどたくさんの恋人を管理するためには、生涯を恋愛のためだけに捧げなければならなさそうだった。

「どうして女はみんな、お前のことが好きなんだろう」レセンが訊ねたことがある。

「いや、彼女たちは心から俺のことが好きなわけじゃないよ。存在感のない男を愛する女など、いないさ」

「まさか。あんなにたくさんの女たちと恋愛したくせに？」

「彼女たちはただ、寂しいんだよ。ほんの束の間、寂しいだけ。だから、そばにいてくれる男が必要なのさ。木のように、鉢のように。知っての通り、それは俺の特技だろ？」ジョンアンは明るく笑って、そう答えた。

レセンはジョンアンに会うたびに、彼の追求する平凡というものについて、しばしば考えた。それはかなり、特異な平凡さと言えた。どこにでもいそうで、またどこにでもいなさそうな存在と言えるだろうか。そしてジョンアンの顔を見ていると、彼は自分の理想とする平凡さに、ある程度近づいてきているようだった。どこかで見たような顔、どこかで触れたような優しさ、どこかで感じたことのある自然体や気やすさなのだが、ジョンアンを一言で言い表そうとすると、適切な表現が見つからないというような。レセンは、女たちがジョンアンに対して感じる親近感や安堵感も、同じようなものかもしれないと思った。だからジョンアンは、あるいはジョンアンの大勢の彼女は、そんなふうに簡単に出会って、簡単に別れられるのかもしれないと。

レセンは時計を見た。二時四十分だった。女はあいかわらずコンビニで、受話器を持っておしゃべりをしていた。レセンは写真と資料に視線を移し、もう一度目を通した。

「ミトは本名？」

「たぶん。妹の名前はミサだから」

「娘たちの名前に土《ト》と砂《サ》をつけるなんて、ユニークな親父だな」

レセンはしばしの間、新聞記事のコピーを読んでいたが、それをジョンアンにすっと差し出した。家族全員が自動車事故に遭ったという記事だった。

「なぜこれをコピーしたんだ？」

ジョンアンが記事を受け取った。

「二十年前に起きた交通事故だ。この事故で、前の座席にいたあの女の両親は即死して、後部座席にいた娘二人は助かったが、妹のほうは脊髄をひどくやられて下半身麻痺になった。父親が運転してたんだが、事故の原因は、飲酒運転によるスピードの出しすぎだとさ。タイヤ痕からして一五〇キロを超えていたらしい」

「愛する二人の娘と妻を乗せて、飲酒運転だって？　しかもそんなスピードで？」

「どうも設計の匂いがするよな？」

レセンは再び資料に視線を落とした。八メートルの絶壁の下に落ちた事故車両は、炎上してめちゃくちゃな状態だった。晴れ渡った五月の休日の、閑散とした郊外での事故だったと、記事にはあった。久しぶりに家族で出かける楽しい外出だったのだろう。酔っぱらって猛スピードで走る理由など、どこにもない。設計の匂いがする。よくあるパターンの自動車事故。しかも、汚れきった設計だ。家族まで殺す必要はない。標的が父親だったら、男だけきれいに処理すれば済む話だ。

「父親は何をしてる人だったんだ?」

「高位公務員。どこか怪しい匂いがプンプンするけど、あの女を追ってたから、父親についてはあまり調べられなかった」

「もし設計者になっていたとしても、俺とは関係ない。あの女が十一歳のとき、俺はわずか十二歳だったのに」突然、レセンが怒りだした。

「なんで俺に八つ当たる?　俺はあのとき十二歳だったと、あの女に冷静に言ってみろよ。ナイフ片手に優しい言葉で」

レセンは時計を見た。二時五十五分だった。三時になれば、女がコンビニから出てくるはずだ。レセンは写真と書類を封筒に戻して立ち上がると、洋服をはたいた。革ジャケットの内ポケットにある、ヘンケルスがずっしりと重かった。レセンは女が出てきたら、すぐ追いかけられるように、靴紐を結び直した。コンビニの店内で笑っている女の顔が見えた。

しかし、きっかり三時になっても、女はコンビニから出てこなかった。三時十分を過ぎても、やはり出てこなかった。出てくるどころか、あいかわらず受話器を持って、休むことなく笑顔でしゃべり続けていた。アルバイトらしき二十代前半の女性がコンビニに入っていったが、三時三十分になっても、女には帰る兆しすら見えなかった。レセンはジョンアンをじっと睨んだ。

「仕事は三時に終わると言ったよな」

「今日はどうしたんだろう。一週間ずっと、三時きっかりに終わってたのに。やれやれ、パク・ジョンアンのメンツが潰れるよ」ジョンアンは気まずそうだった。

標的が動線を変えると、不安になる。イライラするし、焦りもする。暗殺者がミスをするのは、動線が捩じ曲がるせいだ。標的自身が動線を変えるか、暗殺者が動線を変えるか。どちらにしても同じことだ。一度動線が捩じ曲がると、すべてが複雑になる。ミスをし、致命的な証拠を残し、設計そのものが捩じ曲がってしまう。設計が捩じ曲がれば、暗殺者の命はない。その死の理由は何だろう。遡《さかのぼ》っていけば、それはとても些細なことから始まったはずだ。財布を忘れてきたり、髪の毛を洗うときに、突然シャンプーがなくなったり、路地を歩いていたら突然、自転車が飛び出してきたり。

女はあいかわらずコンビニの中にいた。かまわない。今日は誰かを殺そうというわけではない。しかし、いつもの癖で、レセンの心拍数は早まった。不安が神経の上を走りまわっているかのように。三時に女がコンビニから出てくる。レセンが女を尾行する。ジョンアンが車で、ゆっくりとレセンの後に続く。コンビニから少し行けば、監視カメラのない閑散とした路地が二百メートルほど続いている。女はいつもその道を歩いている。後をつけていたレセンが女の肩を軽く叩く。長い説明も脅し文句も必要ない。レセンが標的であるならば、ただちに女はレセンを認識するだろう。「静かなところで話しましょうか?」女が素直に応じれば、それで終わる。簡単なことだ。ナイフを取り出す必要もない。

レセンとジョンアンは無言のまま、さらに三十分待った。四時になると、レセンは黒いサングラスをかけて立ち上がった。そして、まっすぐコンビニに向かって歩きだした。

「おい、もう少し待ってみろよ。ナイフ片手にコンビニに行くなんて、シャレにならないって。あそこは監視カメラだらけなんだぜ？」ジョンアンが、レセンの後頭部に向かって言った。

「いらっしゃいませ」

コンビニのドアを開けると、女は手で受話器の口の部分を塞ぎ、大きな声でレセンに声をかけた。明るく軽快な声だった。レセンはドアの前にたたずんだまま、女の顔をじっと見つめた。しかし女は気にも留めず、すぐ向きを変えて、再び受話器をがっちり掴んでしゃべり始めた。コンビニにいる誰もが、聞き取れるほどの大声だった。

「ほら、あの歌、あるじゃない。友達の恋人が好きだとかっていうやつ……そうそう、それよ。その歌を、あの男が切なく歌いあげてたのよ。バラードなのにタンバリンをしっかり持ってさ。ほんとおかしかったわ……まさか、一緒に歌うなんてね……ところでね、その友達の恋人からハンマーで頭でも殴られたのか、歌の後半になって、しくしく泣きだしたの。図体はでかいくせにね……ほんとよ……どうしようもないでしょ。しょうがなくあいつを抱きしめて、肩をぽんぽんと叩いてあげたの。そしたらさ、私の胸で少し泣くふりをしながら、ミニスカートの方をちらちら見てね、だんだんエロモードになっていったのよ。ほんと、呆れたわ……でもキスまではしてあげたの。ところがそれでは満足しないで、もっと先に進もうとするのよ……ううん、いやだったというより、ああいう癖をつけたらだめなのよ。付き合いはじめて間もないしね。ホテルまでは望まなくても、カラオケで？まじセンスのないやつ……ううん、そんな悪いやつじゃなくてね、かわいいところもあるし、人は悪くないのよ……そう、最初が大事ね。三つ子の魂のように、三十歳の魂もあるのよ」

レセンはあいかわらずコンビニの入口に立ち尽くしたまま、女を見つめていた。女は電話しながらも、レセンの顔をちらちら窺った。レセンがサングラスを外した。「ちょっと、切らずに待っててね」女は再び受話器の口を手で塞ぐと、レセンを見た。女は首を傾げた。

「お客様、何かお探しですか？」はつらつとした声だった。

（この女、俺の顔を知らないんだな）

レセンは心の中で呟いた。女の顔には疑惑も、恐怖もなかった。標的の顔を知らない設計者はいない。標的の顔を知らない暗殺者もいない。設計が決まれば、そうしたくなくても、ずっと標的の写真を見るようになる。不安のせいだ。標的の顔はたやすくは消えない。標的を殺したあともしばらくは、その顔が頭の中をずっと浮遊している。街でそっくりの顔を見かけてはドキリとし、しばしば標的の顔と出くわす悪夢を見る。この女は設計者ではない。暗殺者でもない。この女はなんでもない。それでは、この女はいったい何者なのだ？　ジョンアンの思い違いだろうか？

「お客様、何かお探しですかと訊いたんですが」

「はい？　あ、チョコバー！　だから、チョコバーを探してるんです」

レセンの舌が勝手に回って言葉が飛び出した。

「チョコバーですか？　あそこの左側の陳列台の、上から二段目のところに種類別にありますよ」女はにこにこ笑いながら答えた。

どうしてチョコバーだったんだろう。たいして好きなわけでもないのに。レセンは陳列台の方に行って、適当にチョコバーを二つ選んだ。喉の渇きも覚え、冷蔵棚からスポーツドリンクも一本取り出した。「うん、また電話するから。詳しい話は会ったときにね」冷蔵棚を閉めるとき、長い電話を終わらせる女の声が聞こえてきた。観察している何時間もの間、女はずっと電話ばかりしていたのに、詳しい話は会ったときになどという。頭がおかしくなりそうだ。女というものは理解できない生き物だ。レセンはチョコバー二つとスポーツドリンクをレジ台の上に置いた。

「チョコバーがお好きなんですね」

レセンは返事するのも面倒だというふうに、黙って頷いた。

「私もチョコバーが好きなんです。ところで、二つともスニッカーズなんですね。ホットブレイク、召し上がったことありますか？」

「え？」レセンは女の顔を見た。

「ホットブレイクです。スニッカーズがアメリカ的な味なら、ホットブレイクはやはり我が国の味なんですよ。歯にくっついたりもしないし。それにコストパフォーマンスからしても、優れたチョコバーです。スニッカーズの半分の値段なんですよ。もちろん十年前の価格を維持するために、だんだん小さくなってきてはいるんですけど。悲しい現実ですね。でも物価も上がっているから、それぐらいは我慢しなければならないでしょうね。一つだけ、スニッカーズをホットブレイクに取り替えましょうか？」

女があまりにも早口でまくしたてるので、レセンはどういう意味なのか、すべてを理解できなかった。たぶん、この女はホットブレイクのほうが好きだ、ということなのだろう。ところでどうして？　お前がホットブレイクのほうが好きだろうが、ホットブレイクがスニッカーズの半分の値段だろうが、それがどうしたというのだ？　黙って会計さえしてくれればいいんだよ。

「これはいくらですか？」レセンはスニッカーズを指さした。

「千ウォンです。ホットブレイクは半分の五百ウォン」女は指を五本広げて見せた。

女は、どうしますか？　というふうに、いたずらっぽく笑った。レセンは再び陳列台に行くと、スニッカーズを一つ戻し、代わりにホットブレイクを取った。そして早く精算を終わらせたいと強く願いながら、ホットブレイクをレジ台に置いて、財布からお金を出した。

「後悔しないと思います。ホットブレイク！」女はこぶしを強く握ってみせた。

「ありがとう」

「お礼だなんて。同胞同士、いい情報は共有して生きていかなきゃ」

女はあっはっはと豪快に笑った。本当にシベリアの野原で、同胞にでも会ったかのような表情だった。

レセンがコンビニから出てくると、ジョンアンはカフェの前に停めておいた車の中で、エンジンをかけたまま、心配そうな顔で待っていた。レセンが車に乗り込んだ。

「どうだった？」ジョンアンがせっかちに訊いてきた。

レセンはジョンアンの顔に、ホットブレイクを投げつけた。額に当たって膝の上に落ちたホットブレイクを拾いながら、ジョンアンは不可解そうだった。

「これは何？」

「チョコバーだよ。同胞愛を強く感じられるチョコバーだってさ」

ジョンアンは失笑しながら、ホットブレイクの封を開けた。

「ナイフ片手に、牛でも殺しそうな勢いで血気盛んに入っていったくせに、やっとのことでチョコバーを一つ、買ってきたというわけかい？」

レセンはスポーツドリンクのキャップを開けて、一口飲んだ。

「あの女、俺のことを知らなかった。だから設計者でも暗殺者でもない」

「お前のことを知らない？」ジョンアンは、そんなはずがない、という顔で訊き返した。

レセンは頷いた。ジョンアンはカバンから、爆弾が入っていたセラミックケースを出すと、あちこち点検した。

「カオリが言ってたよ。これはアマチュアが作ったものだと。だとしたらプロの装置製造者でもないし、あの女はいったい何者だ？」

「確かにあの女か？」レセンは信じられないという表情でジョンアンを見た。

「ああ、俺はアマチュアじゃねえ。確かに部品のうち三つが、あの女に渡ったんだよ」

レセンはコンビニ店内の様子を窺った。女は交代で来た二十代前半の女性と、おしゃべりをしていた。ほどなくして、二十代前半の女性が時計を見て、何回もお辞儀をして、コンビニから出てきた。

「今日はあの女の分まで、代わりにやってるんだな。親切なこった」レセンが皮肉たっぷりに言った。

「そんな感じだな。ああ、どうしてみんな、約束の時間をきっちり守らないで、いろんな人に混乱を与えるんだろ。だから我が国は先進国入りできずにいるんだよ。高速鉄道を敷いて、高いビルさえ建てれば、それで先進国になったと思うのかい？　まずは意識が進化しなくちゃ、意識が」ジョンアンが興奮気味にまくしたてた。

「話を広げすぎだ」

レセンはパッケージを破り、チョコバーを一口齧った。ジョンアンも一口齧った。

「ところで、お前のはどうして俺のと違うんだ？」ジョンアンが目を丸くして訊ねた。

「俺のはアメリカ製、君のは国産。俺のは千ウォン、君のはその半分の五百ウォン」

「何だよ。たいして高くもないチョコバーを、ケチケチ一個ずつ購入するなんて。俺がもともとアメリカンスタイルってこと、知ってるくせに」ジョンアンが口を尖らせながら文句を言った。

レセンはチョコバーを一口食べただけで、あとはジョンアンにやった。ジョンアンは子どもみたいににこにこしながら受け取ると、自分のをレセンに渡した。

「あの女をもっと調べてくれ。職場、両親、妹、昔働いていた研究所、銀行の取引内容、調べられることは全部」

「なんだ、チョコバー一つで、そんな凄まじい業務をしてくれって？　ギャラはどうする？　このパク・ジョンアン、最近かなり値上がりしているんですけどね。スランプなしで、ずっと上向きなんですよ。相場を知らないな、相場を」

「友達がピンチだってのに、相場うんぬんなんて」

「まぁ、いいよ。兄貴と呼んでくれたら、手を貸してやっても。このパク・ジョンアンは、危機に陥った弟を見捨てるような人間じゃないからな。それに実際、俺のほうが二歳年上だろ？」

レセンは深刻な面持ちで、ジョンアンを睨んでいた。レセンがずっと睨んだままでいると、ジョンアンは、冗談なのにそんな深刻な顔をすることはないだろう、というふうにレセンの肩をポンと叩いた。

「あにき」レセンが淡々とした顔で言った。

ジョンアンは呆れたようにレセンを見た。

「クソッ、お前にはプライドというものがないのかよ。人生、そんな簡単でいいのか？頼むよ、精進して生きていこうよ」

＊

ペットショップでキャットフードや猫用の缶詰を買って、アパートへと向かう帰り道、あたりには夕暮れが下りていた。レセンはポストから郵便物を取り出した。だいたいは請求書や広告のたぐいだった。レセンが階段を上がろうとしたとき、一人の男が階段に腰かけて、うつらうつらと居眠りをしているのが目に入った。男の片方の手には包帯が巻かれていて、もう片方の手には紙袋が握られていた。レセンは腰を屈めて男の顔を確認した。ミナリ・パクだった。レセンは訝りながら、ミナリ・パクを揺さぶり起こした。ミナリ・パクは目を覚まし、面喰らったようにあたふた周囲を見まわした。そして長いあくびをし、短く呻きながら立ち上がった。

「ここで何をしているんですか？」レセンが訊ねた。

「君にちょっと会いたくてね」

「電話すればよかったのに」

「電話するのも、なんか気まずくてさ」

「中に入って話しましょう」

「いやいや、その必要はない」

ミナリ・パクは包帯を巻いた手をぶんぶん振った。振りすぎて手が痛むのか、顔を少ししかめた。

「指はどうですか?」レセンがその手を見ながら訊ねた。

「大丈夫。うまくくっついた。最近は医療技術が発達してってね。指を持って病院に駆けこんだときは、もうだめだと思っていたけど、ま、不思議にぴったりくっついたんだよ。トカゲの尻尾が再生するみたいにさ。そう、ほんとトカゲの尻尾みたいにさ」

トカゲの尻尾のたとえが気に入っているらしく、歌のさびみたいに「トカゲの尻尾」を繰り返した。ミナリ・パクは本当に大丈夫だというふうに、包帯を巻いた手をレセンに見せた。そして突然、大事なことを思い出したかのように、「あ、これ」と言って、紙袋をレセンに差し出した。レセンは思わずそれを受け取った。

「これは何ですか?」

「チュッパンイワシだよ。君がビール党だというからさ。ビールのつまみにイワシほど合うものはないぜ。デパートのものだよ。とっても高いやつさ。南海一番の名産」

ミナリ・パクがきまり悪そうに言った。レセンは怪訝に思った。こんなところまで手土産を持ってきた、ミナリ・パクの真意を図りかねた。

「ナイフを振り下ろしたのは俺なのに、おじさんが見舞品を持ってくるんですね。お見舞いにも行けなかったのに。こうなると本当に申し訳ないんですよ」

「いやいや、そんなふうに考えなくていいさ。出入り業者の俺らが、狸おやじを失望させたのは事実だしな。人の道理からすれば、そんなことしちゃいけないのにさ。正直、今の俺らがあるのも、全部狸おやじのおかげじゃねえか。その恩を忘れたわけじゃねえよ。ところが俺らみたいな庶民は生活が厳しいからな。最近はいくらつつましく暮らしたところでカツカツなんだよ。道理を忘れたわけじゃなくて、日々の暮らしが足を引っ張るのさ」

ミナリ・パクは、ポケットからタバコを取り出してくわえた。左手でライターをつける、その動きがぎこちなかった。レセンは自分のライターで、火をつけてやった。ミナリ・パクはため息のように、煙をゆっくり吐き出した。そしてレセンの様子をちらちら窺った。

「おやじは何て言ってた？」

「何をですか？　俺が指を切り落としたことについて、ですか？」

「いや、そうじゃなくて。多くの業者がハンザの配下に移ったことさ。状況がこうも変わっちまったら、おやじもさすがに知ってるよな？　もちろん俺らはみんな、それぞれ個別経営の自営業者だから、完全にハンザの下に入ったとは言いきれないけどな。でもおやじに申し訳ないのは事実だね」

「それを探りに来たんですか？」

「いや、それだけじゃなくて。別件もいろいろ兼ねて来たよ」ミナリ・パクは言い訳っぽく答えた。

　ミナリ・パクはしばらく街灯を眺めながら、タバコを吸っていた。ときおり、下唇を噛んで何か切りだそうとしたが、すぐに呑み込んだ。ミナリ・パクは長々と逡巡している様子だったが、やがてタバコを捨て、足で踏みつけた。きれいにアイロンがけされた白いズボンと、ピカピカに磨かれた赤い靴とが、どこか喜劇のような印象をもたらした。ミナリ・パクはちらっとレセンを盗み見て、いきなり哀れな表情を作った。

「最近、業者の間では、図書館とハンザが戦争を始めると噂されてる。そうなったら、ほんと大騒ぎになるよ。昔みたいに戦争になってみろよ。検察は入る、刑事や警察は取り締まりを強化すると騒ぐ、設計者は設計者で、自分だけ生き残ろうとして、終わった案件まで手当り次第に掃除しはじめるだろ？　窮地に立たされた暗殺者は、狂犬みたいにあちこち突つきまわるだろうし。もしそうなったら、わずかに残ったお客ですら途切れちまうよ。この商売、終わりだよ。くたばるのは、俺らみたいな零細業者ばかりさ。ほんと、この年になって、そんな戦争に巻き込まれたくねえよ。狸おやじやハンザは野心家だから、その高いプライドで何でもやるだろ。でもその狭間で、俺らはどうすりゃいいのさ。ハンザにくっつけば、狸おやじの顔色を窺わなくちゃならねえし、図書館に行けば、ハンザの機嫌を窺わなくちゃならねえし。俺らも死にそうだよ。俺はもう年だし、正直、怖いよ。知ってるだろ？　俺らには野望なんか何もない。ただ、食ってくのに精一杯なだけだよ」

「それで？」

「ハンザが君に会いたがってる。一度会ったみたらどうだ」

レセンは目を細め、ミナリ・パクを見据えた。

「どういうことだ？」

「一つの山に二頭の虎は住めないよ。正直、今の図書館がハンザに敵うと思うか？　そんなのはもう昔の話になっちまったのさ。いま戦争が起きたら、全滅しかない。おやじはもちろん、君も俺もみんな死ぬ。そしてハンザにも何の得がある？　大統領選挙に向けて力を入れてきた大規模な事業が、全部パーになっちまうのにさ」

レセンはチュッパンイワシのギフトセットを、ミナリ・パクの足元に叩きつけた。

「おやじを裏切れということですか？　こんなイワシのどたまなんか持ってきて？」

ミナリ・パクはギョッとして、足元のチュッパンイワシを慌てて拾い上げ、「ああ……こんな貴重なものを」と、ぶつぶつ言った。ミナリ・パクはキツツキのように口を突き出して、ギフトセットを振ってから耳に当て、大切な陶磁器にでも触れるかのように、何度か撫でた。そして例の哀れな表情を作った。

「おやじを裏切れという意味じゃなくて、そういう流れだってことだよ。図書館が仕事をくれなくなって、長いだろ？　そんなんだったら業者たちはすぐ離れちまうよ。知ってるだろ？　この業界に義理なんかねえんだよ。昔の記憶？　以前こうむった恩恵？　そんなの、長くは続かないさ。みんなキャッシュをくれるやつにつくものさ。おやじはもう年だし、図書館に引きこもってばかりいるから、世の中がどう回っているかよく分からないのさ。戦争になれば、業者たちはみんなハンザの味方だよ。この世の中、人情なんてものは、みんなそんなもんさ。君は狸おやじの手足だし、ハンザのところに行ってみたらどうだい？君とハンザがうまく折り合えば、戦争は必要ないんだよ。おやじは静かな田舎で残りの人生を気楽に送ればいい。そしたら、俺らの事業だって着実に発展させられるし。万事オッケーさ」

ふと、老犬サンタと田舎暮らしをしていた老人のことが脳裏によみがえった。彼も権力の座から退くときに、誰かが近づいてきて、こういう話をされたのだろう。どこか静かな田舎で、余生を気楽に過ごしたらどうかと。そうすれば、万事オッケーだと。人生に残された時間とは、いったい何を意味するのだろうか。花を育て、ジャガイモを栽培し、犬を飼い、自分が死んだあとに眠る墓の準備をすること。気持ちのいい午後の日差しの下で、ゆっくり瞬きをしながら、際限のない時間を過ごすこと。もしくは老人ホームに入って、年寄りのうんざりする雑談を聞いたり、カードゲームをしたりしながら、勝っても使い道のない碁石を集めること。それがすべてだろう。そんな日々が限りなく繰り返され、ある日、死が刺客のように訪れるのだろう。

ミナリ・パクはもう一度、チュッパンイワシを差し出した。レセンはきまり悪そうに揺れているギフトセットを眺めた。

「でも、これは持ってな。一番の名産だからさ」

「家に持ち帰って、奥様にあげてください。もしくはハンザに。俺がそんなものを食べて、消化できると思いますか？」

「我を張ると、ハンザは仕方なく君を処理すると思うよ」

「脅迫ですか？」

レセンはミナリ・パクをぎろりと見た。

「頼むから物事をややこしくするなって。勝ち目のない戦争なんだから。俺らも物事の道理が分からないまま、この年まで生きてきたわけじゃないんだよ。お前の二倍生きた先輩として忠告する。泥水を少々かぶったとしても、泥そのものにはならないのさ」

ミナリ・パクは、レセンの足元にチュッパンイワシのギフトセットを置いた。そして、アパートに背中を向けてゆっくり歩きだした。レセンはミナリ・パクが残していったものを、ぼんやりと眺めた。ふと、狸おやじは寂しいだろうな、と思った。名節になれば、図書館に贈り物を持ってきた業者たちは、今や全員、狸おやじの反対側に立っていた。ハンザの時代だ。ハンザにつけば、あとどれくらい生き残れるだろうか。三年？　五年？　もしかしたら、もっと長く生き残れるかもしれない。ミナリ・パクのように、泥水をひっかぶりながら最後まで生き残ることだって可能だろう。実際、泥水をかぶることなど、たいした問題ではない。そもそも名誉とも高潔さとも縁遠い人生なのだ。

狸おやじは口癖のように、孤児院からレセンを連れてきたのは、自分の杖として使うためだと言っていた。それはレセンをからかい、ひやかすための言葉だったが、あながち間違ってもいない。レセンは十一歳のときから狸おやじの杖として生きてきた。図書館をあちこち回って、必要な本を探し出し、プジュへとおつかいに行き、顔を見せず手だけ差し出す設計者に、外から手紙を渡した。そして、長年、狸おやじ専属の暗殺者だった訓練官が死んでからは、ずっとその役割を引き継いで果たしてきた。レセンが反対側に立てば、狸おやじは杖を失い、足を引きずりながら生きていかねばならないだろう。

「この業界ではさほど悲しいことでもないかもな」レセンは呟いた。

十年前に訓練官が死んだとき、狸おやじは何もしなかった。ハンザのしわざだという、業者たちのひそひそとした噂話にも、狸おやじは沈黙を守った。今みたいにハンザに勢いのある時代でもなく、狸おやじに力のない時代でもなかった。しかし、制裁も、処罰も、調査もなかった。三十年もの間、自分のそばに仕えていたというのに、狸おやじは怒りさえも見せなかった。狸おやじはただ、激しい戦いの末に、あちこち刺された死体をよく拭いてから、ひげ面の焼却場で静かに燃やした。レセン以外は弔問客もいない、寂しい葬式だった。風の吹く丘の上で骨粉を撒きながら、狸おやじは無言を貫いた。

「このまま放っておくつもりですか？」レセンは訊いた。

「暗殺者の人生なんて、もともとこんなものだ。卒[*2]が一つ死んだからといって、将棋盤をひっくり返すわけにはいかない」

暗殺者の人生なんて、もともとこんなものだ。それが三十年間、自分のそばにいてくれた男に対して、狸おやじが最後にかけた言葉だった。

レセンは訓練官からすべてを習った。銃器やナイフの使い方、爆弾の作り方と分解の仕方、ブービートラップの仕掛け方、インディアンの追跡術や狩猟術、ブーメランの投げ方も習った。彼はベトナム戦争のあと、海外の傭兵会社に就職し、世界じゅうの様々な戦場を回った。戦地で数百名の人間を殺したことがあるなんて信じられないぐらい愛想がよく、穏やかな印象の男だった。彼は家事が好きだった。図体はでかいが、手先が器用で、必要なものは何でも作ることができたし、どんな物でも几帳面にきっちり作った。料理も上手で、特に洗濯が好きだった。天気のいい日は必ず、シーツやカーテンを洗濯し、庭に干した。そしてタバコをくわえたまま、風になびくシーツを満足そうに眺めては、「俺の人生もああやって洗濯できたらな」と独り言を呟いたりした。

本当に、そんなふうにきれいに洗濯できたらよかったのに。いい女と結婚し、子どもを育て、料理や洗濯など、彼の好きな家事をこなしながら、仲むつまじい家庭を築くことだってできたかもしれない。しかし不幸なことに、人生はシーツではない。過去も、記憶も、過ちも、後悔も、いかなることも、きれいに洗濯することはできない。洗濯ではきれいに落ちないからこそ、あんなにも人が死んでいくのだ。狸おやじの言う通り、暗殺者の人生とは、もともとそういうものだ。

レセンは地べたに落ちていたチュッパンイワシのギフトセットを手にとった。それからアパートの階段を上がって、自分の部屋へと向かった。ドアを開けるやいなや書見台とスタンドが駆け寄ってきて、レセンの足に体をこすりつけた。レセンはペットショップで買ってきた、鶏胸肉のスープを皿に注いでやった。書見台とスタンドは喉をゴロゴロ鳴らしながら、スープを舐めた。レセンは猫の頭を撫でてやった。

「こら、お前たち。野良猫のお姉さん方がどんなに大変な生活をしてるか、知ってるかい？外に追い出されたら、お前たちみたいな弱虫は一週間も持たないだろうよ。外はとても怖いところなんだよ」

＊

猫カフェ「LIKE CATS」。

レセンはカフェのドアを開けた。椅子に座ると、落ち着かない様子の書見台とスタンドが、ケージの中からニャーと鳴いた。レセンはケージのドアを開放してやった。しかし、書見台とスタンドは、あたりをうろついている数十匹の猫が怖いのか、なかなか外に出ようとせずに鳴いてばかりいた。カフェの女主人がコーヒーを持ってきた。

「あら、書見台とスタンドも来たのね」彼女が喜んだ。

女主人はケージの中に手を入れた。書見台とスタンドは気分がいいのか、ゴロゴロと喉を鳴らした。そして周りをきょろきょろ見まわしながら、外に出てきた。すべての猫はすぐに彼女のことが好きになる。その秘訣は何だろう。彼女は結婚していたとき、二十匹以上の猫をアパートで飼っていた。日々増えつづける猫に耐えかねた夫は、猫か自分かどちらかを選べと、彼女に突きつけた。それで、彼女はきっぱり離婚して家を出たのだ。「自分か猫かどちらかを選べって、とんでもない話よね」。客の集まる場で、からから笑いながらそんなふうに言ったこともあった。

「ねだっても、ちっとも連れてきてくれなかったのに、今日はどうしたの?」女主人は指で猫と戯れながら、レセンに訊ねてきた。

レセンは内ポケットから封筒を出して、彼女に渡した。封筒の中には百万ウォンの小切手が二枚入っていた。女主人は小切手をじっと見つめ、首を傾げた。

「預かっていただけたら嬉しいです。ちょっとの間かもしれないし、かなり長くなってしまうかもしれません。もしかしたら、永遠に帰ってこない可能性もあります」

「遠くへ旅にでも出るんですか？　外国とか？」

「そこまで遠出ではないですが、ちょっと未定のことが多い旅ですから」

彼女はしばらく考えてから、どういう意味か分かったというふうに頷いた。

「生きていると、精神的につらいときもあるでしょうしね」

女主人は封筒をレセンに突き返した。

「お気持ちは分かりますが、こんなの要りません。私がちゃんと世話をしますから」

「気持ちが分かるなら、受け取ってください」

レセンは頭を下げて、再び封筒を差し出した。テーブルの真ん中を、女主人とレセンの間で封筒が右往左往していた。女主人は封筒をじっと見つめ、しばらくしてから頷いた。

「私も若いときに、遠くまで出かけたことがあるの。帰るのが困難なほど、遠くへ行ってしまったんです。でもいざ帰ってくると、恐れていたほどではなく、自分が思っていたよりもずいぶん短い距離だったってことに気づくんです」

レセンは書見台とスタンドの首まわりや頭を撫でてやった。書見台とスタンドはカフェに慣れてきたのか、レセンの指を甘噛みしながらじゃれてきた。レセンは立ち上がって、女主人にあいさつをした。

「幸運があなたの味方になってくれるでしょう」女主人が言った。

「だとしたら、ありがたいですけどね」

レセンはもう一度、書見台とスタンドの首まわりを撫でてから「LIKE CATS」を出た。

レセンはタクシーに乗って、江南《カンナム》のL生命ビルの前で降りた。ハンザはこのL生命ビルの七階から九階までを、事務所として使っていた。噂によれば、ここは十七もの事業体の所在地として登録されているという。警備会社、保安会社、警備代行会社、用役業者、情報提供会社などが、ハンザの事務所として登録されているのだ。国内トップの暗殺業者が、世界的な生命保険会社のビルの中で、堂々と会社を経営しているのも皮肉な話だが、暗殺業者が警備会社や保安会社を同時に運営しているのは、さらに笑える話だ。しかし窮地に立たされたワクチンの製造会社が、結局作らなくてはならないのは、最高のワクチンではなく最悪のウイルスであるように、保安会社や警備会社の繁栄のために必要なのは、卓越した保安のスペシャリストだ。それが資本主義というものだ。

ハンザは、この世界がウロボロスの蛇みたいに、どうやってぐるぐる回って自分の尻尾を呑み込むかを知っている。そして、それを事業として構築し、収支を合わせる方法も知っている。ワクチンとウイルスを同時に持っているなら、これ以上いいことはない。一方で、恐怖や不安を与え、そしてまた一方で、安全と平安を保証する。潰れるはずのない事業だ。

レセンはエレベーターに乗って、七階で降りた。ハンザの事務所は九階にあるが、八階と九階はエレベーターが封鎖されていて、事務所に用のある人は七階で降りて、そこから検問ゲートを通過しなければならない。レセンがゲートを通り抜けると、警報音が鳴った。

黒いスーツの女性職員が、携帯用の金属探知機を持ってレセンに近づいてきた。彼女は恭しくあいさつし、腕を上げてくださいと言った。レセンはおとなしく腕を上げた。彼女が金属探知機をレセンの体に当てると、再び警報音が鳴った。レセンは内ポケットからヘンケルスを出して、カゴに入れた。女性職員は呆気にとられたまま、レセンをまじまじと見た。

「ああ。料理していて、うっかり持ってきてしまったんですね。物忘れがひどいな」レセンが笑顔で取り繕った。

うろたえた職員が振り向くと、腰にスタンガンやガス銃をつけた屈強な保安要員が、席から立ち上がってレセンの方にやって来た。

「ご用件は何ですか？」

ソーセージみたいにぶくぶく太った男が、強い眼力でレセンを上から下までじろじろ観察した。ナイトクラブの入口で、ガードマンでもやっているのがお似合いな、鈍重な体つきの男だった。緊張を隠そうと、肩に力を入れる姿が哀れに映った。レセンはそのソーセージに、ハンザの金箔名刺を渡した。

「アポイントはお取りですか？」名刺を見たソーセージが訊いてきた。

「いえ」

「どなたがいらしたと、お伝えしましょうか？」

「図書館から来たと伝えてください」

ほどなくして、ハンザの秘書だという女が、事務所フロア間だけで使えるように設置された、事務所専用のエレベーターから降りてきた。清潔そうな印象に加えて、知的な匂いのする女性だった。秘書は、九階にある「貴賓室」というプレートがついた部屋にレセンを案内した。

「何かお飲みになりますか？　お茶、コーヒー、お水、それにお酒も何種類かございます」

レセンがソファーに腰かけると、秘書が事務的な口調で訊ねた。

「大丈夫です。少し前に飲んだばかりですから。ところで、ここは禁煙ですか？」

レセンは部屋の中を見まわした。テーブルの上に灰皿はなかった。

「原則ではそうです。このビル全体が禁煙です」

秘書はやはり事務的に淡々と言った。レセンは少し顔を歪めた。秘書はレセンの表情を察すると、事務的な表情をほぐし、軽く笑顔を浮かべた。

「あくまでも原則がそうだということです」

見た目より融通の効く女だ、とレセンは思った。

「では、灰皿を一つ、お願いしてもいいですか？」

「社長が来るまで、三十分ほどお待ちいただくことになりますが。大丈夫でしょうか」

「ええ、問題ないです」

秘書が灰皿を置いて部屋から出ていくと、レセンはタバコに火をつけた。そして、室内を見まわした。広い部屋だ。清潔好きなハンザらしく、壁に絵が一枚かかっている以外は、装飾品と呼べるものはなかった。レセンは灰皿を持ったまま立ち上がり、窓の外を眺めた。往復十車線のテヘラン路《ろ》が渋滞していて、車がまったく動いていない。突然、大韓民国のビジネスの中心地にある、この贅沢できらびやかな事務所の存在が不思議に思えた。高額な賃貸料の発生するこの街に、ハンザの事務所があるということは、この国の経済の中心が暗殺業者を切実に必要としている証拠なのだろう。

レセンが三本目のタバコを吸っていると、ハンザが部屋に入ってきた。

「すまない。前もって電話してくれたら、待たせなかったのに」

ハンザが心からすまないという顔をした。その演技は違和感があるのを超えて、恐ろしい印象すらあった。ハンザがソファーに座ると、再び秘書が入ってきた。

「何か一杯飲まないか？　私は飲むつもりだが。今日は特別なお客様がいらしてくださったからね」

いつもと違い、ハンザの声は少し弾んでいた。秘書がレセンの表情を窺った。レセンは少しためらっていた。この不思議な歓待が居心地悪かったのだ。

「ジャックダニエルはありますか？」

秘書は頷いた。

「私もそれで。オンザロックにしてくれ」

秘書が部屋から出ると、ハンザは落ち着かないのか、きょろきょろ部屋を見まわした。気分がよさそうな様子を装っていたが、ハンザは何かに追われているように焦っていた。すべてがハンザの意のままになっていくというのに、何が彼を追いかけているのだろう。ハンザを追いかけるものの正体を、レセンは突然知りたくなった。ハンザとレセンは黙ったまま、しばらく気まずそうに座っていた。秘書がジャックダニエルを注いだウイスキーグラスを持ってきた。

「嬉しいな。来てくれなかったらどうしようかと、けっこう心配してたんだ」

ハンザがグラスを持ち上げて乾杯を求めた。レセンはそれには応じず、差し出されたグラスをぼんやり眺めた。ハンザはきまりが悪いのか、グラスを口に運んで一口飲んだ。

「何がほしい？　図書館か？　それとも狸おやじの命？」

レセンが単刀直入に訊いた。その言葉に、ハンザはソファーの背に頭を預けたまま嘲笑った。

「どうして私が、カビ臭い図書館と老衰したおやじを狙ってると思うんだ？」

「噂が広がってる」

「バカバカしいデマだ」

ハンザがまた酒を少し飲んだ。

「妥当な金が得られなければ誰も殺すなと、教えたのは狸おやじだった。殺し屋ならば深く肝に銘じるべき名言だよ。名誉、信念、友情、義理、復讐、愛、メンツ。その理由が何であれ、利益がなければ、殺し屋はけっして人を殺さないものだ。狸おやじを殺して、私にどんな利益がある？　もちろん、いいこともいくつかはあるだろう。面倒なことも減るし。でも全体的に計算すれば、はっきり言って損だよ。狸おやじは、私にそんな悪手を打ってほしいのだろうが、私はそんなバカじゃない」

「あんたのそろばん勘定に関心はない」

「そのそろばん勘定にこそ、関心を持たなきゃ。君を殺せば、かなり利益が残るからな。

君の友人のジョンアンも」

　ハンザはグラスに残っていた酒を全部飲み干した。

「俺がそんな価値のある人間だとは知らなかったな」レセンが皮肉たっぷりに返した。

「誤解するな。君そのものにそれほど価値はない。ただ、君のいるポジションが特殊なだけだ」

「ポジションだって？」

「大きな金は結局、政界から出る。ところがいまだに黒幕の年寄りたちは、信じられるのは狸おやじしかいないと思ってるんだ。図書館に対する郷愁と言うべきか、半世紀持ちこたえた伝統への信頼とでも言うべきか。おかしな話さ。殺し屋なんかに、伝統など必要か？でもまぁ、年寄りとはそんなものだ。疑い深く、変化を嫌う。しょうがない、それが現実だしな。だから私に必要なのは、死んだ諸葛孔明だ。言いかえれば、司馬懿《しばい》を脅かすために、馬車の上に置いた諸葛孔明の首みたいなものだ。だが、生きている諸葛孔明は、はっきり言って重荷だ。何をしでかすか分からないからな。狸おやじが図書館におとなしく引きこもっていれば、何の不満もない。私も図書館出身だから、年寄りたちに声をかけやすいし。一石二鳥だ。ところが、ほぼ息の根をとめておいた狸おやじを、君がいまだに蠢かせている」

「うご……めかせる」レセンはハンザの言葉をゆっくり繰り返した。

「君は狸おやじの手と足。お粥に水を足したような顔のジョンアンは目と耳。ジョンアンはツバメがひなに餌を運んでやるように、おやじに絶えず情報を運ぶ。君はあちこち後片付けをしながら歩きまわる。正直、クォン将軍の死体を粉にした今回の件は、腹に据えかねたよ」

「それで？」

レセンはハンザを睨みつけた。

「それで？」ハンザがせせら笑った。「狸おやじを殺してしまっては商売にならないし、だからといって、今までやってきた仕事を辞めるわけにもいかない。だからしょうがない。本当につらいが、他のものを切り捨てなければ。切ってしまっても本体が死なないもの。たとえば、手、足、耳のような」

「だから訓練官を殺したのか？」

瞬間、ハンザの顔が赤く染まった。ハンザはしばらく黙ったまま、顎を手でさすり続けた。

「君はすべき話と、してはいけない話の分別がつかないようだね」

ハンザは続けて何か言おうとしたが、言葉を呑み込んだ。そして、インターホン越しに酒をもう一杯頼んだ。秘書が入ってきて、新しいグラスを置き、空っぽのグラスを持っていった。ハンザはまた酒をわずかに飲んだ。

「そのことで君が怒ってるのは、私も知っている。君にとっては父親のような存在だったんだろうが、私にとっても兄貴のような人だった。私も彼に仕事を習ったからね。しかし、この業界は君が考えているよりずっと複雑だ。我々はこの理解できない業界を、どうにかして生き抜いていかねばならない」

「この業界がどうであろうが、家族を殺してまで手に入れたいものは何だ？　この派手な事務所か？」

ハンザはせせら笑った。

「まさか我々を家族だと思ってるんじゃないよな？　何が家族だ？　狸おやじと君がか？　狸おやじと私がか？　実に滑稽な話だ。狸おやじにとって、我々はただの杖にすぎないんだよ。すり減ったり折れたりすれば、簡単に使い捨てられる杖。君は勘違いしてるようだが、おやじは、今日君が殺されて、ひげ面のところに運ばれたとしても、瞬きひとつしない。そういう人さ。そして、すぐさま新しい杖を探すだろうね。私はそのことに二十年前から気づいてたさ。分別のつかない君は、いまだに気づいてないようだがね」

そう言うと、ハンザは再び酒を少し口にした。レセンは、ハンザの顔を鋭い眼差しでじっと見つめていた。ハンザは思うように話が進まないせいか、苛立った様子で窓の方に目を向けた。そのとき、インターホンが鳴った。ハンザが電話に出た。

「了解。十分だけお待ちいただくように」

それだけ言うと、ハンザは電話を切った。レセンは再びタバコを取り寄せて火をつけ、長く煙を吐き出した。ハンザが時計を見た。

「国会議員のBだ。どうしようもない息子が一人いて、いつもやんちゃばかりしてるんだが、今回は逆に一発やられたんだ。若い女性を拉致同然にホテルに連れ込んで、女の口に性器を押し込んだんだが、女にあそこを噛まれたらしい。どれだけ強く噛んだのか、アレがズタズタになったって話だ。かっこいい女だよ。ところで、アレは指ほどには、うまくくっつかないらしい」

指という言葉を強調しつつ、ハンザは思わせぶりにレセンを見た。

「何日か前にBがここに来て、脇目もふらずに号泣したんだよ。目に入れても痛くないわしの一人息子、三代目の跡取りのあそこがちぎれて、後継ぎも途絶えたとか何とか、そんなことを言ってな。そして私の手を握って、この悔しさと悲しみを慰められる人は、ハンザ社長しかいないと言うんだが、もう本当に情けなくてな。君の言う通り、江南のど真ん中にこんな派手な事務所を構えて、私はこうやって生きている。でもしょうがない。食っていくためには、その傷ついた心を慰めてさしあげなきゃ。大韓民国の国会議員様がこれだけの恥部を晒したのに、一介の殺し屋ごときが、そんなこと恥ずかしくてできないとは言えないさ。そんな恐ろしいことはできない。私もこうやって生きている。だから君もプライドなんか捨てて、こちらに来なさい。君もジョンアンも生き残れるし、おまけに私も生き残れる。別に難しいことでもなんでもない。今までのように図書館にいて、何かあったら電話一本くれればそれでいいんだ」

ハンザはレセンをじっと見つめた。レセンは何も言わず、ただ黙々とタバコを吸っていた。次第にハンザの顔から笑顔が消え、表情が固まっていった。ハンザがもう一度口を開いた。

「もうすぐ大統領選挙だ。危険だし、デリケートなタイミングだよ。みんな一発決めようと駆けずりまわってる。そうこうしているうちに致命的な失敗をする。系列会社だけで二十以上もあるＤグループが、政権と検察の手にかかって空中分解してしまうのに、六ヶ月もかからなかったことを知ってるかい？　それも選挙のときに政治資金を提供しなかったという罪でな。だから私のような者がミスを犯せば、地面に落ちる前に粉々に砕けるまでさ。そうでなくても頭が爆発しそうだよ。物事を複雑にするな。そんなことはしたくはないが、このままずっと折り合えないのなら、君を殺すしかない」

「誰の腹にナイフが刺さるかは、まだ分からないさ」レセンは力なく言った。

「そうだな。たしかにまだ分からない。しかし、覚悟なしでこの仕事はできない。刺される覚悟はできているか？」

そのとき再びインターホンが鳴った。ハンザが電話を取った。「いま行く」。それだけ言うと、電話を切った。

「お先に失礼。とにかく賢くやるんだな。友人のジョンアンにもそう伝えてほしい」

「俺の家の便器に爆弾を仕掛けたか？」

振り返ろうとするハンザの後頭部に向かって、レセンが訊ねた。ハンザはこちらを見て、どういう意味だというふうに首を傾げた。ほどなくしてハンザは、非常にプライドを傷つけられたという顔をした。

「私が便器に手を突っ込むような、ヒマな人間に見えるか？」

ハンザが出ていくと、レセンは座ったまま、タバコをもう一本吸った。複雑な考えが頭の中を引っ掻きまわしていた。レセンは灰皿にタバコを押しつけると、七階のエントランスにあるエレベーターに乗り込んだ。黒スーツの女性職員が、保管ボックスからヘンケルスを取り出してレセンに差し出した。ソーセージは冷ややかな眼差しで、レセンを見ていた。チュのナイフを見下ろすレセンの肩に、ある種の恥ずかしさが降り注いだ。レセンはナイフを受け取って、内ポケットに納めた。それから逃げるように、ビルの外に出た。

自宅に戻ると、いつもならすぐに駆けつけて、足に体をこすりつけてくる書見台とスタンドの姿がなかった。レセンは玄関に立ち尽くしたまま、ぼんやりした表情で部屋を眺めた。猫が二匹いなくなっただけなのに、家全体ががらんとしてしまったように思えた。靴を脱いで中に入った。テーブルの下に、猫用の皿がぽつんと残っている。レセンはぼんやりとそれを眺め、引き出しから餌を出して皿をいっぱいに満たしてやった。

それから浴室に行って、熱いお湯を溜めた。特に何もしていないのにぐったりして、ハンマーで打たれたみたいに体じゅうが痛かった。浴槽から立ちのぼる熱い湯気を眺めながら、レセンは無力感に襲われた。何の役にも立たない存在になってしまったような無力感。時計の一部として生きてきた歯車が、時計から跳ね出たのに、自分がいなくてもコチコチとうまく回っている。レセンはそんな巨大な時計の内部を見つめているような気がした。

標的を消して家に戻ると、レセンはいつも無力感に襲われた。なぜ、そんな気持ちに苛まれるのか分からない。罪悪感とか自分自身への不快感や嫌悪感ではない。無力感だ。何もできないような無力感。他人はおろか自分にさえ責任が取れないような気持ちになるのだ。幸せそうに笑ったり、恋愛をしたり、趣味で帆船模型を作ったり、夕食を作ることすら、自分の手に負えないような気がするのだ。レセンに許された人生とは、酔っぱらうまで缶ビールを飲んだり、焦点を失った虚ろな目で果てしなく窓の外を眺めたり、一日じゅう天井の壁紙を見ながら寝転んでいたり、そんなことをしているうちに耐えられないほど空腹になると、冷蔵庫を漁って何かしら適当にかっ込んで、再び眠る。そういう人生でしかないような気がした。そして実際に、レセンはそういう人生を送っていた。「こんなくだらない人生を送るのは当然だ」レセンは弱々しく呟いた。誰かを殺すことで命を繋いでいる人間の人生が、夏の山みたいに元気いっぱいで生命力が溢れているとしたら、むしろ変だ。

熱い湯に満たされた浴槽にもたれ、天井の水滴を眺めながら、レセンはハンザや狸おやじ、ミナリ・パクの計算について考えを巡らせた。なんだかんだ言っても、みんなそれぞれ独自の計算法を持っている。プジュの零細業者も、使い捨てのチンピラも、底辺まで落ちぶれた暗殺者も、ポケットの中にそれぞれの数式を持ち歩いている。その計算が合っていようが間違っていようが、結局みんな自分の数式に基づいて欲し、動き、怯え、人を殺す。湯舟に漂う泡を掴みながら、レセンはふと、狸おやじの数式はどういうものだろう？と思った。それがどうしても分からなかった。

レセンは湯舟の中に頭を沈めた。それから数を数えた。今までにレセンが殺した人たちの数。すると、ありとあらゆる荒廃なものが、悪臭のようにレセンの身体に染み込んできた。

ジョンアンがやって来たのは零時頃だった。ベルが立て続けに神経質な音をたてた。レセンは寝ぼけたまま、ドアを開けた。ジョンアンはドアの外で苛立った顔で立っていた。

「寝てたのか？　お前の友達はこんな深夜まで、イカれたカエルみたいに、あちこち走りまわってるっていうのに。恵まれたやつだ」

ジョンアンはあたりを見まわしながら、リビングに入ってきた。

「名前もダサい書見台とスタンドよ、早く出てこいよ。お前らが激しく恋しがってたお兄ちゃんが来たよ」

ジョンアンはキャットタワーやソファーの下を確認したり、あちこちめくり上げたりしながら騒ぎたてた。

「この家のお嬢さん方、今さら恥ずかしがって。今日はどうしたんだい？」

ジョンアンは、猫はどこにいるのか、と問うようにレセンを見た。

「どこかへ送ったよ」

「どこに?」

「ここよりいいとこさ」

「主の懐よりいい場所がどこにある?」

「俺が刺されたら、ここで否応なく飢え死にするからさ」

ジョンアンは驚いた顔でレセンを見つめ、ふんと笑いとばした。

「そんな大げさな……心配いらねえよ。この兄貴が全部調べてきてやったからさ」

ジョンアンはカバンから分厚い封筒を出して、テーブルの上に置いた。

「カン・ジギョン博士、知ってるだろ?」ジョンアンが訊いた。

「科学捜査官の?」

「そう、国立科学捜査研究院で長く働いていた。この人、設計者だったのさ。昔から新聞で見るたびに、怪しいと思ってたんだ」

「そんな人がなぜ設計を?」

「あの業界のヒストリーはちょっと複雑なんだ。その昔、無知な軍人が政権を握ってた時代には、設計じゃなくてハンコが必要だったのさ」

「ハンコ？」

「検視官を口説いてハンコを押してもらえばいいだけから、洗練された設計自体が必要ないのさ。国家安全企画部内でぶん殴られて死んだとしても、検視官が報告書に自殺と書いてハンコを押しさえすれば、それでおしまいだったんだよ。痕跡を残さないようにジタバタする近頃の設計者に比べれば、簡単すぎる商売だね。とにかく、そうやってすべては始まるんだよ。妻子もいるし、それに軍部の力が巨大すぎて、最初は仕方なくハンコを押すけど、一度関わった人間は、ずっと関わりつづけるしかない。業者たちがそんなやつらをほっとくと思うか？　あいつらはしつこいよ」

「ところで、カン・ジギョンがどうしたんだ？」

「ミトって女、カン・ジギョンの助手だったんだよ」

レセンはしばらく考えてから頷いた。

「それはあり得る話だね」

「あり得る話？　答えはすでに出ているじゃないか。カン・ジギョンぐらいの大物だったら、誰と組む？　ミナリ・パクと？　まさか。ハンザ、もしくは狸おやじさ。でも狸おやじは最近ほとんど仕事をしていないから、ハンザの設計である可能性が高い」

レセンはタバコをくわえた。ハンザの設計である説も狸おやじの設計である説も、どちらも説得力がなかった。それに、カン・ジギョンはレセンとは何の関係もなかった。たとえレセンが知らないだけだとしても、カン・ジギョンのような大物の設計者が、一介の暗殺者の便器に爆弾を設置するはずはない。

「カン・ジギョンの近況は？」レセンが訊いた。

「このまえ死んだ」

「死んだ？」

「自殺だってさ。生涯を通して、たくさんの無念な死に対して、自殺と書いてハンコを押していた人が自殺なんてね。何か、匂わないか？」

「どうやって死んだ？」

「飛び降りだ。つまりは、誰かが屋上から突き落としたというわけだな。百キロもあるデブだったから、かなり腕っぷしのいい暗殺者が必要だっただろうな」

ジョンアンがレセンに写真を渡した。事故現場の写真だ。巨体の男が粘土みたいに潰れて、地面にこびりついていた。頭蓋骨が無残に割れ、右肩と首の骨も折れ、顔が背中の方にまで回り込んでいた。白衣を着たまま飛び降りたせいで、地面にじっとり流れる血が、いっそう赤く見えた。固まった血痕の上に、なぜかスリッパが片方だけ転がっていた。

「たかだか五階から落ちただけのに、このありさまだよ。なにしろ重いからな。毎日死体を剖検してた人だってのに、よく食欲が出るよな。どれだけ食ったら、あの身長で百キロを超すわけ？　食うのもほどほどにしておけばよかったのに」ジョンアンが言った。

「この写真はどこから？」

「警察さ。最近、警察は市民に親切だろ？」

「スリッパを履いたまま飛び降りたんだな」レセンは首をひねった。「死因は自殺だと判定されたのか？」

「警察はなるべく、面倒じゃない方向に事件を引っ張りたがるからさ。遺書もあるし、他殺の痕跡もないしな」

「遺書には何と？」

ジョンアンが書類をがさごそ漁り、一枚の紙を取り出した。その、遺書のコピーには「私がめちゃくちゃにし、傷つけた皆様にお詫びします。恥だらけの人生でした」とあった。

「懺悔《ざんげ》か？」レセンが訊ねた。

「懺悔？　こいつには良心自体がないんだよ。葬式のときの家族の顔がさ、どこかの結婚式場にいるかのようだったってさ」

レセンはタバコの煙を肺の奥まで入れた。設計者が懺悔し、自殺した。いったい誰が得をするのか。誰の得にもならない。狸おやじも、ハンザも、誰にも利益はない。設計者もしばしば標的にされる。彼らも暗殺者のようにミスを犯し、尻尾を踏まれ、痕跡を残してしまうのだ。しかし誰も派手なやり方で、設計者を消したりはしない。暗殺者と違って、設計者が水面上に浮かび上がれば、今まで埋《うず》めてきた過去が一気に浮上してしまうからだ。設計者を殺すときは、他の標的よりも慎重に、密かに、静かに動く。それがこの世界の不文律だ。

「じゃあ、誰が殺したんだろ？」レセンがもう一度訊ねた。

「この女だと思うよ」

ジョンアンはミトの写真を手にとった。レセンは一笑に付した。

「こんなおしゃべりでちっちゃな女が、百キロ以上ある男をどうやって殺す？　ホットブレイクで頭を殴って気絶させてから、ゴリラみたいなボーイフレンドを呼んで、屋上から投げたとでも？　まあ、仮にそうだとしよう。しかし、何のために？」

「詳しいことは知らん。ところがこの女、すごく匂うんだ。設計者は基本的に、自分の名前は使わない。郵便ポスト、設計を行う暗室、ブローカーと接触する場所、そういった場所は、ふつうは全部バラバラだ。そうしておけば一気にバレやしないからさ。それに登録する名義もバラバラだ。みんな慎重だからな。ところがこの女ときたら、部品を本名で受け取っているんだ」

「ミトはカン・ジギョンのポスト代わりなのかもしれないね」

「使える偽名や偽の住民登録番号が溢れてるのに、なんで？」

レセンはミトの写真をまじまじと見た。空に向かってにっと笑っている様子が、純真無垢を超えてバカにしか見えないような、そんな写真だった。ゴキブリを見ただけで、大騒ぎしそうな印象の女というか。この女が何かを仕掛けたとは、どうしても思えなかった。たとえジョンアンの言う通りだったとしても、理解の及ばぬことだらけだ。カン・ジギョンは、その生きざまからしても、多くの人の恨みを買っただろう。ミトもそのなかの一人かもしれない。だからカン・ジギョンは殺されたのかもしれない。しかし、それがレセンと何の関係があるのか。そのミトはレセンの家の便器に爆弾を仕掛けた。まったく筋が通らない。

「お前、また職業病が再発して、この女にこだわっているようだけど、違うと思うよ」

レセンはテーブルの上に、写真を無造作に投げつけた。ジョンアンはもどかしそうな顔をした。

「この女をよく知らないからだよ。まったく、怖い女さ。市場の人たちの話によると、牛乳配達に新聞配達、魚屋から八百屋まで、市場でありとあらゆる雑用をこなして、半身不随の妹の世話をしながら勉強したんだってさ。しかも学年一位を逃したこともないってよ。市場のみんなが、愛しいミト、神様がくれたミト、口をきわめて褒めちぎるんだよ。あまりにも賢くて、かわいらしくて、真面目すぎるもんだから、市場の人たちが毎月金を集めて、奨学金を提供したんだってさ。夜明けから市場に出て働いて、韓国トップの医大に首席で入学したんだよ。恐ろしくないか？」

ジョンアンは心底感心したという表情で話した。

「学年一位になれば、恐ろしいのか？」

「そういう意味じゃなくてさ。こんなすごい女がなんで設計者の助手をやる？　つらい時代は終わったし、韓国トップの医大にも入ったのに」

「医大は金がかかるからさ。設計は手っ取り早く大金が入る仕事だし」

「ミトって女、そんな単純なやつじゃないんだって。俺は今まで数百人もの人間を後ろから観察してきたんだぜ。付き合った女だけで数十人だ。このパク・ジョンアンの勘は間違いないよ。なんで分からないんだ？」

「じゃ、そんな真面目な女が、なぜ、他人の家の便器に爆弾なんか突っ込む？　カン・ジギョンを殺して、何の関係もない俺の便器になぜ爆弾を？　辻褄が合わないだろ？」

「今のところはな。でもじきに分かるさ。俺の勘がビンビンきてる」

ジョンアンはカバンから地図を何枚か取り出すと、レセンに渡した。地図の何ヶ所かに、赤ペンで印が打ってあった。

「これは何だ？」

「設計者なら、どこかに暗室があるはずさ。候補地だよ。カン・ジギョンとミトの暗室の」

「どうしてこれを俺に？　お前は何をするんだ？」

「俺は仕事がある。一週間ぐらい戻れないかも」

「どんな仕事？」

「秘密さ」ジョンアンがにっこり笑った。

「友達の命が危険に晒されているというのに、女と旅行なんてな。今度はまた誰とだい？」

「猫がいないと、お前んちに来てもちっとも面白くねえ。雌だから余計にかわいかったのに」

ジョンアンはそらとぼけてカバンを手に取ると、玄関先で靴を履いた。買って間もないスニーカーのかかとが、かなり擦れていた。

「もしかして狸おやじの仕事か？」レセンが訊いた。

「おやじの仕事なら何だって言うんだ？」

「今日、ハンザに会ったよ。大統領選挙のせいか、かなりピリピリしてた。このままのさばってたら、お前と俺を殺すしかないってさ。俺は狸おやじの手足で、お前は目と耳とかなんとか。ほんと笑わせるよ。とにかく、この前のクォン将軍のこともあるし、ハンザは神経質になっているから、選挙が終わるまではおとなしくしてたほうがいい」

「あらあら、うちのレセンったら、びびったんだな？　この業界でそんな脅しを全部真に受けてたら、食っていけないぜ」

「今回は違う。選挙が終われば収まるだろ。だからそれまで少し休みな」

「俺が新聞配達してやらなきゃ、狸おやじが退屈するだろ？　それにハンザみたいなキツネが、こんなタイミングで妙な真似はしないさ。自分のことで精一杯だろ。全部脅しさ、脅し。ちょっとひと泡吹かせたいんだよ。だからあんまり心配しないで、猫を連れ戻しな。あのお嬢さんたちがいないと寂しいよ。便器から爆弾が出たからって、猫を避難させるなんてな。情けないよ。なんて大げさな」

　ドアノブを回しかけていたジョンアンが突然、忘れ物を思い出したかのように振り返った。そして、ベルトを外して、ジーンズを少し下ろした。

「これ、かっこよくないか？　スコールピオンスの精力増強下着さ。十七万ウォンもするんだぜ。ここ、見えるだろ？　この中に黄土と翡翠《ひすい》が結晶化されてる。この黄土と翡翠がさ、仕切りを越えて遠赤外線を放射して、男の精力を最大限に引き上げるのさ。なんていうか、スーパーマンの三角パンツみたいなものというか」

レセンはジョンアンの指さすパンツを、呆れた眼差しで見つめた。

「近くの小店のおじさんも、それ穿いてたな」レセンは軽く流した。

「そうか？　効果抜群と言ってただろ？」ジョンアンが嬉しそうに訊ねた。

「この前、顔面が麻痺してたよ」

ジョンアンは口を尖らせて、ジーンズを引き上げた。

「仏舎利作りが人生の目標のやつと、建設的な会話はできん。俺、もう帰るよ」

ジョンアンはドアを開けると、外に出た。首を傾げ、しきりにジーンズのお尻を触るその後ろ姿を、レセンは微笑みながら見送った。

＊1 【マットンサン】韓国のロングセラーのお菓子のひとつ。味はカリントウに似ている。
＊2 韓国の将棋は日本の将棋に似ているが、駒の数やルールが少し異なる。卒・馬・象・車・包・士・将などの駒がある。

編み物をする

レセンは一時間もの間、とある編物店を眺めていた。「ミサの編み物部屋」と書かれた看板の文字が、小学生の書いた字のように拙《つたな》かった。住宅街の曲がり角に位置する、この二階建ての建物は、古くて全体的にみすぼらしかったが、壁面が木や布で飾りたてられていて、ディズニーアニメに出てくるどこかの国みたいにかわいらしかった。店の窓ガラスには「編み物、キルト、天然染め、クロスステッチ」とか「習いたい主婦の方、歓迎いたします」といった言葉が書かれていた。

午前十一時、ミサが車椅子に乗って店に到着した。一方のハンドグリップには弁当の入ったカバンが、もう一方には布や糸がいっぱい入ったカバンがかかっていた。店の前に着くと、ミサは手を軽くはたき、ポケットからハンカチを出して額の汗を拭った。この店は、ミトとミサが住む家から早足で十分ほどの距離の場所にある。車椅子で移動するには、けっして近くはない距離だ。小さな丘がいくつもあるこのルートをミサ一人で移動したなら、三十分はかかるだろう。額に汗が浮かんでいるのも無理はない。ミサが鍵を取り出し、太い格子状のシャッターを開けた。それから腰を屈めて、入口に置かれた郵便物や新聞を取ると膝の上に載せた。ミサは視線の向きを変えると、店先に届いた一メートル四方の宅配便の段ボール箱をしげしげと見つめた。どうしたらいいか困っている様子だ。確かにそれは、下半身の使えないミサが運ぶには、手に余る大きさだった。ミサは段ボール箱をそのままにして店の中に入った。

この数日間、レセンは設計者の暗室を突きとめるために、ジョンアンが地図に記した場所を歩きまわっていた。しかし暗室らしき場所はどこにもなかった。カン・ジギョンの研究室は、古臭い論文が山積みになった、ありふれた研究室でしかなかったし、カン・ジギョンの暗室だと地図に示されていた部屋は、がらんとしていた。あたりまえだ。カン・ジギョンがハンザと組んでいた設計者だったとしたら、彼が殺されたのと同時に、整理担当のスペシャリストが完璧に資料を消したはずだ。ハンザが危険な証拠を放っておくはずがない。

こっそり侵入したミトの部屋でも、特に変わったものは見当たらなかった。しいて何か挙げるなら、ミサの部屋が埃ひとつないぐらいきれいなのに対して、ミトの部屋はチンパンジーの檻の中みたいに汚いということだ。窓にはハンガーにかかったショーツやブラジャーがぶら下がっていて、それが堂々と外へとなびいていたし、ベッドの片隅には象の柄のパジャマや底の黒ずんだ靴下が無造作に散らばっていた。ベッド下の奥には、おじさんしか穿かないような野暮ったいトランクスとコンドームが転がっていた。「パンツも穿かずに慌てて逃げだしたやつは、いったい何者だ?」レセンは、髪の毛と埃とで入り乱れているトランクスを指先でつまみ上げた。机には医学書やノートが何冊か置いてあった。レセンはノートをめくってみた。しかし、ミトが設計者だという根拠になりそうな内容は、どこにも見当たらなかった。

何より唖然としたのは、ミトがカン・ジギョンの助手だったというのが、ジョンアンの憶測かもしれないことだった。大学と研究所で会った人々は、みな一様に首を傾げた。

「ミトがですか? ミトはキム・ソニル先生の助手だったんですよ」

カン・ジギョンとミトが特別な関係だったと見る余地はどこにもなかった。ただ、ミトの学部時代と大学院在学中にカン・ジギョンが教授だった事実と、ミトとカン・ジギョンが恋人関係にあったという根拠のない噂があるだけだった。おそらくジョンアンは、ミトが爆弾の部品を注文した点とカン・ジギョンと同じ研究所で働いていたという点から、二人の関係を強引に結びつけたようだった。

レセンはポケットからタバコを出してくわえた。タバコに火をつけようとした瞬間、再びミサが出てきた。ミサは大きな段ボール箱を真剣に見つめては、腰を屈めてそれを持ち上げようとした。しかし、きゃしゃなミサには、この段ボール箱はかなり重そうに見えた。しばらく力んでいたミサは持ち上げることを諦め、今度は引っ張ろうとしたが、それも容易ではなかった。ミサが段ボール箱を引っ張るたびに車輪が勝手に動き、車椅子が危なっかしく揺れた。ミサは長らく段ボール箱と相撲をとっていたが、箱から手を放し、手の甲で額の汗を拭いた。レセンはくわえていたタバコをしまい、ミサのもとへと向かった。

「手伝いましょうか？」

ミサが顔を真上に向けてレセンを見あげた。子どもみたいなきれいな肌に、子牛のように無垢な瞳をしていた。ミサは不思議そうにレセンを見つめていたが、すぐに楽しそうな笑顔を見せた。その笑みは親切に対する感謝というより、この状況がおかしくてたまらないというものに近かった。いったい何がそんなにおかしいのだろう。

「すいません」ミサが言った。

レセンは段ボール箱を持ち上げた。確かに車椅子に座ったままで持ち上げるには、手に余る重さだった。レセンは段ボールを持ったまま、どうすればいいかというふうにミサを見た。でもミサはおかしくて我慢できないというふうに、レセンをずっと見ていた。

「こうやって延々と持ってなければならないんですか？」レセンが言いづらそうに訊いた。

とうとうミサは噴き出してしまった。いったい何がそんなに面白い？　レセンは戸惑った。しかしミサは笑いつづけ、最後には涙まで滲ませた。

「ごめんなさい。本当にごめんなさい。一度笑いだすと止まらないんです。もう、ほんと、どうしちゃったんだろう。さあ、こちらへどうぞ」

ミサは指先で涙を拭い、ドアを開けて店に入った。ミサは器用に車椅子を動かし、椅子とミシンの間をすり抜けて、丸い木のテーブルを指さした。

「ここに置いてください」

レセンはテーブルの上に段ボール箱を下ろした。

「レセンさんですね？」ミサが笑みを含んでそう言った。

レセンはびっくりしてミサを見た。

「どうして……俺の名前を？」

「お姉ちゃんの彼氏なのに、知らないはずがないでしょ？　あたしたち、屋根裏部屋で毎日のようにレセンさんの話をしているんですよ」

彼氏、屋根裏部屋、毎日という言葉が、瞬時にレセンの頭を引っ掻きまわして通り過ぎていった。いったい、どういうことだ？

「あなたのお姉さんが、俺のことを彼氏だと言ってるんですか？」レセンが真剣な顔で訊き返した。

「え？　違うんですか？　また、お姉ちゃんが勝手に片思いしてるだけなんですか？」

ミサは今にも泣きだしそうな悲しげな顔をしていた。

「やっぱり。またストーカーみたいなことをしてるんじゃないかと思ったわ」

ミサはテーブルの上に落ちていた毛糸を指先でいじっていたが、しょうがないというふうに床に投げつけた。あまりにも落胆したミサの様子に、その前に立っているレセンが気まずくなるほどだった。

「いや、俺がミトに片思いしてるんだと思ってたんです」

「ほんとですか？」ミサが丸く目を見開いた。

「もちろんです」

レセンはミサにウインクしてみせた。ミサの顔が、子どもみたいにすぐにパッと明るくなった。

「やだ、うっかりしてた。ここにおかけください」

ミサに勧められるままに、レセンは横にある椅子に座った。

「お茶、淹れましょうか?」

「ご迷惑じゃなければ」

「迷惑だなんて、そんなことありません」

ミサは明るく笑って、部屋の片隅に移動した。そこには、簡単な料理ぐらいなら作れそうな小さなシンクがあった。シンクと調理台はミサが使いやすいように低く作られていた。ミサがお茶を淹れている間、レセンはすばやく店の中を見まわした。

糸や布を使う仕事場だから雑然としていてもよさそうなものなのに、店内はミサの性格と同じようにかわいらしく、そしてきれいだった。壁一面を埋め尽くす飾り棚には、様々な生地、キルト用品、編み針や糸、布のサンプルなどが、それぞれきちんと整理されていた。他方の壁にはテーブルクロス、エプロン、人形、カバンなどのキルト商品が展示されていて、それぞれにかわいらしい字で「展示用」「販売用」と書かれた札がついていた。「動物コーナー」という札のついた中央の棚には、アニメなどのキャラクター人形がずらりと並んでいた。あいかわらずプーさんは下着をつけずにお腹をペロンと出していて、親指を立てているチェスター・チーターの口からは吹き出しが出ていた。吹き出しには「お前は空の神ゼウス、俺はお菓子の神チートス」という、とんちんかんなセリフが書かれていた。その他にもトムとジェリー、スマーフ人形の群れ、体操でもするみたいに空に向かって手を伸ばしているティンキーウィンキー、ディプシー、ラーラ、ポーといったテレタビーズ人形が、きょとんとした目でレセンを見つめていた。レセンは人形を見ながら「こいつら、動物コーナーでいいのか？」と、要らぬことを考えた。他の棚には「植物コーナー」があり、サボテン、赤大根、スイカ、瓜、イチゴなどのキルト人形が展示されていた。ミシンが二台、窓の前に並んでいて、店の隅では手編みのセーターを着たマネキンと手編みのチョッキを着たマネキンとが互いに見つめ合っていた。しかし、屋根裏部屋に繋がる階段はどこにも見当たらなかった。

「ところで、どうしてこの店に？　ここでお姉ちゃんと待ち合わせをしてるんですか？」

ミサは冷蔵庫から果物を出し、シンクで洗いながらそう訊ねた。

「はい」レセンは生返事をした。

「お姉ちゃんはいつ来るんですか？」

「もう少ししたら来ると思います」

入口にトイレというプレートのついたスペースが見えた。そこにはカーテンが下ろされていた。レセンは立ち上がって、店内をぶらつくふりをしながらカーテンを開けた。五メートルほどの短い廊下の先にトイレがあった。レセンは廊下を通り抜け、トイレのドアを開けてみた。障害者用のステンレスの手すりが左右についているトイレと、とびきり低い洗面台以外は何もなかった。レセンはドアを閉めて振り返った。廊下を歩きながら、ふと壁に目をやった。片隅に不自然なほど大きな収納庫があった。「こんなところに、どうして収納庫なんか作ったんだろう？」レセンは怪訝に思った。扉を開けると、様々な洋服がぎっしりかかっていた。レセンは洋服を掻き分けて、その後ろにある壁を叩いた。空洞のような音がする。レセンは角に沿って手を壁に這わせ、探りを入れた。下の方に引き戸の取っ手があった。戸を開けると、そこには細くて急な木造階段が続いていた。レセンはカーテンから首だけ出して、店内の様子を窺った。シンクの方からまだ水の音が聞こえてくる。

「トイレをお借りしてもいいですか？」とりわけ大きな声で訊いた。

「ええ、どうぞ」ミサの明るい声が返ってきた。

レセンは脱いだ靴を手に持って、収納庫の扉を閉め、慎重に階段を上っていった。部屋には窓がなく、室内は暗かった。レセンは壁を伝って、手探りでスイッチを入れた。特別なものは何もなかった。日本式の畳が敷かれた部屋に、文机一つと小さなマットレスがあるだけだ。文机の上にはノートパソコン、マットレスの上には布団と枕が一つずつ。それがすべてだった。

レセンは振り返って反対側の壁を見た。瞬間、ハンマーで打たれたように呆然と立ちすくんだ。壁一面が数百枚以上のレセンの写真で埋め尽くされていた。写真だけではなく、レントゲン写真、診察記録、ネットショッピングの履歴、通帳のコピー、住民登録証、健康保険証、運転免許証、さらには請求書のコピーまでもが貼ってあった。それぞれの写真には油性ペンで日付や時間、場所が記されていた。レセンという人間を分解し尽くしたと言っても過言ではないほどの、膨大な数の資料だった。

レセンは写真の中の自分を見た。一見レセンの日常を撮影した写真のように見えるが、実際のところはまったく違う。写真のうち何枚かは暗殺直前のもので、何枚かは暗殺直後のものだった。それに、意識して撮影されていたサムソナイトの黒いアタッシュケースは、設計者がレセンに資料とともに送ってくるカバンだった。暗殺に必要な武器、薬物、品物の一式が入ったカバンで、仕事が終われば返却しなくてはならないものだ。レセンが消した標的の写真も何枚かあった。

「設計者はミトだったんだな」レセンは呟いた。

レセンは時計を見た。ミサにトイレを貸してくれと言ってから五分が過ぎていた。レセンはビクトリノックスのアーミーナイフを取り出し、ノートパソコンを分解した。そしてハードディスクだけを取り出し、パソコンを再び組み立てた。レセンは部屋を見まわしてから電気を消し、静かに木造階段を下りた。収納庫の扉を閉めて店の中を覗き込むと、ミサはテーブルに果物とコーヒーを準備して、レセンを待っていた。レセンは音をたてずにトイレに入ると、便器のレバーを下ろして手を洗った。そしてわざと音をたててドアを閉め、トイレから出た。

「昨夜飲みすぎてしまったようです。初対面なのに用を足すなんて、お恥ずかしい」

レセンはお腹をさすりながら冗談っぽく言った。何がそんなにおかしいのか、ミサは口に手を当てて大きな声で笑った。周りが幸せになりそうな朗らかな笑顔だな、とレセンは思った。

「コーヒーが冷めてしまいました。熱いうちに飲まないと美味しくないのに」

「大丈夫ですよ。俺の人生自体がぬるいんですから」

レセンはコーヒーに口をつけた。香りが活きている、味わい深いドリップコーヒーだ。

「美味しいですね。ケニアのですか？」

「エチオピアです」

「味だけで原産地を当てて、かっこよくキメようと思ったのに。やはりだめでしたか」

ミサがまた楽しそうに笑った。

「何を言っても笑うんですね。俺、そんなにおかしなことをしましたか？」レセンが真剣に訊ねた。

「い、いえ、あたし、もともとよく笑うんです。レセンさんがおかしいんじゃなくて」ミサが慌てて答えた。

「人を見る目がありますね。俺はちょっとおかしなやつだから。みんなもそう言うし」レセンは、これは冗談ですと言わんばかりに笑顔を見せた。

ミサはしばらくぼんやりしたままレセンを見ていたが、「ああ、びっくりした」と言いながらレセンの肩を軽く叩いた。

「お姉ちゃんのどこがそんなに好きなんですか？」

ミサは心から知りたいという様子だった。レセンは上の方を見やった。あの女のどこが好きかなんて、度肝を抜かれる質問だ。

「ええっと……まずミトはかわいくて頭がいいです。それに俺という人間をよく知っています。だからときどき彼女の見せる優しさや思いやりに驚くというか。俺自身、何をすべきかよく分からないのに、ミトがそれを教えてくれるんですよ」

レセンの答えに満足したのか、ミサは笑顔になった。そのとき店のドアがバタンと開いて、浮かれて大きな声を上げながら、誰かが入ってきた。

「愛しのミサ！　この私が、とうとう超ビッグサイズのセーターを完成させたんだよ」

レセンが視線を女に向けた。驚いたことに、入ってきたのは斜視の女司書だった。彼女はレセンを見て、凍りついたように立ちすくんだ。

「この方はレセンさん。ミトお姉ちゃんの彼氏。今回は本当なんですよ」ミサは自慢したくてしょうがない子どものように、誇らしげに言った。

ミサの言葉に司書はかすかに頷いた。レセンはゆっくり立ち上がり、頭を十五度ぐらい横に傾けて、司書の顔をまじまじと見つめた。彼女は怯えた目つきでレセンをちらりと見て、すばやく視線を逸らした。そのとき再びドアが開き、ミトが入ってきた。ミトは凍ったように立ちすくんでいる司書、明るく笑っているミサ、二人の間でかなり深刻な顔をしているレセンをすばやく見渡した。ミトは驚いてはいたが、司書のように怯えてはいなかった。

「あら、レセンさん。そのかわいいお尻はいまだ健在なんですね」ミトがにっこり笑って言った。

レセンは呆れたという顔でミトを見つめた。

「このイカれ女が」

我知らず激しい声が、レセンの口から飛び出た。ミサはびっくりしてレセンを見上げた。四人はしばらく無言のまま、立ちすくんでいた。誰も口を開かず、誰も動かなかった。奇妙な状況だ。設計者、司書、編物店の主、この不釣り合いな組み合わせの女三人がここに集まって、いったい何をしているのだろう？　パパスマーフやプーさんやテレタビーズ人形がぎっしり詰まった、このおかしな店で。少しずつほどけかけていた糸巻きが、突然、より複雑に絡まりだしそうな予感がした。カチコチに固まっていた司書が深く息をついた。ミトはともかく、犬の図書館におとなしくこもっていた司書が、唐突に割り込んできたのをレセンは不可解に思った。ミト、もしくはハンザに買収されたのだろうか？　違う。思い返してみれば、この司書は五年前に初めて図書館に来たときから、熱心に編み物をしていた。最初からミトとグルだったのだろう。

「外で話しましょう」

先に口を開いたのはミトだった。怒っている子どもをなだめるような、落ち着いた声だった。

「俺はここがいい。ミサとの話も途中だし、店もきれいだし、それにこの店はどこか特別だしね」

レセンは二本の指で編み物の真似をしてみせ、屋根裏部屋の方に鋭い視線を向けた。

「せっかくコーヒーと果物を出してくれたのに、このまま帰ってしまったら、ミサが悲しむでしょう？」レセンはミサに笑顔を向けながら言った。

わけの分からないミサは、不安そうな表情でレセンを見ていた。ミトが下唇を噛んだ。

司書は怯えた顔で、レセンとミトをかわるがわる見た。

「そうしてください。何があったか知らないけど、コーヒーでも飲んで仲直りして」ミサが努めて明るい声で言った。

仕方がないというふうに、ミトはテーブルの方にやって来た。司書は立ち尽くしたままミトの様子を窺っている。ミトが司書の腕を引っ張った。

「ミサ、お姉ちゃんたちにもコーヒーお願いできる？　新しく豆を挽いて、美味しいやつを」ミトが笑顔で言った。

ミサがコーヒーを淹れるためにシンクの方に行くと、ミトはレセンに顔を近づけて小さな声で耳打ちした。

「妹は何の関係もない。だからここから出ましょう」

「我々はみんな関係がある。この世界は素晴らしい偶然で繋がっているからな」

レセンは司書を見た。司書は目を逸らした。ミトがレセンの耳元ギリギリまで顔を近づけて言った。

「ミサに何かしたら、あんたの命はない」

レセンはミトの顔をちらりと見て、後ろにふんぞり返った。

「おう、怖い怖い。歌って踊れる[*1]銀鈴姉妹かと思ったけど、暴力団だったのかな？　もしかして銀鈴組？」

レセンは嘲笑うようにミトと司書を見た。そのとき、引き出しからコーヒーカップを出していたミサがこちらに向かって叫んだ。

「お姉ちゃん、朝ご飯まだならトースト焼いてあげるけど」

「すぐ出かけるから」

「俺は食べたいな。ミサさんが焼いてくれる美味しいトースト」レセンは弾んだ声でミサに返した。

ミトがレセンの顔をじっと見つめた。司書がミトに目配せをした。ミトはたいしたことじゃないから心配するな、というふうに瞬きで返した。ほどなくして、ミサがコーヒーとトーストをお盆に載せ、片手で車椅子を動かしながら、テーブルの方に戻ってきた。

「レセンさんも図書館で働いてますよね？　スミンさんもそうなんです」

ミサが気まずい雰囲気を変えようと、別の話題を引っ張りだした。

「ええ、知っていますとも。以前、スミンさんと同じ図書館で働いていたことがありますから。当時はそれぞれ違う仕事をしていましたが、最近は俺と同じ仕事をやっていることが分かりました。とにかく嬉しい。同じ職種の人とは共通の話題も多いですからね」司書を見ながらレセンが言った。

司書はきまり悪そうな顔でミサの方を見て、小さく頷いた。レセンはトーストを一口大にちぎって口に放りこんだ。

「本当に美味しいですね。近くに来たら、また食べに来てもいいですか？」

トーストを食べながら、レセンはわざとらしく言った。

「もちろんです。いつでも」ミサが笑顔で答えた。

ミトはじっとレセンを睨みつけている。再び会話が途絶えた。四人の座るテーブルの上に、気まずい沈黙が下りてきた。ミサが三人の表情を窺いながら新しい話題を引き出そうとしたが、うまくいかず言葉を呑み込んだ。司書の顔はずっと硬直したままだった。レセンの向かいに座っているミトは何を考えているのか、無言のまま、指でテーブルをトントン叩いていた。ほどなくしてミトが口を開いた。

「男女が恋愛をすれば、誤解が生じることもあります。男性が些細なことだと思っていることに女性が傷つくことだってあるし、女性の何気ない一言が男性のプライドを深く傷つけることだってありえます。とにかくこの前ああ言ったのは、あなたと別れたいということではありません。しばらく距離を置いて、お互いのことを考えて、私たちの未来についても考えてみたいという意味だったんです。そのちょっとの間も我慢できず、押しかけて来るなんて。それも妹のところに？　恥ずかしくないですか？」

レセンは呆気にとられてミトを見つめた。この女、いきなり何を言い出すんだろう。

「お姉ちゃんがレセンさんを振ったの？　まあ、珍しいこと」

ミサがびっくりしてレセンを見た。レセンは違うというふうに頭を振った。ミトは続けた。

「とにかくここまで来たんだし、お酒でも飲みましょうか。誤解があるなら解いて、溜まったものがあるならすっきり吐き出して、私に訊きたいことがあれば訊いてください」

「誤解だと？」レセンがミトを睨みつけた。

「そうですよ、お姉ちゃんとお酒でも飲んで。まだ怒ってるんだったら、仲直りしてください」そう言って、ミサがレセンの腕を掴んだ。

ミトが立ち上がってカバンを手に取った。司書も一緒に立ち上がった。

「あんたはここにいて。他人の恋愛に割り込むつもり？」

「スミンさん、ここで一緒にピカチュウ人形を作りましょう」

何が楽しいのか、ミサの声は弾んでいた。司書はまごつきながら再び席に座った。

「行きましょう」ミトがレセンを見て言った。

レセンは腕を組み、頭をのけぞらせて天井を見つめた。そして、大きなため息をついて立ち上がった。司書は肩をすぼめ、視線を床に固定したまま座っていた。レセンは司書にちらりと視線を向けてから、ミサに微笑みかけた。

「美味しいコーヒーとトーストをありがとう。果物もね」

「レセンさん、また来てくださいね」

「ええ、また来ます。スミンさんとお話ししたいこともあるし」

すると、ミサは楽しそうに笑った。


ミトがレセンを連れていったのは、市場のど真ん中にあるスンデクッパ[*2]の店だった。ミトはその店の常連のようだった。厨房にいたおばさんがミトに気づいて声をかけた。隅っこのテーブルに座ったミトが、厨房に向かって叫んだ。

「おばさん、辛くしたコプチャンポックム[*3]を二人前、肝とスンデを追加、焼酎二本、グラス二つね」

おばさんがお盆の上に焼酎二本、グラス二つ、タマネギとトウガラシのしょうゆ漬けを載せて持ってきた。

「昼間から飲むの?」

「こいつに惚れられて追いまわされてるの。面倒くさいから、一杯だけ付き合ってあげるんですよ」

ミトがふざけた調子で答えた。おばさんがレセンの顔をちらりと見た。

「こんなハンサムな青年が、そんなわけないだろうよ。うまくやれよ。またこの前みたいに、しくしく泣きじゃくることがないように」

おばさんが厨房に戻ると、ミトは焼酎をグラスに三分の二ほど注ぎ、一気に飲み干した。そして、タマネギを手でつまんで、むしゃむしゃ食べた。

「強がって、わざとそうやってるんだろ？」

「私はいつもこうやって飲むんだよ。あんたみたいにヒマな人間じゃないから。仕事もあるし、勉強も恋もしなきゃならないし、つらい人生のために酒も飲まなきゃならないし。でも忙しすぎて、酔ってる時間もないんだよ」

「さぞかし忙しいだろうな。合間を縫って、人も殺さなきゃならないから」

ミトがレセンを見据えて、ふんと笑った。

「ともかく、どうして俺の家の便器に爆弾を仕掛けた？　どう考えても分からなくてね」

「自分の人生について少しは考えてみたら？　あんたは考えなさすぎるよ」

爆弾などたいしたことではないというように言い捨てて、ミトは再びタマネギをひとかけらつまんで、むしゃむしゃ食べた。それから自分とレセンのグラスに、焼酎を半分ほど注ぎ入れた。

「亡くなったご両親の復讐をするつもりか？　憎悪に燃えて、設計に関係のあるやつなら誰にでもちょっかいを出す、通り魔的復讐か？」レセンが訊ねた。

ミトはぽかんとレセンを見つめていたが、突然笑いだした。

「やっぱり。あんたは考えてなさすぎる。ネズミのどたまみたいに狭苦しく考えてないで、思考の枠をもう少し広げてみろよ。たとえば世界の平和とか人類の未来とか、マクロな視点でね」

レセンはミトの顔をまじまじと見た。この女はなぜこんなにも自信に満ちあふれているのだろう？　彼女の設計が標的にバレてしまったというのに。それも暗殺者に。この店を出て、帰宅する前に殺される可能性だってあるというのに。しかしミトは、ミサの店を出てからずっと落ち着き払っていた。そういう素振りをしているのではなく、本当にそう見える。一六〇センチほどの身長に、五十キロもなさそうな小柄な体。レセンはこの小さな女性の、とてつもなく大きな自信が、不思議で仕方なかった。

「その自信はどこからくる？　緊張しなきゃいけないタイミングだと思うが」レセンが訊いた。

「ナイフでも出すつもり？」

ミトがふんと笑った。誰かが何か言うたびに笑うのは、この姉妹の遺伝的な特徴のようだ。

「もし出したら、どうする？」

「あんたはナイフで女を刺せる人じゃない」

「写真を何枚か壁に貼っただけで、俺のすべてが分かったとでも思うのか？」

「チュが逃したあの女。体重が三十八キロしかなかった、きれいで哀れなあの女。首を折るようにと設計の指示を出した。しかしあんたは薬を飲ませたね。どうして自分のほうが設計者より優れていると思うのかな？　科学捜査官が、薬を飲ませないで首を折るようにと指示したのには、すべて理由があるんだよ」

「どうして分かった？」

「あんたのアタッシュケースに、バルビツレートの瓶を入れたのは私なんだよ。瓶が空っぽになって戻ってきたからね」

「なら、不要な薬をどうして入れた？」顔をやや紅潮させながらレセンが訊ねた。

「あんたがどんな選択をするのか知りたくて」ミトはレセンの顔をじっと見ながら答えた。

ミトが酒を少し飲んだ。ジョンアンの言っていた通り、市場でずっと働いていたからか、グラスを掴んだミトの手はごつごつとして厚かった。レセンは酒を一気に呷った。ミトがその姿を見て少し笑った。

「今日は私を殺さないつもりなんだね？　あんたは人を殺す日に酒を飲まないから」

「お前が俺に指示を出す設計者か？」

「いや、カン・ジギョンがあんたに指示する設計者だった。私はカン・ジギョンの助手で」

「カン・ジギョンは、ハンザと手を組んだ設計者だと思ってたけど？」

「狸おやじもハンザも結局はグルだよ。吠え合ってるように見えるけど、実は切実に互いを必要としている。あの二人はワニとトロキラスのような共生関係だ。誰かがでかい餌にありつけば、誰かは臭い残飯を処理しなければならない。でも選挙が終われば、ハンザは狸おやじを殺ると思うよ。おまけにあんたもね」

そのとき店のおばさんがスンデポックムを持ってきて、テーブルに置いた。それから今度はまじまじとレセンを見つめた。

「あらま、この青年、きりっとしてるし、ハンサムだね。たくさん召し上がって」

おばさんは脇に挟んでいたサイダーをテーブルに置きながら、もう一度じっとレセンを見た。

「これはサービス。ミトは一見、発情したロバみたいだけど、実は思慮深くていい子なんですよ。幼い頃はとっても苦労したしね。だからミトをよろしくお願いします」おばさんが言った。

レセンはぎこちなく頷いた。

「誰に誰をお願いするってのよ。こいつに惚れられて追っかけられてる立場なんだってば」

ミトが文句を言った。

「あんたのひどい性格を知っていれば、誰も追っかけやしないよ」

おばさんがミトの頭をポンとこづいた。それからもう一度、頼みましたよというふうにレセンに頭を下げた。レセンも思わず腰を上げ、中腰のままおばさんにあいさつした。おばさんがテーブルから離れると、ミトは箸でコプチャンを口に放り込んだ。

「食べてみたら。うまいよ。あのおばさん、口は悪いけど腕はいいんだよ」

ミトはレセンの方にコプチャンポックムの皿を押しやった。レセンはいやそうに皿を見下ろした。それは固いゴムホースを切って、コチュジャンで和えたようなものだった。皿から豚の内臓特有の臭い匂いが漂ってくる。レセンは顔をしかめた。でもミトは本当に美味しそうに、皿に箸を運んではコプチャンだけを口に入れた。

「この店のコプチャンを食べるたびに、神の内臓について考える。人間が見たことも想像したこともない神の内臓。崇高で、高貴で、神聖なものの中に隠されている汚く、臭く、醜悪なもの。優雅なものの後ろに隠れている、さもしいもの。美しいものの背後に隠されている醜悪なもの。我々が真実だと信じているものの裏で、複雑に絡んでいる嘘。でも誰もが、すべての生き物に必然的に内臓があるという事実を、努めて否認しようとする」ミトが説教でもするように語りだした。

「おいおい、大げさなことを言うな。これはただの豚の内臓だぞ」レセンはつまらなさそうに吐き捨てた。

「人間の内臓に一番似ているのは豚の内臓だし、神は自分の形状通りに人間を作ったと聖書に書いてあるから、結局この内臓は、神の内臓に似てるんだろうね」

ミトが神の内臓に似ているという豚の内臓を、ふっふっと吹いて口に入れた。

「カン・ジギョンはお前が殺したのか？」レセンが訊ねた。

「たぶん」ミトはなんでもないことのように生返事をした。

「一人で？」

「デブ一人処理するのに、群れで飛びかかる必要もないでしょ。たいしたことでもないのに」

ミトは噛んでいたコプチャンを呑み込んで、酒を少し飲んだ。

「百キロ以上もある男をよく一人で持ち上げたな」

「人間は五千年前にクレーンなるものを発明したからね。六千年前には車を発明したし」

レセンはタバコをくわえて火をつけた。

「狸おやじの図書館には司書を潜り込ませて、ハンザと手を組んだ設計者は自殺に見せかけて殺して、俺の便器には爆弾を突っ込んだ……」レセンが独り言のように呟いた。「いったい何を考えてるんだ？　殺し屋事務所と戦争でもやるつもりか？」レセンが冗談のように言った。

「たぶん」ミトは屈託なく、他人事のように答えた。

「ハンザと？　それとも狸おやじと？」

「両方」

レセンは呆れた顔でミトを見た。ミトはやはり無邪気な顔をしていた。レセンが鼻を鳴らして笑った。

「お前みたいな女が、狸おやじやハンザみたいなモンスターと戦うだと？　呆れて言葉も出ないな」

ミトは箸を下ろし、ティッシュで口元を拭いた。

「何がお前みたいな女で、何に呆れるというの？」

ミトはレセンの目をまっすぐ見据えた。

「ハンザと狸おやじは、屋上から投げつけられてしまうカン・ジギョンのようなバカじゃない。設計者の助手を何回かしただけで、この業界が分かったと錯覚しているようだが、お前じゃハンザの相手にはならない。何かを始める前に粉にされるはずさ。だから、これぐらいでやめておけ。そうすれば、お人よしでかわいいミサに免じて、今回のかわいいいたずらについては黙っててやるよ。おまけに便器に爆弾を突っ込んだことも許してやるさ」なだめるようにレセンが言った。

「もう始まってしまったんだよ。それに私もあんたと同じぐらい、ハンザと狸おやじのことを知っている」

レセンはタバコの煙を肺の奥深くまで吸い込み、宙に吐き出した。

「お前を捜し出すのにどれぐらいかかったと思う？　一週間もかからなかった。ハンザならもっと早く見つけるはずだ。そうすれば、プジュの凶暴なやつらが、ナイフ片手にお前を追いまわすだろう。当然、ミサの店も危険に晒される。忠告しておくが、あいつらが俺と同じだとは思うな」

「あんたが私を捜し出したんじゃない。私があんたを呼んだのさ」

レセンが目を剥いてミトを見た。ミトは視線を逸らさず、レセンをじっと見つめ返した。ミトの顔は真剣で毅然としていた。レセンはタバコを消して、焼酎をグラスに三分の一ほどだけ注いで飲んだ。空腹に入れた焼酎は痛く、苦かった。レセンが顔を歪めると、ミトが人差し指でコプチャンポックムの皿をトントンと叩いた。レセンはミトの顔を少し見つめてから、箸でコプチャンを一切れつまんで口に入れた。初めて食べるコプチャンだった。ミトの言う通り、見た目とは違い、かなり美味しかった。レセンはもう一度グラスに焼酎を注いだ。

「お前、そうとう面白い女だな」

「ありがとと。褒め言葉として受け取っておく。しかし、あんたもかなり面白い人だね」

「しかしなぜ、よりによって俺なんだ？　プジュに行けば、暗殺者はごろごろいるのに」

「あんた、かわいいじゃん」

ミトが曇りのない顔で冗談を言った。レセンは露骨にいやそうな顔をした。ミトは気にせず酒を注いでは飲み、コプチャンを食べた。ミトが、憎たらしそうにもぐもぐ噛んでいたコプチャンを呑み込んで、再び口を開いた。

「狸おやじとハンザの間を行ったり来たりできる人が必要なんだ。あの二人を緊張させ、揺らし、絡ませ、衝突させられる人。だからあんたが一番。あんたは狸おやじの息子で、ハンザの兄弟だから」

「俺は狸おやじの息子じゃない！　ハンザと兄弟だなんて、もっと違う！」

我を忘れ、レセンは興奮して叫んだ。ネギの下ごしらえをしていた店のおばさんが、顔を上げてレセンを見た。気まずくなったレセンは、タバコをくわえて火をつけた。ミトがふっと笑って頭を軽く振った。そして再び酒をちびちび飲んでは、コプチャンを食べた。

「食べない？　これ全部食べないと、おばさんが鉄板の上で炒飯を作ってくれないよ」

レセンは呆然としてミトを見た。このタイミングで炒飯だなんて。こいつは一体どんな星からやって来た石なんだろう。コプチャンを口に入れたまましゃべり出すその口を、ぶん殴ってやりたい気分だった。

「どうして俺がお前に協力すると思うんだ？　とんでもない話さ」

「あんたはこのミトの側につかなければ死ぬから。このミトが特別に、あんたのためにかっこいい設計を準備しておいたんだよ」

「大変だな。この頃、自分のもとに来なければ殺されると囁くやつらが多すぎてな」

「設計者には予備リストというものがある。実行日が決まり次第、すばやく処理できるように、標的になりそうな人間の資料を前もって作っておくのさ。あんた、そのリストに上がってる」

「ハンザか？」

「たぶん。もしかしたら他の人間かもしれないけど」

レセンはタバコを深く吸い込んで、再び煙を吐き出した。

「よかったよ、まだ予備リストで。たとえリストに上がったとしても、女の子のスカートに潜り込んでまで命乞いするつもりはない」

ミトが馬鹿にしたようにレセンを見据えた。

「みっともないくせに男だといって威張るのか？　とにかく問題は、そのY染色体よ。女性にはエレガントで融通の効く二つのX染色体があって互いを補うのに、男のとろいY染色体には、勃起して、カッとなる機能しかないからね」

「自分の命は自分で守るから、お前も自分のことに気をつけたらどうだ？　お前さ、長く持たないと思うよ。車椅子の妹は言うまでもないし。そんな体でまともに逃げられるとでも思うのか？」

ミトが下唇を強く噛んだ。

「警告しておくけど、その汚れた舌で、むやみに妹の名前を口にするな」

ミトは解体でもしそうな目つきでレセンを睨んだ。ふと、レセンの冗談に「びっくりした」と言いながら肩をポンと叩いた、ミサの無邪気で明るい笑顔が頭をよぎった。レセンは謝罪の意味を込めて手のひらを少し持ち上げた。ミトはグラスに残っていた酒を飲み干した。

「なぜ狸おやじとハンザにそこまで執着する？　ご両親の復讐のため？　それともミサの足……」

レセンは無意識に口をついて出た言葉を切った。ミトがグラスに再び酒を注いだ。

「誰が両親を殺したかは知らない。もちろん最初は、それを知るためにこの仕事を始めた。でももう今はそんなことは関係ない。ミサの足をあんなふうにした犬野郎に、個人的に復讐するつもりもない。結局、私たちみたいなやつらが殺したんだろうね。人を殺して家に帰っても、何事もなかったようにご飯を食べて、熱いシャワーを浴びて、布団をかぶってぐっすり眠る私たちのような人間が。汚らしくて、醜くて、忌々しい私たちのような人間が。そして、世の中はこのザマだし、生活も厳しいし、能力もないし、どうしようもなかったんだと言い訳をする、卑怯で弱虫な私たちみたいな人間が」

そう言うと、ミトは酒を呷った。

「それで殺し屋事務所をきれいに掃除して、世の中を変えたいと？」

ミトはそれには答えず、ただグラスを眺めていた。再びレセンが口を開いた。

「ハンザや狸おやじを殺せば、世の中が変わると思うか？　それはただのくるくる回転する空席の椅子だ。空席になれば、誰かがサッとその椅子に座るだろう。彼らを殺したって、何も変わらない」

「あんたの言う通りよ。くだらない殺し屋を何人消したところで、何も変わらない。だから私はその椅子をなくすつもり。もう誰も座れないように」

レセンはぽかんとミトを見つめた。ミトの表情には何の変化もなかった。

「賢い女だと思っていたのに、気が狂ってたんだね？」

「なら、正気だとでも？　狂わずにどうやってこんな仕事ができる？」

「一人で正義を実現したいだと？　笑わせるなよ。そんなの、最近はアニメでも流行らないよ」

「どうして世の中がこんなザマか知ってる？　狸おやじやハンザみたいな悪人のせいで？　彼らに仕事を頼む黒幕のボスのせいで？　違う。数人の悪人だけで、世の中を動かすことはできない。世の中がこんなありさまなのは、私たちがおとなしすぎるからよ。何をしても世の中は変わらないと思い込んでいる、あんたみたいなしらけた人間のせいさ。くるくる回転する椅子だって？　そんなふうにクールを装えば、かっこいいとでも？　狸おやじやハンザの下では何も言い返せず、命じられるまま真面目に従ってるくせに、結局自分の心配しかしていないあんたみたいな人間が、飲みの席では知ったかぶりして文句を言うから、世の中はこんなぶざまなありさまなんだよ。あんたはハンザより、さらに胸クソ悪い人間だね。あんたはハンザを有名な悪人に仕立てて、自分はハンザより善良な人間だと信じたいんだよ。結局はあれもこれも全部やってるくせに、しょうがなかったと言い訳したいんだよ。でもあんたより、ハンザのほうがまだマシよ。少なくともハンザはさんざん悪く言われてるから」

「そんなお偉いミト様が、世の中を救うかっこいい設計を作ったのに、そこに俺みたいなどうしようもないバカが必要だという話？」

ミトは答えずに、ただレセンの顔を見つめていた。レセンが再び口を開いた。

「俺の返事が聞きたいなら、NOだ。お前が何を考えていようが、どんな設計をしようが、興味ない。お前の言う通り、俺は醜くて、卑怯で、汚れた日々を生きているうちに、ある日刺されて死ぬだろう。でも別に悔しくはないさ。俺のように虫ケラみたいに生きてきたやつは、虫ケラみたいに死ぬのが当然だからな」

レセンは席から立ち上がった。

「もう一度こんなことをしでかしたら、そのときは本当に殺されると思え。最後の警告だ」

レセンがミトの頭頂部に向かって言った。

ミトが顔を上げてレセンを見た。やはり確信に満ちた顔だった。

「体を鍛えておきな。これから力仕事が多くなるから」

ミトは酒を飲み、またコプチャンをつまんで食べた。店のおばさんがミトとレセンのテーブルを「やっぱり、予想通りだよ」という顔で眺めていた。レセンはミトの顔を三秒ほど見つめ、やがてレジに向かって歩きだした。

「いくらですか」

「コプチャンに焼酎二本だから、一万八千ウォン」

レセンは財布から二万ウォンを出して渡した。

「うまくやれば良かったのに。とにかく、あいつの性格ときたら……」

おばさんが二千ウォンのお釣りを渡しながら、じれったそうな顔をした。

「ごちそうさまでした」

レセンはおばさんにあいさつをして店を出た。昼酒のせいか、市場に降り注ぐ正午の太陽に目まいを覚えた。

＊1【銀鈴姉妹】一九五〇年代にデビューした、現在のK－POPガールズグループの元祖的存在。
＊2【スンデ】いろいろな野菜や春雨を細かく刻んで腸詰めにしたもの。
＊3【コプチャンポックム】いろいろな野菜やスンデ、コプチャン（牛や豚の小腸）、春雨を炒めた、ポックム（炒め物）。

カエルがカエルを呑み込む

ジョンアンの死体が図書館に運ばれたのは週末のことだった。ハンザの代理で、弁護士が車から降りてきた。黒いスーツ姿の男二人が、トランクの中に無造作に突っ込まれていたジョンアンの死体を持ち上げ、狸おやじの書斎へと運んだ。ハンザの顧問弁護士が書斎に入ってきた。黒スーツの男たちが書斎から出ていくと、弁護士は腰を九十度に曲げて丁重にあいさつをした。

「私たちも残念に思います。ジョンアンは越えてはいけない線を越えてしまったそうです。事前にご相談すべきだったのですが、事態が緊迫しすぎて……」

狸おやじは防水布のファスナーを少し開けて、ジョンアンの顔を確認した。ジョンアンの顔からは完全に血の気が引いていて、いまだに怯えているように見えた。

「越えてはいけない線だと……。イ検事、この頃、わしは頭がぼんやりしてきて、持って回った言い方をされると意味が分からないんだ。簡潔に言ってくれ。それはどんな線なのだ?」

子どもをなだめるような、低くゆったりした声だった。狸おやじが彼をイ検事と呼ぶのは、ハンザの顧問弁護士になる前に検事をしていたからだ。もう検事ではないが、多くの人がいまだに彼を検事と呼んでいた。

「ジョンアンがうちの設計者のリストと座標を持っていたのです。五人分も。それを持って他の会社と取引をするつもりだったようです。ご存知のように、とてもデリケートなことですので、私たちも……」

弁護士は言葉尻を濁した。

「どこの会社と？」

「中国のです。三億で売ろうとしたそうです」

狸おやじは顔をしかめた。

「ジョンアンはどうやって、わしも知らない君たちのリストを手に入れたのだ？　君たちがそんな機密を電話帳に挟んでおくはずもないし。わしにそんな話を信じろというのかね？」

弁護士が少しためらってから口を開いた。

「どうやって入手したのか、その経緯はまだ明らかになっておりません。確認でき次第、ハン社長が報告に来ます」

狸おやじは防水布のファスナーを最後まで下ろした。首と胸、腹部に計七ヶ所のナイフ痕があった。

「ハンザが指示したのか？」

「ハン社長は今、外国にいます」

「じゃあ、誰が指示を出した？」

「私がうまくなだめてつれて来いと指示を出したのですが、なにしろ彼はとても捕まえにくいので、うちのやつがミスをしてしまったようです」

「ミスだと……」

狸おやじがその言葉を繰り返した。弁護士が狸おやじの顔色をちらりと窺った。

「こちらのミスに対しては、甘んじて処罰を受けます」

狸おやじが嘲笑うかのように弁護士を見た。

「甘んじて？　では君が死ぬか？」

弁護士は気まずそうに、こぶしを口元に当てて空咳をした。狸おやじが続けた。

「わしの将棋の駒からは砲を奪っておいて、君たちの駒からは卒を上げようとする計算かい？」

将棋の駒という言葉に、レセンは歯を食いしばった。弁護士はやはりこぶしを口元に当てたまま、気まずそうにしていた。

「わずか二ヶ月の間にうちの設計者が三人も殺されました。ジョンアンがそれに関わっていたかどうかはまだ明らかになっていませんが、我々もかなりピリピリしています。選挙も近いですし、我々の立場も分かっていただけると思うのですが」弁護士が恭しく言った。

三人の設計者が殺されたと聞いて、狸おやじは怪訝な顔をした。狸おやじは袖をまくり上げて、ジョンアンの刺し傷に触れ、傷痕を調べた。獲物が力を失うまで、外からじりじり傷めつけていくこのやり口。床屋のしわざに違いなかった。訓練官にも、チュにも、同じ傷痕が残っていた。

「床屋か？」

「違います。ヤクザ出身の若いやつです」

弁護士が慌てて言い繕った。弁護士の言葉に、狸おやじがせせら笑った。狸おやじは、ジョンアンの心臓が突き刺されたときにできた傷痕を撫でた。たぶんそれが致命傷になったはずだ。

「若いのに腕がいいね。彼の名は何というのかね？」

弁護士が少しためらっている。誰の名前を出すべきか、考えあぐねている様子だ。

「タルチャといいます」

「いくつだ？」

「二十五です」

「本当に若いな。では彼に死んでもらうことで、今回の件は丸く収めよう。図書館にナイフを突きつけたというのにお咎めなしなら、天狗になりすぎるだろうからな」

レセンは驚いて顔を上げ、狸おやじをじっと見つめた。しかし狸おやじは無表情のまま、ただ弁護士の顔だけを見据えていた。弁護士は少し考えてから頷いた。

「はい、そうします。すべてが終わり次第、証拠の資料をお持ちしてご報告いたします」

「報告なんかいらん！　ここは機関じゃない」狸おやじが突然怒鳴りつけた。

「申し訳ございません」弁護士が慌てて頭を下げた。

「ジョンアンの死体はこちらで処理するから、もう帰れ」

弁護士は再び腰を九十度に曲げてあいさつすると、部屋を後にした。

狸おやじは初めて沈痛な表情になった。まっすぐ伸ばしていた体が、いきなり崩れ落ちたように見えた。狸おやじはテーブルに手をついた。それから長い間、ジョンアンの顔を眺め、手のひらをジョンアンの額に当てた。

「ジョンアンはどうやって設計者リストを手に入れたんだい？」狸おやじは視線をジョンアンから外さずに、レセンに訊いた。

「よく分かりません」

「見当がつくところは？」

「ありません」

ジョンアンがカン・ジギョンの暗室を捜している途中で、偶然発見した可能性もある。しかし、座標まで揃ったリストを設計者たちが漏らすはずはない。ありえない話だ。おそらくミトが、ジョンアンの動線にそっと流したのだろう。ジョンアンはそれに飛びついた。バカみたいに。なんだってそんなリストをこっそり売れると思ったんだろう？　無謀すぎる。

「いったい何が起きているのだ？」

「おやじが知らないことは俺も知りません」

「ジョンアンに何か頼んでいたか？」

「爆弾の部品を探し出してほしいと。設計者とは関係ありません」

「だから、設計者が三人も死んで、ジョンアンが血だらけの死体で戻ってきて、どこかで戦争でも起きるんじゃないかと、みんながピリピリしているというのに、わしだけが何も知らずにいたということだな？」

狸おやじが目の色を変えて怒鳴りつけた。

「だから怒っているのですか？」レセンが冷たく訊き返した。

「なに？」狸おやじがレセンを鋭く見据えた。

「ジョンアンが死んだから怒ってるんじゃなくて、自分が何も知らずにいて、プライドを傷つけられたから怒ってるんでしょう？　ジョンアンが死んだんですよ。これが見えませんか？」

レセンは防水布の中にあるジョンアンの顔を両手で掴み、狸おやじに見せつけた。

「いまさら、そんなことがそんなに気に障るんですか？　何かを知ってたからって、ジョンアンが生き返るわけでもないのに、それがそんなに大事なことですか？　床屋がやったのは確実なのに、他のやつを殺して終わりですか？　クソッ、それっていったいどんな数式ですか？　俺らみたいなやつはみんな、おやじにとっては将棋の駒でしかないから、砲がくたばろうが、車がくたばろうが、痛くもかゆくもないでしょう？　このまま将棋を続けていれば、どうせいつかはくたばるやつらだし」

狸おやじはレセンの顔をじっと見ていた。その手はぶるぶる震えていた。レセンの目から涙がこぼれた。

「地下室に運べ。死体も拭いて処理しなければならないから、ペクのやつも呼んで」

狸おやじが声を和らげて言った。

＊

「本当にジョンアンなんだな？」ひげ面が驚いた顔をレセンに向けた。レセンは何も答えなかった。

「ジョンアン、おい、ジョンアン。まだまだ若いってのに、こりゃ、なんてザマだい？お前の親父も俺が燃やしたってのに、お前もだなんて。なんでこんなことが起きるんだよ、なんでだよ」

ひげ面が、防水布の中のジョンアンの頬を撫でさすりながら嘆いた。レセンはポケットからタバコを出して火をつけた。狸おやじは車の中でじっとしていた。ひげ面は地面に座りこんでひとしきり泣くと、立ち上がって尻をはたき、周りの様子を窺ってから狸おやじの車に近づいて車窓をノックした。狸おやじが窓を少し下ろした。

「まもなく日が昇るので、すぐ始めなきゃなりませんが」そう言うと、ひげ面は手の甲で涙を拭った。

狸おやじが頷いた。ひげ面は倉庫からカートを引っ張ってくると、レセンを見た。レセンはタバコを投げ捨て、車のトランクに向かって歩きだした。レセンとひげ面は死体を持ち上げ、カートに載せた。生きている人間よりも死んだ人間のほうが重いという話は本当なのか、ジョンアンの死体はかなり重かった。

ひげ面は焼却炉の前でカートを止めて、ござを敷いた。小さなちゃぶ台を運んできて、その上に燭台や香炉、酒一本とおちょこを並べた。レセンは茫然と立ち尽くしたまま、ひげ面の一連の動きを眺めていた。ひげ面は香を焚き、漏れがないか、ちゃぶ台の周りを見まわしたあと、狸おやじに歩み寄った。

「準備が整いました」

狸おやじは何も言わず、焦点を失った目を窓の向こう側に向けるばかりだった。十秒ほど待ってから、ひげ面は再び口を開いた。

「では、二人でやります」

狸おやじはかすかに頷いた。ひげ面は丁重にあいさつして、焼却炉の前に戻った。

ひげ面は香をもう一本焚いて酒を注ぐと、二回お辞儀をした。そしてレセンの方を見た。レセンは立ち上がって香を焚き、おちょこを手に取った。ひげ面がそこに酒を注ぐ。レセンは酒を献上し、二回お辞儀をした。そのまま立ちすくんでいると、ひげ面がレセンの肩を叩いて促し、ちゃぶ台やござを片付けた。脇に移動してもなお、レセンが呆然と立ちすくんだままでいると、ひげ面は一人で、焼却炉のステンレス製のプレートの上にジョンアンの死体を引っ張りあげた。焼却炉の扉を閉める前に、ひげ面はもう一度レセンを見た。レセンの顔に表情はなかった。ひげ面はジョンアンの死体を載せたプレートを中に押し入れ、扉を閉めた。

焼却炉が点火すると、ひげ面は焼酎を一本持ってきて、レセンのとなりに座った。焼酎を瓶のまま一口飲んで、レセンに差し出した。レセンは瓶を受け取り、一口飲んでひげ面に返した。ひげ面は瓶を手にしたまま何も言わず、焼却炉の中を見つめた。

影のジョンアンが死んだ。誰にも覚えられないように生きたいと言っていた、ジョンアンが死んだ。気体のように軽くあやふやに生きたいと言っていたジョンアンが。愛も、憎しみも、裏切りも、傷も、思い出も持たず、空気のような存在感のない人間として生きることを望んでいたジョンアンが死んだ。なぜ、そういうやつを殺したんだろう。放っておいても誰も気にも留めないはずなのに。不意に、太陽の光が降り注ぐ砂丘で、影もなく立ちすくんでいる一人の男が頭に浮かんだ。これからは影もないまま生きていかねばならないのかと、レセンは奇妙な考えにとらわれた。

ジョンアンに声をかけていなかったら、レセンが死ぬ番だったかもしれない。ジョンアンが他の仕事をしていたなら、声をかけていなかっただろう。そもそもジョンアンとは無関係の案件だったのだ。レセン一人で処理すべきことだった。しかし、声をかけた。結果、ジョンアンが死んだ。彼の父親のように影として生き、彼の父親のようにひげ面の焼却場で燃やされている。熱い炎の中で塵や煙となり、風に飛ばされるはずのジョンアンの血と骨について、レセンは思いを馳せた。風に乗って果てしなく飛ばされてしまえば、彼の望み通り誰の記憶にも残らないであろう、ジョンアンの死についても。

太陽が昇りつつあった。ひげ面が時計を見て、下山途中の人々がいないか確認した。ひげ面は焼却炉の扉を開け、まだ熱気が残っているのに、手鉤を突っ込んでプレートを引っ張りだした。炎から出てきたジョンアンの白い骨は、今にも砕けてしまいそうに儚《はかな》く見えた。ひげ面は金物屋に売っていそうな安っぽいやっとこで、ジョンアンの骨を拾った。そして再び時計を見て山の下の様子を窺うと、臼に骨を入れ、砕きはじめた。人々が往来する時間になって落ち着かないのか、その手元は慌ただしかった。

ひげ面は五分も経たないうちに手を止め、急いで骨粉を楓の箱に入れ、風呂敷で包んだ。そして申し訳なさそうにレセンに遺骨箱を渡した。

「もっと早く来てくれたらよかったのに。もう少し丁寧にやりたかったけど、時間がない」

レセンは遺骨箱を受け取り、内ポケットから封筒を出してひげ面に渡した。

「いいんです。きれいに砕いたところで、死んだやつが生き返るわけでもないし」レセンは淡々と答えた。

ひげ面は封筒を受け取り、目を赤らめ、泣きそうな声で言った。

「いいやつだったのによ」

「お疲れさまでした。それじゃ」

レセンが遺骨箱を助手席に置いて車のエンジンをかけると、ひげ面は後部座席の方に近づいて、狸おやじにお辞儀した。

「お気をつけて。気をしっかりお持ちくださいね」

狸おやじはしばらくひげ面を見つめ、頷いた。

ソウルへと戻る帰り道、レセンは峠の頂で車を止めた。そして助手席にあった遺骨箱を手に取った。狸おやじは無言でレセンを見ていた。

「ジョンアンを撒いてきます」狸おやじの方を見ずにレセンが言った。

山道を少し歩くと絶壁が現れた。風がよく吹く、骨粉を撒くのにいい場所だった。レセンは白い手袋をはめて箱を開けた。そして骨粉を一握り掴んだ。その熱気が手のひらに伝わってくる。骨粉を撒くと、崖下から舞い上がってきた風がそれを虚空に吹き飛ばした。ふと、ジョンアンが何気なく言っていた戯言が頭をよぎった。

「俺が人々の記憶に残らないのは、一種の遺伝じゃないかな。親父から受け継いだ、朧《おぼろ》げという遺伝子。それが俺のDNAに強く刻まれているんだな。だから母さんは、親父のことで悲しむことはないはず。何も思い出せないから、悲しむわけもないのさ。こういう遺伝子、かっこよくない？」

「そんなバカなDNAの、どこがかっこいい？」

「一回騙したやつでもまた騙せるし、時間が経てば別れた女をもう一度ナンパできるし、それに別れたって悲しくないだろ？　どうしても俺の顔を思い出せないだろうからな」笑いながらジョンアンが言っていた。

ジョンアンの骨粉を撒いた翌朝、レセンは熱い湯舟に長い間、身を沈めていた。浴室から出ると洋服ダンスを開け、ぶら下がっている洋服をしばらく眺めてから、白のワイシャツ、黒の革ジャケット、ジーンズを取り出した。顔に化粧水をつけ、髪に櫛を入れながら、久しぶりに迎える、とても平穏な朝だとレセンは思った。偏頭痛のようにレセンの人生を支配していた不安が、ほんの束の間、消えた朝だった。レセンは鏡に映った自分の顔を見て、少し笑った。

「かっこよすぎるな」レセンは鏡の中の自分に向かって、冗談を飛ばした。

引き出しを開けた。チュのヘンケルスとロシア製の消音拳銃PB／6P9が入っている。指で拳銃のグリップをトントンと弾いた。レセンは窓の外に目をやり、しばらくそのまま外を眺め、やがてチュのヘンケルスだけを内ポケットに納めた。

レセンが訪ねた場所は、Mという牛市《うしいち》だった。そこにヒスという奇異なおやじがいる。人々はヒスおやじをプジュの王と呼んだ。プジュで働くすべての業者は、ヒスおやじに月に一回、金を納めなければならない。麻薬の売人、ギャング、臓器売買業者、詐欺師、暗殺のブローカー、窩主買い、抱え主……例外はない。ハンザや狸おやじも、プジュで仕事をするために、月に一回、ヒスおやじに金を納めなければならなかった。もっとも、ヒスおやじが一人の業者から受け取る金は月々五万ウォンにすぎない。儲けがいいからと増額することもないし、金欠だからと免除されることもない。そして金さえ払えば、プジュで何をしようとかまわなかった。たかが五万ウォンで、ヒスおやじはいったい何をするつもりなのだろう？　プジュの薄暗い街灯の電球でも取り換えたいのだろうか？　誰にも分かりはしない。

レセンがヒスおやじの店に足を踏み入れると、皺だらけの五十代後半の男と二十代前半ぐらいに見える男が、牛の内臓の下処理をしていた。二十代の男が赤いバケツから内臓の塊を持ち上げていて、五十代の男が先の曲がった鋭利な小さなナイフで、そこから肝や肺などを切り分けている。そして、内臓をそれぞれ部位ごとに赤いバケツに収めている。レセンがバケツの前に立つと、五十代の男が顔を上げてレセンを見た。

「おやじに会いに来ました」レセンが丁重に声をかけた。

「どこから？」男は短く訊いた。

「図書館から来ました」

五十代の男はしばらくレセンをじっと見ていたが、その視線を二十代の男の方へと移した。

「手を止めて、おやじにお客さんが来たと伝えな。図書館からだと」

二十代の男はバケツに内臓を入れ、奥の方にすばやく駆けていった。五十代の男はゴム手袋を外し、脇にある縁台に腰をかけると、クッパを一口食べ、焼酎を一口飲んだ。男の傍らにあるバケツから、内臓の生臭い匂いが立ちのぼってくる。しかし男は何も気にしていない様子だ。バケツだけではなく、そこにあるすべての物から血の匂いがする。男のナイフやゴム手袋からも、そして男の体からも。しかし男は我関せずというふうに、ずっとクッパを食べていた。ほどなくして、二十代の男がレセンを呼んだ。

「お入りください」

ヒスおやじは応接間のソファーに座って新聞を読んでいた。テーブルの上にはクリームの入っていないコーヒー、半分ほど空いた焼酎瓶、油のタレ、吸い殻が斜めに立てかけられた灰皿、先ほど切り分けたばかりの生のレバーの塊と小さなナイフが置いてあった。レセンはヒスおやじにあいさつした。

「久しぶりだな。狸おやじはお元気かね？」ヒスおやじが新聞を下ろしながら言った。

「はい」

「噂では、最近元気がないと聞いたがな」

「俺には、昨日も今日も元気そうに見えますが。もしくは最近、元気というものにあまり関心をお持ちでないか」

「そうか。ま、プジュで飛び交う噂はだいたいデマだからな」

ヒスおやじはコーヒーカップを手に取って、口をつけた。そして灰皿に立てかけてあった吸い殻に火をつけた。

「ところで、わざわざ図書館から、こんな臭いところまで何しに来たんだい？」

「お伺いしたいことがありまして」

「何でも訊いてくれ」

「床屋を捜しています。どこにいるかご存知ですよね？」

ヒスおやじは目を見張ってレセンを見つめた。

「そういうことなら狸おやじに訊きゃいいだろ。わざわざここまで来なくても。あのおやじ、図書館に引きこもっていても、すべてを知っている人なんだよ」

「教えてくれなさそうで」

「床屋が他の設計者リストに上がったのかい？」

「いいえ、個人的なことです」

とても面白そうなことが起きたというふうに、突然、ヒスおやじは茶目っ気たっぷりの顔になった。

「まさかそこまで行って、散髪してもらうわけでもないだろうし」

「散髪してもらうつもりです」レセンは冗談めかして言った。

ヒスおやじはにっこり笑うと、慎重にタバコの火を消し、吸い殻を灰皿の片隅に立てかけた。もうほとんど残っていないというのに、まだ吸うつもりらしい。

「何でやるつもりだ？　我々はペンを動かすだけの設計者のやつらとはまったく合わなくてな。まさか銃や装置を使うつもりじゃないだろ？」

「ナイフでやります」

ヒスおやじがソファーの背もたれに沿って腰を伸ばした。「レセンと床屋か……」それからそっと目を閉じて「勝負になるかな」と呟いた。そのとき、二十代の男が慌ただしく事務所のドアを開けた。

「じいさん。クン・マンボン兄貴がコプチャンを手に入れるまで帰らないと、粘ってるんですが」

「ないと言え。木曜日にまた来いと。その日、ものが入るから」

「クン・マンボン兄貴の性格、知ってるじゃないですか。あの人、このままでは帰りませんよ」

男の言葉にヒスおやじが笑った。

「マンボンの性格って？」

「この汚い地べたに寝転がって、泣くんですよ。この前も二時間も泣きわめくから、その間仕事もできなくて。はぁ、俺だけ手こずらされる」

男はとても困った顔をしている。ヒスおやじは笑いながら頭を振った。

「あいつ、暗殺者だった頃のほうがむしろ相手にしやすかったのにな。足を洗ってからのほうが頭痛の種だ。キムの店の分から少しマンボンに分けてやって、それで要領よく商売して、木曜日の朝早くに来いと言いな。そのときいいものが入ってくると」

「分かりました」

男はホッとした顔でドアを閉めた。マンボンという男の様子を想像したのか、ヒスおやじはふんと笑って、焼酎を注いで飲んだ。そして生レバーをナイフで切って、油のタレにつけて食べた。

「年をとるとな、ナイフを突きつけるやつには、どうにかふんばれるが、涙を突きつけるやつにはお手上げさ。涙のほうがナイフより強いんだよ」

ヒスおやじは生レバーを切り、油のタレにつけて、レセンに一切れ差し出した。レセンはためらったが、受け取って食べた。

「新鮮だろ？」

「ええ、美味しいですね。見た目はグロテスクなのに」

ヒスおやじはレバーを咀嚼するレセンの姿を微笑ましく眺め、おちょこに焼酎を注ぎ、レセンに差し出した。レセンはそれを受け取った。

「生きるのも同じだな。人生にそうそうたいしたことなんてあるかい？　こんなふうに猥雑で不潔で臭いものと絡み合いながら、どうにかこうにか生きていくのさ。だが食ってみれば、そう悪くもない。ときには美味いことだってある。どうだい？　この辺でやめておけばいいと思うんだが。たまにはここに寄って、焼酎でも一緒に飲んでさ」ヒスおやじはレセンをなだめるように言った。

「刀を抜いて、ここに来ました」レセンは思いつめたように言った。

「ああ、そんなことか？　さほど難しいことでもない。また戻して帰ればいいだけさ」

「訓練官、チュ、そして今回はジョンアン。なぜか俺の人生を床屋が邪魔するんです」レセンは少し笑った。「二人目までは何とか我慢しようとしたんですが、三人目になると、ちょっと難しいですね。次は俺の番のような気もしますし。噂をお聞きになったと思いますが、どのみち長生きできる運命にはありません」

レセンは杯を空にした。ヒスおやじは再び生レバーを切って、レセンに差し出した。レセンはそれを受け取って口に入れ、ヒスおやじに酒を注いだ。

「何を出すつもりだい？」

「シンプルに金でいかがでしょうか。プジュはすべて金で通用すると聞いていますから」

「一本の半分、出しなさい」

レセンはポケットから財布を取り出した。ヒスおやじが手を横に振った。

「金は今度もらうよ。お前さんが生きて戻ってきたらな」

「では、俺が死んだらこの金はセーブできるんですか？」レセンが笑って訊ねた。

「あの世に行く旅費の足しにしなさい。それぐらいの心の余裕は持ってなきゃ、パサパサの乾いた人生になるよ」

ヒスおやじはレセンを見て、気の毒そうな顔で笑った。そして杯を空けた。ヒスおやじは紙とボールペンを取り、床屋の居場所を書き記すとレセンに見せた。レセンが頷くと、ヒスおやじは紙に火をつけ、灰皿の上に置いた。灰皿の上で紙が灰になると、レセンは立ち上がった。それからヒスおやじに丁重にあいさつし、店を出た。


タクシーでコンビニの前に乗りつけたが、そこにミトの姿はなかった。ミトの代わりに二十代前半の女性がレジに立っていた。レセンは店の中に入った。

「いらっしゃいませ」

レセンは店内を見まわした。やはりミトは出勤していないようだ。レセンは冷蔵棚から缶コーヒーを取り出し、陳列台をぼんやり見渡し、ホットブレイクを二つ取った。

「この前いた女性は辞めたんですか？」

「ああ、ミトさんですね？　ええ、何日か前に辞めました」女性は、商品のバーコードをスキャナーに当てながら淡々と答えた。

「そうですか」レセンは頷いた。

コンビニの前にはパラソルがあり、レセンはそこの椅子に座って缶コーヒーを一口飲んだ。そしてタバコを吸った。十一月の空は澄んでいた。何時間後かに、床屋のナイフにやられて死ぬかもしれないというのに、不思議なことに不安も恐怖も感じなかった。散歩にでも来たかのような、平和な午前だ。レセンはポケットからホットブレイクを出して封を開け、もぐもぐ齧って食べた。友達が死んだというのに、甘いものはあいかわらず甘いという事実が、ふと不自然なことのように思えた。

「床屋、ハンザ、ミト」レセンはホットブレイクを咀嚼しながら、空に向かって呟いた。

レセンが盗み出したミトのハードディスクには、機械装置に関するファイルしか入っていなかった。エレベーター、センサー、監視カメラ、液晶、照明といった機械の資料ばかりで、まるで工学博士やエンジニアのパソコンデータを盗んできたかのようだった。しかし精密に調べると、数百個あるファイルの中に、一つの設計ファイルが巧妙に埋め込まれていることが分かった。ファイルの中には、エレベーターで人生を終えた四十五歳のエンジニアの写真があった。頭の禿げたその男は、おそらくミトに殺された三人のハンザの設計者のなかの一人だろう。

男がエレベーターのボタンを押す。新聞を読みながら到着を待つ。男はエレベーターの前でいつも新聞を読んでいる。忙しいのだ。エレベーターが男のいる十七階に向かって上昇してくる。しかし、実際に上がってくるのはエレベーター本体ではなく、液晶に記された数字だけだ。「チン」という音がしてエレベーターの扉が開く。照明がつく。男はいつものように新聞から目を離さないまま、宙へとその一歩を踏み出す。フェードアウト。

いたって簡単な設計だった。インターネットの検索窓に「エレベーター事故」と入力すると、一ヶ月ほど前、一人の男がエレベーターのセンサー故障により墜落死したという事件に行き当たった。記事によると、エレベーター会社は、装備に問題はなかったと主張していた。マンションの管理事務所は、問題のエレベーターは定期的に点検してきたし、今回の定期検査の際も問題はなかったと、監視カメラにも変わった様子はなかったという弁解を述べていた。エンジニアの遺族は「昨日まで元気だった人が一瞬で亡くなったのに、誰にも責任はないということ？」と嗚咽していた。

レセンは残りのホットブレイクを口に放り込むと、立ち上がって歩きだした。交差点まで行き着くと、ミトの家に行くべきか、ミサの店に行くべきかほんの少し迷った。やがてレセンはミサの店に向かって、ゆっくり歩きだした。

レセンが店のドアを開けると、幸いなことにミサはいなかった。店の片隅で、ミトがロッキングチェアに座って、一人で編み物をしていた。一日の仕事を終えた農夫の夕方みたいに、何事もなかったかのように。ミトはレセンをちらりと見やり、さらに何目か編み進めてから立ち上がった。そしてレセンに近づくと、ほぼ編み終わったブルーのセーターを彼の肩に当て、サイズを測った。

「あら、ちょうどだわ。あんたにあげようと編んでいたんだけど」

ミトは満足そうな顔でロッキングチェアに戻り、再び編み物を始めた。レセンは呆れたように鼻で笑い、椅子をミトの前まで引っ張ってくるとそこに座った。

「ジョンアンが死んだって？」ミトが俯いたまま言った。

レセンは顔を歪めた。

「お前のおかげでな」

「それでこのミトを殺しに来たの？」ミトはやはり俯いたまま、編み物の手を止めずに訊いた。

レセンはテーブルにあった毛糸玉を、手のひらの上でボールのように転がした。

「考え中さ。お前、ハンザ、床屋の順で殺すか、それとも床屋、ハンザ、お前の順でやるか」

「だったら私は後にしてくれる？　まだやるべきことがたくさんあるから。冬になる前にあんたのセーターを完成させなきゃならないし、安全な場所にミサの巣を用意しなくちゃならないし、ハンザや狸おやじみたいなゴミも掃除しなきゃならないし、それに……」ミトは編み物を続けながら言った。

「冗談言うな」レセンが冷たい声で言った。ミトは視線を上げてレセンを見た。

「心配しないで。すべてが終われば、あんたが殺さなくても死ぬから」

「自殺でもするつもりか？」

「うん」

レセンは呆然としてミトを見た。ミトは屈託のない涼しい顔をしていた。

「だから呆れるぐらい勇敢だったんだな？　最初から死ぬつもりだったから」

ミトはふんと笑って再び編み物を始めた。彼女のリラックスした慣れた手つきが、どことなく毅然として見えた。レセンが再び口を開いた。

「お前のその賢い頭で、かっこいい設計をすればどうだ？　設計者を全部殺して、おまけに暗殺者もすべて殺して、世の中を思いっきり浄化してから、ミサと司書の女とで外国に逃げて幸せに暮らす、というハッピーエンドで」

「そうしたいんだけど、いつのまにかこのミトもモンスターになってしまってね」

ミトは渋い顔で編みかけのセーターと編み針を膝の上の籠にしまい、テーブルの一角に置いた。そして指を組んで、後ろに大きく伸びをした。

「こんな話あるでしょ？　モンスターを殺しに行って、自分もモンスターになってしまう悲しいお話。その悲劇の主人公は私のことだったんだね。だから仕方ない。仕事が全部終わったら、そのかわいそうでおぞましいモンスターは、この親切なミトがきれいに片付けてあげなくちゃ。怒りが収まらなければ、あんたが片付けてくれてもいいし」

「お前の設計通りに人が死ねば嬉しいか？」

「いや、まったく」ミトが力なく微笑んだ。「ジョンアンが死ぬとあんたも苦しいでしょ？私も苦しいよ。昔も苦しかったし、今も苦しい。あんたと私が殺したすべての人の、そのとなりに残された人みんなが苦しんでいる」

レセンはミトの顔を鋭く見据えた。ミトもその視線から目を逸らさず、まっすぐにレセンを見つめた。レセンが視線を外した。ヒスおやじの店でついたのか、靴のつま先に乾いた血が不着していた。レセンは立ち上がった。

「床屋、ハンザ、お前の順だ。それまでに編み物でも一生懸命やっておけ」

「床屋のとこに行ったら死ぬよ！」ミトが目を見張って言った。

「俺はたいした暗殺者じゃなかったようだね。俺に賭ける人は一人もいないな」レセンは笑って言った。

「計画がある。ちょっとだけ待ってよ。床屋でもハンザでもこのミトでも、あんたの意のまま全部殺してあげるから」ミトは慌てて言い足した。

レセンはせせら笑った。

「このまえ言わなかったっけ。お前のスカートの下には入らない。別件で入ることがあるかもしれないけどね。でもお前みたいに痩せぎすで気性の荒い女は、まったく俺の趣味じゃなくてね」

レセンはポケットからホットブレイクを一つ取り出し、テーブルの上に置いた。

「これはプレゼント」

ミトは呆然としたままレセンを見つめていた。レセンはミトに軽く笑いかけてから、店の入口に向かってゆっくり歩きだした。

「このバカ野郎！　床屋のところに行けば、あんたは百パーセント死ぬんだよ！」

レセンの後頭部めがけて、ミトが金切り声で叫んだ。

床屋そして彼の妻

「お客様には品格がおありですね。大切に育てられた方だとお見受けしました」

床屋がハサミを入れながら言った。

耳元で軽快なハサミの音が聞こえる。白いタイル貼りの洗面台のある、古い理容室だ。十二歳か十三歳の頃、狸おやじのおつかいに行くため中学校の前を通ると、目につく入学したばかりの男の子たち。同じ年頃の彼らが、ぎこちなく坊主頭を撫でまわしながら出てきた、そういう理容室。その子たちが学校に行っている間、がらんとした理容室に入って、わけもなく坊主頭にしてもらっていた、そういう理容室。昔のモノクロ写真に出てきそうな、そういう理容室に似ている。

「むしろあなたのほうが、品格があるように見えるんですが」

「まさか。私ごときに品格だなんて、とんでもありません。ハサミを使って一日一日糊口をしのいでるだけです。でもお客様は、本当に出世されるような気がしますね。理容師になって三十年目ですが、後頭部だけ見れば、ああ、この方はこういう方なんだな、と分かるんですよ」

「そうなんですか?」

信じられないというふうにレセンは首をひねった。

「もちろんです。信じてください。これから昇進していくと思いますよ」

笑いながら床屋は答えた。

平凡な顔だ。近所によくいるおじさんのような、親近感のある顔。一七〇センチほどの身長に、ハサミを動かすときに必要な最低限の筋肉を除いては、筋肉らしい筋肉もない痩せぎすの体。こんな体で、どうやって訓練官やチュのような一級暗殺者を殺せたんだろう。理容室を間違えたのではないかと勘違いしそうだ。

床屋が両中指をレセンの耳の下に当て、鏡越しにレセンの顔を見た。そして右サイドの髪にほんの少しハサミを入れた。

「お客様は額が広いから、前髪を短くするのは似合わないと思うんですが……」床屋が言った。

「では適当に切ってください。端正な感じに」

「端正な感じに」床屋がレセンの言葉を繰り返した。「どこかいいところへ行かれるんですか？　お見合いとか」

レセンは苦笑した。

「いいところじゃなくて、ちょっと大変なところに行くんです」

床屋はかすかに頷いた。床屋はレセンの前髪に櫛を入れ、人差し指と中指の間に髪を挟んで、少しずつ切った。それからもう一度櫛を入れ、前髪が均等にカットされているか確認してから満足そうな表情を浮かべた。

「どうでしょう。よろしいでしょうか？」床屋が訊いた。

レセンは顔のあちこちを鏡に映してチェックした。

「腕がいいですね」

「ありがとうございます」

床屋は満足げに微笑んだ。それからスポンジを持ってきて、レセンの頭やケープについている髪の毛を払い、自分の肩や腕についたのも払った。そして、レセンの耳の付け根やうなじに泡を塗り、剃刀《かみそり》で産毛を剃った。

「終わりました」

床屋は丁寧にケープを脱がせ、レセンを洗面台の方に案内した。そして、シャワーヘッドをプラスチックのバケツに入れ、お湯を注ぎ入れた。バケツに半分ぐらいお湯が溜まると、手桶で甕《かめ》から水を汲んで何度か混ぜ入れ、手で水温を確かめた。手を入れては水を足し、また手を入れては水を足して、その作業を何度か繰り返した。適温になったのか、床屋はシャワーの代わりに、小さなプラスチックの手桶をレセンに差し出した。

「シャワーからいきなり熱いお湯が出ると、驚かれるお客様もいらっしゃいます。不便でもこのほうがいいと思うんですが」床屋が言った。

レセンは頷き、手桶でお湯をすくって頭に注いだ。床屋の尽力のおかげで、ちょうどいい温度だ。白い洗面器にさらさら落ちていく細かな髪の毛が、不意に、本に出てくる傍点みたいに見えた。レセンが泡を立てて髪を洗っている間、床屋はよく乾いたタオルを二枚、洗面台の横に置いて、鼻歌を歌いながら床に落ちた髪の毛を掃いていた。

レセンは手桶に水を注いで顔を洗い、タオルで髪を拭いた。鏡の横の引き出しを見やると、未開封の封筒がたくさん入っていた。レセンは髪を拭くふりをしながら、こっそり一つ封筒を抜いた。病院から届いた督促状だった。

「最近こういう理容室は少なくなってきましたが、ここは商売がうまくいってるようですね」レセンが耳の中をタオルで拭きながら訊いた。

「そうでもありません。最近の若者はみんな美容院に行って、オシャレな美容師に切ってもらうので、我々みたいな年寄りのところには来ないんですよ。でもここは郊外で軍部隊があるから、下士官や将校なんかがときどき寄ってくれるし、町内の老人も将棋をさしに来るついでにひげを剃ってくれたりもするので、何とか持ちこたえているんです」

床屋はゴミ受けに溜まった髪の毛を、青いプラスチックのゴミ箱に捨てた。レセンが椅子に座ると、床屋がドライヤーを持ってきてレセンの髪を乾かしはじめた。

「ひげはどうしましょうか？」

レセンは鏡を見ながら顎を触った。鋭く研がれた剃刀が、床屋の性格を表すかのように棚の上にきちんと並んでいた。

「朝、剃ってきましたから」

床屋は頷いてレセンに櫛を渡した。レセンは髪をとかしてから、再び鏡であちこちチェックした。三十年のキャリアというのは本当なのか、熟練の腕前だった。

「こちらは地元ですか？」レセンが訊ねた。

「ええ、ここで生まれました。入隊もこの地でして」

「北に送り込むスパイを訓練していたＨＩＤ部隊も、ここじゃなかったんでしたっけ」レセンが前髪の手入れをしながら訊いた。

一瞬、ケープを畳んでいた床屋の手が止まった。

「それは昔のことです。私は平凡な歩兵出身なのでよく分かりませんが」

「ここにずっといると、息が詰まると思うのですが」

レセンは手のひらにローションをつけて、顔をトントンとはたいた。ローションから床屋と同じ匂いがする。

「ちょっと窮屈ではありますが、まあ、問題はありません。月に一度は、妻と江原道の山奥にある老人ホームに髪を切りに行っていますし。そのついでに外の空気を吸ったりもしていますから」

「副業で他に仕事はしていませんか？」

「運転代行みたいなことですか？」

「いえ、殺し屋とか暗殺のような」

その瞬間、床屋の表情が固まった。

「若いのに冗談もお上手ですね。私のような年老いたパッとしない理容師に、そんな映画みたいなむごいことが、どうしてできるんですかね」

「贅肉ひとつありませんし、動きも機敏に見えますがね」レセンは床屋の体を上から下まで、まじまじと見た。

「贅肉がないのではなく、ただ痩せているだけですよ」

床屋は視線を床に落とした。

「そうですか？」

「ええ」

「いくらですか？」

「七千ウォンです」

「安いですね」

「田舎ですから」

レセンはハンガーのところまで歩いていくと、革ジャケットの内ポケットに手を入れた。

チュのヘンケルスが、ずっしりと重かった。床屋はレセンが使ったタオルをランドリーボックスに入れ、洗面台で手を洗っていた。

「そのナイフを出さないでくれ。それを抜けば君は死ぬ」床屋は背を向けたまま、手を洗いながら言った。

レセンはナイフを抜く代わりに、ハンガーにかかっていたジャケットを着た。床屋はタオルを出して手を拭いている。レセンはしばらく床屋を見つめていたが、入口に向かうと、店のドアに鍵をかけた。そして革ホルスターから、チュのヘンケルスをゆっくり抜いた。柄の先にチュの結んだハンカチがそのまま付いている。床屋はタオルを椅子の上に置き、レセンを見据えたまま首を横に振った。

「そのナイフの主と以前戦ったことがあるようだが、君の名前は？」

「レセンです」

「では、図書館からだな」床屋が空中の一点を見つめながら、力なく言った。

床屋は左手を椅子の背に置き、レセンの顔をしばらくじっと見つめた。ナイフの前に立った床屋の顔に恐怖の色はなかった。

「私は図書館のリストに上がったのか？」

「いいえ、そうではありません。個人的なことです」

「個人的なことだと……」

床屋の視線は再び宙に向けられた。そして空中の一点を見つめたまま、しばらく何も言わなかった。過去の出来事を思い出しているのか、断続的に目の焦点が合っていない。何らかの回想が床屋の脳裏をよぎるたびに、少し上向き加減のその顔に、寂しげな影がかすかに浮かんでは消えた。レセンは自分と床屋との距離を見積もった。四メートルぐらいだ。一歩踏み出し、すばやくもう一歩踏み出して飛びかかれば、床屋の首にナイフが届く距離だ。壁の柱時計からコチコチ音が聞こえてくる。床屋の沈黙は長かった。先ほどからみぞおちの高さで構えているヘンケルスが重く感じられる。レセンはナイフを下ろした。床屋が空中から視線を外し、レセンを見た。

「何日か前に死んだ青年のためかい？」

「そうかもしれないし、違うかもしれない」

レセンは床屋から目を離し、ヘンケルスを見た。チュが結んだハンカチから糸が一本、ほつれ出ていた。レセンは糸くずを指でつまんで空中に飛ばした。床屋は、レセンの手元のハンカチの結び目をしげしげと見つめた。

「正直に言えば、なぜここに来たのか、自分でもよく分かりません」レセンは笑顔で言った。

「ではこのまま帰ることもできるね」床屋の顔は真剣だった。

レセンは嘲笑うように床屋を見た。

「そうですね。でも、こうやって出てきたのに、このまま帰ることなどできるんでしょうか？」

「刀をさやに納めることは、刀を抜くより勇気が要るしね」

「申し訳ありません。俺は臆病者なので」

床屋は椅子の背に置いていた手を外し、何か一言いおうとしたが、それを呑み込んだ。そして深いため息をついた。力なく肩を落としている床屋の姿は、公園で日向ぼっこをしている老人のように、年老いて小さく見えた。床屋の白いユニフォームについたレセンの髪の毛が、とりわけ黒く目に映る。

「そのナイフの主にはすまないと思ってる。このまえ死んだ青年にも。でも仕方のないことじゃないか。君も暗殺者だから、どういう意味か分かると思うんだが」

「ええ、分かります」

「君に下されたリストに私の名前がなく、私のリストにも君の名前がないなら、戦う理由なんてどこにもない。我々はそんなふうに仕事はしないからな。我々は一介の暗殺者にすぎない」

「ええ、そうです」

「そのナイフを納めて帰らないか?」

床屋はレセンの顔をじっと見つめていた。

「いいえ」

「どうして?」

「倦怠感のせいです。すべてにおける倦怠感。ナイフの内側と外側から我々を少しずつ蝕む倦怠感。俺もあなたも暗殺者ですし、どういう意味かお分かりですね?」レセンは床屋の言い方を真似て言った。

床屋の表情はもどかしさに満ちていた。床屋は棚の上に置いてある剃刀に目をやった。

鋭く研がれた三つの剃刀が、タオルの上にきちんと並べられている。しかし、訓練官やチュを殺すときに使われたのは剃刀ではない。

「少しだけ待ってくれるかい？」

レセンは頷いた。床屋はユニフォームを脱いで壁にかけ、奥の部屋に入っていった。レセンは右手に握っていたヘンケルスを左手に持ちかえ、手のひらの汗をジーンズにこすりつけた。まもなく、どちらかの血で溢れるはずの床。その床のブロックチェックに、レセンは目まいを覚えた。柱時計の秒針の音が止むと、午後三時を知らせる鐘の音が鳴った。同時にドアが開き、床屋が中に入ってきた。床屋は黒いアタッシュケースを開け、棚の上に置き、中をじっと見つめ、ナイフを一本取り出した。マッドドッグのSeal A.T.A.K.だ。訓練官が使っていたのと同じものだ。刺すにも切りつけるにももってこいの代物で、訓練官から初めてナイフの使い方を習ったときに使ったのも、マッドドッグシリーズのひとつだった。特殊部隊出身の傭兵はだいたいマッドドッグが好きだ。シンプルなデザイン、抜群の切れ味、暗闇の中でも確かな素晴らしいグリップの感覚。鋭く、そして硬い。だがとても高価なもので、最近は手に入れることも難しい。

「いいナイフですね」レセンが言った。

「君のナイフよりはな」

床屋は鏡を通してレセンを見ていた。その表情はとても寂しそうに見えた。床屋は鏡の中のレセンと自分とをかわるがわる見つめ、嘆くように短いため息をついた。そして、アタッシュケースを閉めた。そして店の中央まで歩いてくると、レセンの前に立った。

「ちょうど妻がいない時間帯でよかった。いまだに私を平凡な理容師だと思っているから」

床屋が壁にかかっている柱時計を顎で指した。

「よかったですね。今まで知らずにいて」

「そうかね」

「知ってて知らないふりでいるよりは、何も知らないほうがいいですよ。我々みたいな人間のことは特に」

「そうだな。我々みたいな人間については、知らないほうがいいね」床屋は俯いたままレセンの言葉を反芻した。

床屋は顔を上げレセンを見つめた。もう床屋とレセンの間に、交わすべき言葉はなかった。レセンは切っ先を下に向けてナイフを握り、構えの姿勢をとった。床屋は特に構えることもなく、そのままただ、ナイフを後ろ手に持って立っているだけだった。レセンは床屋との距離を目で測った。二メートル？　一・八メートル？　一歩足を踏み出して手を伸ばせば、床屋の首か胸にナイフの先が届きそうな距離だ。しかし床屋はあいかわらず何の構えもとらず、ただ立っているだけだった。肩にも、首にも、腕にも、そのどこにも力が入っていない。床屋はかかってきなさい、というふうにレセンを待っていた。型はできているが、力は入っていない。これはおそらく罠だろう。レセンは体勢を変え、ナイフを握り直した。そしてゆっくり、半歩前へ進んだ。ナイフの先が床屋の首をかすりそうだ。しかし床屋はかまわないというふうに、微動だにしなかった。古い柱時計から秒針の動く音がとりわけ大きく聞こえる。床屋が瞬きをした。瞬間、レセンは床屋の首を狙ってナイフで切りかかった。床屋は肩を少しひねってナイフを避けながら、後ろ手に持っていたナイフで、レセンの腕を切りつけた。さらに、レセンの左脇をすり抜けながらすばやく脇腹を切りつけた。レセンが背後にいる床屋の方を完全に振り返る前に、床屋はレセンの太股を切りつけ、さらにナイフの向きを変えて、左脇を切りつけた。

レセンは床屋に向かって派手にナイフを振りまわした。床屋は軽く後ずさり、三歩ほど後退した。レセンと床屋との距離が二・五メートル程度に広がる。床屋はナイフを振って、血を払い落とした。そして最初と同じように後ろ手に組んだ体勢で、レセンを見つめた。息が全然乱れていない。

床のブロックチェックの上に血が滴《したた》った。レセンの腕から流れる血が、手の甲を伝ってチュのハンカチを濡らした。手の甲を流れる血が熱い。レセンはゆっくり視線を落とし、自分の身体を見た。脇腹や脇から溢れ出た血がワイシャツを濡らし、ベルトの下までゆっくり流れ落ちている。レセンはジャケットの中に左手を差し入れ、傷に触れてみた。幸いなことに、思ったより深くはなかった。ジャケットが革でなかったら、ナイフはもっと深くまで入ったはずだ。

床屋は後ろ手にナイフを隠していた。すべての急所をオープンにしているから、かかってきなさい、と言わんばかりに穏やかな顔で堂々としていた。あれは罠だ。飛び込んだらまた切られるはずだ。本当の重心は他にあるはずだ。しかし床屋のナイフが見えないので、どこからナイフが飛んでくるか分からない。レセンが飛びかからなければ、床屋はナイフを出さないだろう。床屋の表情からも、視線からも、足からも、何も読みとることはできない。床屋が正確にどこに立っているかすら分からない。不意に、勝てないという思いが、ここで死ぬんだという思いが、レセンの頭をよぎった。

レセンはナイフを左手に持ちかえた。床屋が怪訝な顔をした。レセンは床屋の首に狙いを定めて、一歩前に進んだ。床屋は動かない。レセンは再び半歩前に進んだ。床屋は動かない。床屋の目は早くかかってこい、とばかりにレセンを待っていた。レセンは左足を踏み出すと同時に、ナイフを持った左手を床屋の首めがけて突き出した。床屋は背中からナイフを出し、レセンの左腕を切りつけた。そのとき、床屋の左ひじを伝って上がってきたレセンの右指が、床屋の首を強く押した。床屋がうろたえて後ずさった。レセンは右手にナイフを持ちかえ、床屋の顔に切りかかろうとした。床屋はすばやく後ろにのけぞって、ナイフを避けた。しかし、レセンの狙いは顔ではなく太股にあった。レセンのヘンケルスが、床屋の左太股に深く突き刺さった。続けてレセンは、刃先を上に向けると、床屋の腹部めがけて突き出した。床屋は後ずさりながら、手の甲でナイフを跳ね返し、飛びかかるレセンの脇腹を刺した。ナイフが体の奥まで入り、そして引き抜かれた。レセンは膝をつき、その場にへたり込んだ。

床屋は何歩か後退し、呼吸を整えた。レセンの脇腹から血が吹き出している。目まいがする。レセンはナイフを床に突き刺し、体のバランスを取った。床屋は突っ立ったまま、レセンの脳天を見下ろしていた。

「左手を囮《おとり》にするなんて、覚えが早いな。ナイフの主より腕がいい」床屋が手の甲から流れる血を振り払いながら言った。

床屋のマッドドッグの先から血が滴っている。床屋の太股からも血が溢れ、ズボンを濡らしはじめた。しかし、レセンにはこれが精一杯のように思えた。このナイフでは床屋の心臓には届かない。レセンは床に突き刺したヘンケルスを杖代わりにして、よろめきながら立ち上がった。床屋が頭を振った。レセンはもう一度、チュのヘンケルスを手に取った。ナイフを握る右手に力が入らない。

「この職業の長所は、ナイフの消毒が要らないということだ」床屋が言った。

「すごい冗談ですね」レセンは力なく笑いながら言った。

「もう止められないよな?」

「ほとんど終わってますから」

レセンは床屋に向けてナイフを振り回したが、空振りに終わった。床屋は左手で、ナイフが握られたレセンの右腕を捻り上げ、右腰あたりにマッドドッグを深く突き刺した。レセンは再び床に座り込んだ。床屋も膝をついてレセンの前に座り、彼の腰からナイフを引き抜いた。そしてレセンの胸に手を当てた。息を整えるためか、床屋は視線を床に落としたまま、やや俯き加減の状態でじっとしていた。

「すまない。こんな年寄りが面目ないね」

レセンは体のバランスを失い、床屋の肩に頭をもたせかけた。床屋はその状態のまま、レセンの肋骨の間を指先で押し、ナイフを入れるのに適切な場所を探った。そしてレセンの心臓にナイフの先を当てがった。


その瞬間、どこからか柔らかな白い手が近づいてきて、床屋のナイフを掴み取った。マッドドッグの鋭い刃が、その白く美しい肌へとめり込んでいく。ナイフを掴むその手から血が滲んだ。床屋は視線をそちらに向けることなく、じっとしていた。

「あなた、もうやめて。こんなの、ソヨンも望んでないと思います」

レセンは床屋の肩から額を離し、頭を上げた。穏やかな顔つきの五十代の女性が、床屋の背中を抱いて泣いている。静かな涙だ。

「もうソヨンを送り出して、私たちもそのあとを追いましょう」彼女はそう続けた。

ナイフを握る床屋の手が震えている。大量に出血したせいで、レセンの意識は朦朧としている。再び床屋の肩に額をもたせかけた。刃を握る、床屋の妻の美しい手から血が滴り落ちている。声を押し殺した泣き声は、隙間から漏れてくる木枯らしのように寒々しかった。レセンは床屋の肩にもたれたまま、意識を失った。

左の門

笑い声が聞こえる。

五月の花壇のような笑い声。ハイスピードで低空を飛ぶ小鳥の羽ばたきのような、花びらの上で熱心に働くミツバチの羽音のような笑い声。絶え間なくさえずったあと、爆竹のように花咲く笑い声。何がそんなに楽しいのだろう。その腹の底からの笑い声が面白くて、レセンも夢うつつのままわけもなく笑った。

ここはどこなのだろう？ 耳元で水の音が聞こえる。小川が近くにあるのだろうか？ 違う。小川ではないはずだ。これはただの水の音だ。わけもなく耳元を彷徨う水の音。暗殺者になってからときおり、まどろみの中でこの音を聞いた。そのたびにレセンは、死がひっそりと横たわっているのだと感じていた。今のように水の音のするどこかで、今みたいに微動だにできない状態で、冷たい砂利の上に横たわり、永遠という時間に耐える……。

ふと、死がとても近くにあるように思えた。レセンは再び眠りについた。

レセンは霧が低くかかった森へとゆっくり足を踏み入れた。少年を背中に乗せた雄牛の足取りみたいに、霧を踏むレセンの足取りも測りしれないほど深かった。露をたっぷり含んで重くなった葉が、通り過ぎるレセンの頬を冷たく舐める。森の中に、レセンが生まれた女子修道院前のゴミ箱があった。レセンはその中を覗き込み、訝った。ゴミ箱にはカスミソウがいっぱい入っていた。「俺の揺りかごも悪くないな」レセンは空を仰ぎ、声を上げて笑った。千年の月日を生きてきた銀杏の葉も、一緒にかさかさ笑った。レセンはどっしりした枝を諸方に伸ばした、数えきれないほどの銀杏の葉を眺めた。風が吹くと銀杏の葉が一方になびき、一斉にかさかさ笑った。「何がそんなに楽しいんだ？」レセンは不思議に思った。「いったい何がそんなに楽しいんだ？　一緒に笑おうよ」レセンは両手をメガホンのように口に当て、銀杏の葉に話しかけた。しかし、葉っぱたちは何も言わず、ただ笑っているだけだ。かさかさ、かさかさ。その笑い声は女工たちの笑い声に似ている。お昼の工場地帯の路地をパッと明るくする女工たちの笑い声。大きな木々が連なってトンネルを成した美しい林道を、四人の女工が大声で笑いながら歩いている。「面白い、面白すぎるよ」ふっくらしたかわいらしい顔立ちの女工が腹を抱え、体をよじらせながら笑っている。レセンは彼女たちの前に立ち塞がる。

「もうすぐ仕事が始まる時間なのに、こんな森の奥までどうしたんですか？」嬉しくなってレセンは訊ねる。

女工たちは訝しげにレセンを見つめる。

「どなたですか？」

「俺のこと、知りませんか？　作業三班でクロムメッキの作業をしてたじゃないですか。ピンクのカゴを自転車につけていた！」

分からないというふうに女工たちは首を横に振った。かわいい女工も同じく首を横に振っている。彼女たちはレセンを避けて前に進もうとした。レセンは再び彼女たちの行く手を塞いだ。すると、女工たちは怯えた顔で体をこわばらせた。

「どいてください」

かわいい顔の女工が勇ましく立ち向かった。レセンは彼女に向かってにっこり笑いかけた。そして、彼女を指さして言った。

「俺はあなたのことをよく知っている」

「私のことを知っている？　どうして？」女工は目を丸くして訊き返した。

「左のお尻にはシミがあるでしょう？　ウサギ模様だったっけ。右側の乳首の横にもホクロが二つある。大きいのと小さいのがそれぞれ一つずつ。雪だるまみたいな、もしくは月と地球みたいな。それから……うーんと……あなたは下着を一度穿いただけで捨てる男を軽蔑しますよね？　贅沢すぎると。だからあなたはショーツを何百回も洗濯し、繰り返し穿いている。浴室にしゃがみ込んで鼻歌を歌いながら、ぼろぼろになるまでショーツを洗濯する。それから……ええっと……あなたは怒るとき、耳から赤くなる」

怒った女工の耳たぶが真っ赤になった。

「ほら、耳が真っ赤になっている」レセンは嬉しそうに言った。

その瞬間、女工がレセンの頬を強く打った。レセンは泣きそうな顔で女工を見つめた。怒りが収まらないのか、女工はもう一度手を振り上げた。レセンは恐れをなして、手で顔を覆った。

「俺のこと、本当に分からないですか？　まったく思い出せないんですか？」レセンは泣きそうな声で訊いた。

「知りませんよ。おかしな人ね、まったく」女工はツンと澄まして答えた。

四人の女工はレセンを森に置き去りにしたまま、美しい林道に向かって歩きだした。遠くから彼女たちのおしゃべりが聞こえてくる。「あいつは何なの？　頭でもおかしくなったんじゃない？」「ま、あんたは勇気があるわね。怖くて私、死にそうだったわよ」「そうね、悪い人のようには見えないけど、魂が抜けてるみたいだったわね」ぺちゃくちゃ、ぺちゃくちゃ。長い林道の先から、絶えず彼女たちのしゃべる声が聞こえてくる。再びシャボン玉のように舞い上がる笑い声。「どうして俺のことを思い出せないんだろう」女工たちが通りすぎたあとの林道を、レセンは呆然と眺めた。

また水の音が聞こえる。砂利の間を流れゆく冷たい水の音。俺は死んでしまったのだろうか？　夢の中でレセンは自分に問いかけた。「君は死んだのさ。それも昔に、とうの大昔に」銀杏の葉が風に揺れながら言った。本当だよというふうに森の古木たちも頷く。

目が覚めたとき、レセンが最初に見たものは痩せぎすの金髪のバービー人形だった。レセンの右胸にバービー人形が突っ立っていた。ミサがバービーの足で、レセンの体を突っつきながら人形遊びをしている。左胸からはくまのプーさんが、みぞおちからはダルメシアンの子犬のぬいぐるみが、それぞれ間抜けな顔でレセンを見ていた。ミサがダルメシアンの子犬を掴んで揺らした。「退屈だよ。あまりにも退屈だよ～」子犬が尻尾を振りながら、レセンのお腹の上をぴょんぴょん走りまわる。ミサは再び痩せぎすのバービー人形を手に取った。

「このお兄ちゃん、意外と筋肉質だよね？」バービーが訊ねる。

「あんたは筋肉に目がないね。ここはあたしたちが立っている丘なんだよ。丘に筋肉があるはずないでしょ？」くまのプーさんが答える。

「腹デブのクマおじさんは黙っててよ。あんたはパンツでも穿いたら？」バービーが言う。

ミサがバービー人形をレセンの胸からお腹の方に動かした。人形の足が腹部を突っつくたびに、床屋に刺された傷口が開きそうになって痛い。

「ミサ、そこ痛いよ」レセンが低い声で言った。

ミサはびっくりしてレセンを見た。そして嬉しそうに微笑むと、リビングに向かって叫んだ。

「ミト姉ちゃん、レセンさんが目覚めたよ」

ミトと司書が駆けつけて、井戸の奥底を覗き込むように長々とレセンを見つめた。ミトがレセンの目の前に人差し指を立て、右から左へ、左から右へと、ゆっくり動かした。レセンは視線を動かさず、うんざりした顔でミトを見た。レセンの目をじっと覗き込んでいたミトが、ふんと笑った。

「こんにちは。フランケンシュタインおじさん」ミトが言った。

レセンは周りを見まわした。木造の家だ。すっかり葉が落ちた柿の木が一本、窓越しに見え、その後ろには高い山が見える。

「ここはどこだ?」レセンが訊ねた。

「私が生まれた家。父さんが無邪気な母さんをトマト狩りにでも行こうと農場に誘って、やっちまったところ。そのおかげで、このミトが生まれたってわけさ」

「お姉ちゃん!」ミサがミトを睨みつけながら、金切り声を上げた。

「あ、ごめん! ミサは母さんと父さんがしっかり手を握り、愛し合って生まれた子どもなんだよ。でも姉ちゃんは本当に、父さんに襲われて生まれた子なの。母さんは怒るたびに父さんに言ってたからね。『あの日、父さんに襲われたのよ。トマト狩りに夢中になっていた私の後ろからね。だから私の人生はこうなっちまったのよ。ミト、あんたの人生も』母さんがそう言うと、父さんは顔を真っ赤にしてあたふたしていたわ」ミトは面白くてたまらないというふうに、あっはっはと豪快に笑った。

司書とミサは、ぽかんとミトを見つめていた。一人でずっと笑っていたミトは、ほどなくして笑うのをやめた。

「どれぐらいこうやって寝てたんだ?」レセンが訊ねた。

ミサは五本の指をまっすぐ広げた。レセンはそれを見て真顔になった。

「お腹すいてますか?」ミサが訊ねた。

空腹なんだろうか? 自分の体なのに何の感覚もないみたいだ。レセンは不思議に思った。

「すいてるはずよ。五日間、何も食べてないもの」

「何も食べてないって? 高いブドウ糖注射をたっぷり食べてるよ」司書が口を尖らせた。

「それはご飯ではないでしょう? じゃ、あたしが美味しいお粥を作ってあげる」

ミサは車椅子の車輪を回し、キッチンに向かった。レセンは頭を軽く持ち上げ、体の状態を確認した。腕や肩、そして腹部に何重にも包帯が巻かれている。

「これ、お前がやったのかい?」レセンがミトに訊いた。

「知り合いの動物病院で。ひどい出血でね、もう少しで死ぬところだったよ」

司書は気に食わないという顔で、ずっとレセンを見据えていた。視線が交錯しているので、レセンの方を見ているのかどうか、正確には分からない。しかし彼女がレセンのことを忌々しく思っているのは確かだった。

「今度からは銃を使ったら？　敵うはずもない相手に喰ってかかって、人に迷惑かけないで」

司書はミサに聞こえないように低い声で毒づいた。レセンのことで本当に大変な思いをしたのか、司書の声にはトゲがあった。

「あんたのせいで、このミトの存在を床屋に知られてしまった。スミンも。私たち三人も危なくなったのよ。ハンザに対する設計も捩じ曲げられたし。でも大丈夫。こうなったからには、そろそろ仕事を始めなくちゃ。私はいつもポジティブに生きてるからね」

ミトが司書の方を見た。司書はミトににっこりと笑顔を向けた。このわけの分からない女たちは、いったい何を考えて生きているのだろう。

「床屋のところからよく抜け出せたな。もしかして俺のナイフも持ってきてくれたりして？」

レセンは少しきまり悪そうに訊ねた。

ミトは冷たい目でレセンを見た。どうして突然、チュのナイフのことを思い出したのだろう。レセン自身も、自分がなぜそんなことを訊いたのか不思議に思った。

「床屋は私が始末するよ。あんたの仕事は別にある」ミトは毅然とした声で言った。

そう言い捨てるとミトはくるりと振り返り、キッチンの方に向かっていった。司書もそのあとについていった。キッチンから三人の雑談や騒々しい笑い声が聞こえてくる。主な話題は、お粥の作り方に関するそれぞれの見解だ。しばらくすると、ミサがお粥を持ってきた。ミトと司書は外出するのかコートを着ている。司書が玄関で靴を履いているときに、ミトがベッドのそばまで来て、レセンに囁きかけた。

「そのバカな頭でつまらないことを企てるなよ。物事がややこしくなるだけだ。お粥を食べてぐっすり寝ておけ。私が呼びつけるまでずっと」ミトは「ずっと」に力を込めて言い捨てた。

ミトと司書は出かけていった。ミサがお粥をすくい、ふっふと吹いてレセンに差し出した。レセンはしばらく、湯気がゆらゆら立ちのぼるお粥とミサの顔をまじまじと見つめた。

もう大丈夫というふうに、ミサはスプーンをさらにレセンの方へと差し出した。レセンは口を開けてお粥を受け入れた。ミサの作ったお粥が、五日ぶりに食べるこの温かい食事が、厚かましくも美味しすぎた。レセンはお粥を平らげると、再び眠った。

ミトに言われた通り、レセンは眠りつづけた。眠っては夢を見て、目覚めるとミサの作ったお粥を食べ、そしてまた眠った。寝ても寝ても睡魔に襲われた。お粥の中に睡眠剤が入っているのかもしれないと、レセンは思った。そうでなければコップに、スプーンに、あの花瓶の花に、ベッドに降り注ぐ穏やかな日差しの中に睡眠剤が入っているのだと。お粥を食べては眠り、薬を飲んでは眠り、さらには夢の中でも眠った。

夜になるとミトが帰ってきて包帯を解き、傷を消毒してくれた。さらに注射も打った。ミトが帰ってこない日は、司書が代わりに部屋に入ってきた。

「君はどうして介入したんだ?」無言で包帯を巻いている司書に、レセンが訊ねた。

司書は黙ったままだ。

「これは子どもの遊びなんかじゃない。死ぬかもしれないんだよ」レセンは念を押すように、もう一度言った。

司書は包帯を強く引っ張って結んだ。傷口が破裂しそうに痛い。レセンは呻いた。

「誰にでもあんたレベルの事情はある。自分だけが捨て身を装ったり、知ったかぶりして言うんじゃないよ」司書が使用済みの包帯とハサミを片付けながら言った。

彼女は正しい。誰にでもそれなりの事情はある。狸おやじにも、チュにも、ひげ面、ミト、床屋にも、ハンザにすらもそれぞれの事情というものがある。その事情によって怒りを肥大させ、互いを憎み、殺し合う。誰もが自分の事情は正当だと考え、自分の傷は正当なものだと思い込む。しかし本当に正当なのだろうか？「何を考えてるんだ。お前だって畜生のくせに」レセンは自分自身を嘲笑った。


夢から覚めると、ミサがぼろぼろのプーさんを手にして、レセンのお腹の上で遊んでいることがたびたびあった。レセンの太股や背中に、尻尾だけそっと載せて眠っていたスタンドや書見台みたいに。

「人形遊びするには年をとりすぎてないか？　違うことをやってみたらどうかな？」

「違うことって何を?」ミサがぼろぼろのプーさんをいじりながら聞き返した。

「たとえば猫を飼ってみるとか。猫を飼うと幸せな気分になるよ」

ミサは上の方を見やって考え込んだ。しかしすぐ首を横に振った。

「猫や犬はいやよ。ミサより早く死んでしまうから。ミサより早く死ぬものとは仲良くなれません。でもクマの人形は縫ってあげさえすれば、ミサより長生きするもん」ミサはプーさんを振りながら答えた。

「どうして何も訊かない?」

「何を?」

「何もかも」

「知ったとしても、あたしにできることってあんまりないから。だから、あたしにできないことは分からないふりをするの。でも、ずっと分からないふりを続けていると、本当に何も分からなくなるんです」微笑みながらミサは答えた。

ぼろぼろのプーさんが、レセンのお腹の上で頭を振りつづけている。

「G・Y・ブラックという作家の『不思議ホッキョクグマ』という本、読んだことあるかい？」

「有名な作家なの？」

「全然。その小説は、どうして自分がホッキョクグマなのか、不思議に思うホッキョクグマが主人公なんだ」

「どうしてそんなことを不思議に思うの？」ミサは首を傾げた。

「あるホッキョクグマが、どうして私はただの熊ではなく、ホッキョクグマなんだろう？北極で生まれたから？　と自問するおかしな話なんだよ。この小説に出てくる知りたがりのホッキョクグマは、ただ北極で生まれたから自分がホッキョクグマになってしまったというのがいやなのさ。仕方なくホッキョクグマになってしまったというのがね。ツキノワグマにもなりえたし、グリズリー・ベアにもなりえたのにね。このホッキョクグマは、私はどうしてホッキョクグマなんだろう？と、ずっと悩みつづけているんだ」

「頭の悪い熊なんじゃないの？」

「違うよ。熊のくせにそんなふうに自問するわけだから、それなりの哲学を持っている熊なんだ。とにかくこの知りたがりのホッキョクグマは、自分が何者かを知るためには、北極を離れなければならないと考える。地図を広げて北極とは異なる場所を探し出し、カリフォルニアに旅立とうと思いつくんだ」

「熊が？」

「うん、熊が」

理解できないらしく、ミサは首を傾げた。

「北極からカリフォルニアまで行くには、船がいるわよね？」

「そう。不幸なことに、ホッキョクグマには船がないのさ。だからノコギリで氷山を切り取るんだ。自分が立っている土地を切るんだね。そしてその氷山の上に登って、カリフォルニアを目指して颯爽と旅に出る。風が吹いたり、潮の流れによって、ホッキョクグマの乗っている氷山はどんどん巨大な海へと押し出される。でも北極から遠ざかれば遠ざかるほど、氷山も溶けていく。氷山が溶けつづける一方で、カリフォルニアどころか新しい陸地すら見えない。故郷から持ってきた氷山が残りあとわずかとなってもなお、陸地の影さえ見えない。そのとき初めて、ホッキョクグマは悟るんだ。『ああ！　だから私はホッキョクグマなんだな。どうしても北極を離れられないからホッキョクグマだったんだ』。氷が全部溶けて海に落ちたホッキョクグマが、再び北極に向かって果てしなく泳ぐところで小説は終わる」

「じゃあ、ホッキョクグマは海に溺れて死ぬの？」

「分からない。泳いでいるところで話が終わってるからね」

「不思議ホッキョクグマが上手く泳げるといいのに」ミサが心配そうに言った。

「俺たちに似てると思わない？」

「そのおバカなホッキョクグマが？」

「俺たちはみんな北極で生まれているし、北極が嫌いなのに、いくらもがいても北極から離れられないからさ」

ミサはレセンをじっと見ていた。

「あたしは北極が嫌いじゃないの。カリフォルニアは暑いから。それにカリフォルニアグマなんて、どこかおかしくないかしら？　北極で生まれたなら、あたしはそのままホッキョクグマとして生きてもいいの」ミサは無邪気に笑った。

夜明けになると、十二月の森に霜が下りる。草や葉がおしろいをつけたように青白く凍りつく。暖かいところに飛んでいってしまったのか、鳥のさえずりさえもあまり聞こえてこない。十二月二日には司書が木を切ってきて、クリスマスツリーを作った。夕方になると、三人の女性は賑やかに騒ぎながら、色とりどりの豆電球や鈴、プレゼントボックスや星、鐘、サンタやルドルフ、魔法の杖、キャンディといった飾りをつけていった。ミサが綿でツリーの上に雪を降らせた。クリスマスツリーを飾りつける三人の笑い声は、いつまでもやまない。クリスマスが来るまでずっと、こんなふうに続きそうだ。けれども三人の笑い声は、闇に向かって吠えつづける犬の鳴き声のように、どこか不安そうに聞こえた。やがて訪れる悲しみに怯え、必死に楽しもうとする大げさなポーズみたいに。

レセンの傷口はけっこう塞がってきていた。ある程度は体を動かせるようになり、腰を曲げた状態ではあるが、一人で歩くこともできるようになった。お尻を突き出したままそろそろと歩く姿がおかしいのか、レセンが散歩に出かけるたびに、ミサはお腹をかかえて笑い転げた。「できるだけ体を動かしたほうがいいよ」傷口を見ながらミトは言った。レセンは家の周辺を歩きまわった。桃の木、チョウセンマツ、梅の木、栗の木が庭を囲むように聳《そび》えている。誰も死なず、誰も傷を負わなければ、この家で過ごす週末は平和で美しいだろうと、レセンは思った。誰も死なず、誰も傷を負わなければ……。

この家は山腹にあった。家へと繋がる舗装道路があり、車では通れない急傾斜の狭い道が家の裏側にある。レセンは裏の狭い道を確認しに行った。オフロードだし、木の根っこがあちこちから顔を出していて、この道でミサの車椅子を引っ張っていくことは難しそうだ。暗殺者がこの家を突きとめたなら、あの三人はここで殺られるだろう。レセンと床屋が対決したという噂が、ある女性がレセンをつれて消えたという噂がすでに広まっているはずだ。ハンザの耳にも届いているかもしれない。すでに追跡も始まっているかもしれない。あとどれくらい時間が残されているのだろうか？

ミトと司書はせっせと出かけてはまた戻ってきた。ミサが眠ると、長らく屋根裏部屋で何か意見を交わしている。ときには議論が長引き、夜が明けるまで話し声が聞こえてくることもあった。しかし、ミトも司書もレセンには何も言わなかった。ハンザや狸おやじとどうやって戦うか、この無謀な三人の女性がこれからどうやって生き残っていくかについて、何も話してはくれなかった。

レセンは本を読み、眠り、窓越しの冬山を眺めながら時間を過ごした。たびたび天井を見つめ、床屋の動きを思い返した。在るかと思えば空いており、空いているかと思えば在る、軽やかで、しなやかで、緩やかかと思えば突然早くなる床屋の動き。「もう一度やれば勝てるだろうか？」レセンは自分に問いかけた。次の瞬間、刃の先に立っているかのような冷たい恐怖がレセンを襲った。無理だろう。もう一度床屋と対決したら、そのときは本当に殺られるだろう。

レセンが目を覚ますと、ミトがベッドの横に突っ立って、レセンを見下ろしていた。どれぐらいそうやっていたのかは分からない。ミトの表情には悲壮感が漂っていた。

「何時だ？」

「夜中の三時」

「どうしたんだ？」

「あんたに言いたいことがある」

「お前の計画より、銃やナイフが必要なんだけど」レセンが言った。

「無駄なことを考えるな。今はガキみたいにふざけている場合じゃない」ミトが言った。

「暗殺者がこの家を襲ったら、鍋とフライパンで戦うつもりか？」

「二十日後、大統領選挙がある。ハンザは私たちにまで気をまわす余裕がない。実際、まだ気をまわす理由もないしね。ハンザが手を打つ前に私たちが先手を打つ」

「それって、いったいどんな計画だ？」

「手伝ってくれる？」真剣な顔でミトが訊ねた。

「約束はできない」

ミトはしばらくレセンの顔をじっと見つめていたが、やがて口を開いた。

「私にはカン・ジギョンの設計資料がある。この二十年間、秘密裏に暗殺された人間についての資料だよ。ハンザの金庫には帳簿がある。政治家、企業家、図書館、暗殺ブローカー、暗殺者との取引内容が書かれている帳簿だ。今回の選挙で、ハンザはでかい仕事を手にした。その取引内容を記した帳簿も金庫にあるはず。それと狸おやじのところには本がある」

「本？」

「この九十年間の、韓国現代史の主だった暗殺について詳しく書かれた本。最初の五十年分は前図書館長らが書いて、残りの四十年分は狸おやじが書いた」

「狸おやじが本を書いた？　二十七年間、図書館で暮らしていた俺でも知らないことをよく知ってるね」

ミトは司書が寝ている部屋をちらりと見やった。

「本はある。どこにあるかも知ってる」

「韓国現代史をひっくり返しそうなものすごい本が、図書館にある二十万冊の蔵書のなかに堂々と並んでいたとでも？　どこだ？『罪と罰』のとなりか？　それとも『優雅で感傷的な日本野球』の横？」レセンが皮肉った。

「狸おやじの書斎の下」淡々とミトが答えた。

「地下室？」

ミトは頷いた。

「羊革の表紙の、分厚い本だよ。聖書みたいな。見れば分かる」

「どうやって知った？」

「狸おやじのような男は、女をバカだと思っている。それが斜視の司書なら言うまでもない」

レセンは軽く吹き出した。あんなに間抜けに見えた司書が、狸おやじにパンチを喰らわすなんて。この事実を知れば、プライドの高い狸おやじの表情はどう変わるんだろう、とレセンは思った。ミトが再び口を開いた。

「ハンザの帳簿は会社ではなく、隠れ家で保管している。帳簿をしまっている金庫に接近できる人間は二人。ハンザ自身と彼の顧問弁護士。ハンザには脅しは通じないと思うけど、弁護士には通用すると思う。かわいい二人の娘と妻がいるし、卑怯で弱いやつだから。ナイフで何ヶ所か刺してから脅せば、話はきっと通じる。図書館の地下室に接近できる人間も二人だね。狸おやじとあんた。私にはその二つが両方必要だ。だから狸おやじの本とハンザの帳簿を私に手渡せば、あんたの仕事は終わる。残りは私が全部処理する。カン・ジギョンの設計資料とあわせて、その三つが手の内にあれば、主導権は我々のものよ」

レセンはミトの顔をじっと見据えた。

「そんなことが可能だと思うのか？　たとえそれを手に入れたとしても、韓国じゅうのすべての暗殺者がお前を殺しにくるはずだ。いや、それだけじゃない。機関、軍隊、警察、検察、それらすべてがお前を殺そうとするだろう。少しでも力のあるやつで、設計と無関係の人間は、この国にはいないはずだからな」

「選挙って、とても面白いお祭りだと思わない？　欲望や貪欲さや虚栄心がむき出しになって、一ヶ所に集約される場なんだ。あの虚構を見ようと、人々の視線も一ヶ所に集まる。引き金を引くにはうってつけのタイミングだよ。それに誰もがビッグニュースを待ち望んでいる。私に計画がある。どう思う？　協力してくれる？」

レセンはしばらく考え込んだ。

「お前が成功すれば、俺の知っている人間はみんな死ぬだろうな。おまけに俺も。でも裏で我々を操っていた設計者たちは生き残るはず。それが俺の知っている歴史さ」

ミトがにっこり笑った。

「そうかもしれないし、違うかもしれない。まだ戦ってみたことすらないから。少なくとも、気の小さなホッキョクグマとしては死なないだろうね」

翌日、初雪が降った。ミサは雪に埋もれた冬山を夢中になって眺めていた。雪の冬山は、なぜかレセンに孤立感を引き起こさせた。あまりにも遠くに来てしまった気がして、だからこそさらに危険が迫っているような気がした。レセンは暖炉の中に褐炭《かったん》を入れ、暖炉の上に置いてある容器に水を足した。いまだに脇が痛むが、ある程度なら自由に体を動かせるようになった。司書とミトはいなかった。よかったとレセンは思った。もし二人がいたら、初雪が降ったと一日じゅう大騒ぎするに違いない。

「雪の降った世界は美しいと思わない？」ミサが外の風景を眺めながら言った。

「美しく思わない、か……」レセンはミサの質問を反芻した。

「雪が積もって、汚いものを五センチほど隠してしまえば、それが美しい世界なのかな？」

ミサはレセンの顔をじっと見つめた。

「なんでそんなにネガティブなの？　あれは雪の積もった風景にすぎないのに」ミサが笑いながら言った。

ミサの言葉にレセンは首を左に傾けた。それからふっと笑った。

「そうだね。あれはただ、雪の降った風景にすぎない」レセンは呟くように繰り返した。

「外に出かけたい」ミサが手を組んで伸びをした。

レセンは帽子をかぶって外に出た。雪がたくさん積もっている。庭や林道に積もった雪を、レセンはほうきで掻いた。顔に落ちてきては瞬時に溶ける雪の冷たい感触が、レセンは好きだった。子どもの頃、図書館の庭に絶え間なく舞い落ちる桜の花びらをよく掃いたものだ。ほうきよりも背が低かった頃のことだ。しばらく掃いてから振り返ると、いつのまにかこんもりと積もっていた花びらの死骸。その空虚さがわけもなく恐ろしくて、絶え間なく落ちてくる花びらを、午後の間ずっと、掃いてはまた掃いてを繰り返した。レセンは庭から車の通れる道までの雪を掻き、家に戻った。そして毛布を持ってきて、ミサの膝の上に置いてやった。

「帽子をかぶって。そうしないと出かけないよ」

ミサはおとなしく帽子をかぶった。レセンはミサを車椅子に乗せて外に出た。雪道の上を通ると、車椅子の車輪からキュッキュッと面白い音がする。

「疲れませんか?」

「疲れないよ」

車輪が石や雑草の根にぶつかって音をたてるたびに、ミサはずっところころ笑っていた。

そして手を広げ、落ちてくる雪を受け入れた。目を閉じて空を仰ぎ、顔にも雪を受け入れつづけた。

「ミサはどんなふうに生きたい？」

「あたしはこのままでいいの。このままでいい」ミサは目を閉じ、空を仰いだまま答えた。


ミトは夜明けに戻ってきた。雪道を走る車のエンジン音が荒々しく、どこか不自然だった。家の窓を照らすヘッドライトが消えてからも、ミトは家の中に入ってこなかった。レセンはベッドから起き上がると、窓越しから外の様子を窺った。ミトが両手でハンドルを握ったまま俯き、肩を震わせている。三十分ほどしてから、ミトは車から降りて家に入ってきた。レセンはベッドに横たわり、寝ているふりをした。キッチンから冷蔵庫を開けて閉める音、そしてミトが床にべったり座り込む音が聞こえてくる。それからはずっと何も聞こえてこない。レセンは闇の中で二十分ほど天井を見つめてから起き上がり、キッチンに向かった。電気をつけると、ミトは冷蔵庫の横にうずくまって泣いていた。レセンはしばらくミトを見つめ、冷蔵庫から水を取り出した。コップに水を注いで飲み干してから、再び水を注いでミトに差し出した。ミトがコップを受け取る。

「お前みたいな気の強い女でも泣くことがあるんだな」

ミトは冷笑混じりの顔で、水に少し口をつけた。レセンは食卓の椅子に腰をかけた。ミトが袖で涙を拭った。

「私のような女がなぜ泣くのか訊かないの？」涙の滲んだ目で、ミトが冗談っぽく訊いた。

「ああ。女が泣く理由なんて、この宇宙の星の数ほどあるからな」

一理あるというふうにミトは頷いた。

「あんたを助けてやったら、ミサを守ってくれる？　五年、いや三年だけ」

ミトが哀願するような眼差しをレセンに向けている。レセンは怪訝に思った。

「そうあってはならないけど、万が一ってこともあるから」もう一度ミトが畳みかけた。

「お前は？」

「私はそれまで生き残れない」

「どうしてお前が死んで、俺が生き残るんだ？　モンスターとか何とかっていうお前の倫理のため？　お前ごときが死んだって、世の中は何も変わりはしないさ。だからそのまま生き残れ。一人で世の中を救って、一人で死んでいくだと？　いったいなんの真似だ？　お前は自分をイエス様だとでも思ってるのか？」レセンが皮肉った。

「今日、ある女性を殺したの。注射を打って。九歳の頃からずっと、ベッドで寝たきりの人だった。何の罪も、何の力もない人よ。でも今日、その女性を殺したの。私が注射を打ったの」

ミトは酒に酔っているかのように切り出した。

「その女は誰だ？」

「床屋の娘」

レセンは立ち上がった。棚のどこかでタバコを見たような気がした。レセンがコーヒーの空き瓶の中を確認していると、ミトがポケットからタバコを出して差し出した。レセンはタバコを受け取ると火をつけた。一ヶ月ぶりに吸うせいか、二回吸い込んだだけでクラクラした。

「どうして床屋の娘を？」

「床屋を動かすのは、ハンザではなく娘だから」

突然、左目がひどく痛みだした。レセンは手のひらで目をこすった。正義、信念、そんなもののために、人を殺したことがあっただろうか？　レセンは誰かの指示によって、人を殺してきた。それはリストに上がった人間がいたからであり、レセンが暗殺者であったからだ。ミトは何のために人を殺しているのだろう。自分の信念のために人を殺せるということが、突然恐ろしく思えた。考えてみれば、それが設計者の世界なのだろう。一服してからレセンは口を開いた。

「人間っていうのは、自分自身にすら、生きる本当の理由を隠しているそうだ。だから自らを騙しつづけるために、絶えず偽の動機を作りださなければならない。お前も本当の理由は分からないだろ？　正直に言えば、いま自分が何をしでかしてるのかすら、分かってないだろ？　俺からすれば、お前も俺らと一緒さ。お前も床屋も同じだよ。ハンザともな。この業界の設計者となんら変わりない。だからお前が変えようとする世の中も、結局いまと同じだろうね。白猫だろうが黒猫だろうが、やってることは同じだからな」

レセンは立ち上がった。そしてシンクに溜まっていた水でタバコを消し、吸い殻をゴミ箱に捨てた。ミトはやはり呆然としたましゃがみ込んでいた。

「ハンザの帳簿を渡すことはできる。しかし狸おやじの本は無理だ。それが俺にできるすべてだ」レセンはミトの脳天に向かって言い捨てた。

翌日の午後、レセンは家を出るための支度をした。ミサがタンスから冬服を出してきて、カバンに詰めてくれた。亡くなった父親のものだ。そのほとんどがレセンには少々大きめだった。

「お父さんは背が高かったんだね？」

「背が高いうえに、ハンサムだったの」ミサが微笑みながら答えた。

「ターミナルまで乗せてやるよ」となりにいるミトが言った。

レセンに何か言いたいことがある様子だった。

「大丈夫。一人で少し歩きたい」

ミトはミサの様子を窺いつつ、レセンに封筒を差し出した。レセンはその封筒を見つめた。中にはハンザの隠れ家の住所や金庫のある部屋の場所、帳簿をつけるために弁護士が隠れ家を訪ねる日程、持ち帰るべき帳簿のリスト、セキュリティシステムを避けて侵入する方法などが書かれた書類が入っているはずだ。レセンは封筒を受け取ると、カバンに収めた。

「遅れないようにしてほしい」ミトが言った。

「遅れないさ」淡々とレセンが答えた。

レセンはミサに微笑みかけた。ミサは悲しそうな表情を浮かべている。レセンはミサの痩せぎすの肩をポンポンと叩くと、雪が溶けてべちゃべちゃしている道をゆっくり下りはじめた。後ろでミサが痩せた手を振りつづけていた。

*

ハンザの隠れ家は閑静な住宅街にあった。軒がとなりの家すれすれに隣接していて、手入れの行き届いた庭がある、よくある二階建ての家だ。マイホームパパが双子の娘たちに誕生日祝いのケーキを持って、ベルでも鳴らしそうな家。ミトが指示した通り、レセンは隣家の屋根によじ登り、ハンザの家の屋上に渡った。貯水タンクの横にあるボイラー室に三十センチ四方ほどの換気口があった。レセンは手で換気口の窓枠を軽く揺すった。サッシで作られた粗悪な代物で、ガラスを割らなくても窓枠をずらせば外れそうだ。「ここから入れと？　こんなものが設計だと言えるのか？」レセンは鼻で笑った。

まだハンザの顧問弁護士は来ていない。レセンは時計を見た。午後八時だ。レセンは屋上の貯水タンクにもたれて座り、ホルスターからＰＢ／６Ｐ９を取り出して街灯に照らしてみた。拳銃についている消音器をいったん外してから再び装着し、弾倉を外し、スライドを後ろに引いて装塡し、撃ってみた。悪くない、というふうにレセンは頷いた。レセンはただ静かであるという理由だけで、このロシア製の拳銃を好んだ。銃のために消音器を開発したのではなく、消音器のために銃をデザインしたというジョークがあるほど静かな銃だ。最後に拳銃を使ったのはいつのことだろう？　ここ何年も使っていない。拳銃を使うほど標的に近づく場合、プロのほとんどはナイフを使う。拳銃を使えば、弾丸や薬莢などの汚い痕跡が残るからだ。しかし、もうかまわないと思った。

ポケットからタバコを取り出そうとした瞬間、レセンはハッとして動きを止めた。しかしすぐタバコをくわえ、火をつけた。「もうこれもかまわない」レセンは呟いた。タバコを半分ほど吸ったところで、携帯のバイブが鳴った。ミトからだ。

「弁護士が事務所を出た。二十分後に着くと思う」

「下手に尾行なんかしてないで、今すぐこの近くに来て待機しろよ」

「帳簿が手に入ったら、代価として七億五千万を弁護士に要求して。そうしないとハンザに疑われる」

「七億なら七億、八億なら八億ってすりゃいいのに、中途半端に七億五千万って何だ?」

レセンが文句を言った。

「弁護士にはSPが二人ついている。気をつけて。私は向かい側の路地にいる」

ミトが電話を切った。レセンはタバコを地べたにこすりつけて消し、いつものように吸い殻をポケットに入れた。そして換気口の窓枠を外して静かに置くと、その中に頭を入れてみた。狭いが、肩をひねれば難なく入れそうだ。

ミトの言った通り、二十分後に弁護士が到着した。レセンは屋上から頭を出し、下の様子を窺った。デブの男が小走りに駆けてきて、門を開けている。車の後部座席から弁護士が降り、ＳＰと思われる背の高いすらりとした男が降りてきた。がっちりした筋肉の、鋭い印象を与える男だ。エンジンを止めて運転席から降りてきた男も、ただの運転手には見えない。デブの男が一人、ＳＰが二人、弁護士。事が計画通りに進まなければ、複雑な状況になりそうだ。

弁護士が家の中に入ると、レセンも換気口から中に入り込んだ。それからドアを少し開けて弁護士を待った。一階から男たちの話し声が聞こえてくる。ほどなくして弁護士が一人で二階に上がってきて、ドアの鍵を開けて部屋に入った。その部屋に金庫があるはずだ。レセンは二階の廊下を足音をたてないように歩き、一階の様子を窺った。キッチンで男三人が何か食べながらふざけ合っている。レセンは引き返して、弁護士が入った部屋のノブを回した。ドアは中からロックされていた。レセンは再び一階の方を見た。男たちが大声で笑っている。レセンはドアをノックした。中から「何だ？」という声がする。レセンは無言のまま立っていた。キッチンから再び笑い声が聞こえる。レセンはもう一度ドアをノックした。中から椅子の動く音と弁護士の苛ついた声が聞こえてくる。レセンは左手に水で濡らして丸めたハンカチを、右手に拳銃を持った。

「何事だ？」弁護士がイライラしながらドアを開けた。

その瞬間、レセンは弁護士の口にハンカチを突っ込んで奥の方に押しこんでから、左太股に銃を一発撃った。弁護士は呆気に取られ、血が噴き出している自分の太股とレセンとをかわるがわる見つめた。レセンは一階のキッチンの方に、ほんの少し顔を向けた。あいかわらず賑やかな笑い声が続いている。レセンはドアを閉めて、中から鍵をかけた。

「声を出したら頭を撃つ。どういう意味か分かるよな？」

弁護士は頷いた。レセンは弁護士の口からハンカチを取り出した。そして彼の左膝にもう一発撃ち込んだ。弁護士が悲鳴を上げる。レセンは首を傾げてみせた。

「お前はバカか？　ほんの二秒前に、声を出したら頭を撃つと言わなかったっけ」

レセンは銃を構えた。弁護士は涙ぐみながら口を閉じた。

「もううまくやれるよな？」

弁護士は何度も頷いた。レセンは彼の左膝にさらにもう一発撃ち込んだ。弁護士は歯を食いしばりながら、床の上を転がった。弁護士があちらこちらに転がるたびに、カーペットの上に血が滴り落ちた。しばらくすると痛みに慣れてきたのか、弁護士の唸り声が収まった。レセンはそれを見て頷いた。

「かなりつらいはずなのに、それなりの忍耐力はあるな。だから司法試験みたいな難関にも合格したんだろうね」

レセンは書斎の中央にあるテーブルの椅子を引くと、そこに腰かけた。弁護士は視線を床に落としたまま歯を食いしばっている。レセンはポケットからタバコを取り出してくわえ、火をつけた。

「その膝は使えないと思うよ。膝の関節は複雑で、一度壊れたら元に戻すのは難しい。しかし片足だけ引きずるのと両足引きずるのとでは、人生の質が違う。杖の人生と車椅子の人生の違いと言ったらいいかな」

レセンは煙を長く吐き出した。

「どうする？　右膝は守りたいよな？」

弁護士は頷いた。

「ハンザの帳簿が要る。ここにあるのも知ってるし、お前が金庫を開けられることも知ってる。開けろ。時間を稼げば一生車椅子で、開けられなければお前は死ぬ」

弁護士がまじまじとレセンを見た。

「なぜ帳簿が要る?」

「引退したいんだけど、誰も退職金をくれないからさ」

「あそこの黒いカバンに金がある。三億ほどある。それを持っていけ」

机の下にキャスター付きの大きなバッグがあった。レセンはタバコをくわえたまま机の方に向かうと、バッグを開けた。中には現金と小切手がたくさん入っていた。

「三億?」

弁護士が頷いた。

「確かにここはキャッシュが回ってるな。選挙だからか? ま、とにかくありがたい」

レセンがバッグを持ったまま弁護士のそばまでやって来た。そして弁護士を見下ろした。弁護士がレセンを見上げる。レセンは弁護士の右太股に銃を一発撃った。弁護士の口から再び悲鳴が上がった。

「次は膝を撃つ。だから質問に答えろ。帳簿はどこだ?」

「それを渡せば、どうせ殺される」苦痛で顔を歪めながら弁護士が言った。

「俺はずっとお前らが嫌いだった。きちんとしすぎてて、計算高くて、論理的で言葉も達者で、それにいつもぬけぬけと厚かましい。じゃあ、これをどうやって切り抜けるつもりだ？　今日こそ、お前がジョンアンの死体と一緒に堂々と図書館に来た日のように、論理的に考える必要があると思うんだが。弾が全部なくなるまで、すべての関節にそれぞれ一発ずつ撃たれてここで殺されるか、それともハンザに殺されるか。とっとと判断したほうがいい。俺にはあまり時間がないからな」

レセンが再び銃を構えた。

「机の下に金庫がある」弁護士は慌てて答えた。

レセンは弁護士の襟首を掴み、彼を机の下に引きずり入れた。弁護士は尻込みしている。レセンは弁護士の頭に銃口を当てた。弁護士は机の下のカーペットをめくりあげると、ポケットからリモコンを取り出して暗証番号を押した。床が開いて金庫が現れると、弁護士は再び暗証番号を押して金庫を開けた。金庫の中には様々な帳簿とＣＤが入っていた。レセンは持ってきたリュックにそれらすべてを詰め込んだ。弁護士は呆然としたままレセンを見つめていた。

「ハンザに伝えろ。必要なものは金だけだと。無記名債券で二十億、現金で十億。現金は革のカバンにそれぞれ五億ずつ詰め込んでおけと」

弁護士はいくぶんか安心したように頷いた。そのとき慌しくドアを叩く音がした。レセンは弁護士を見た。弁護士の顔に緊張が走る。

「何を押した？」

「金庫を開けたら解除しないといけないのに、慌ててつい」

弁護士が辻褄の合わない言い訳を並べたてた。レセンはバッグのファスナーを閉めた。そして弁護士をじっと見据えた。弁護士は震えている。レセンは顔をしかめて弁護士の右膝に一発撃った。弁護士は大きな悲鳴を上げた。

ドアを叩く音が激しくなり、誰かが足で蹴りを入れはじめた。レセンはドアの脇に身を寄せた。そして息を整えてからドアをそっと開けた。ドアを蹴りつづけていた男が、見込み違いで足が空振り、部屋に転がり込んできた。運転していた男だ。レセンは男の両股にそれぞれ一発ずつ撃った。それから廊下に立っていた痩せた男に向けて発砲した。男は床を転がりながら弾を避けると、レセンの襟首を掴んで背負い投げを喰らわせた。こなれた滑らかな動きだ。床に投げつけられる際、レセンの手から銃が落ちた。痩せた男がその銃を掴み取る。レセンは肩を揉みながら立ち上がった。男がレセンに銃を向けた。銃を握るその構えが板についている。レセンは肩にかけたホルスターから、ここに来る前にデパートで買ったヘンケルスを取り出した。ナイフを構えるレセンを見て、男が鼻で笑った。

「お前はバカか？　俺は銃を拾ったんだぜ」

「弾が尽きたのさ。お前のボスが言うことを聞かなくてな」

男は銃口を壁に向けると、引き金を引いた。銃から空の撃発音がした。男は銃を床に投げつけた。男のスーツの内側に銃があるのが見える。しかしそれはガス銃のようだった。男は腰のあたりに隠し持っていたナイフを出してきた。特殊部隊で使われる軍用ナイフだ。

「暗殺者じゃなさそうだし、軍人かい？」

「ああ、長らくね」

「ずっと軍人のままでいればよかったのに。国家や家族とともに、名誉も守って」

「名誉だけでは食っていけないからね」男はナイフをレセンの顔に向けながら言った。

レセンは男に向けていたナイフを下ろした。そして男に向かってゆっくり歩きだした。

散歩でもしているかのようなリラックスした足取りだった。男はレセンの顔を狙ってナイフを突き出した。レセンは首を左に軽く動かしてナイフを避け、男の右肩から脇腹にかけて力いっぱい切りつけた。男がナイフを落とす。レセンは男の横にさっと移動して、右の脇腹にナイフを軽く突き刺した。男が膝を折ってしゃがみ込む。男は俯いてはいたものの、呻き声は出さなかった。レセンは男の脇腹からナイフを抜いた。そして床に落ちていた銃を拾ってホルスターに納め、ハンカチでナイフについた血を拭いた。レセンが再び部屋に戻ると、弁護士は自分の流した血の上でジタバタもがきながら、携帯電話を握って誰かと話をしていた。

「図書館のやつです。帳簿を取られました。はい、はい、いま横にいます。私は銃で撃たれて……いいえ、銃ですよ」

レセンは呆れたように弁護士を見つめた。弁護士はレセンをちらりと見ると、そっと携帯電話を下ろした。

「一生懸命に生きてるな」

レセンは机の上のリュックを背負い、金の入ったバッグを持って一階に下りた。階段を下りると、デブの男が野球用のバットを握って立っていた。その図体には似つかわしくなく、バットを握る手が相当震えていた。よく見ると、以前ハンザの事務所に行ったときに入口で警備をしていた、ソーセージのような顔をした警備員だった。レセンはソーセージを鼻で笑うと、バットを見上げた。

「それで俺を殴るつもりですか？」

ソーセージは怯えたようにバットを見上げた。レセンは笑いながら頭を振った。

「そんなもので人間を打たないでくださいよ」

ソーセージはその場にへたり込んだ。

レセンは玄関から外に出た。路地を抜けるとミトの車が見えた。レセンはその車窓をノックした。窓ガラスが下りる。レセンは背中に背負っていたリュックをミトに渡した。

「これでもう借りはない」

ミトはリュックのファスナーを開け、帳簿をひとつ取り出し、中身を確認した。レセンは弁護士から奪った、黒のバッグを持ち上げて言った。

「この辺でやめて、ミサと一緒に外国に逃げたら、この金をやる。三億ぐらいあるんだってさ」

「誘惑してるの？」

「たぶん」

「乗りな」

レセンは首を振った。ミトはレセンの顔をじっと見つめている。

「早く行け。もうすぐハンザの部下たちが押しかけてくる」

ミトはしょうがないというふうにエンジンをかけた。

「また会おう。それまで体に気をつけて。覚えといて。あんたを救える人間は、この世でこのミトしかいない」ミトは笑顔で言った。

レセンはミトの車が路地を抜けるのを、呆けたように見送った。とんでもないことに寂しく思えた。レセンはポケットからタバコを取り出してくわえ、火をつけた。森に一ヶ月いただけなのに、都会の明かりがしっくりこず、クラクラする。もうすぐハンザが追跡者と暗殺者を放つだろう。不意に、レセンはこれからどこに行けばいいのか分からなくなった。

レセンは街を彷徨った。バッグが重く感じられる。バッグについている小さなキャスターが、アスファルトの上でうるさく音をたてた。唐突に、麻薬の入った封筒を握りしめたまま「これがなくなったら、もう人生のすべてを失うことになります」と言っていた、痩せぎすのドイツ人ホームレスのインタビューを思い出した。「家族や友人は？」レポーターが質問する。するとホームレスは寂しげな表情をレポーターに向ける。「そんなものは、もうとっくの昔に失ったんです。希望や愛やらも」

「そんなものは、もうとっくの昔に失ったんです」レセンはホームレスの言葉を力なく繰り返した。金だけでもあってよかったと思った。「いや、本当によかったのか？」レセンは自分に問いかけた。「よかったさ。そうとも、よかったのさ」レセンの中のもう一人の自分が、そう答えた。

どこかに逃げることもできる。レセンには三億入ったバッグがある。充分ではないが不充分でもない。偽造パスポートを作り、仁川か釜山《プサン》で密航船に乗り込んで、地球の反対側にあるメキシコの砂漠あたりに流れつき、テキーラを啜りながら静かに老いていくことだってできる。誰もレセンのことを知らず、いかなる過去も追いかけてこない遥か遠くの国へ行き、その土地の言葉を覚え、新しい名前を作り、異国の女と結婚して子どもをもうけ、肉体労働をしながら新しい人生を始めることだってできる。

「本当にそんなことができるのか？」レセンは虚空に向かって、力なく自問した。顔を上げると、都会の明かりがナイフのように瞳孔を刺した。目が痛い。突然疲労に襲われ、足に力が入らなくなった。ずるずる引っ張っているバッグが、肩にかけている銃とナイフが、ずっしり重く感じられる。おそらくナイフや銃やバッグのせいではないだろう。レセンは手を上げてタクシーを拾った。白髪交じりの運転手がどこに行くのか、というふうにレセンを見た。レセンはソウル駅と答えた。

レセンはまっすぐ駅舎に向かい、チケット売り場の上に書かれた、おびただしい数の都市の名前を見つめた。見慣れない都市名がぎっしり書かれた時刻表を一時間眺めても、どこに行けばいいのか分からなかった。それどころか自分がなぜここに立っているのかさえ理解できなかった。レセンは再び駅舎の外に出た。乗車時間に追われる人々は、辿りつくべき場所に向かって駅の広場を小走りで駆けていく。広場のどこかでは、絶えずクリスマス・キャロルが流れている。レセンは地下道を下りて、金の入ったバッグをコインロッカーにしまい込んだ。

地下道の片隅では酔っぱらったホームレスが、体を押し合ってこぜりあいをしている。ダンボールで壁を作って寝ている者もいれば、ラーメンの残りかすをつまみにして焼酎を飲んでいる者もいる。レセンはダンボールを敷いて寝ている人たちの片隅に腰を下ろした。一人のホームレスがレセンをちらりと見やると、立ち上がってのそのそ歩いてきた。そして紙コップに焼酎をたっぷり注いで差し出した。レセンは彼の顔を見つめた。人生ってどうしてこんなザマなんだ、という顔をした酔っぱらいの男が、どんよりした目つきで紙コップを差し出している。レセンは受け取って酒を飲み干すと、紙コップを返した。すると、もう一杯どうかというふうに、再びコップを差し出した。レセンは手を振った。すると男はふらふらと自分の場所に戻っていった。空腹だったのですぐに酔いがまわった。気持ちが温かくなる。レセンは誰かが敷いておいたダンボールの上に丸くなって横たわった。地下道の入口から冷たい風が吹き込んでくる。かすかに救世軍の鐘の音も聞こえてくる。きれいな服に身を包んだ女性たちが楽しそうに笑いながら、レセンのそばを通り過ぎる。その笑い声が心地よい。「女の笑い声はどこも同じだな。あの女たちもミトも司書も……たぶんアフリカの女たちもああやって笑うんだろうな」レセンは曲げた膝を胸に抱え、顔を脇に埋めたまま微笑んだ。そしてホームレスのとなりでうずくまり、夜を過ごした。

始発の列車に乗ってレセンが到着した場所は、床屋の住んでいるD邑[*1]だった。理容室のドアノブを回した。閉まっているかと思いきや開いている。レセンは中に入った。電気もつけず、床屋がぽつんと座っていた。レセンは床屋のとなりに腰をかけた。床屋が目の前にある鏡を通してレセンを見た。その表情には抑揚がない。驚きもなく怒りもない。そこにあるのはただ喪失感に陥った、一人の理容師の疲れた顔だった。

「よかったな。思ったより元気そうで」床屋が低い声で言った。

レセンは頷いた。棚の上に、白い風呂敷に包まれた遺骨箱が置いてあった。

「娘さんのですか?」

「妻だ。昨日、葬式が終わった」床屋は淡々と答えた。

レセンは再び頷いた。しばらくの間、レセンと床屋は無言のまま並んでいた。床屋は膝の上に神妙に載っている自分の手を見つめ、レセンは鏡に映った自分の顔を見つめていた。

レセンはポケットからタバコを出して床屋に勧めた。床屋がタバコを受け取る。レセンはまず床屋のタバコに火をつけ、自分のタバコに火をつけた。

「なぜここに来たのか、理由を聞いてもいいかい？　ただ復讐するためではなさそうだね」

床屋が訊ねた。

レセンは煙を深く吸い込んだ。

「娘さんが病気じゃなかったら、あなたはナイフを使わずに生きてきたでしょうか？」

レセンは答える代わりに質問した。床屋はタバコを吸うと、宙にゆっくり煙を吐き出した。

「どうだったろうな。あまり自信はないな」床屋が淡々と答えた。「君ならどう思う？」

床屋は視線をレセンの方に向けて訊いてきた。

「二十二歳のときに大きな失敗をしました。若かったし、仕事もまだ未熟で、臆病者でした。でもこの業界でそんなことは通用しません。ご存知のように、ミスを犯した暗殺者は死ななければなりません。それとも代わりに誰かが死んでくれるか。今回、あなたの代わりにタルチャという若者が死んだように」

床屋の唇がピクリと動いた。

「俺の場合、代わりに訓練官が死にました。俺なんかより百万倍ぐらい、かっこいい人でした。そのとき俺は何をしたか。逃げたんです。それも工場に」

レセンは自嘲するかのように笑った。

「それからは逃亡の連続でした。失敗から、訓練官の死から、平凡で真面目な人生を始めるチャンスから、そして好きな女性から。亡くなった訓練官が、こんなことを言っていました。『一度目をつぶると、それからずっと目をつぶらなければならない』俺は目をつぶってしまったんです。訓練官も、チュも敵わなかった、おぞましい床屋と敵対することにいつも怯えていました。そしてそのときから、俺の人生から何かが消えてしまったんです」

「それが私を訪ねてきた理由か？」その声には冷笑が含まれていた。

レセンは頷いた。床屋は頭を後ろに反らして、しばらく天井を眺めていた。床屋の指先から、タバコの灰がぽたっと落ちた。

「娘を殺したのはあの女か？」

「医者だったから苦しまなかったはずです」

床屋は灰皿にタバコを押しつけると、立ち上がった。

「少し待ってくれ」

床屋は奥の部屋に入ってアタッシュケースを取ってきた。床屋は中を開けると、チュのナイフを取り出してレセンに渡した。レセンはそれを受け取った。刃が鋭く研がれている。床屋は前回と同じくマッドドッグを取り出した。

「金をもらわずに人を殺したこと、あるかい？」

「いえ、昨夜何人か刺しましたが、死んではいないと思います」

「君は私に殺される最後の暗殺者になるだろう。私が金をもらわず殺す、最初の暗殺者でもある」

レセンはジャケットを脱ぎ、肩にかけていた革のホルスターを外すと、それらをハンガーにかけた。床屋はレセンのホルスターに納められた拳銃を見ながら、マッドドッグの刃の先端を人差し指でなぞった。まずはレセンが理容室の中央に立った。床屋がゆっくり歩いてきてレセンの前に立った。レセンはナイフの切っ先を床屋の顔に向け、構えの姿勢をとった。床屋は一度頷くと、すぐさまレセンの顔を狙ってナイフで切りかかった。レセンはほんの少し顔を動かして、ナイフを避けた。床屋が再びレセンの首を狙って切りかかる。レセンはナイフを避けながら、床屋の腕にかすかに切りつけた。床屋は刃の向きを変え、レセンの右頬に切りつけた。床屋とレセンはそれぞれ一歩ずつ後ずさった。床屋の腕から血が流れている。レセンは左手で右頬に触れてみた。手に血がついた。

「うまくなったな」床屋が、腕から手首にかけて流れ落ちる血を払いながら言った。

「ベッドに横たわったまま、一日に何千回もあなたのことを考えていたんです」

「ベッドに横たわって……か」床屋が笑った。

レセンは再び体勢を整えた。床屋はこの前と同じようにナイフを後ろに隠し、リラックスした様子で立っていた。古い柱時計から再び秒針の音が聞こえてくる。レセンの靴底が理容室の床をこする音も。ふと、耳元で水の音が聞こえたような気がした。砂利の上を流れゆく冷たい水の音。レセンはもう、その小川の横に横たわってもかまわないと思っていた。早くかかってこいというふうに、枝が風に揺れるように、床屋の体が左から右へ、右から左へとゆらゆら揺れている。レセンは床屋の首めがけて、力を込めてナイフを突き出した。床屋は待っていたとばかりに後退しながら、左手の甲で刃をはじき返し、レセンの脇腹を刺した。レセンはナイフを握っている床屋の手を掴むと、自分の脇腹のさらに深くまで、刃を押し込んだ。その瞬間、床屋は戸惑ったようにレセンを見つめた。レセンはへンケルスを振り上げ、力強く床屋の首に切りつけた。床屋はぽかんとその場に立ちすくんだ。レセンは横にあった理容椅子にもたれかかった。床屋は手で自分の首に触れた。そのとき、床屋の首から血が噴き出した。床屋は妻の遺骨箱をしばらく見つめ、レセンに向かって微笑んだ。そして床にひざまずき、首をがくりと前に落とした。

レセンは理容椅子に腰をかけ、背中をもたせかけた。そのとき初めて痛みを自覚した。レセンは視線を落とし、深く刺し込まれたナイフを見た。刃を伝って流れ出た血がシャツを濡らしている。ナイフを抜けば、さらに血が噴き出すだろう。レセンはポケットからタバコを出して火をつけ、鏡に向かってため息のように煙を吐き出した。鏡の中に、ひざまずいて首を前に落としたままの床屋が映っている。その姿は、過去の罪を懺悔しているようにも見えた。壁の柱時計が八時四十分を指している。レセンは半分ほどタバコを吸ったところで、携帯で電話をかけた。十回ほど呼び出し音が鳴ってから、ひげ面が寝ぼけた声で電話に出た。

「朝八時ってのは、俺にとっては真夜中なんだぜ」ひげ面の声が苛ついている。

「こちらに来てもらいたい。D邑、郵便局の向かい側の理容室です。小さな邑だから、すぐ分かると思います。死体が一つ、それに遺骨箱があります。死体を燃やしきったら、遺骨箱の骨粉と混ぜて一緒に撒いてください。丁寧に」

「誰の死体だ？」やはり寝ぼけた声で、ひげ面が訊いてきた。

「床屋」

受話器の向こうで、ひげ面が息を呑んだ。

「お前はそこにいるのか？」

「いえ。ドアは閉まってるだろうから、適当に開けてください」

レセンは電話を切って、鏡の中の自分の顔を見つめた。右の頬から血が出ている。手のひらで血を拭う。「それで何か変わったのか？」鏡に映る顔に訊ねてみる。鏡の中の顔はレセンを嘲笑い、ゆっくりと首を振った。レセンは虚しく微笑んで、タバコを吸い込むと煙を宙に吐き出した。椅子から立ち上がると、血が脇腹からナイフの峰を伝って、床にぽたぽたと落ちた。レセンはタバコを消し、棚からタオルを二枚出した。洗面台で濡らしたタオルで血を拭き取り、乾いたタオルはまるめてシャツの内側に押し込み、傷を塞いだ。

レセンは顔をしかめたまま天井を仰ぎ、深いため息をついた。そしてもう一度椅子に座り、財布からハンザの名刺を出して電話をかけた。二回ほど呼び出し音が鳴って、ハンザが出た。

「弁護士から三十億と聞いたかい？　きちんと数えたほうがいい」レセンが言った。

ハンザはしばらく何も言わなかったが、ほどなくして口を開いた。

「ワニをまるごと飲み込んだアナコンダ、見たことがあるか？　消化しきれず、結局腹が破れて死ぬんだ」ハンザが忌々しそうに言った。

「俺の消化不良まで心配する必要はない。三日だ。三日後には、他のやつにもっと安い値段で売る。それまでにおとなしく金を用意しろ。部下を使って無駄に騒ぎたてるな。俺の言葉をしっかり覚えておくんだな」

レセンは電話を切った。床屋の流した血が床に溜まり、洗面台に向かって流れ込んでいく。レセンはハンガーのところまで歩いて行くと、ホルスターを肩にかけ、ジャケットをはおった。しかしジャケットだけでは、はみだしたナイフを隠すことはできなかった。ハンガーには床屋の古いコートがかかっている。レセンは少しためらってからそれを着た。

レセンは理容室のドアを閉めて外に出た。五歩ほど歩いてから振り返り、血が落ちてないか確かめた。血痕はついていなかった。レセンは脇腹に入れたタオルを強く押し当て、D邑を後にすべくゆっくり歩きだした。しかし、D邑を出る前に目まいがレセンを襲った。一歩一歩足を踏み出すたびに、脇から痛みがせりあがってくる。痛みで体を丸めるたびに、血が刃を伝って地面にこぼれ落ち、レセンは慌てて靴で土をこすって血痕を消した。こんなことをしていたら長くは持たない。レセンは足を止め、あたりを見まわした。D邑の果てに、古い二階建ての医院が見えた。レセンはそこに向かって歩きだした。

古くて小さな病院だった。まだ時間が早いせいか、そもそも小さな邑であるからか、患者は一人もいなかった。看護師はしばらく席を外しているようだった。ドアが半分ほど開けっぱなしになった診療室で、七十歳ぐらいの老医師が「バカ野郎、なんでそこでそんなクソを取るんだよ？　だから札を取られるんだよ」とぶつぶつ言いながら、ネットで花札ゲームをやっていた。レセンは拳銃を構えて診療室に入った。

「止血さえしてくれれば帰ります。警察に知らせなければ誰も傷つけません」レセンの声は穏やかだった。

老医師は老眼鏡を鼻先まで下ろし、レセンの様子を窺った。レセンはコートを少しめくって傷を見せた。老医師は立ち上がり、ゆっくりレセンに近づいた。そしてレセンが着ている古いコートをちらりと見て、そのコートをめくって傷を調べた。

「コートを脱いで、こちらにいらっしゃい」

老医師は診療室の奥にあるベッドを顎で指した。レセンは床屋のコートをハンガーにかけた。

「それも外さないと」

老医師はレセンの肩にかかったホルスターを見て言った。レセンはホルスターを外してハンガーにかけた。老医師は注射と薬瓶を何個か、ハサミ、消毒薬、ガーゼ、包帯といった医療機器をキャリアに載せ、手術用手袋をはめた。ナイフで刺された深い傷を治療するにはお粗末に見えるものばかりだったが、仕方ないというふうにレセンはベッドに横たわった。

「その銃、ずっとそうやって持っているつもりかい?」老医師がハサミでレセンのシャツを切りながら、訊いてきた。

レセンは銃を下ろした。老医師はガーゼにアルコールをつけて傷口を拭いた。それから薬瓶に注射器を差し入れた。

「麻酔は要りません」

「けっこう痛むと思うがな」老医師が言った。

老医師はレセンの言葉にかまうことなく、注射器で薬を吸い取り、傷口に注射しようとした。レセンは老医師に向けて銃を構えた。

「麻酔はだめだと言っただろ？　鎮痛剤もだ」レセンは強く言い放った。

老医師はレセンの顔を見つめた。

「これは抗生剤だ」

レセンはきまり悪そうに銃を下ろした。老医師は注射を打った。それから二分ほど治療はせず、レセンの顔ばかり見ていた。レセンは腑に落ちない顔で老医師を見た。

「これ、抗生剤じゃないんですね？」

「いかん！　薬瓶を間違えたようだな」老医師は飄々《ひょうひょう》ととぼけた。

ふと、この老医師の言い方が、狸おやじの口調に似ているように思えた。レセンは虚しく笑った。そして眠りに落ちた。

十二月の陽光が病室に降り注ぐ。レセンは顔に注がれた陽射しに驚いて、目を覚ました。点滴瓶から薬剤がゆっくり落ちている。レセンはジタバタしながらベッドから起き上がった。シャツやズボンは跡形もなく消え、青くてダサい縞模様のパジャマを着せられていた。脇腹に巻かれた包帯から血が滲んでいる。レセンは腕から点滴針を抜くと、ハンガーにかかっていたコートを着た。病室を出ると、注射室から看護師と老婆の笑い声が聞こえてきた。老医師はあいかわらず診療室でネットゲームをやっていた。レセンが診療室に入った。パソコンのモニターを見ていた医師が、レセンをちらりと見た。

「起きたかい？」

レセンは頭を下げてお辞儀をした。

「なぜ警察に通報しなかったんですか？」

「お前さんみたいな人間を通報すれば、面倒なことになるからさ。わしはそんなことが手に負える年でもないしな。もう帰るつもりかい？」

レセンは頷いた。

「保険が効かないのは知ってるよな?」

レセンはにっこり笑った。ユーモアセンスのある老人だ。

「いろいろとありがとうございました。今度恩返しすると言いたいのですが、正直そんな機会があるかどうか、よく分かりません」

老医師は机の下から紙袋を出して、レセンに渡した。その中にはレセンの銃とナイフ、革ホルスター、床屋のマッドドッグが入っていた。

「そのコートの主を知っとる。常連だったのさ」老医師がレセンのコートを見ながら言った。

紙袋を受け取っていたレセンの手の動きが、一瞬止まった。

「親しかったんですか?」

「そうでもない。わしみたいな高尚なインテリが、そっちの世界の人間と親しいはずがないじゃないか。たまに髪を切ってもらって、碁を打ってたぐらいだよ。とにかく、そのナイフの使い方からすると、お前さんを殺すつもりではなかったんだね」

老医師が言った。

レセンはしばらく呆然としていたが、ゆっくり頷いた。

老医師はこれで自分の用事は済んだというふうに椅子に戻り、再びパソコンのモニターを見つめた。レセンはあいさつをして、診療室を出た。レジの前で看護師が老婆に何か説明している。老婆が病院を出ると、レセンは財布を出した。

「もう退院されますか？」看護師が訊いた。

レセンは頷いた。看護師は精算のためにパソコンのキーを叩いた。レセンは十万ウォンの小切手を十枚出して、カウンターの上に置いた。

「治療費とこのダサい患者衣と、今日俺を見たことを忘れる値段です。足りませんか？」

看護師は呆然とレセンを見つめた。レセンはさらに十万ウォンの小切手を五枚出して、カウンターに置いた。そして病院を後にした。

ソウル駅に着いたときには、すでに夜になっていた。レセンはコインロッカーを開け、金の入ったバッグを長々と見つめた。今すぐにこの金を持って逃げれば、生き残れるんじゃないだろうか？　インド、ブラジル、メキシコ、パプアニューギニア、ベネズエラ、フィリピン、ニュージーランド、チェコ……一度も行ったことのない国の名前が、レセンの頭をよぎった。「ベネズエラには美人が多いというし」そんな戯言を呟いたりもした。今が逃げられる最後のチャンスだろう。三日経てば、プジュの暗殺者やトラッカーがレセンを追ってくるはずだ。

地下道の片隅から人の叫び声が聞こえる。レセンはそちらに顔を向けた。二人のホームレスが押し合って、喧嘩をしている。その傍らで、先日レセンに紙コップの酒を差し出した、人生ってどうしてこんなザマなんだ、という顔の男が今夜も酒を飲んでいた。寒さを凌ぐため無造作に何枚も重ね着している汚らしい服、風や床の冷気を防ぐために敷いたダンボール、つまみもなしに飲んでいる一本の焼酎が、彼の全財産のように見えた。それはおぞましい人生なのだろうか？　おそらくそうだろう。しかし、すべてを諦めたようなその顔は、平穏に見えた。

レセンはバッグを開けて、百万ウォンの札束を十束取り出し、紙袋に入れた。ファスナーを閉めてバッグを取り出し、その横にある長期保管用ロッカーに入れ替えると、ドアを閉めた。ロッカーの鍵を握って地下道を通り抜ける際、例の男がレセンを見上げた。

「千ウォンだけ置いてけよ。カップラーメンでも買えるようにさ」ぶっきらぼうに男が言った。

レセンは男の顔をじっと見つめた。男はレセンを覚えていないようだった。

「くれないつもりなら、とっとと行けよ。じろじろ見ながら無視すんなよ。チクショウ、俺らは乞食じゃねえんだよ」

おかしなやつだ。たったいま物乞いしたくせに、自分は乞食じゃないと言う。どういう意味だろう。実際のところ、特に意味はないのだろう。でたらめに生きてきた人生と同じように、でたらめにしゃべっているだけなのだろう。

「なに？　畜生だと？　なんで無視するんだ？　なんで人を無視する？　気持ち悪いか？だったらぶん殴れよ」

男は喰ってかかり、レセンに言いがかりをつけた。レセンは男から視線を外し、地べたにへばりついているガムを靴でこそげた。「人を無視しやがって、チクショウ」と、男はぶつぶつ言いながら紙コップに焼酎を注ぎ、ちびちび飲んだ。レセンは紙袋から札束を五束取り出し、男の前に投げた。男はびっくりして、レセンを見上げた。

「それで何でもいいから始めてみてください。飲んだくれて、道端で凍死する前に」

男は目の前にある五百万ウォンが信じられないのか手もつけず、大きく目を見開くばかりだった。この男が何か新しく始められるだろうか？　無理だろう。しばらく心配しないで、湯水のように酒に金を使う時期があるだけだ。結局金は底をつき、結局この場所に戻り、結局飲んだくれて凍死するだろう。寒くて、みすぼらしくて、臭くて、馴染み深いこの場所で。レセンは男を後にして歩きはじめた。後ろから「ありがとう、社長。社長みたいな人はきっと天国に行きますよ」と、男の騒ぎたてる声が聞こえた。

レセンはソウル駅の広場に出て、タバコを一本吸った。煙が喉を通る際、陶器の破片が通過するみたいに痛んだ。鎮痛剤が切れかけているのか、脇腹がずきずき痛む。十二月の冷たい風のせいでいっそう傷が痛い。レセンは左手を脇腹に当てて広場の片隅にうずくまり、しばらくハアハアと息を切らした。人々は横目でちらちら見ながら、レセンのそばを通り過ぎた。広場の中央では救世軍が鐘を鳴らしている。レセンは吸い殻を地面にこすりつけ、「来生《レセン》」と書いた。それからベネズエラと書き添えた。ベネズエラがどこにあるのか、唐突に知りたくなった。レセンは頭の中で地球儀を回しながらベネズエラを探し、一人で苦笑いした。「バカ野郎」レセンは地面にタバコを投げ捨てながら呟いた。そして立ち上がり、タクシー乗り場に向かうと、一番手前のタクシーに乗り込んだ。

レセンが図書館のドアを開けると、館内は爆弾でも投下されたようにめちゃくちゃになっていた。床には数千冊を超える本が投げ出されていて、書架もいくつか倒れていた。司書の席にあった様々な箱や引き出しが無造作に転がっている。レセンは図書館の中央を横切って、狸おやじの書斎に向かった。図書館の地下に通じる、書架の裏に隠された秘密のドアが開けっぱなしになっている。百科事典を拾って棚に戻していた狸おやじが、じっとレセンを見つめた。

「ハンザのしわざですか？」

「では、イノシシの群れが攻撃したとでも？」狸おやじは努めて冷静を装って答えた。

イノシシに襲撃されたほうがまだマシだっただろう。この九十年間、図書館でこのような狼藉を働いた者は誰もいない。この九十年間、この図書館は、この国の最高権力の侍女であり、主だったすべての暗殺の背景であり、ブローカーや設計者や暗殺者の神殿みたいな場所だったのだ。ハンザは焦っている。そうでなければ、もうこれ以上は、狸おやじや図書館に形式的な敬意を表すことすら面倒になったか。

「ハンザはいつ来たんですか？」

「昨夜だ。我らがレセン君の活躍がどれほど素晴らしかったのか、ハンザは正気ではなかったな。脅して、懇願して、また脅して」狸おやじが皮肉たっぷりに言った。

レセンは床に散らばっている百科事典を拾った。

「なぜここに来た？　ハンザの部下が血眼《ちまなこ》になってお前を捜しているはずなのに」

皮肉っているようにも見えるが、本心では心配しているような口ぶりだった。

「発つ前にあいさつしようと思って」

「発つ前に？　死ぬ前ではなく？」

レセンはその質問には答えず、手に持っていた百科事典を順番通りに書架に並べた。狸おやじはソファーに座り、タバコをくわえて火をつけた。そしてレセンにこちらに来て座れと、手招きした。レセンは狸おやじの向かい側に座った。

「あの女のためかい？」

「誰から聞いたんですか？　ハンザですか？」レセンは思わず感情的になって言った。

「死ぬ何日か前にジョンアンが言ってたんだ。お前がすごい女にひっかかったと」

「違います。あいつは口が軽くて、よく知りもしないくせに、勝手なことばかり言っていただけです」レセンは慌てて、ちぐはぐな言い訳を並べたてた。

「あの軽口がつくづく懐かしいな。あいつがいないと世の中がどう回っているのか、まったく分からない」

狸おやじは煙を長く吐き出しながら、寂しそうに笑った。

そのとき狸おやじの肩越しから、机の上に置いてある箱が目に飛び込んだ。箱の中には骨董品同然の、三十八口径のスミス&ウェッソンの銃が入っているはずだ。子どもの頃、その銃でいたずらをして狸おやじにこっぴどく叱られて以来、一度も見たことのない箱だった。その瞬間、霧のようにおぼろげに漂っていたこの数日間の出来事が、ごく現実的な姿でレセンの前に立ち現れた。ブービートラップのワイヤーに触れてしまったような、冷やりとした絶望感がレセンの心臓を貫通し、通り過ぎていった。あまりにも遠くへ流れ着いてしまって、もう二度と家には戻れない、ひれが破れた魚になった気分だ。狸おやじがレセンの視線の先を察して、口を開いた。

「人々はわしのような悪人が地獄に落ちると考える。しかし、悪人は地獄に落ちないものだよ。ここが地獄だからだ。心に一点の光もなく、一瞬一瞬を暗闇の中で生きていくことこそが地獄なのさ。いつ標的にされるか、いつ暗殺者が来るか、常に恐怖に怯えながら、自分の居場所が地獄だとも知らず、ジタバタもがいて生きる。それが地獄なんだ」

狸おやじはもう一度、煙を長く吐き出した。レセンはうなだれた。無言のまま、レセンと狸おやじはしばらくそのまま座っていた。狸おやじはタバコを灰皿にこすりつけ、もう一本取り出して吸いはじめた。

「本が要るから来たんだろう?」

「違います」レセンは強く否定した。

どちらでもかまわないというふうに、狸おやじは頷いた。

「ついてこい」

狸おやじは立ち上がると書斎をあとにした。レセンもふらふらと狸おやじについて行った。狸おやじは西側にある書架にさしかかると、その真ん中で立ち止まって一冊の本を手に取った。それは犬の図書館に数多くある書架の中の、ごく平凡な書架に過ぎなかった。

誰でも見ることができる場所、十歳の子どもの手でも届く場所だった。ミトから聞いたことは異なり、羊革の表紙もなく、聖書のようでもなかった。それは、この図書館にある数多くの本とまったく変わりはなかった。狸おやじは本を持ったまま図書館を見まわした。

「本があることで、世の中は少しはマシになったのかね？　わしにはよく分からん。ちゃんとした物事はすべて本の外側にあるのにな」

狸おやじはレセンに本を差し出した。レセンは途方に暮れて、狸おやじを見つめた。

「どうしろというんですか？」

「好きにしろ。女にやってもいいし、燃やしてもいいし、売ってもいい。お前がこの本の続きを書いてもいい。所詮は本だからな」

狸おやじの手がかすかに震えていた。本が重たそうに見える。レセンはためらい、受け取れずにいた。

「ずっと知りたかったのですが、おやじがつけてくれた俺の名前、どうせこの世での人生はだめだから、次の人生で頑張ってみろという意味だったんですか？」レセンが訊いた。

すると狸おやじは大声で笑った。

「お前の名前に、そんなすごい意味が込められているとは知らなかったな」

狸おやじはまだ笑みの残る顔で、レセンの顎の下まで本を突き出した。レセンは震える手で本を受け取った。

「戻ってくるな。逃げるのにも相当な勇気が必要だ。わしは一生、この地獄を離れることができなかった。わしのような障害者には、何も知らずこの図書館に入った司書時代が天国だったからさ。しかしお前は違う」

言い終わると、狸おやじは足を引きずりながら書架の間を抜けて書斎に戻り、ドアを閉めた。レセンは固く閉ざされた書斎のドアをしばし見つめた。いつも固く閉ざされているドアが、今日はとりわけ固そうに見えた。レセンは何度もちらちら振り返りながら、図書館の出入口に向かって歩きはじめた。書斎から銃声が聞こえてきそうな気がしてならなかった。

＊

森に向かう途中で雪が降ってきた。雪がたくさん降ったせいで、狭い道が綿菓子のように膨れ上がっている。雪道で足を滑らせるたびに、刺されたほうの脇腹が痛む。レセンは腕時計を見た。夜中の三時だ。闇が深い。闇の深さのせいで雪道はひときわ明るい。雪道に垂れ込める木々の影は、誰かが流した血の痕のように見えた。

庭の入口にさしかかった。しかし、レセンはすぐに入ることができず、タバコを吸いながら家の前をうろついた。ミトの屋根裏部屋に明かりがついている。その明かりが、故郷の海に浮かぶ灯台みたいに温かなものに見えた。ノックしてもないのに、待っていたとばかりにドアが開いた。ミトがドアノブを握ったままレセンを見ている。レセンはタバコを消して中へ入った。ミトは黙ってドアを閉めた。

居間の窓際にあるレセンが寝ていたベッドで、ミサが寝ていた。例のぼろぼろのプーさんをしっかり抱きしめて。もともと大きかったのか、そうでなければ痩せてしまったのか、かなりゆるめの象さん柄のパジャマを着て、ミサは寝ていた。

「あれはもともとミサのベッドだったのかい？」

「お客さん用のベッドだった。あんたがいなくなった日からミサがあそこで寝てる」

レセンはミサの寝顔を覗き込んだ。目を閉じているミサの青白い肌に、毛細血管が透けて見える。レセンはミサの額にそっと触れた。レセンの手が冷たいのか、ミサは寝返りを打った。

「どうして他人の妹の体に触れるわけ？」ミサを起こさないように、ミトが低い声でたしなめた。

「あまりにかわいくて」レセンが答えた。

当然だというふうにミトは頷き、笑顔になった。

「だったら私もかわいいはずだよね？　ミサと私は同じ血を受け継いでるから」

レセンは呆れたというふうにミトを見つめた。

「お前の部屋には鏡もないのかい？」

ミトはにっこり笑って、屋根裏部屋を指さした。

「先に上がってて。あとで飲み物を持ってくから」

レセンは音をたてないように気をつけながら、木造階段を上がった。屋根裏部屋のテーブルの上は、分厚い資料でいっぱいだった。テーブルの下にも書類ボックスがいくつかあった。レセンが書類をめくっていると、ミトが温かい柿の葉茶を持って部屋に入ってきた。

「これは何だ？　ハンザと戦う準備か？」

「ハンザ？」皮肉るようにミトは笑った。「ハンザはあんたみたいな小僧と戦うのよ。このミトはもっと図体のでかいやつらと戦うのさ」

「ハンザを殺すつもりじゃないのか？」

「あんたみたいにナイフで刺し殺したりはしない」

「では？」

「刑務所に入れる」

レセンはがっかりした顔でミトを見た。

「甘いね。まさか法律がハンザを裁いてくれると信じてるのかい？」

「全然」

「では？」

「でも裁く真似事はしないといけないだろうね。大統領選挙のシーズンだから、そのまま葬るのは難しいと思うよ。金も帳簿も見ている人間が多いからね。そしていったん始めたら止められない。私が次から次へとやつらを窮地に追い込んでいくから。少しずつ、少しずつ、そして最後は強烈に」

「どうやって刑務所に入れるつもりだ？」

「できるだけ騒がしく。なるべく大勢の前で入れたほうがいいね。たくさんのカメラで実況中継されれば、それに越したことはない」ミトは冗談めかして言った。

「夢を見てるな。ハンザは出てくるしかない。ハンザみたいなキツネは、そんなところにのこのこ出てきたりしない」

「ハンザには、猿知恵をめぐらす余裕なんてない。どうせ帳簿をなくしたら死んだも同然だから。それに今のハンザみたいなキツネでも洞窟の外に出るしかない。今みたいなタイミングなら、九つの尻尾のついたキツネでも洞窟の外に出るしかない」

「お前は？　ハンザと取引したあと、どうやって逃げ出すつもりだ？　ハンザの部下が蜂の群れみたいにお前の周りに群がるはずだよ。あいつらを相手にするのは、机でペンを動かすのとはわけが違う。かなり鍛えられたやつらだ」

「逃げたりはしない」ミトがたいしたことでもないというふうに、あっさり答えた。

「逃げないだと？」レセンは訝った。

ミトはテーブルから椅子を引っ張りだして腰かけた。

「虎穴に入らずんば虎子を得ず、よ。私はハンザに絡んで、一緒に刑務所に入る。金がいっぱい詰まったバッグ、ハンザの帳簿、カン・ジギョンの設計資料、そして大韓民国トップの暗殺ブローカーと大韓民国トップの設計者だったカン・ジギョンの助手が、検察で取り調べを受ける。緊張しないといけない人間がかなり多そうじゃない？」

ミトは面白そうに笑った。何が面白いのだろう？

「そこで死ぬつもりなんだね」

「簡単に死ぬつもりはない」

「外野から煙だけ立てればいいじゃないか。それがお前の専門分野でもあるし」

「それはウサギを捕るときに使う方法だよ」

「お前が捕まってしまったら、残りの仕事は誰がやる？」

「スミンがやる。必要な情報を調節しながら流し、タイミングを見計らって暴露する。そういうことは私よりもスミンのほうがうまい。資料の整理は彼女の専門だから」

「そうだな。たしかにあの司書には、何かを整理する才能があった。うまい具合に出会ったものだよ。アホとマヌケ同士で。しかしお前らでは、ウサギを捕るのも簡単じゃないと思うよ」レセンが嘲笑うように言った。

「私が捕まったら、スミンが状況に応じて適宜、情報を流していく。関係しているやつらの神経がピリピリするように少しずつ、少しずつ漏らすのよ。新聞社やテレビ局に情報を流すこともできるし、ネットの掲示板を利用することもできる。数百人、数千人にメールで送りつけることだってできる。そのメールを開くと、受信者の住所録に登録されている人々にも自動的にメールが飛んでいく。そうすれば、数日で数千万人、いえ数億人の人たちが資料を受け取ることになる」

「ウイルスごときがお前を守ってくれるというのか？」

「しばらくは私を殺すことはできないだろうね。宿主(しゅくしゅ)を探し出す必要があるから」

ミトの顔は真剣だった。レセンは体を後ろに伸ばすと、タバコをくわえた。

「だったら三十億に釣り上げる必要もなかったな。どうせ検察に食い潰されてしまう金なんだし」

「三十億？」

「七億五千万を四人で分けてどうする」

「それでハンザに三十億を要求したということ？」

ミトはいきなり立ったようにレセンを睨みつけた。レセンは気まずそうに頷いた。ほどなくして、レセンを睨んでいたミトの表情が和らいだ。

「本当に分けるつもりだったの？」

当然じゃないか、というふうにレセンは頷いた。

「悪そうな脳ミソを使ったわりには、それなりに奇特な考えね」ミトが笑いながら言った。

ミトは柿の葉茶を少し飲んだ。そしてレセンのシガレットケースに手を伸ばし、タバコを一本くわえた。タバコを吸いながら特に意味はなさそうに、ミトは書類を一枚手に取って、再びテーブルに置いた。

「ここにある書類をひとつ残らずスキャンしておいた。この世が我々の知らない帳《とばり》の後ろで、どうやって動いていたかを証言する資料だよ。卑劣で醜悪な過去との戦いさ。本当にたくさんの人間が殺されてきたんだね。誰もこの死の内幕を知らない。周りの人間、家族、そして殺された当事者すらも。このことが世間に伝わるだけでも、半分は成功だと思う。

私が死んだあとも、この資料は数千、数万の人々に伝わるだろうね。そのなかからまた無謀で勇気のある人が出てくるだろうし、そしてそのなかの誰かは率先して戦うと思うよ」

「まさか、お前みたいなイカれたやつがまた出てくると思ってるのか？」

ミトは答えず、しばらく考えに耽っていた。そしてかなり長くためらったあと、口を開いた。

「本、持ってきた？」

「いや」レセンはきっぱりと否定した。

「捜さなかったの？　それとも捜せなかったの？」

「地下室にはない。狸おやじが生きてるうちは難しいと思うよ。死んでからでも無理だろうな。もしかしたら羊革の表紙の本なんて、そもそも最初からなかったのかもしれない」

ミトはがっかりした様子だったが、どうしようもないというふうに机の方に向かうと、引き出しから封筒を取り出してレセンに差し出した。

「何だ？」

「約束した通り、あんたを救うための設計。こんな修羅場まで来てしまったから、このままぬけぬけと生きていくのは無理だし、いったん死んでから復活しないとね」

「いつ作った？」

「太初に設計があったんだよ。初めてあんたに目星をつけたときから」

ミトが封筒を差し出した。設計者が図書館に送っていた封筒と同じものだ。レセンは書類を取り出して目を通した。自動車事故の設計だった。

「素直にそこに書かれた通りに動くだけでいい。思い上がったことはしないで、指示されたことは一つたりとも落とさずに。車を少し改造して、死体を一つ手に入れればいい。死体を入手する方法は知ってるよね？」

「ありがちな設計だな」

「いい設計は平凡なものよ。特別な事件には特別な人間が介入する。平凡な事件は平凡な人間が処理するからね」

「うまく騙されてくれるかな？」

「やっぱり生きたくなったみたいだね」

ミトのその表情は、嘲笑っているように見えた。

「特に死ぬべき理由もないからな」レセンはきまり悪そうな表情を浮かべた。「お前は？」
レセンが訊いた。
「私がなに？」
「わざわざ死ぬつもりかい？」
「この仕事がなければ、私に生きる理由なんてない」
「ミサは？」
ミトは、ほんの少しためらってから口を開いた。
「私は床屋とは違う。床屋にとって娘の存在は言い訳になるけれど、私のような人間には
ミサは言い訳にならない。世界じゅうがめちゃくちゃなのは、邪悪な人間のせいじゃない。
みんながそれぞれ、それなりの事情や言い訳をもっているからなのよ。けれども私はミサ
を利用して自分自身を騙せるほど鈍くもないし、バカでもない。簡単に言うと、私はそん
なふうには生きていけない。あんたとは細胞が違うからね」
「今まで生きてきて、たった一人だけ、お前のような人間に会ったことがある。爬虫類の
ように冷たい人間。彼らが冷たいのは、この世の中よりもさらに自分自身を嫌悪している

からだ。そういう人間はけっして他人と握手できない。自分自身と握手する方法さえ知らないからな。まさに狸おやじがそういう人だった」

ミトは何か考えているようだったが、しばらくしてから頷いた。

「もう寝な。ミサのベッドが空いてる」

ミトの横顔がとても疲れているように見えた。

「私が捕まったあと、あんたが生き返ったらミサを守ってくれる？　安全になるまで五年だけ。いや、三年でもいい」椅子から腰を上げながらミトが言った。

「俺みたいな一介の暗殺者に、あの天使みたいな妹を預けるなんて、正気か？」

「あんたはこの世で、ミサの次によく知っている人間だよ。ずっとあんたを観察してきたし、研究してきたから。何よりもミサはあんたのことが好きだし」

レセンは何も言わなかった。ミトはずっとレセンの返事を待っていたが、やがて自分の部屋に戻っていった。レセンは気乗りしなさそうにミトから渡された書類に目を通し、苛立たしげに封筒にしまった。そして一階にあるミサの部屋に行って、ベッドに横たわった。枕から、布団から、シーツから、ミサの匂いがした。太陽をたっぷり浴びた赤ん坊のおむつみたいに柔らかくて温かい。目を閉じたとたん、レセンは眠りに落ちた。久しぶりに味わう甘い眠りだった。


頬に温かな気配を感じ、レセンは目を覚ました。ミサがレセンの顔を見つめている。

「起こしてごめんなさい」

「いや、よく眠れた。いま何時？」

「午後二時よ。ミサはすぐどこかへ行かなければならないの」

「どこへ？」

「日本に。遠い親戚のおばあちゃんが、そこで旅館をやってるの」

レセンはベッドから起き上がった。窓越しに、荷物を車に載せているミトの姿が見える。

司書がミサの部屋に入ってきた。

「ミサ、時間だよ」

「今度、レセンさんも来てね。ミト姉ちゃんとスミンさんが来るときに必ず一緒に来て。とってもいいところだよ」ミサがお願いするように言った。

レセンは思わず頷いた。するとミサはパッと笑顔になった。司書が再び腕時計を見た。

ミサはレセンに手を振り、車椅子を押して家の外に出た。レセンもミサについて外に出た。旅行にしては多すぎる荷物が車の中にあった。ミトはミサを抱いて車に乗せ、車椅子を畳んだ。ミサは窓を下ろしてレセンと司書を見た。

「スミンさん、必ずレセンさんを連れて来てね」手を振りながらミサが言った。

司書はミサに手を振った。レセンもつられて手を振った。ミトは司書に目であいさつし、レセンの方を見た。

「ここにいる?」ミトが聞いた。

「ああ」レセンが答えた。

ミトは空港に向かって車を出した。ミサは窓を開け、見えなくなるまで手を振っていた。車が林道を下りていくと、レセンと司書だけが残った。二人の間に気まずい空気が流れた。

「もうミサもいないし、あとは君とミトが死ぬだけかな?」レセンが当てこすった。

司書は無表情のまま、ミトとミサの姿が見えなくなった林道を見つめていた。

「成功しないと思うよ。ミトも君も結局は殺られる」

司書はレセンを睨みつけた。そして言った。

「死体のように生きるよりは殺されたほうがいい。死体のようには、もう充分生きたから」

*

腕時計が明け方の五時を指している。レセンは起き上がり、服を着て顔を洗った。鏡の中に一人の男が映っていた。顔に深い影が垂れ込めている。その影の正体は、おそらく恐怖だろうとレセンは思った。レセンはタオルで顔を拭くと洗面所から出た。荷物をまとめ、テーブルの上に置く。次にミトの部屋の前に行って息を整えてから、静かにドアを開けて中に入った。無理して働いてきたせいか、ミトの顔はやつれて見えた。レセンはクロロホルム瓶の蓋を開けてタオルに染ませ、それでミトの鼻と口を覆った。その瞬間、ミトが目を見開き、三秒間レセンを見つめた。その瞳に宿っていたのは、恐怖でも驚きでもなく幻滅だった。ほどなくしてミトは意識を失った。

レセンはベッドの下から二つのカバンを取り出した。一つはハンザの帳簿が入っているもので、もう一つはハンザに襲われたときに備え、銃、爆弾、その他の必要な物を入れたものだった。レセンはカバンの中の物をすばやく点検し、ファスナーを閉めた。そして部屋に戻って、テーブルの上の荷物をまとめた。レセンは司書の部屋の方をちらりと見やってから、家を出た。

ソウルに到着するなり、レセンはハンザに電話をかけた。

「金は用意したか？」

「用意してある。これからどうするつもりだ？」ハンザの声は疲れていた。

「海外に飛ぶ。他に方法はないだろ？」

「気をつけろよ。はっきり言っておくが、お前には消化しきれないと思うよ」

ハンザはかなり苛ついていた。

「また電話するから待機しておけ。悪あがきはよすんだな。その瞬間、宙に足を踏み出すことになる」

そう言うと、レセンは電話を切り、携帯の電源も切った。

レセンがタクシーに乗って到着した場所は、Gワールドだった。中心の中央広場を囲むように、ホテル、ショッピングモール、テーマパークが丸く並んでいる。レセンはショッピングモールを眺めた。ガラス張りの展望用エレベーターが二機、十一階建てのビルの外壁に沿って昇り降りしている。ショッピングモールの七階とホテルの七階とが連絡橋で繋がっている。レセンは展望用エレベーターに乗って、すべての階のボタンを押した。一緒に乗り込んだ中年の女性が、不快そうな顔でレセンを見た。

「申し訳ありません。エレベーター点検です」

女性は申し訳なさそうに頷いた。各階で扉が開くたびに、レセンはエレベーターから降りて辺りを見まわし、次の階に上がった。レセンは二つの展望用エレベーターを交互に乗り、約一時間後、広場の方に出た。そして広場の中央にあるベンチに座り、タバコを吸った。鳩が忙しそうに歩きまわって、お菓子やパン屑をつまんでいる。翼を持っているのに、どうしてこのうんざりする街を離れないのだろう？　レセンは小首を傾げて苦笑いした。

一服し終えると、レセンはショッピングモール内の高級洋服店に行き、スーツとワイシャツを買った。女性の店員が、レセンの着ていた洋服を紙袋に入れて差し出した。

「捨ててください」

レセンは洋服店の向かいにある靴屋に行き、気に入った靴を一つ選んだ。そして古い靴を捨てた。さらに下着と靴下を一つずつ買い求め、展望用エレベーターに乗り込んだ。ショッピングモールの七階で降りて、ホテルへと繋がる連絡橋をゆっくり歩いた。その通路を三往復してからようやく、レセンはホテルのスカイラウンジレストランに上がった。五十代前半の渋めのウエイターがやって来て、今日のメイン料理は国産ドライエイジングビーフのローストステーキです、と勧めた。

「ドライエイジング？　初めて聞きますね」レセンは笑顔で言った。

ウエイターがウェットエイジングとドライエイジングの違いについて説明している間、レセンは向かい側のショッピングモールを注意深く観察した。

「どれになさいますか？」

「はい、それにします」

ウエイターが勧めてくれたステーキはとても美味しかった。アメリカの死刑囚が、死ぬ直前の最後の食事として最も多く選ぶメニューはステーキだ。火食のベールに隠されている生食への欲望。その強烈な肉食性。他の哺乳類の肉を噛みしめるとき、口の中に広がる血の味。葬儀場で、生き残った人々が肉を分かち合うように、それは生き残った者の特権であり、生きたいという強烈な欲望の証しだ。レセンは死刑囚が食事をするように、ゆっくり食事を終わらせた。そして、ステーキとセットで出てきた赤ワインをじっと見つめ、「仕事の日は飲まないのに」と呟いた。レセンはグラスを持ち上げ、ワインを少し飲んだ。肉と血。人々がステーキを愛するのは、あのこぎれいなスーツの中に隠された食人の本能だろうと、レセンは思った。

食事が終わると、レセンはホテルのロビーに向かい、広場を見下ろせる七階の部屋を取った。部屋に入ったレセンは、時間をかけて風呂に入り、髪を乾かし、櫛を入れ、顔にローションをつけた。そして鏡に映った自分の顔を見つめた。右頬に床屋に切りつけられたナイフの痕が鮮明に残っている。

「顔にナイフの痕があると、よりセクシーだな」

レセンは下着を替え、スーツとワイシャツを着た。肩にホルスターをかけ、右側に消音器のついたＰＢ／６Ｐ９を、左側にヘンケルスを納めた。カバンから三十八口径リボルバーを出してベルトに差し込み、PB／6P9の弾倉を三つ、スーツの右側のポケットに、箱から出したリボルバーの弾丸三十個を左側のポケットに入れた。すべての準備を終えると、レセンはベッドにぽつんと座り、西の空に日が落ちるのを待った。

やがて闇が訪れ、全面ガラス張りのショッピングモールに明るく電気がつくと、レセンは携帯でハンザに電話をかけた。

「Gショッピングモール。一番ゲート。一人で来い」

レセンは電話を切り、再び電源も切った。三十分後、ハンザは一番ゲートの前に到着した。一見、ハンザは一人で来たように見えた。現金十億を入れた大きなキャリーバッグを二つ、無記名債券を入れた小さなカバンを一つ持っていた。レセンは望遠鏡で広場の東側と西側、ショッピングモールの入口、各階の非常階段をチェックした。そして電話をかけた。

「ショッピングモール七階のエレベーター前に行け」

ハンザはキャリーバッグをずるずる引きずって、エレベーターに乗り込んだ。そして七階で降りた。レセンは再び電話をかけた。

「十一階の非常階段」レセンは電話を切った。

ハンザが十一階の非常階段の前に立つと、レセンはまた電話をかけた。

「三階のエレベーター」

「六階のカバン店」

……

……

……

「一階のコンビニ」

「犬の訓練でもやってんのか?」場所の変更を十回ほど告げたとき、ハンザが喰ってかかった。

「思ったより従順に従う犬だな。二番のエレベーターの中でちょっと休んでろ。苦労をかけたからな」

レセンが電話を切ると、ハンザは再びバッグをずるずる引きずって一階のコンビニからエレベーターに向かって歩きだした。ハンザが動くたびに、レセンはショッピングモールの入口、エレベーター、非常階段を望遠鏡で確認した。ハンザが連れてきた暗殺者は十七人ほどのようだ。四つあるショッピングモールの入口にそれぞれ二人ずつ、左右の非常階段に二人ずつ、一階エレベーターの入口に一人、十一階エレベーターの入口に一人、連絡橋に二人、そして広場の中央に全体を仕切っているやつが立っている。おそらく駐車場や屋上にも何人かいるだろうし、ショッピングモール周辺の道路にも車が待機しているはずだ。レセンはカバンを持つと、サングラスをかけて部屋を出た。ホテルからショッピングモールへと渡る連絡橋の先に、スーツに身を包んだ筋骨たくましい二人の男が、通り過ぎる人々を監視していた。レセンが男たちの前を通り過ぎようとしたとき、一人の男がレセンに向かって手を上げた。

「おい、そこのサングラスのおっさん」

レセンはホルスターから消音拳銃を取り出し、二人の太股に一発ずつぶっ放した。二人の男が倒れると、レセンは大柄なほうの男の太股に二発、小柄なほうの男の太股に一発、銃弾を浴びせた。そして弾倉を取り出して地面に捨てると、新しい弾倉に取り換えた。レセンが歩きだすと、後ろから人々の悲鳴が聞こえてきた。レセンはすばやく二番の展望用エレベーターに向かうと、一番と二番、両方のエレベーターのボタンを押して、その前に立った。九階にあったエレベーターが七階まで下りてくる何秒かの時間が、とても長く感じられた。

エレベーターの扉が開いた。中にいた人々に混じって、ハンザがいた。レセンはベルトの後ろから三十八口径リボルバーを抜くと、エレベーターの天井に向かって二発、発砲した。銃声に驚いた人々がエレベーターから飛び出してくる。ハンザはびっくりしたようにレセンを見つめた。レセンはハンザの右膝に二発、銃を撃った。ハンザは悲鳴を上げながら、エレベーターの角に座り込んだ。みんな逃げ出したというのに、太った中年男が一人、片隅に頭を突っ込んだままブルブル震えていた。レセンは非常停止ボタンを押してエレベーターを止めてから、中年男の肩をとんとんと叩いた。

「おじさん、みんな出ましたよ。ずっとここにいるつもりですか？」

男はレセンをちらっと見ると、あたふたと飛び出した。そのタイミングを突いて、ハンザがスーツの内ポケットから銃を抜こうとした。レセンはハンザの右腕と肩に一発ずつ発砲した。レセンはハンザの銃を奪ってカバンにしまうと、リボルバーの薬莢を床に落とし、ポケットから弾丸を取り出してすばやく詰め込んだ。レセンはミトのカバンから爆弾とテープを取り出して、自分の乗っている二番エレベーターの入口に貼りつけ、火炎瓶に火をつけた。そして一番エレベーターが七階まで上がってくるのを待った。一番エレベーターの扉が開くと、レセンは再び天井に向けて発砲し、中の人々を追い出してから、エレベーター内に火炎瓶と小さなシンナー瓶を一つ投げ入れた。火炎瓶が爆発し、あっという間に炎が広がる。レセンは二番エレベーターに戻ると扉を閉めた。ハンザは唸りながらレセンを見ていた。

「いったい何をしでかしているんだ？」ハンザが訊いた。

レセンはハンザの太股に一発、発砲した。

「何か一言いうたびに一発ずつ撃つ」

向かい側の一番エレベーターが炎に包まれ、上の階に昇っていく途中で止まった。レセンはタバコを取り出して火をつけ、その炎を眺めた。広場に人々が集まりつつあった。

「それほど騒がれないな」レセンは呟いた。

レセンはハンザが持ってきた二つのキャリーバッグのうち、一つを開けた。一万ウォン札がたっぷり入っている。レセンはエレベーターのガラス壁に向かって銃を四発撃ち込み、拳銃のグリップでガラスを割った。そして札束をいくつか、空中に向かって放り投げた。紙幣がバラバラと散りながら、雪のように広場に舞い落ちる。レセンは満足げな表情で、バッグから好き放題に札束を掴み、エレベーターの外に向かって投げつけた。ハンザは呆然とレセンを見つめていた。広場に数十台のパトカーや消防車が駆けつけた。舞い散る紙幣を拾う人々でごった返し、広場はすぐさま修羅場と化した。レセンはカバンから火炎瓶とシンナーを出し、エレベーターの天井にある監視カメラに向かって振って見せてから、火炎瓶に火をつけてエレベーターの中央に置いた。ハンザの顔は恐怖に満ちていた。ハンザが口を開こうとすると、レセンはハンザの顔に銃口で狙いをつけ、ゆっくり首を振った。ハンザは口をつぐんだ。

レセンは携帯を取り出してミトに電話をかけた。ミトが出た。

「お前が変える予定の、世の中を見られなくて残念だ。そんなの信じてもいないが……二番目の引き出しに本と鍵を入れておいた。ミサに一緒に行けなくてすまないと伝えてくれ」

ミトが何か言おうとしたが、レセンは電話を切った。そして携帯からチップを取り出し、ライターで火をつけてから外に放り投げた。レセンは再びタバコに火をつけ、虚空に向かって長く煙を吐き出した。広場にいるすべての人々がレセンを見つめていた。火事場の見物でもしているのだろうか？　それとも、ここから再び札束が落ちてくるのを待っているのだろうか？　もしかすると俺が死ぬことを、俺が誰かを殺すことを待っているのかもしれない、とレセンは思った。一人の警察官がレセンに向かって、メガホンで何か呼びかけつづけている。しかし、広場に集まった人々のざわめきに埋もれ、何を言っているのか聞きとれない。お前の望みは何だと訊いているようだ。俺の望みは何だったのだろう。レセンは自分に問いかけた。

レセンは、エレベーターの下に駐車してある車両に向けて銃を二発撃った。車両の近くにいた警察と野次馬が楕円を描くように散らばっていく。レセンはカバンから火炎瓶をもう一つ取り出し、車両に向かって投げつけた。車両から炎が舞い上がる。ホテルのほうに狙撃手が配置されたようだ。ホテルの屋上に一人、向かい側の部屋に一人、連絡橋に一人、見えるのは三人だけだが、どこかにもっと隠れているはずだ。ようやく放送中継車が広場の外側に到着し、カメラを設置している。カメラマンはレセンを撮影しようと、群衆の中を掻き分けている。メガホンを持った警察は絶え間なく呼びかけつづけ、レセンを説得しようとしている。レセンは爆弾を左手に持つと、外に向かって振りまわした。

そのとき突然、ハンザがくっくっと笑いだした。レセンはハンザに視線を向けた。ハンザは笑うのを止めなかった。レセンは首を軽く傾げて、リボルバーでハンザの左太股を一発撃った。銃声が響くと、群衆は派手な悲鳴を張り上げた。ハンザはしばらく唸っていたが、やがて唸るのを止めた。そして口を開いた。

「お前はチュになりたいんだな。しかし、俺らみたいな人間がチュになれると思うか？どうしてお前がそこまで俺を嫌うのか分かってるかい？お前と俺が双子のようにそっくりだからだよ。お前が苛つくのは、もっとも憎悪している姿に、自分があまりにも似ているからだ。しかしどうしようもないね。俺らはもともと、こんなふうにできてるからね」

くっくっと笑いながらハンザが言った。

しゃべれば撃たれると分かっていながらも、ハンザはかまわずしゃべり続けた。苦痛で顔を歪めながらも、ハンザはその特有の皮肉に満ちた表情を崩さなかった。レセンはハンザに銃を向けた。

「俺とお前のどこが似てるというんだ？」レセンが訊ねた。

「ところでな、俺が本当に知りたいのは、俺ら二人のうち、どちらが狸おやじに似ているかということだ。俺？　それともお前？」ハンザは笑いをこらえきれず、くっくっと笑いつづけた。

ハンザと俺。どちらがより狸おやじに似ているのだろうか？　どちらがより似ているのだろうか？　レセンはハンザに向けていた銃を下ろした。そして苦笑いした。

「では、今の俺の顔はどうだ？」レセンが訊いた。

ハンザは笑うのを止めて、レセンを見つめた。そのとき銃声が響いた。レセンは視線を落とし、自分の胸を見た。胸に穴があいている。レセンは指で穴を触った。血が黒い。弾丸が肝臓を貫き、レセンの体を通過したのだろう。弾丸が飛んできた方向に首をまわそうとしたとき、二発目の弾丸がレセンの肺を貫通して通過していった。不意に、耳元で水の音が聞こえた。砂利道を流れる冷たい水の音。レセンの記憶の中でずっと、あれほど冷たかった水の音。しかし、もうそこもさほど悪くはないような気がした。その小川の石になっても、苔になっても、雫を避けて舞う蝶になっても。

レセンは床にひざまずいた。そして彼の昔からの専売特許みたいに、宙に向かってふっと笑った。

＊1【邑】行政区域のひとつ。市や郡の管轄区域内にあり、都市としての形を備えた人口二万人以上の地域を指す。

作者の言葉

森にいる

一年のうち何ヶ月かは妻のいる家を離れ、この森に来ている。あいかわらず、妻と猫のそばでは小説が書けない。その場所が安らかすぎるためだろうか。私は世の中のすべての騒音に目をつぶり、妻のそばで絶えずしゃべり続け、戯れ、いたずらをしかける。「あなたは子どもなのよ」と妻は言う。私は文句をこぼしながら、アカシカやリスが住むこの静かな森へと、とぼとぼ歩いてくる。

日が暮れると、月明かりが降り注ぐ窓の下で、スタンドをつけ、机に座る。そして小説を書きはじめる。ときおり外に出て、月明かりの間を縫って密やかに影を作る木々の下を歩く。いかなる悲しみをも、簡単に慰めてくれることのない、無愛想なこの森の木々が私は好きだ。それぞれの場所で、ありのままの姿で、この美しい森の一員になった木々は、いつも何かに追われて疲れている私に「あえて何かになる必要はないよ」と、それとなく忠告する。ありのままの姿で、ただここに存在するだけでいいと言ってくれる。種の多様性は神の思《おぼ》し召しであるため、同じ方向を見る必要も、同じことを言う必要もないと言ってくれる。みんなそうやって立っているのだから、君もここで一緒に、ただ立っていればいいと。

ただ立っているだけで、私はこの美しい森の一員になった。この森で沈黙し、散策し、夜空を眺め、古い記憶を巡らせる。残った人々と去っていった人々のことを、輝いていた瞬間とつらかった日々のことを。そして泣く。好奇心に満ちた瞳のように、闇のなかで輝く蛍。そんな蛍のいる森で一人泣いていると、素敵な人間になったような気がする。森が私を一員として受け入れてくれたように、いずれ自分を許し、再び愛せるような気がしてくる。振り払うべきものと、しっかり握るべきものが明瞭になってくる。自分についてきた嘘を懺悔し、自ら否定してきた自分の姿を、誤解し憎んでいた人々を、もう一度見つめ直させてくれる。よかった。この人生が終わるまえに、もう一度あなたの顔を見ることができて。

私はもう善と悪の区別を、明確な正義や明らかな真実を信じない。単色で作られた世界を、二分法を、刃のように鋭い批判と明快なアフォリズムを信じない。私は誰かを完璧な悪人として仕立てあげる、すべてのスローガンを警戒する。私がこれまで出会ってきた人はみな、誰もがその内面に、この宇宙の星ほどたくさんの顔を隠し持っていた。だから、人間に有用なリトマス試験紙があるなどとは信じない。

人間は誰しも、この宇宙ほどに複雑で神秘的な存在だ。私が出会ったすべての人がそれほどまでに複雑だったし、これから出会う人もまた、それほどまでに神秘的だろう。その複雑さや神秘の前を、私は危うくそのまま通り過ぎてしまうところだった。青年時代、私は勝手に断定し、批判し、怒り、憎んでいた。そして自分が正しいと信じていた。

けれどもこの森の無愛想な木々は何も断定しない。誰も排除せず、誰のことをも勝手に歪曲したり変形したりしない。しかし森は、こんなにも複雑なすべてを、ひとつの場所に一緒に立たせる方法を知っている。この森が誰にも親切にドアを開けたりしないのは、一度たりともドアを閉めたことがないからだろう。この森の堂々とした無愛想ぶりはそのせいだ。

再び夜が訪れると、私はノートパソコンに電源を入れる。そしていつものように森を散策する。真夜中にこの静かな森を歩いていると、自分がかなり寂しがりだということを、その寂しさの力で人を愛する人間だということに気づく。自分に人を愛する才能があることに、熱烈に恋しがる才能があることに気づく。おそらくそれが私に与えられた才能のすべてだろう。しかし、小説を書くために必要な才能はそれで充分だと思う。私は、小説とは人間への理解だと学んできたし、いまでもそう信じている。人間を愛するための最良の方法は、相手を愛することだと思う。世の中に向けてかっこよく皮肉を言うのではなく、実験的で斬新な作品を創り上げるのではなく、人間を愛する力こそが文学だということを、私はいまになって悟る。よかった。すべてこの森のおかげだ。そして、私にはまだ人を愛する力が残っている。

よかった。本当によかった。
だからもう充分だ。この森を歩きまわり、もっと寂しくならなければ。

クオンの

「新しい韓国の文学」は、

韓国で広く読まれている

小説・詩・エッセイなどの中から、

文学的にも高い評価を得ている、

現代作家のすぐれた作品を

紹介するシリーズです。

*

新しい韓国の文学シリーズ

好評既刊

*

01　菜食主義者

ハン・ガン著／きむ ふな訳

02　楽器たちの図書館

キム・ジュンヒョク著

波田野節子、吉原育子訳

03　長崎パパ

ク・ヒョソ著

ユン・ヨンスク、YY 翻訳会訳

04　ラクダに乗って　申庚林詩選集

シン・ギョンニム著／吉川凪訳

05　都市は何によってできているのか

パク・ソンウォン著／吉川凪訳

キム・オンス（金彦洙）

1972 年釜山生まれ。
慶熙大学校国文科を卒業して同大学院を修了。
2002 年、晋州新聞　秋の文芸に「断髪長ストリート」と
「本当に気軽に習う作文教室」が当選。
2003 年、東亜日報新春文芸に中編「フライデーと決別する」当選。
2006 年、長編小説「キャビネット」で文学ドンネ小説賞受賞。
長編小説『キャビネット』(2006)、
『設計者たち』（2010）がある（日本では『設計者』として刊行）。
『キャビネット』はフランス、中国でも翻訳出版された。

オ・スンヨン

韓国生まれ。
2007 年、東京学芸大学連合大学院で博士号取得（日本近・現代文学専攻）。
神田外語大学、東京学芸大学非常勤講師を経て、
現在、相模女子大学非常勤講師、新大久保語学院池袋校校長。
著書に『楽しく学ぶハングル 2』（百帝社）などがある。